她在他心里撒下爱情种子

经年累月生长后开出花来

明知她是故意接近他也甘愿认栽

她爱哭，他便一直哄

哄一辈子都行。

春不语

Yaoyikou tianli

梨梨，生日快乐！
Chu Yuan
你只过生日，不用长大。
Chu Yuan
我会永远陪着你，这一辈子，下辈子，下下辈子……
Chu Yuan

咬口甜梨

春不语
chunbuyu
著

江苏凤凰文艺出版社
JIANGSU PHOENIX LITERATURE AND ART PUBLISHING

图书在版编目（CIP）数据

咬一口甜梨 / 春不语著. -- 南京 : 江苏凤凰文艺出版社, 2023.10
ISBN 978-7-5594-7481-0

Ⅰ. ①咬… Ⅱ. ①春… Ⅲ. ①长篇小说-中国-当代
Ⅳ. ① I247.5

中国国家版本馆 CIP 数据核字（2023）第 013741 号

咬一口甜梨

春不语 著

责任编辑 周颖若
特约编辑 知 微 冒 冒
责任印制 刘 巍
出版发行 江苏凤凰文艺出版社
南京市中央路 165 号，邮编：210009
网 址 http://www.jswenyi.com
印 刷 上海盛通时代印刷有限公司
开 本 880 毫米 ×1230 毫米 1/32
印 张 9.5
字 数 300 千字
版 次 2023 年 10 月第 1 版
印 次 2023 年 10 月第 1 次印刷
书 号 ISBN 978-7-5594-7481-0
定 价 42.00 元

目录

Contents

阮梨
Ruan Li
楚渊
Chu Yuan
Yaoyikou
tianli

YAOYIKOUTIANLI

第一章

糖

三月，南城刚下过一场雨，空气有点潮湿，清风中带着春意。一座古色古香的宅院坐落于深山处，宅院外云雾缭绕，此地宛如仙境。

郁郁葱葱的树上滴落着雨珠，忽然，扑通一声，只见一抹身影从树上掉下来。这树不算太高，只是阮梨体弱，竟直接摔得痛晕了过去。

她的怀里有一只可爱的布偶猫，小猫正喵喵地叫个不停，不时地伸出舌头舔舔阮梨的脸颊，并用小脑袋去蹭她。

陈姨来寻阮梨，看到这一幕，吓得花容失色："梨梨，醒醒……"

奈何怎么都叫不醒，陈姨只好把人抱起来，然后吩咐跟来的用人："备车，去医院。还有，通知夫人。"

东陵医院。

急诊部的护士看到躺在床上昏迷不醒的阮梨，一不小心看痴了。不过，阮梨黛眉紧皱，额头冒着冷汗，手揪着被子，她好似陷入梦魇了。

护士的心提了起来，她忍不住想：这是梦见什么了呢？怕成这样。

护士拿出纸巾，想替阮梨擦擦汗，恰巧昏睡不醒的阮梨睁开了双眼。

阮梨长着一双桃花眼，眼睛干净纯然得像清泉。此时，她眼里水波盈盈，透着一丝惊慌之色。

“小姑娘，你醒了。”

“嗯……”

“别怕，这里是医院。”

阮梨听到护士安慰的话语，嘴角露出一抹笑，可眉眼间的愁绪未散。

她又做梦了。她总是梦到自己被卷入楚家的纷争中，被人从万丈高楼上推下去，摔得粉身碎骨。可她还这么年轻，怎么能死得这么憋屈呢?

这个噩梦已经纠缠了她许多年，近来出现得越发频繁，她几乎每次入睡都会做这个梦。

阮梨并不是楚家人，但因为姨嫁入楚家，从小被父母抛弃的她便跟着姨寄住在楚家。这么多年，她对楚家的情况多少有些了解。楚家是南城低调的豪门大户，势力错综复杂。南城那些大人物见到楚家人，都得对他们客客气气、礼让三分。

楚家形势本就紧张，近期，随着楚渊从国外回来，形势变得更加紧张。

不过，阮梨听姨说，楚渊人虽然回国了，但一直没有什么特殊的举动，只专心在医院上班。他好似是唯一一个不稀罕楚家家产的人，一直独善其身。

“喝点水，医生很快就来了，你忍着点。”陈姨端来一杯水说道。

阮梨心不在焉地“嗯”了一声。她动了动腿，似是扯到了伤口，疼得脸变得苍白了几分。她本就体质虚弱，这一摔，伤筋动骨，估计姨又不会让她去学校了。

这时，有人喊道：“楚医生来了，麻烦让让。”

阮梨心想：楚医生？楚渊？他不是心脏科的主治医师吗？怎么会来急诊部?

楚渊正在往阮梨所在的病房走来。他身穿白色大褂，胸前的口袋上别着一支钢笔。黑色短发利落，眉眼深刻，鼻梁高挺，他漂亮得像是艺术家精心雕琢出来的艺术品。最重要的是他的气质——君子如兰，他就像幽夜里盛放的兰花，只可远观，不可亵玩，给人的直观感受就是，他不食人间烟火，和世俗扯不上半毛钱关系。

见楚渊进了病房，围在病床周围的用人跟保镖让出一条路，开始交头接耳。

“我的天，长得真帅。”

“话说他为什么这么多年都不回楚家啊？”

“听说是对争家产没兴趣，要不然就不会选择当医生还常年不回家了。”

…………

阮梨看到楚渊，目光直勾勾的，一直没从他身上挪开。用人们说话的声音虽然小，但她一字不落地全听到了。

她面前的男人，就是楚家长子——楚渊。

男人长得高，阮梨坐在病床上需要仰着头看他，不一会儿脖子就有点酸了。

在众人的注视下，楚渊走近坐在病床上的小姑娘。面前的小姑娘一头乌发散落至肩头，白色长裙上沾着污泥，手臂、膝盖多处受伤。

阮梨被送到医院不久，医院里就传开了，说急诊部送来了一个弱柳扶风的病美人，说她艳若桃李、惊为天人。之后，楚渊就收到了二叔后娶的太太打来的电话：“阿渊，麻烦你一件事，梨梨被送到东陵医院了，我实在不放心，你帮我看看她，成吗？”

楚渊看了一眼坐在病床上的小姑娘，嗓音冷冷地道：“阮梨？”

“嗯。”阮梨点头。

“头晕吗？”

“有点。”

护士插话道：“楚医生，脑 CT（计算机层析成像）已经做了，不过报告还没出来。”

“催一下。”

“我现在去催。”

楚渊神情淡漠地看着阮梨，说：“先处理你腿上的伤口，自己把裙摆撩起来。”话落，他拿起放在推车上的一次性手套戴好。

手松开毛毯，阮梨把裙摆往上撩了一些。盖在她小腿上的毛毯滑落到地上，露出她那双细长的、白得发光的腿。

阮梨伸手攥着楚渊的衣服：“楚医生，我怕痛，你轻一点。”

楚渊却抽出被她攥着的衣服，面不改色地说："我再轻，你还是会痛。伤口里的脏东西不少，为了避免感染，得把它们清除干净，你忍着点。"

"会留疤吗？"

"不会。"

沾有消毒水的棉签碰到伤口时，阮梨痛得咬着唇，眼泪吧嗒吧嗒地滴落在白色裙子上。她把手攥得紧紧的，似乎下一秒就要再次晕厥过去。

因为痛，阮梨下意识地收回腿，楚渊却一把握住了她的腿。

"别乱动。"

"疼……"

"忍着。"语气冷漠，他对她没有丝毫怜惜。

阮梨此刻一点也不想忍，也忍不了，只想哭。

等楚渊处理完阮梨腿上和手上的伤口，她的裙子已经被眼泪洇湿了一大块。陈姨见了心疼不已，拿出手帕给阮梨擦眼泪："你下次可不要爬树了。"

阮梨哭累了，根本不想说话。虽然眼泪止住了，但她还抽噎着，一双桃花眼已经红肿。阮梨也不想这么娇气，可是从小被人伺候着长大，她想不娇气都难。

"张嘴。"楚渊开口说道。阮梨下意识地张开了嘴——嘴里多了一颗糖，橙子的味道在她的唇齿间蔓延开来。

这是一颗软糖，很好吃，她两三下就吃完了，吃完后还有点意犹未尽地舔了舔唇。

陈姨见状赶忙说道："楚医生，给您添麻烦了。"

楚渊问："她从小就这么爱哭？"

陈姨拘谨地说："倒也不是，只有生病不舒服的时候才喜欢哭。"

楚渊没有再说话。

眼睫毛湿漉漉的，阮梨眨着眼对楚渊说："谢谢楚医生的糖。"顿了两秒，她又问道，"你还有吗？"

阮梨的嗓音本就甜，她为了讨糖吃，将声音放软，旁人听得心都要化了。楚渊在看她的病历本，闻言头也没抬地回道："没了。"

听到没有糖了，阮梨失落地垂下眼。

楚渊并未理会失落的她。她的病历本很厚，里头大多是她发烧、感冒的记录。

陈姨在一旁解释说："自小的时候意外落水后就经常生病，不少医生替她看过，但都没治好她体虚的毛病。"

"她上一次体检是什么时候？"

"上个月。"

"体检报告带来了吗？"

"在家里。"

这时，去催脑 CT 报告的护士回来了："楚医生，脑 CT 的片子我给你拿过来了。"

"谢谢。"楚渊接过片子。

确认检查结果没有什么问题后，楚渊伸出手覆在阮梨的额头上。阮梨嗅到楚渊身上有淡淡的消毒水味，其中还有独特的清新木质香。虽说楚渊只是医生，身上却有一种身居高位者所有的从容高贵的气质。

"再测一次体温。"

"好的，楚医生。"

护士重新给阮梨测了一次体温，体温计显示三十八摄氏度。先前体温还是正常的，但这会儿她竟开始发烧了。

阮梨被安排在病房里输液。她躺下来后，脑袋昏昏沉沉，她想睡觉又怕做噩梦。睁着眼睛发了半天呆，她忽然想到什么："陈姨，我想要笔跟纸。"

"我让小菊去给你拿。"陈姨一边给阮梨掖被子一边说，"太太跟陈小姐很快就到了。"

阮梨听到"陈小姐"三个字，黛眉微蹙。她心想：她怎么也来了？

这个陈小姐，全名陈璐，同她一样，不是楚家人，却又从小在楚家长大，比她大两岁。

陈璐也是姨带回楚家养大的，不过和姨没有半点血缘关系。从小到大，陈璐总喜欢和阮梨争风吃醋，不管做什么都要跟她较个高下，不过论讨人欢心这点，陈璐从来没赢过她。

假设多年缠着自己的是一个预知梦，不久后她真的会死，那在死亡来临之前，她一定得想办法自救——找一个靠山护着她再好不过，楚渊就很适合。虽然他是楚家人，但楚家奈何不了他。

阮梨接过小菊递过来的纸跟笔，抛开那些繁乱的思绪，握着笔在纸上画了起来。

十五分钟后，陈璐跟着阮静蓉来到病房。

阮静蓉虽年过五十，可身姿婀娜，五官端正精致，可见年轻时是一位艳惊四方的美人。

阮静蓉放下手中的包，很是心疼地说道：“我的乖乖……你姨我不过是出去听个曲，你就给我调皮。还爬树，自己的身体什么情况你不晓得？”

“是梨花调皮，它爬树，爬上去又不敢下来，我才上去接它的。”

“你不会喊用人帮忙？”

“当时突然下雨，陈姨他们都在忙。”阮梨开始撒娇，“姨，我下次再也不敢了，你别生气。”

阮静蓉轻捏阮梨的鼻尖：“再敢胡来，我就让你搬回我院里，不让你一个人住，省得我担心。”

“姨，我想吃橘子，你给我剥一个好不好？”阮梨快速转移了话题。

“好！你就知道使唤我，你姨丈都没这个福气。”

一旁的陈璐把带来的花插进花瓶里，插完花后安安静静地坐下，倒不像是来探病的。

陈璐出门前精心打扮过，穿着淡绿色的长裙，盘着乌发。她虽长得不似阮梨那般精致，但有一股别致的佳人韵味。

陈璐在看到阮静蓉待阮梨有多好后，心里很不是滋味，但她知道，自己得忍着。

阮梨换了一瓶药水输，等输完这瓶药水，她就可以回家了。

陈璐频繁地看向门口，当有人走进病房时，陈璐立马抬头看了过去。

来人不是楚池，而是楚池身边的人。他手里拿着一个盒子，打了招呼后方才道：“这是给梨小姐的零嘴。”

阮静蓉：“有心了，放下吧。”

“他不来吗？”问话的是陈璐。

“本来是要来的，但临时有了工作，走不开。”

“哦。”

阮梨看见陈璐脸上闪过的失落神色，心想：难怪她会跟着姨来医院，原来是想见楚池。

阮梨终于输完了药水，烧基本退了。阮静蓉准备带阮梨回家，不过离开前准备去心脏科见楚渊一面。

楚渊跟同科室的医生开完会后去卫生间洗手，清水哗啦啦地作响，流过那双冷白、指骨修长的手。男人温文尔雅，气质出尘。

他洗完手回办公室，见桌上放着一束艳丽的玫瑰，玫瑰的浓郁香味在办公室里弥散。他把窗户打开透风，喊助理进来："把花拿走。"

助理把那束玫瑰拿出去扔进了垃圾桶，路过的医生和护士见状调侃道："又有人给楚医生送花啦？"

"嗯。"

"这次是玫瑰。这对楚医生来说太艳俗了。"

"反正不管送什么他都不收。"

…………

办公室的门被敲响，楚渊抬头，看到阮静蓉后，起身喊了一声"二婶"。

"没打扰你工作吧？"

"不打扰。"

她背后跟着坐着轮椅的阮梨，阮梨身后则是陈璐。

"梨梨你见过了，这是璐璐，和梨梨一样从小跟在我身边长大。"阮静蓉介绍完，道："璐璐，和楚渊哥哥打声招呼。"

陈璐是第一次见楚渊，就一眼，她就知晓：论长相、论风骨，楚家没有男子比得过他，就连楚池，也要比他逊色几分。

"你好，楚渊哥哥，我是陈璐。"她表现得落落大方。

"嗯。"

陈璐听到楚渊如此冷淡的语气，手不由得紧了紧。

阮静蓉问："阿渊，你回来有一段时间了，打算什么时候回家里看看？"

"有空就回。"

"你奶奶可是一直惦记着你。"

唯一没有跟楚渊打招呼的阮梨转着轮椅靠近办公桌，视线落在楚渊的办公桌上——整洁的桌面上放着病人的报告。阮梨只是偷偷看，没有乱碰他的东西。她实在是忘不掉那颗软糖的味道，于是将轮椅转到楚渊身边，不死心地拽了拽楚渊的衣袖。

楚渊看向她。

阮梨展颜一笑："楚渊哥哥，你先前给我吃的糖是什么牌子的呀？外面有的买吗？"

"不太清楚，那是病人塞我口袋里的。"话落，楚渊不动声色地抽回衣服。

阮梨追问道："可不可以帮我问问？"

楚渊："下次。"

阮梨笑容灿烂地说："谢谢楚渊哥哥。"

阮梨惯会笼络人心，看楚渊对她的态度和对自己的没有任何区别，陈璐就放心了。陈璐心想：这楚渊着实不好接近，表面温润如玉，实则性子淡漠。

"阿渊，今天梨梨的事真是麻烦你了。我们就不打扰你工作了，有空记得回家看看，你奶奶是真的很惦记你。"阮静蓉简单地跟楚渊聊了几句后，便起身准备离开。

楚渊起身送她们到电梯口，目送她们进入电梯。

这时，一个斯文的医生将手搭在楚渊的肩膀上，他胸前的工作证上写着"谢烊 心脏科"。他笑着对楚渊说："楚医生，问个事，你们家娇美人妹妹几岁啊？"

"十九。"楚渊答道。

"果然是个小姑娘。"

谢烊心想：不打紧，才比我小七岁。

谢烊接着问："商量个事呗，你把你家娇美人妹妹的联系方式给我如何？我有个朋友想跟她交朋友。"

下一秒，他的手被拿开，楚渊冷漠的声音传来："别和我套近乎，我和你不熟。"

"高岭之花"就是"高岭之花"，他们已经共事快三个月了，怎么就还不熟呢？谢烊不依不饶："别这么小气。你把娇美人的联系方式给我，我请你吃饭还不行吗？"

楚渊不理会谢烊，转身正准备回办公室，却被人叫住了。楚渊回头，看到了陈姨。

陈姨连忙上前，递了一张画给他，说："这个是梨梨让我交给你的，说是谢谢你给她糖。"

画上的人赫然是楚渊。这是很简单的素描画，但画画的人功底很好，将男人的神韵描绘得惟妙惟肖。

楚渊拿着画走在回办公室的路上，谢烊跟随其后，在他要跟着楚渊进办公室的时候，门砰的一声被关上，楚渊的助理拦着他不让他进去。

阮梨才在家里休养两天就想回学校了。

因为身体不好，她比同龄人晚一年上学。去年九月份的专业课集训她没去参加，不过她的画画水平很好，是老师们公认的，再加上她在家没少练习，因此她去年十二月份的专业考试成绩十分理想。只是她的文化课成绩一直不太理想，她想回学校上课。

可这两天她反复发着低烧，姨不让她去学校。之后，姨请了补习老师来家里给她上课。

…………

春季雨下得多，外面的树比任何时候都要绿。阮梨穿着淡蓝色旗袍，披着毛毯，听着窗外的雨声和老师讲题的声音，昏昏欲睡。不一会儿，她就跟蜷缩在桌子上的布偶猫一样，睡着了。

清风徐来，试卷被吹落一地，陈姨进来把窗户关上。

老师抬眸，无奈地摇了摇头。她上课有这么无聊吗？她每次给阮梨讲课，十分钟不到，阮梨就能睡过去。

虽然阮梨身在楚家，就算她考不上国内的名牌大学，楚家依然能让她到国外上很好的艺术类大学，但这也不能是她上课睡觉的理由。

阮梨醒来，感觉脑袋昏昏沉沉。她刚刚又做噩梦了，此时浑身没有力气。老师不知何时离开了，而她躺在床上。

她从房间里出去，听到了姨跟老师交谈的声音。

“太太，这份家教的工作我恐怕是无法胜任了。阮梨上课总是睡觉，这样成绩根本没办法提升。”

“你可以把她喊醒呀。”

“睡得那么香，我根本不好意思叫醒她，你找一个严厉的家教试试吧。”

阮静蓉：“……”

等老师离开后，阮梨方现身。她抱住阮静蓉的手臂：“姨，你就让我回学校上课嘛，在学校，我保证不睡觉。”

阮静蓉拿开她的手拒绝道：“等你今晚不发低烧了再说。”

“哦。”阮梨拿起桌子上的一块桃花酥放进嘴里，脚被一团毛茸茸的东西蹭得发痒，她低头一看，发现脚下是那只叫梨花的布偶猫。

阮静蓉又说：“楚渊回来了，很多叔叔伯伯、哥哥姐姐都回来了，你随我去主宅和他们打声招呼。我给你半个小时的时间去梳妆打扮，整理下仪容。”

听说楚渊回来了，正在逗猫的阮梨忍不住弯眸浅笑。她本想着楚渊回国那么久不回楚家，回一趟家肯定是不容易的，没想到没过多久就听到了他回来了的消息。

午后的雨总算是停了，乌云散去，阳光明媚。阮梨气色不太好，于是她坐在梳妆台前，拿起口红涂在唇上。

在阮梨梳妆打扮好要走时，梨花依依不舍，喵喵地叫个不停。阮梨心软不已，把它抱了起来，打算带着它随姨去主宅。

刚出院子，两人就碰到了陈璐。

陈璐说道：“姨，我能不能随你们一块儿去主宅？”

阮静蓉叹了口气：“璐璐，你的身份不合适。这是楚家的家规，破坏不得。”

虽说陈璐和阮梨都是她带回来的，两人的生活条件没有任何差别，但楚家家规严明，主宅只有楚家人或者楚家家眷才能进入。陈璐归根结底姓陈，而阮梨是她的外甥女，而且还深得楚老太太的喜欢——楚老太太多年前就想让阮梨改姓楚，将其收养为孙女，只是阮梨不想改姓，此事才作罢。

“我就是想和哥哥姐姐们叙叙旧。”陈璐试图再争取一下。

“别急，以后会有机会的。”

陈璐望着她们远去，心有不甘。

阮梨跟着阮静蓉走了半个小时才到主宅。

主宅大堂里，叔叔伯伯众多，大家聚在一块儿喝茶聊天。阮静蓉到了之后，带着阮梨主动去和她的那些妯娌聊天。

“梨梨越来越漂亮了。”

“梨梨现在身体还好吗？”

…………

阮梨乖巧地回答了问题。

楚家人丁兴旺，阮梨根本认不全这些人。这一大家子，她就认得几位叔叔伯伯和他们的太太。

进行一番简单的闲聊后，阮静蓉道：“你的哥哥姐姐们在后院听曲，你过去和他们一块儿听曲聊天吧。”

“楚渊哥哥在吗？”阮梨问。

阮梨话落，就有人问：“梨梨见过楚渊了？”

阮静蓉答：“前几天梨梨在医院见过楚渊。”

“楚渊年少离家，十多年间就回过楚家几次，这些年来根本见不着人。他是大哥唯一的继承人，以后楚家的产业大部分由他继承，结果他弃商从医，我都不知道说他什么好。”

“他这次回来，咱可不能再让他任性了。”

“楚渊今年二十八岁了吧？是该替他张罗婚事了。”

…………

大家七嘴八舌地讨论起来，阮梨只听到一句“他这会儿估计在老太太那里”。

于是，阮梨抱着猫，打算去楚老太太那儿。

只是楚家太大了，走廊四通八达，没有用人带着，她根本分不清方向，很快就迷了路。

她抱着梨花走到一片桃园，桃花开得娇艳欲滴。一只老鼠忽然窜了出来，她吓了一跳，梨花从她身上跳了下去，跑去追老鼠了，她只好提起裙摆跟上。

头发被桃树上的雨水浸湿，鞋子上也沾了泥土，她追了几步气就不足了，停下来休息。忽然，她听到梨花喵喵的叫声，循着声音走过去，便看到一个身穿白衬衫和西裤、俊朗脱俗的男人拎着她的梨花。

面前的一幕就像一幅色彩鲜艳的画，温润雅致的男人艳压了这满园春色。

如果不是梨花叫得太凶、太可怜，阮梨可能还会出神得久一些。

阮梨往前走。雨才停不久，泥土很软，她一脚踩下去，细细的高跟鞋鞋跟上就沾满了黄色泥土，不过这并不妨碍她接近楚渊。

风拂过，桃园中散发着沁人心脾的香气，离楚渊越来越近，阮梨多了几分紧张感。

楚渊察觉有人来，将目光投过去。美景怡人，在这美景中，有个距离他不远的、明艳动人的人正朝着他走来。她着一身旗袍，眉秀唇朱，身段玲珑。

走近了，阮梨才看到楚渊的脖子上有浅浅的抓痕。她一看就知道那是梨花留下的。

梨花调皮，不喜欢外人抱它，家里的用人几乎都被它抓过。

“楚渊哥哥。”阮梨细声喊道。

“你的猫？”

“嗯，对不起。”阮梨微微弯腰，伸手把梨花接过来。

梨花在她怀里喵喵叫个不停，好似在控诉楚渊的不是。阮梨没管它，目光再次落到楚渊身上。她壮了壮胆子，伸手轻碰他的脖子：“哥哥，你疼不疼？”

话落，她就开始打量楚渊的表情。他目光深沉，脸上不见情绪，他对她的接近毫无反应。视线和楚渊的对上没几秒，阮梨便㞞了，怯怯地把手收了回去。

她舔了舔有点干的唇：“梨花有打疫苗的，不过伤口还是清洗一下比较好。”

“嗯。”楚渊淡淡地应了声，接着说，“外面风大，你回屋去吧。”

说完，他往桃园深处走去。阮梨不由得跟上，软声道：“我本来是要去奶奶那里的，可是迷路了。楚渊哥哥，你能不能送我过去？”

“等着。”

“好。”

桃园深处有一处小屋，阮梨在小屋外闻到了很重的酒味。她想：这儿应该是酿酒的地窖。

闻到这股香甜的气息，阮梨便有些醉了。

过了大约五分钟，楚渊拿了一坛酒从小屋内出来：“跟上。”

阮梨没想到的是，这么些年不回家的楚渊竟然对楚家大宅了如指掌，没多久他就带着她到了楚老太太的院子。

在门口的用人见到他们，回屋里通知楚老太太。屋里头亮着灯，楚老太太戴着老花眼镜躺在懒人椅上，嘴里哼唱着京曲《梨花颂》。

梨花开，春带雨
梨花落，春入泥
此生只为一人去
道他君王情也痴、情也痴
天生丽质难自弃

天生丽质难自弃
长恨一曲千古迷
…………

楚老太太听闻用人的话，哼唱声戛然而止，脸上浮现欢喜的笑容，她吩咐用人：“扶我起来，吩咐阿贵给梨梨准备生姜茶。”

“晓得了，老太太。”

阮梨进屋后就把梨花放下了：“乖梨花，不许跑出去，知道吗？”梨花喵喵叫了一声回应她。楚渊把酒放下，又出去了。

楚老太太被用人扶着从里屋出来。

“奶奶。”阮梨亲切地喊道。

“哎哟，我的乖梨梨，今儿个怎么穿这么少？着凉了可就糟了。”

“奶奶，披巾挡风，我一点也不冷。”阮梨凑上去抱住楚老太太，拱着她撒娇道，“我可想您了！”

楚老太太被她拱得笑出满脸皱纹。用人端着生姜茶走过来，阮梨接过生姜茶。

用人拿来拖鞋让阮梨换上：“阮小姐，你的鞋脏了，我拿去给你清洗一下。”

“谢谢。”阮梨道谢。

楚渊从外面走进来时鞋已经是干净的，手也洗过了，阮梨嗅到了柠檬味的肥皂香。

“梨梨，给你介绍一下，这是我的大孙子楚渊，就是那位离家十多年、不肯回来多看我几眼的臭小子。你啊，跟他打声招呼。”楚老太太介绍道。

阮梨脸颊上梨涡浅浅，她带着笑意回复：“奶奶，我早在医院见过楚渊哥哥了。”

“你为什么又去了医院？”

“之前不小心从树上摔下来了。”

楚老太太闻言有些揪心：“伤好了没？”

“没呢，不过已经不疼了。”阮梨浅浅地笑着，“当时就是楚渊哥哥替我处理的伤口，他人可好了，见我哭得厉害，还给我糖吃。”

人好？还给糖吃？楚老太太挑眉看着一言不发的楚渊，笑容更深了。

“阿渊，你是医生，梨梨体弱多病，平日里你替我多顾着她点啊。”

阮梨打量着楚渊，不知他会拒绝还是答应。有楚老太太这句话，她日后想接近楚渊就名正言顺多了。

“我平日里很忙。”他拒绝道。

阮梨期待的心落空。

楚老太太横眉立目地看着楚渊：“你再忙也给我顾着她点，梨梨很乖，不会给你添麻烦的。”

“她太会哭了。”轻飘飘的五个字落下，阮梨的耳根泛起了红。

楚渊这话说的是她太能哭、很吵的意思吗？

楚老太太继续说：“她要是哭，你就用糖哄她，她最喜欢吃糖了。”

楚渊没再说话。

阮梨低着头，有点胸闷。她心想：算了，反正楚老太太都这么说了，以后我非要缠着楚渊，楚渊必然也拿我没办法。以后我缠着缠着，他指不定就被我这个“妹妹”攻略了。

天彻底黑了，宅里四处亮起了灯。

楚老太太让用人把饭菜端上来。有美酒佳肴，再加上她心心念念的大孙子回家了，她的心情好得不得了。楚老太太嗜酒如命，虽然年纪大了，可每天还是得小酌两杯酒。

另一头，楚家年轻的小辈都在后院听曲，个个金贵得体，长得都好看。

“怎么不见梨妹妹来？”

“问过了，说是去奶奶那里了。”

“那估摸她没法和我们听曲了，而且马上就到饭点了。”

“是啊。话说，二哥人呢？”

那人话音刚落，一道挺拔的身影就踏进了后院。

来人是楚池，他和楚渊气质截然相反。他穿着一身西装，成熟风流，模样生得俊俏，还有一双狐狸眼，笑起来是极其勾人的。

众人见到楚池，纷纷起身道：“二哥。”

楚池微微颔首，环顾一圈，问道：“梨梨呢？”

“在奶奶那儿。”

楚池一回家就问阮梨，他们已经见怪不怪了。二哥对阮梨比对他们这些弟弟妹妹要好太多了，仿佛阮梨才是他的亲妹妹。

“怎么不见大哥？”

“听说他也在奶奶那儿。”

楚池闻言不再多问，原路返回。

屋外早已灯火阑珊，此时楚老太太喝高了，被用人扶去休息。楚渊在门口接着电话，外面风声大，阮梨听不清他在讲什么。

阮梨饭量不大，这会儿吃饱了，她示意用人收桌。她一下起猛了，腿磕碰到椅子，撞的还是她的伤口，她疼得眼圈泛红，跌坐回椅子上。

“没事吧？”用人关心道。

“疼！”

用人立马跑到外面通知楚渊。

挂断电话之后，楚渊回到屋里头，阮梨正坐在椅子上，泫然欲泣。那只叫梨花的布偶猫忠心耿耿，在她脚边转着圈，喵喵乱叫，似是很担心。

“撞到哪儿了？”

“伤口。”

楚渊：“转过来，面对我。”

阮梨乖乖照做。她穿的是纯白色旗袍，胸前绑着白纱领结，旗袍是丝质的，裙摆很长，小腿侧边开了衩，裙身上有很精美的刺绣。楚老太太怕她冷，还让用人给她拿了条毛毯盖在大腿上。

用人拿来医药箱，箱子里面放着许多日常生活中用得到的医用物品。

用人在心中感叹：这阮小姐真是从头到脚都精致，生下来就是被人宠着长大的命。不过她常听人说红颜薄命，去年有个算命大师说阮小姐活不过二十岁。因为这个，二爷和二太太勃然大怒，还把算命的人骂了一顿。

阮小姐今年已经十九岁，只剩一年的时间就满二十岁了。一年，也不过一眨眼的事，假如阮小姐的命真是如此，那委实叫人深感惋惜。

楚渊把贴着膝盖的纱布给摘了下来。阮梨膝盖上的伤口这几天都快结疤了，但被这么一撞，又流血了。

灯光被挡住了，楚渊握住她的小腿抬了起来，发现她的脚上戴着一个银镯子。

阮梨的手微微蜷紧。他的掌心传来热度，这让她觉得又麻又痒。

楚渊拿着棉签在清理她出血的伤口，动作力度比上次轻了不少。

楚渊给她涂药膏的时候，伤口处传来微辣的感觉，她动了一下腿，不小心踢到楚渊的腿，高跟鞋吧嗒一声掉在地上。

“楚渊哥哥，我不是故意踢你的。”

“疼？”

“有点痒。”

上次在医院，脚上穿着袜子，她不觉得有什么；今天光着脚，她还真有点不好意思。

脚动了动，阮梨想把鞋子钩起来穿上，楚渊却扼住她的脚道：“别动。”阮梨立马没动了。

楚渊为她把纱布贴好，而后捡起地上的高跟鞋替她穿上。

阮梨愣住了，觉得有点意外。旋即，她露出一个甜甜的笑容：“谢谢楚渊哥哥。”

楚渊没说什么，起身出去洗手。阮梨见他往外走，没多想，跟了出去。

外面灯火不够明亮，阮梨依稀能看见院子里有一个洗手池。她站在楚渊一侧，看着那双修长、指骨分明又漂亮的手挤着洗手液。他的指甲是粉色的，被剪得很整齐，右手的无名指上有一颗痣。

想象了一下这双手拿手术刀的画面，阮梨对他多了几分敬畏之心——这双手是用来救人的，很神圣。

楚渊嗓音淡漠地道：“看着我做什么？”

“你好看。”说完，阮梨浅浅地笑了下。

楚渊的手机响了。此时楚渊刚洗完双手，手上还滴着水珠，阮梨便递出手帕道：“给。”

楚渊微抿薄唇，没有拒绝：“谢谢。”把手擦干净后，他又说，“洗干净了再还你。”

说完，他才接电话。电话那头的人嗓音很大：“大哥，叔叔伯伯催得紧，你还是赶紧过来吧。”

阮梨听到声音，觉得来电人好像是楚六哥。

“我现在过去。”

阮梨安静地等楚渊挂了电话后，说：“楚渊哥哥，你要回主宅吗？我和你一起，你等等我。”

阮梨回屋里把梨花给抱起来，踏出里屋的时候，发现院子里已经不见楚渊的影子了。阮梨还挺失落的，心想：算了，自个儿回吧。

楚老太太已经睡了，她不好把人吵醒道别，用人又在厨房，她索性直接往院外走。

出了院子，看到楚渊，阮梨眼前一亮，欢喜地上前。

主宅偏厅。

那些穿着西装、唐装的叔叔伯伯还围坐在主桌旁喝酒聊天；阮静蓉坐在旁边那一桌，和妯娌们说说笑笑；楚家的孙辈们则单独坐一桌——唯一不同的是，楚池是跟叔叔伯伯坐同一桌的。

虽然长辈们是笑着说话的，可氛围谈不上轻松。

“多亏了阿池，我们楚家在北方投资的项目才那么顺利。”

“这些年来，我们年纪大了，做生意时觉得力不从心，多亏了阿池接手，我们才可以转战幕后，享点清福。”

楚池手里拿着白瓷杯：“这都是我应该做的。”

“话不能这么说。阿江、阿文他们也同样用心做着生意。”

“是是是，他们的确很用心，只不过做生意不是用心就行，他们还得跟阿池学习才行。”

“楚家的根基整个南城无人能撼动，我们与其把市场放在北方，倒不如把目光放长远些，去赚外国人的钱。”

“国外的市场我们楚家不是没有涉及，只是做得不是很如意罢了。”

…………

楚家二爷没说话，桌上火锅冒着热气。这时，楚管家领着楚渊和阮梨从外面进来，众人纷纷看过来。

“大哥！”楚池带头喊人，楚家其他小辈纷纷跟着喊。

楚渊微微颔首，不多言。

有些年纪小的没见过楚渊，他们好奇地看着他。楚渊气质出众，“陌上人如玉，公子世无双”说的就是他了。

他们同楚渊打完招呼，又热络地与站在一侧的阮梨说话：

“梨梨，你总算是来了。”

“快过来和我们坐。”

“你在奶奶那儿待得未免也太久了。”

…………

阮梨朝他们笑，不急着过去。她抬头看着楚渊，嗓音很甜地道：“楚渊哥哥，我过去同其他哥哥姐姐坐，你去跟叔叔伯伯们打招呼吧。”

楚渊点点头。

大家面面相觑，没想到阮梨跟大哥已经这么熟了。楚池见状，眸色暗了几分，他端起酒打量起多年未见的大哥。

阮梨走过来后，大家追问："梨梨，大哥好相处吗？"

不好相处，很难相处。阮梨腹诽后，露出笑脸："你们跟他处处就知道了。"

这时，楚家二爷放下酒杯道："阿渊，来这边坐。"

叔叔伯伯们是做生意的，常年和商政两道的人接触，又身居高位，不怒自威，楚渊坐在他们中间，却并没有被他们的气场压住。

楚渊坐下后，楚池看着他道："大哥。"

楚渊点头。

"楚渊，这些年大家一直盼着你回来，现在你回来了，可不能再任性了，毕竟你是我们楚家的第一继承人，以后整个楚家都是你说了算。"

"我担心的是，楚渊在国外这些年一直在学医，生意上的事他管得来吗？"

"是啊，而且我看楚渊回国这么久也不通知家里一声，大抵是对管理生意、管理家族的事不感兴趣。"

楚二爷声如洪钟："管不来就学，以楚渊的智商，只要他感兴趣，没有什么是他学不会的。"话落，那些不赞同楚渊回来管理生意的叔叔伯伯默不作声。

众人心知肚明，楚渊从小到大，不管做什么都是第一，他若想做什么，必然会做到最好。只是他性子凉薄，对他们毫无感情，倘若他回来继承楚家，非要查些陈年旧事拿他们开刀的话，后果很严重。指不定这次回来，他会着手调查他父母当年死亡的细枝末节。

片刻后，众人纷纷失笑：

"倒也是，的确没什么事难得倒楚渊。"

"家族聚会，就不聊那么多生意上的事了，来来来，喝酒！"

楚池默默听着，默默举杯，神色莫辨。

阮梨在楚老太太那里吃得很饱，跟哥哥姐姐们坐一桌，只闲聊，没怎么夹东西吃。

在姐姐们的劝说下，她尝了尝混了酒煮的鸡汤。她只喝了一口汤，人就醉了。

阮梨被姐姐们扶出去，嘴唇微张，脸颊酡红。

“梨梨，喝点水。才喝一口汤你就醉了，说出去简直让人笑掉大牙。你休息会儿，我通知用人送你回去。”

阮梨应了声“好”。披着毛毯的她趴在冰凉的桌子上，企图驱散自己体内的热气。

帘子晃动，有人来了——是楚池。阮梨本来想打个盹儿，看到他后，立马用手在毛毯下猛掐自己的大腿，好让自己提起精神来。

“梨梨。”

“楚池哥哥。”

楚池看着她：“梨梨可有想我？”

“想的。”阮梨随口撒了谎。

楚池笑了。他看着她的目光中充满了掠夺之意。

从阮梨知晓楚池对她有非分之想开始，她最怕他露出这种目光。以他的身份，他不该如此。

楚池两年前就订婚了，最快今年年底就会和宋佳雪完婚。

阮梨对楚池根本没想法，可楚池貌似并不这么想。在自己已订婚的情况下，他还总是用这样的眼神看她，好似迟早有一天她会成为他的囊中之物。

“看到你身体无恙，我放心了不少，不然总自责于那天你去了医院我没去看你。”

“没关系的。”

“有关系。我还挺后悔自己没有去的。”他这句话意味不明，阮梨不知道该说什么。

楚池又问：“你跟大哥很熟？”

“楚渊哥哥人很好。”

她叫楚渊叫得委实亲昵，楚池心里嫉妒不已。

楚池心想：人好？他看上去的确光风霁月，可委实称不上好人。

“别被他骗了，梨梨。”出于私心和嫉妒心，楚池忽然握住阮梨的手腕说道。

阮梨差点呼吸不过来。她不喜欢楚池对她的那股占有欲，不喜欢他眼里流露出的过浓的情愫，只是不知是喝了酒还是过于害怕，她不敢动。

“梨梨，别跟他走太……”“近”字还没有落下，一道清朗的嗓音忽然响起。

“阮梨。”阮梨抬头，见楚渊掀开帘子走了进来。他像凛冬雪山上的白雪，又像明月般清冷且极具疏离感。

楚渊平铺直叙：“你姨让我送你回去，过来。”

下一秒，阮梨起身，使出吃奶的劲甩开楚池的手，奔向楚渊。在走过去的过程中，她踉跄了两下，楚渊伸手抱住她，避免她摔倒在地。

阮梨的手抓着楚渊腰间的衣服，呼吸略显急促，她有些缓不过来。闻到楚渊身上的气息，她冷静下来。

过了好一会儿，她才开口说话：“二哥，我跟楚渊哥哥先走了，你今晚少喝点酒，不然明日起来会头疼的。”阮梨嗓音很软，话里却透着淡淡的疏离之意。

在楚渊带阮梨离开后，楚池眉眼间全是戾气。

走到外面，不出两步，阮梨便舔了舔唇，道：“楚渊哥哥，你别走太快，我头晕。”

阮梨是真的晕，脚下像踩着云一样：“姐姐们哄骗我喝了一口加了酒的汤，我好像醉了。我好难受。”加上被楚池吓到了，阮梨此时此刻有点想哭。

楚渊转过身，见她站在原地不走，眼圈泛着红，上前一把将她抱起，步履平缓地继续往前走。

阮梨愣了几秒，耳根有点红。

“谢谢哥……哥。”

楚渊抱着阮梨回到阮梨所住的院子时，她已经睡着了，脸颊贴着楚渊的胸口，呼吸很轻。

“她的房间在哪儿？”

“你跟我来。”陈姨说。

楚家虽还留着很多古时候的礼节，但思想没那么保守。陈姨见到楚渊抱着阮梨回来，也没大惊小怪。

阮梨的房间里有一股清香，装修摆设得很具少女感。楚渊把阮梨放在床上，她的手还揪着他的衣服不放，细细的手腕上有一圈红印。楚渊眸色微沉，扳开她的手指，可扳起来第二根，前一根又屈了回去，如此反复。

“拿剪刀来。”陈姨拿来剪刀，楚渊把被阮梨揪住的衣服给剪开，阮梨的手方才垂落。

阮梨嘟囔了下红唇，继续沉睡。

陈姨不由得说："我还是头一回见她睡得这么沉。"

楚渊放下剪刀："等她醒了，给她煮一碗醒酒汤让她喝下。"

"好的。"

楚渊走后，陈姨给阮梨脱了鞋，盖上被子，然后替她卸妆、洗脸、洗脚，还给她换了一身衣服。做完这些，陈姨才把灯灭了，把门关上离开。

一夜好眠，阮梨没有做噩梦。她因为睡得好，精神气也好了不少。

阮梨看着自己手里抓着的衣服布料，心想：昨晚我抓楚渊的衣服有抓得这么紧吗？

阮梨起身梳妆打扮后去偏厅吃早饭，阮静蓉已经在等着她了。

"姨，早上好。"

"先把牛奶喝了。"

阮梨乖乖地端起牛奶喝完。

阮静蓉给她剥了鸡蛋："楚池昨晚找你说了什么？"

"也没说什么特别的。"

"他啊，要真喜欢你就不该订婚。他要是不订婚，想娶你的话，姨说不定会同意。"鱼和熊掌不可兼得，他若想要阮梨，必然要舍弃一些利益。可他没有舍弃那些利益，还妄想两者兼得。

"姨，我不喜欢楚池哥。"

"姨知道你不喜欢他，可他对你有想法。幸好昨晚姨钉着他的一举一动，喊了楚渊去给你解围，要不然就你这个柔柔弱弱的小丫头，不知道得被占多少便宜。"阮静蓉看到她手腕上的指痕，眼里充满了心疼之意。

门外，陈璐背靠着门，低垂着头，把手攥得紧紧的。她没有进去，悄无声息地走了。

阮梨庆幸楚渊昨晚来得及时，不然她都不知道该怎么应付楚池。喝完牛奶，她弯了弯唇，问："楚渊哥哥走了吗？"

阮静蓉说："姨来找你的时候他正在找他二叔谈事，你要是想跟他套近乎，就赶紧把早餐吃了，我带你过去，好让他送你去学校。"

"姨，我好爱你！"阮梨凑过去，给了自家姨一个鸡蛋味的吻，

“我马上就好。”

阮静蓉哭笑不得：“慢点吃，别噎着了。”

阮梨跟楚家的小辈们都玩得来，但楚渊是其中第一个她想去亲近的。

阮静蓉赞同阮梨跟楚渊走得近些：一来他是医生，阮梨若是出了什么事，能有个人照顾她；二来他还是楚二爷最看重的侄子，是楚家的第一顺位继承人，阮静蓉作为楚二爷的妻子，自然爱屋及乌，比起楚池，对楚渊更为放心。

但楚渊作为第一顺位继承人，因为双亲亡故，加上弃商从医，并不能服众，楚家支持他的人也最少。楚二爷作为他最为强有力的后盾，身边充满危险，有时在利益面前，那些情分也算不上什么。

外面天气甚好，春雨后的叶子娇嫩翠绿，挂着水珠。阮梨穿上校服——白色长款衬衫与黑色百褶长裙，绑着丸子头。

三月早春，空气透着凉意，阮梨身上还披着一件外套。

她拿着书包，和姨一起等着楚渊从楚二叔的房间里出来。两人等了十来分钟，楚渊终于出来了。男人长身玉立，西装革履，气质温文尔雅。

阮梨抬头，笑盈盈地看着他：“楚二叔、楚渊哥哥，早呀。”

楚二爷拿着烟斗，很是老成，见到阮梨后，严肃的脸上多了一丝温和的神色：“梨梨早，你这是要回学校了？”

“是呀，姨总算松口让我回学校上课了。”阮梨心情好，一双桃花眼笑得弯如月牙。

楚渊看着她，没说话。

阮静蓉见缝插针：“她在家里根本不肯好好学，除了让她回学校，我还能怎么办？我本来打算让陈叔送她去学校的，不过车子出了问题。我寻思着阿渊要回医院，阿渊，你顺带捎梨梨一程，可行？”

片刻后，楚渊“嗯”了一声。

“车子检修，今晚也开不回来，梨梨今晚回家也要麻烦阿渊了。”

“好。”旋即，楚渊又道：“二叔，我先走了。”

“你别忘了我和你说的事。从下周开始，你要开始接触我交给你的生意，多回家里住。”

“我会看着办的。”说完，楚渊往外走。

阮梨拎着书包，小跑着跟着他：“楚渊哥哥，你等等我。”

书包有点重，她走起路来颇为吃力，不一会儿便有点喘，白皙的脸颊透着一点粉。

楚渊突然停下脚步，跟在后面的阮梨差点撞上去。

楚渊转过身："把书包给我。"

阮梨眨了眨眼睛："谢谢楚渊哥哥。"

身上没了书包，阮梨轻松多了，走路也变得轻快，没再被楚渊落下。

两人的身影逐渐消失在院子里，门口鱼池内金色的锦鲤游得欢快。两人走出宏伟壮观的宅院时，司机已经恭候多时。

阮梨就读于南城的崇高私立学校，从家里到学校，要开一个小时的车。阮梨精神差，坐车的时候爱打瞌睡，不一会儿就睡得东倒西歪。

"到了。"清朗的嗓音响起，阮梨惊醒。

她还有点迷糊："到哪里了？"

"学校。"楚渊向她解释。

阮梨闻言，彻底清醒过来。她揉了揉眼睛，解开安全带："谢谢楚渊哥哥送我来学校。"阮梨拿起书包准备下车。

"几点回去？"

"我不太确定今晚几点能回去，我们加个微信，放学了我就告诉你，好不好呀？"生怕楚渊会拒绝自己，阮梨特地把语气放软了不少。因为身体不好，她晚上不上晚自习，上完下午的课就可以走了，不过走前得交速写作业。她会在画室里磨蹭一会儿，通常是晚上七八点离开。

见楚渊神情淡漠，阮梨心里忐忑不已。她总觉得楚渊会拒绝加她的微信，正想说"不给也没关系"，就在这时，楚渊的嗓音在她耳边响起："把手机拿出来。"

阮梨飞快地从书包里掏出手机。

她见到微信里多了楚渊这个联系人后，眉梢微挑。

楚渊的微信名是字母"Y"，头像是一座古色古香的建筑，那像是江南的建筑，画面有种烟雨朦胧的美感。

阮梨见校门马上就要关闭，赶忙把手机塞到兜里，又从兜里掏出一瓶乳酸菌饮料："楚渊哥哥，这是给你的谢礼。"阮梨把饮料塞到楚渊手里后便下了车，小跑着进了学校。

饮料的瓶身上留有一丝余温，车内的空气中有一股淡淡的、挥散不去的香甜气息。楚渊握住饮料，睫毛微垂，眼里闪过一抹暗色。

阮梨已经有一个多星期没来学校了，刚来到教室里还有点不适应，好在班上的同学热心，纷纷上前慰问她，她也都一一回复了。

“梨梨，你总算来了，我快想死你了！”同桌王蒙蒙打完热水回来看到阮梨，立马上前抱住她，使劲在她身上蹭了蹭。阮梨香香软软的，还是个小美人，可就是体弱多病，王蒙蒙第一眼见到她的时候就母爱泛滥了。

“好痒，别蹭了。”阮梨忍不住笑出了声。

王蒙蒙放开同桌阮梨：“喏，笔记。”

“谢谢蒙蒙。”

“你文化课的成绩每次都在三百八十分左右，你专业成绩再好，这个分数还是非常危险的，距离你心仪的清大美院的分数线还有不小的距离。所以，阮梨同学，你要加把劲。”王蒙蒙给她加油打气。

阮梨托着腮帮，惆怅不已。

因为精神差，她每次上课都听不进去，上数学课更是像听天书一样，补习老师也拿她没办法。

六月份就要高考了，她有点担心自己会考不上理想的学校。

阮梨沮丧不已，下了早自习后，拿出手机发了一条朋友圈：想吃糖。

她还在后面加了三个“难过”的表情图。

发完朋友圈，她给楚渊发了一条信息：楚渊哥哥到医院了吗？

医院里，楚渊穿着白大褂，手机响起后，他瞥了一眼。

给他发信息的人头像是一个梨，昵称是“甜梨”——是阮梨。

Y：到了。

楚渊回完消息，门外响起助理的声音：“楚医生，院长他们催你了。”

“嗯。”

甜梨：那瓶饮料楚渊哥哥喝了吗？

阮梨等了五分钟都没等到回复，于是把手机塞回书包里，努力把注意力放在试卷上。

会议室里，楚渊进来后拉开椅子坐下。

谢烊凑过来：“楚医生就职本院三个多月，第一次迟到，稀奇啊！”

楚渊依然很冷漠："离我远点。"

谢烊打量着楚渊，看到了楚渊鼓起的口袋："你兜里怎么放了一瓶饮料？"

"与你无关。"

"又是病人给的？"

"不是。"

谢烊挺喜欢喝这个牌子的饮料的，突然觉得口有点渴，便道："正好我有点口渴，你不喝的话要不送我？"

说完，谢烊伸手把饮料从楚渊兜里掏了出来，紧接着就对上了楚渊冰冷的目光，仿佛自己敢喝这瓶饮料，今日小命就到头了。

谢烊吞了口口水，有点犯怵，心想：惹不起、惹不起。

他面带微笑地把饮料给放了回去："女朋友送的啊？"

"我没女朋友。"

谢烊露出一副"我不信"的表情。

"我只是单纯地不喜欢别人碰我的东西。"

谢烊在心里骂道：放屁。

楚渊经常收到病人送的糖果、小饼干，但根本不吃，都是科室护士帮忙解决的。谢烊觉得他绝对是对自己有意见，不就是一瓶乳酸菌饮料？等开完会，他决定自己去商店买一排一次性喝完。

会议开始了。

今天会议的主要内容是关于二次心脏移植手术的探讨。

有个病人从小患有扩张型心肌病，2001年做过一次心脏移植手术，2010年心脏再次出现问题，目前已经匹配到一颗供体心脏。二次进行心脏移植手术，风险本就极高，他辗转多家医院，国内很多医院觉得手术成功率太低，拒绝替他做手术。多次求医无果后，这个病人上了一个医学类的节目求救，院长作为节目特邀嘉宾，在了解病人的情况后决定试一试。

经过一个多小时的会议，最后大家开始票选主刀医生。院长公布结果："楚渊，经过投票，你的票数最高，你有信心接这个手术吗？"

"可以接。"楚渊淡然地回道。

"好。"院长激动不已，其他主治医生松了口气。如果楚渊做不了这个手术，他们更做不了。

楚渊是天赋型医生，那双手天生就是拿来救人的。从他三年前开始主刀，他就没有一场手术失败过。现在，他已经成为医院的王牌外科医生，前途无量。

会议结束后，谢烊就跑去买了乳酸菌饮料，还专门拍了照片用微信分享给楚渊：我喝一排。

楚渊回到办公室，把那瓶饮料放进抽屉里，拿出手机，没有理会谢烊发的炫耀消息，而是直接点开了他和阮梨的微信聊天框。

Y：喝了。

对方没再回复。

楚渊今天没有手术，下午需要出诊。四点左右出诊回来后，楚渊开始熟悉那位待移植心脏的病人的病情。下午五点十五分，医院来了一位出车祸的病人，玻璃插入了他的心脏，他需要立刻进行手术，唯一有空的外科医生就是楚渊。

楚渊被叫走。进手术室前，他把手机交给助理："钉着点我的微信，要是甜梨发信息来，你就安排司机去接她。"

甜梨？这一听就是女孩才会取的微信名。楚医生居然会跟女孩接触，不可思议，不知那是谁。助理在心中如此想着，嘴上十分客气地道："好的，楚医生。"

手术室的门被关上，表示"手术正在进行中"的红灯亮起。助理一直拿着手机，未曾见消息进来。

晚上七点十五分，楚渊让一旁的医生缝合。

"楚……楚医生，我第一次当副主刀医生，可能会缝合得有点丑。"副主刀医生结结巴巴地道。

"缝起来就行。"

"好的。"

手术很成功，就是最后缝合得的确有点丑。

楚渊第一个从手术室里出来，其他参与手术的人员随后出来，副主刀医生望着楚渊离开的背影，自顾自地道："楚医生不愧是外科圣手，我想拜师。"

同样的年纪，有的人还是个缝合菜鸟，有的人却已经将手术做得出神入化。做手术的时候，楚渊很帅，每一个动作都精准、利落，通过这次手术，副主刀医生受益匪浅。

楚渊回到办公室，问助理："派司机去接人了吗？"

"甜梨没有发信息来，不过下午六点的时候你奶奶打来了电话，她问你今晚回不回去。”助理话落，手机就响了。

“楚医生，甜梨发消息来了。”助理把手机递给楚渊。

崇高是晚上十点下晚自习，阮梨虽然不上晚自习，但要在画室完成速写作业，现在还剩下最后一张没画完。

阮梨拿出手机，觉得现在可以给楚渊发信息说她准备回家了。

她打开微信，发现楚渊回复了她早上发的信息。

阮梨弯了弯唇，发了个“撒娇”的表情，继而回道：楚渊哥哥，你可以安排司机来接我了。

Y：等二十分钟。

医院离崇高不远，大概只有十五分钟的车程，阮梨收到了楚渊快到了的消息后，离开画室准备去校门口。此时学校四处都亮着灯，还下着淅淅沥沥的雨。

阮梨走到校门口，在保安室里等楚渊来接她。雨水飘落在她的脸上，一股凉意袭来，她立刻打了一个喷嚏。南城昼夜温差大，白天二十摄氏度左右，晚上直接降到了十二摄氏度。

阮梨的目光投向外面，路灯下的黑色汽车特别显眼。她正要小跑过去，一道挺拔的身影从车里下来，撑着伞向她走来。

天色昏暗，细雨蒙蒙，他身上似有一层光。

阮梨觉得楚渊是她的灵感之源，她想拿起画笔进行创作。

楚渊撑着伞走到保安室门口后停下来。阮梨跑到伞下，仰起头道：“不是说只让司机来接我吗？”

“奶奶叫我回去。”

“奶奶肯定是想你了。”

阮梨垂目低头，没再说话，两人并肩走着。

阮梨顺利上车，路上没再被雨水淋到。车门被关上，阮梨的呼吸里不仅有风雨的味道，还有楚渊身上的清香和淡淡的消毒水味。她发现，楚渊虽然性子冷，但是个绅士。他的肩膀被雨水淋湿了一半，侧脸、脖颈都被雨水打湿了。

她抬手把车顶的灯打开，从包里拿出纸巾，抽出一张纸巾，微倾身子，把手伸过去想替楚渊擦脸上的雨水，但还未碰到他的脸，手腕就被握住了。

阮梨感觉手边有温热的呼吸掠过，这让她觉得有点痒。

“我自己来。”

“好。”

楚渊松了手，拿过她手中的纸巾。

气氛有点诡异。阮梨悄悄抬眸，目光落在男人修长的脖颈处。

忽然，两人的目光对上。阮梨有种被抓包的心虚感，心跳加快，睫毛微颤，随后，她又打了一个喷嚏。

阮梨想了想，道：“楚渊哥哥，我不是故意偷看你的。你知不知道你有一种凌驾于艺术之上的美感？”

我明明在夸他，他为什么没反应？这么想着，阮梨低下头，有点失落。

灯光下，楚渊只看到一团圆鼓鼓的丸子头，还有她白润小巧的耳垂。片刻后，楚渊突然开口说道：“谢谢。”

阮梨迅速抬起头，露出笑脸，继续夸他：“楚渊哥哥是我见过的长得最好看的异性。”

阮梨说的是自己的真实想法，没有半句假话。要是可以，她想让楚渊给她当模特，只是现在两人关系还不够近，这个事，她只能留到以后再说。

因是下雨天，加上这段路有点堵，司机车开得不快。突然，右侧有车强行变道，司机猛地踩了一下刹车。阮梨体重轻，她又忘了系安全带，人直接往前倾倒。

下一秒，她的额头一阵温热，楚渊掌心用力将她按回了座位上：“系好安全带。”

阮梨心有余悸，赶忙去拉安全带：“好。”

阮梨给自己系上安全带后，又拢了拢外套，还是觉得有点冷。这时，楚渊把手往后伸，拿来一条毛毯盖在她身上。毛毯摸起来手感很软，上面还有一股淡淡的薰衣草味。

“楚渊哥哥，你不冷吗？”

“车里有暖气。”

阮梨还是把毛毯分过去了一些，盖在楚渊身上：“毛毯很长，盖两个人管够。”

很快，身体里那股寒意被驱散，阮梨又开始昏昏欲睡，脑袋开始跟着车子左右摇摆。最后脑袋一侧，她靠在了楚渊的肩膀上。

人熟睡的时候会下意识地寻找热源，阮梨往楚渊那边靠过去了一些，一点防范也没有。

楚渊低头，见阮梨脸颊贴着他的肩膀，人还有往下掉的迹象。但下一秒，她立马调整好姿势，还靠得离他更近了一些。

楚渊吩咐司机：“开稳些。”

回到楚家，阮梨从车里下来，伸了伸懒腰，脖子酸痛。下次要是坐楚渊的车去学校，她一定要把睡枕给带上。

“楚渊哥哥，你是要去奶奶那里吃饭吗？”

“嗯。”

“我也去！”

楚老太太见到两人的时候很开心，笑得脸上的皱纹都更明显了。楚渊独来独往惯了，上次偶然撞见阮梨与他一块儿来，这一次回老宅他身边又跟着阮梨，他还给她提书包，楚老太太瞧着很是欣慰。

楚老太太道：“今天是楚渊接梨梨放学的？”

阮梨嗓音甜甜地道：“平时我上下学坐的车子今日坏了，姨就拜托楚渊哥哥接送我。”

“挺好、挺好。”楚老太太笑意更深了。楚渊肯帮忙，说明他对于跟阮梨接触这事并不反感。

趁着楚渊到房间去换湿衬衫的时候，阮梨抱着楚老太太告状：“楚渊哥哥话好少，我跟他说话，他回复我的话都没超过十个字。”

“阿渊就是看着性子冷漠，等你跟他熟悉以后，他的话就多了。”楚老太太笑眯眯的，“梨梨，以后啊，你多找阿渊玩。”

“好的呀！”阮梨一口应下。

楚老太太又问：“梨梨今天课上得如何？跟得上教学进度吗？”

阮梨听楚老太太提起这个事，原本挺好的心情顿时蒙上了一层乌云：“奶奶，我上次的数学考试只拿了三十分。”

楚老太太安慰道：“奶奶以前数学也不好，当年还考过二十分。我家梨梨很棒了。”

楚老太太是不管阮梨考多少分都会闭眼夸的人：“距离高考还有三个月，梨梨不着急，让你姨再给你找几个补习老师，多给你补习补习。”

阮梨心中惆怅。姨给她找的补习老师都很好，是她听不进去。

两人聊天的工夫，用人已经把菜全部摆上桌了。楚渊从房间里出来，已经换上了干净的衬衫。

阮梨喝下一碗热汤，心头舒畅，开心地弯了弯唇。

“奶奶，吃菜。”阮梨给楚老太太夹菜。

楚老太太使唤道：“阿渊，给梨梨剥只虾。”

“好。”楚渊卷起袖口，开始用他修长的手指剥虾。他的动作慢条斯理，尽显优雅，很快，一只被剥好的虾被放在了阮梨的碗里。

阮梨给楚渊夹了一块排骨：“谢谢哥哥！”

另一头，楚池手里拿着一罐糖回来，去了阮梨住的院子，发现人没在。他以为阮梨在阮静蓉那里，转而去了阮静蓉住的院子，但今晚跟阮静蓉吃饭的是陈璐。

陈璐最先看到从外面进来的楚池。男人穿着黑色风衣和条纹西装西裤，踩着锃亮的皮鞋，背光而来，在陈璐眼中像天神降临。

“楚池哥。”陈璐站起来，笑着喊人。

楚池微微颔首。

“你怎么来了？”陈璐接着问。

目光越过她，楚池唤了一句“二婶”。

阮静蓉笑了笑。

“二婶，梨梨不在吗？”

他这话一问出口，陈璐脸上的笑容就淡了。

阮静蓉抬眸：“梨梨在老太太那里，你找她有事吗？”

“是有点事。”楚池回道。

“佳雪已经许久没来楚家了，你若是有空，就多带她回楚家吃饭。上回她送给我的那支护手霜挺好用的，我想问问她那是什么牌子的。”

宋佳雪是楚池的未婚妻，阮静蓉是在提醒楚池，他是有未婚妻的人，对阮梨的那份心思还是趁早打消的好。

“过两日我若是有空，便带佳雪来。”对于阮静蓉的提醒，楚池并未放在心上。

陈璐看着楚池离开，默默坐下。她虽身在楚家，但从来都很清楚她跟楚家是格格不入的，就算是喜欢的人，她也没资格去争取。

楚池去了楚老太太那里。他来得突然，阮梨看到他就想起那晚他看自己的眼神，心沉了沉。

楚池径直将目光落在阮梨身上，阮梨弯了弯嘴角，笑着喊道：“楚池哥。”

“梨梨。”楚池看见坐在阮梨旁边的楚渊，道：“大哥。”

楚渊“嗯”了一声算是回应，下一秒对阮梨道：“先把饭吃完。”

“我吃不下了。”阮梨摸了摸鼓鼓的肚子。她都快吃撑了。

“那把虾吃了。”楚渊拿过桌上的纸巾擦手。

阮梨见自己碗里还有三块鲜美的虾肉，只好把它们夹起来慢吞吞地吃掉。

楚老太太看到楚池，眼里并未有欢喜的情绪。她不喜三房的人是楚家众所周知的事。

“奶奶，近日身体可好？”楚池问。

楚老太太端起架子：“挺好。难得见你来一趟，你吃过饭了吗？”

“吃了。我来找梨梨有点事。”楚池道。

阮梨把虾吃完，接着喝了口热茶：“楚池哥，你找我有什么事呀？”

“给你的。”楚池递过去一罐糖，那罐子很特别。

“你不是说想吃糖？我特地给你买的。”他补充了一句。

阮梨上午心情不好的时候的确发了一条说自己想吃糖的朋友圈。她礼貌地接过糖罐：“谢谢楚池哥。”

“不能多吃，每天只能吃两颗。”

“好！”以前，楚池也有给她买糖的习惯；后来，阮梨知道了他的心思，就觉得他送的糖是烫手山芋，已经很久没吃过他送的糖了。

“奶奶，我还有事，就不叨扰你了。最近昼夜温差大，奶奶跟梨梨要注意身体。”

“去吧。”楚老太太随口应道。

楚池走后，阮梨松了口气。

饭后，阮梨陪着楚老太太出去散步，大概二十分钟后就回来了。此刻，楚老太太坐在懒人椅上看电视，电视里正放着《霸王别姬》。楚渊二十分钟前接了个电话，现在在房间里，还没跟对方聊完。

阮梨坐在椅子上，上半身趴在桌子上，没心思做试卷。糖罐就放在阮梨面前，她拿着圆珠笔将糖罐敲得铛铛响。

“梨梨，在想什么呢？不好好写作业。”楚老太太问。

“奶奶，这数学题好难，我不会。”

“那就先复习别的。”

一个小时后，楚渊打完电话从房间里出来。

阮梨脚不着地，只穿着白色袜子，脚丫不停地晃着。她趴在桌子上，手里转动着笔，因为受了电视的影响，嘴里说着《霸王别姬》的台词。

楚老太太已经在椅子上睡着了，楚渊先把楚老太太抱回房间，出来时，阮梨眸光明亮地看着他："楚渊哥哥，你忙完了吗？"

"忙完了。你收拾一下，我送你回去。"

"好。"阮梨开始收拾她的课本和试卷。一张试卷被窗外吹进来的风吹到楚渊脚下，那是阮梨考了三十分的那张数学卷子。

楚渊捡起卷子看了看。阮梨感到有些羞耻。

"三十分？"楚渊道。

阮梨舔了舔唇，窘迫地替自己辩解："我是艺术生，有点偏科，而且我最讨厌数学了。其实我只是数学不好，不是脑子笨，你千万别误会。"

楚渊笑了下，阮梨以为自己眼花了，再仔细看时，发现楚渊的脸上已经没有任何表情了。

楚渊把试卷递给阮梨："我没误会。"

阮梨把试卷塞进书包里："楚渊哥哥，你刚才是不是笑我了？"

"灯刺眼，你看错了。"楚渊拒绝承认这事。

阮梨收拾好书包，把鞋穿上："其实我很努力的，我想上清大美院。可我精神不好，补习老师给我补习我总是听着听着就睡着了。"阮梨眼里有懊恼的神色。

"为什么？晚上睡不好？"楚渊问了句。

"是呀……"她老是循环做噩梦，都快烦死了。

见阮梨穿好鞋，楚渊把电视关了。

阮梨背起书包，手里抱着糖罐，两人一同走出门。

雨停后，用鹅卵石铺就的路有些滑，阮梨走得小心翼翼的，但还是滑了一下。惊慌失措之下，她抓住了楚渊的衣服，在楚渊看着她时，她不好意思地笑了笑："路太滑了。"

一直走到自己的院子里后，阮梨才松开楚渊的衣服："谢谢楚渊哥哥送我回来，晚安。"

楚渊没忍住，提醒道："你身体不好，糖还是少吃为好。"

第二天，阮梨是被陈叔送去学校的。她听说楚渊昨晚没在楚家过夜，送她回院子后就走了。后面几天，楚渊也都不见踪影。

楚老太太说楚渊在医院工作很忙，阮梨听了分外惆怅。他要是不经常回来，她怎么跟他套近乎啊？

阮梨再次听到楚渊的消息，是在四月，因为他上了热搜。

课间休息，阮梨拿出手机，打开微博看了一眼热搜。

楚渊在一个医学类的节目里给一个病人做了二次心脏移植手术，手术非常成功，加上他年仅二十八岁，形象又出众，于是他一下就冲上了热搜。阮梨他们班上的女同学几乎全被这个男人高超的医术和绝世之姿所折服。

阮梨点开别人剪辑过的视频。镜头里的楚渊戴着口罩，只露出一双如画的眼睛。他指挥护士给他递手术用的工具，十分从容冷静，丝毫让人看不出他是在争分夺秒地从死神手里救人。

视频快速跳过了楚渊在手术室里做手术的场面，镜头一切，画面转换到了手术结束之后。楚渊从手术室里出来，摘掉了口罩、医用手套，神色明显有些疲惫，门口很多医生等着他公布结果。

“手术很成功。”他温润的嗓音格外动听。

…………

阮梨旁边的王蒙蒙兴奋地道：“梨梨，我现在正式宣布，东陵的楚医生就是我的新‘男神’了。”

“你一天换一个‘男神’，到底对哪个是真心的？”戗了同桌一句，阮梨将手机界面切到微信上。她一直有找楚渊聊天，发一些“早上好”“晚上好”之类的消息，上次和他说晚安是在前天，昨天她忘记发了。

甜梨：楚渊哥哥，你上热搜了。你有了好多“小迷妹”，她们都喊你“男神”。

五分钟后，她收到了楚渊的回复。

Y：热搜已经撤了。

阮梨刷新微博，排名第一的热搜果然不见了。

甜梨：为什么撤呀？

Y：避免麻烦。

甜梨：哦。

上课铃响，休息时间结束了。

甜梨：楚渊哥哥，我上课了，下次再跟你聊呀！

虽然热搜已经被撤，不过楚渊还是受到了广大群众的关注，不少人来医院里看他，更过分的是还有人为了博热度跟踪、偷拍他。心脏科为此加强了防范，不是到医院就诊的人，统统不许在此逗留超过十分钟。

月底，阮梨所在的学校又进行了一次摸底考试，阮梨有一点点进步，这次总分有四百分。对阮梨来说，这分数还是有点少，数学也就多了五分，她压力还是很大。

阮静蓉又给阮梨请了新的补习老师，周日上午，阮梨也在上课中度过。阮静蓉亲自监督她，她要是打瞌睡，阮静蓉就把她叫醒。

阮梨不喜欢这个新来的家教老师。她听姨说，这个家教老师是南城大学数学系的在读博士，学习成绩很好，是陈璐推荐的。虽然他讲题的确比以往的老师讲得要好懂，但阮静蓉不在的时候，他的目光会落在阮梨身上，眼神不怀好意。

一上午，阮梨都如坐针毡。

中午吃饭的时候，阮梨开口道："姨，能换一个补习老师吗？"

"你不喜欢这个啊？"

"嗯，不喜欢。"

"那姨再给你找。"

"姨你真好。"

阮静蓉没问理由，反正阮梨要是不喜欢，那就换。

下午，四月春风缓缓拂过，桃园里的桃花开得十分灿烂，阮梨准备去楚老太太那儿。

她进了院子，发现楚乔也在。

楚乔比阮梨大一岁，和陈璐是好朋友，和阮梨关系并不好。上次楚家家宴楚乔不在，这会儿楚乔看到她，一张脸很臭。

用人说，楚老太太想吃青团，还想亲手做，一个小时前去摘艾草了，这会儿估摸在回来的路上了。

"别以为奶奶让你喊她奶奶，她就是你奶奶，你就能进楚家了。那是我奶奶，你也别想进楚家。"果不其然，楚乔开始刁难她了。

阮梨对此早已司空见惯，丝毫不怵："你是不是忘了，奶奶想让我改姓，是我不想改。"

楚乔沉默了一瞬，又说："听说你又把主意打到我大哥身上了？

我警告你，离我大哥远点。”

阮梨淡定地回答：“不行啊，奶奶说楚渊哥哥总是一个人，让我多找他玩。”

楚乔：“……”

楚乔仿佛一拳打在了棉花上，偏偏阮梨还眉眼弯弯。

楚乔还想说什么，这时楚老太太回来了，楚乔跑上前就开始撒娇。

“行了，别挨着我，你身上喷的什么香水，这么浓？”楚老太太很是嫌弃地把她推开。

“明明很好闻，奶奶。”

“你是在质疑我的审美？”

“没有。”楚乔还是有点怕楚老太太的。

下一秒，楚老太太和蔼可亲地朝阮梨招手：“梨梨，来跟奶奶一块儿做青团。”

“好呀。”阮梨甜甜地答应道。

楚乔恼怒得跺脚。她明知楚老太太偏心，可也没办法。

楚乔不服气：“奶奶，我也想学。”

老太太闻言，倒也没有把楚乔赶走。

做青团呢，倒不麻烦。楚老太太手艺好，加上有阮梨她们帮忙，很快，软软糯糯的青团就做好了。不过，楚乔做到一半的时候接了个电话就走了，走的时候还瞪了阮梨一眼。

阮梨喜欢吃豆沙馅的青团，吃的时候腮帮子鼓鼓的：“好吃！”

“好吃就多吃两个，等吃好了帮奶奶个忙。”

“什么忙呀？”

“给你楚渊哥哥送去一点。”

“保证完成任务。”阮梨又吃了一个青团。她还想再吃，可是肚子已经吃不下了。

老太太把二十多个青团放在一个精致的盒子里。阮梨拿起盒子，对老太太说：“奶奶，我去给楚渊哥哥送青团了。”

周日，东陵医院人满为患。

阮梨到心脏科前台问：“护士姐姐，楚医生在吗？”

“有预约吗？”

“我是他……妹妹。”

前台护士头也不抬地道："自从楚医生火了以后，经常有人来找他，自称是他妹妹，你不是第一个。"

阮梨："……"

她上一次来这儿，姨带着她跟前台的护士说她们是楚渊的家人，她们就进去了。虽然论血缘她跟楚渊的确毫无关系，但论辈分她也算是他的妹妹。

她拿出手机点开微信，给楚渊打了语音电话，电话响了三声楚渊才接。

阮梨软声说："楚渊哥哥，我在医院，奶奶做了青团让我拿给你，但是前台的小姐姐说要有预约。"

前台护士抬头。面前的小姑娘长得十分端丽，最主要的是，她给楚医生打了电话。

"在那儿等我。"

"好。"阮梨乖乖应道。

不到五分钟，楚渊就出现了。

阮梨娇声道："楚渊哥哥。"

"跟我来。"楚渊回。

前台护士开口道："楚医生，抱歉，我不知道她真的是你妹妹。"

楚渊："无碍。"

"真是对不住，小姑娘。"前台护士又对阮梨道。

"没关系。"阮梨朝她笑了笑。

看到小姑娘被楚渊领走，前台护士感慨：这一家子颜值真高。

很快，楚渊妹妹来了的消息就在医院的群聊里传开了。

楚渊的办公室里有一股淡淡的消毒水味。

阮梨坐在沙发上。她今天穿的是淡绿色旗袍，外面罩着白色披肩。她在头发两边编了辫子，而后用一支珍珠发簪将头发绾了起来，露出了修长的天鹅颈，肩若削成，腰如细柳。

阮梨打开盒子："这是奶奶亲手做的，还软着呢，楚渊哥哥快尝尝。"

她的唇微微翕动："上面那层是蛋黄馅的，下面那层是豆沙馅的，哥哥要哪种？"

"豆沙的。"楚渊拿起一个青团。

阮梨有些惊喜："我也最爱吃豆沙馅的。"

谢烊心里一直还惦记着上次那个弱柳扶风的娇美人，看到群消息后马不停蹄地往楚渊的办公室赶。他敲门后直接推门而入。

“有事吗？”楚渊问。

谢烊冠冕堂皇地回道：“你要的病人档案，我给你拿过来了。”

“放下，你可以走了。”

谢烊瞅了一眼盒子：“这是什么好吃的？”

楚渊不作回答，气氛有点尴尬。但谢烊脸皮很厚，就不走，甚至还坐到了沙发上：“看着很好吃。”

阮梨礼貌地回答：“是青团，这位谢医生要尝尝吗？”

“好啊。”谢烊一点也不客气，伸手拿起一个青团，“‘小可爱’，这是你做的吗？”

阮梨有些不好意思地说：“是我奶奶做的。”

谢烊厚脸皮地夸赞道：“奶奶手艺真好。”

谢烊吃了一个青团，还想吃第二个的时候，楚渊把盒子盖上：“只是让你尝尝，没让你多吃。”

“楚医生，你做手术的时候我帮你的忙还少吗？我多吃一个青团怎么了？”

“我可以不需要你的帮忙。”

“过分。”谢烊嘟囔了一句，跟阮梨道：“你楚渊哥哥人真坏。”

阮梨弯唇：“可能是你跟我哥哥不熟吧。”

谢烊：“……”

谢烊有些心塞，可是见小美人笑得好看，又道：“小妹妹，我们可以加个微信吗？你把青团的做法告诉我，我回头自己试试。”

阮梨觉得这人有些奇怪，便答：“很简单的，你可以上网查。”

闻言，谢烊不再委婉说话：“好吧，其实我就是想跟你做个朋友。”说罢，他满脸期待地等着阮梨的回答。

阮梨想了想，忽然伸手拽了拽楚渊的袖口，仰着头小声问：“楚渊哥哥，谢医生人怎么样呀？”

楚渊不急不缓地道：“不怎么样。你少跟他接触。”

谢烊听到后痛彻心扉。楚渊简直是一派胡言，败坏他的名声！众所周知，他是东陵医院最善良、最可爱的医生。

阮梨顺势微笑着拒绝：“谢医生，抱歉。”

谢烊泪流满面。娇美人近在咫尺，而他已经失去了跟她做朋友的机会。

阮梨长得好看，想跟她做朋友的异性太多，她拒绝人的手段早已经练得炉火纯青。不仅如此，阮梨打人一棍还给人颗甜枣吃：“楚渊哥哥，谢医生好像很难过，你再请他吃一个青团吧。”

谢烊吃到第二个青团的时候，心里总算好受多了。

护士站一通电话打来，谢烊依依不舍地离开，楚渊也吃得差不多了，起身去卫生间洗手。

楚渊办公室的书架上放有很多书，还有一个骷髅人摆在旁边，阮梨坐着觉得无聊，便走到书架前随意地看着。书架有两米高，上面放的大多数是医学类的书，看到上方放有几本杂志，阮梨踮起脚、抬高手，想要将杂志拿下来。

“在找什么？”楚渊的声音在她身侧响起。

“杂志。”阮梨侧头问，“楚渊哥哥，我不想那么快回去，可以在你这里多待会儿吗？”

“随你。你拿得到吗？”

“拿不到。”阮梨有些懊恼。

楚渊忽然站到了她身后，将手贴在她的腰上，把她举了起来。

阮梨脚尖离地，被吓了一跳。她身体略僵硬，有些不敢动，最后一咬牙拿了杂志。

见阮梨顺利拿到杂志，楚渊把她放下来。阮梨落地后，脚有些发软。她没站稳，人不由得往楚渊身上靠。好闻的气息扑鼻而来，她忽然有点失神。

站稳后，阮梨往后退了退：“楚渊哥哥，你刚才帮我拿下来不就好了吗？”

“上面摆放的杂志很多，我不清楚你要看哪本，你自己拿最方便。”楚渊解释道。

“好吧。”

“你自己坐会儿，我出去一趟。”

“嗯。”

楚渊出去后，阮梨把鞋子脱了，屈着双腿坐在沙发上，拿着杂志翻看着。杂志内容挺有趣，不过阮梨的困意来得快，不一会儿她就哈欠连天。

这时，门被敲响，门外响起一个女人的声音：“楚医生，在吗？”

阮梨听到敲门声，有点担心是病人或是别的医生来找楚渊，于是穿好鞋起身去开门。

门外是一个穿着黑色连衣裙、留着一头波浪鬈长发的美女，她看到阮梨，神情微怔。她似乎没想到会有陌生女人在楚渊的办公室里。

阮梨好心跟她解释：“楚医生出去了，你过会儿再来吧。”

女人看她的眼神不太友好，语气也有些冲：“你是谁？”

阮梨觉得自己没有义务跟女人说明自己的身份，正想把门关上，女人却将脚卡在门缝中，用手把门推开了。

阮梨被门撞到肩膀，人往后踉跄，跌坐在地上。痛感来袭，她眼圈一红。

阮梨身娇体弱，被这么一撞，她感觉自己左肩膀的骨头仿佛都被撞碎了。

女人见状，第一反应是不知所措。可也许是对面前娇滴滴的女孩抱有敌意，女人带有恶意地揣测着阮梨的品性，冷声道：“不就被撞了一下，你至于哭成这样吗？”

阮梨抬眸，没想到面前的女人虽穿着光鲜亮丽，却是这么不讲理的人。

“你还没告诉我你为什么会在楚渊的办公室里。”女人质问道。

阮梨气呼呼地说：“阿姨，请问你是以什么身份问我这个问题的？”

一声“阿姨”让女人的脸色更为难看：“谁是你阿姨，你知不知道我是谁？”

阮梨此刻是一点也不想知道对方的身份。她的目光缓缓地掠过女人，落到她身后回来的楚渊身上。

“楚渊哥哥……”她不小心动了动肩膀，被撞到的地方更疼了。

女人回过头，见楚渊微抿着唇，神色有些僵硬。她忽然紧张起来：“楚医生。”

楚渊迈开长腿，经过女人身旁时并未停留，只带起一道清风。他径直向阮梨走过去，抱起还坐在地上的小姑娘。

楚渊嗓音沉了沉：“怎么弄的？”

“那个阿姨很用大的力推门，把我撞到了。”

阮梨一口一个“阿姨”，叫得女人心塞。

楚渊单手拿起手机打电话给前台护士：“你好，帮我联系一下骨科的王医生，请她过来一趟。”

前台护士：“好的，楚医生。”

见楚渊打完电话，阮梨说道：“这个阿姨好凶啊，我让她晚点来找你，她很凶地问我我怎么在你的办公室里、跟你什么关系。楚渊哥哥，她是你女朋友吗？”

楚渊回道：“我没有女朋友，以后我不在，别给陌生人开门。”

在门口站着的女人脸色苍白。她感觉楚渊和小姑娘关系匪浅，而自己于他而言，不过是陌生人。

阮梨抓着楚渊的袖子继续撒娇：“哥哥，以后你找女朋友不许找这么野蛮、凶巴巴的。”

“好。”楚渊不假思索地回道。

女人之前并不知道这个小姑娘是楚渊的妹妹，此刻听见小姑娘喊楚渊“哥哥”，她才反应过来。她想：我现在还有救吗？挽留他还来得及吗？于是她着急地往里走了两步：“楚医生，我不知道她是你妹妹，对不起。”

楚渊十分冷漠：“你该道歉的对象不是我。”

女人转而看向阮梨：“小妹妹，对不起。”

阮梨别过头，根本不搭理她，瓮声瓮气地道：“楚渊哥哥，你快把她赶走，梨梨现在一点都不想看到她。”

楚渊再次不假思索地回道：“好。”

楚渊也根本不想见到这个女人。他看向女人的眼神几乎没有温度：“周小姐，请你离开。”

他就算赶人走，也绅士有度，就是因为如此，周婕妤才心痛。隔在他们之间的是遥远山河，楚渊这个谦谦君子，注定是她拿不下的“高岭之花”。

“楚医生，我找你只是想了解一下我妹妹现在的情况。”周婕妤做着最后的挣扎。

楚渊回道：“你妹妹的情况我会直接和你父母沟通，你想了解什么可以问他们。”

“你一定要对我这么冷漠吗？”周婕妤红了眼。

楚渊回答：“我不是一直如此？”

周婕妤愤然离去。

骨科的王医生在十分钟后赶了过来。

王医生四十岁出头，看到楚渊的办公室里有个哭得眼睛泛肿的小姑娘，就明白自己是来帮什么忙的了。

楚渊把大致情况说明了一下："她的肩膀被门撞到了，还请王医生替她看看。"

"好。"王医生走向阮梨："小姑娘，撞的是哪边的肩膀？"

"王医生，你喊我梨梨就可以了，撞的是左肩。"阮梨回答。

"你坐好，让王医生给你检查检查。"

"好。"

阮梨的左肩膀处有一片瘀青，还有些红肿。

于看诊的医生而言，人体不过是一堆器官和组织，此时阮梨露出来一点肩膀，王医生的神情没有任何变化，倒是一旁的楚渊喉结微滚，目光微沉。

王医生的手只是碰了阮梨一下，阮梨便疼得猛抽一口气，眼泪又冒了出来。

"别哭了。"楚渊出声道。

阮梨憋着眼泪道："楚渊哥哥，你是不是嫌我哭的声音吵到你了？你要是嫌弃我，我以后再也不找你玩了。"

"不是。哭多了嗓子会疼。"楚渊解释道。

阮梨趁机说："我想吃糖，之前楚渊哥哥给我的那种。"

"你不哭了我就奖励你。"

"那我不哭了。"阮梨忍住了眼泪。

听到两人的对话，王医生忍俊不禁，继续检查，两三分钟后检查完毕。

王医生对楚渊道："没伤到骨头，现在可以用冰敷消肿止痛，二十四小时后，喷点活血化瘀的药，或者多做一下热敷，三到五天就好了。不过我看梨梨细皮嫩肉的，估摸得一星期才能好全。"

"麻烦王医生了，有需要帮忙的地方尽管开口。"

"行，那我先走了。"帮楚渊这么一个小忙就能让楚渊欠自己一个人情，王医生觉得很划算。

楚渊出去送王医生，让阮梨坐在办公室里等会儿，再回来时，手里多了一个冰袋："自己拿着敷十分钟。"

阮梨接过冰袋："楚渊哥哥，糖呢？"

楚渊拿出一颗糖，阮梨迫不及待地把糖卷入嘴中。尝到甜味，她笑靥如花，肩膀上的疼痛似乎也没那么让她觉得难受了。

楚渊是周婕妤妹妹的主治医生，周婕妤以询问自己妹妹的病情为由，三番五次地接近楚渊，这事在心脏科不是什么秘密。很快，周婕妤因惹了楚渊的妹妹被楚渊驱赶的事就在医院里传开了。

神经外科，一位温柔知性的女医生正在查房。

“林医生，你跟楚医生大学的时候就是校友，在医院里你们最熟，你知道他家什么情况吗？听心脏科的护士说，他妹妹来找他，人还长得特别好看。”另一名女医生上前道。

林医生认真地看着病人的资料：“不清楚。怎么了？”

“周婕妤你知道吧？她因为把楚医生的妹妹惹哭了，被楚医生赶走了。听说他对妹妹特别好，妹妹哭着要吃糖，他还特地去问病人要呢。”

笔尖一顿，林医生有些恍惚：“亲妹妹？”

女医生：“不是亲的楚医生怎么可能对她那么好？”

也是。林知晚想。

阮梨吃了糖还意犹未尽，把手伸进楚渊的兜里，只是手还没碰到糖就被楚渊抓住了：“只能吃一颗。”

“我会受伤，楚渊哥哥要负一部分责任。”阮梨道。

“那也只能吃一颗。”楚渊的语气很强硬，没有丝毫商量的余地。

阮梨噘了噘嘴，心道：我怎么感觉有点亏呢？

她想了想说：“楚渊哥哥，要不这样，你以后周末回家帮我补课，我就不跟奶奶告状了。”

“我没时间。”

“就补两个小时。”

楚渊还是拒绝了她：“下午六点我送你回去。”

阮梨嘟了嘟嘴，不勉强他了，心想：算了，吃亏点就吃亏点吧。

下午六点，林知晚做完手里的事，拿着咖啡去找楚渊，却被一名护士叫住：“林医生，楚医生走了。”

“可惜了，本来想请他喝咖啡的。”林知晚浅浅地笑了下，把其中一杯咖啡给了面前的护士，“不介意的话，这杯送给你？”

“当然不介意。”护士接过咖啡，笑嘻嘻地说。

阮梨的肩膀当天冰敷了很多次，第二天陈姨又是拿药给她喷，又是用热鸡蛋在上面滚，总算是消肿了，但瘀血还是没散去。

YAOYIKOUTIANLI

第二章

补习

阮梨在画室完成当天的速写任务后，跟王蒙蒙道了别。陈叔已经在门口等着了，阮梨从画室里出来，突然，身后有个人一把拽住了她的手。

阮梨转身，发现对方是之前那个她不喜欢的家教老师，黄栋国。

“阮同学，是我教得不好吗？你为什么要辞退我呢？我给你补习两个月，你的成绩绝对能上去。”

阮梨吓得小脸苍白，拼命甩开他的手：“你走开、你走开……”

“别怕，让我教你，嗯？我一定会好好教你的！”他握住阮梨的手腕，她细腻的皮肤让他神魂颠倒。

看到这番场景，门口的保安和陈叔立马上前将对方推开。

陈叔吼道：“你想干什么？”

“我只是……”

“滚！再让我看到你出现，楚家人是不会放过你的！”陈叔语气凶狠。

黄栋国想起了自己第一次去楚家大宅时的感受。那座立于深山中的、让人看不清有多大的豪宅，带给他极大的震撼。

楚家，百年大家族，有钱有势，他的确得罪不起。

黄栋国不敢正面与陈叔对抗，于是转身跑了。

阮梨的手腕被勒出了一圈红印，睫毛轻轻颤着："陈叔，我想回家……"

"好。别怕，我把他赶跑了。"

或许是受了惊吓，阮梨夜里被噩梦缠身，半夜时分发起了低烧。

后半夜，阮静蓉几乎没怎么睡，一直守着阮梨。直到早上阮梨的体温恢复正常，她才松了口气。

次日，阮梨没去学校，在家卧床休息。

陈璐早上来了一趟，阮静蓉训斥了她一顿："你看看你介绍的什么补习老师？品行不端，都把梨梨给吓出病了！"

陈璐低着头道："姨，我不知道会这样。"

阮静蓉见她如此愧疚，也不好再说什么："算了，吃一堑长一智，以后可不能再给梨梨请异性的补习老师了。"

陈璐低声应"是"。

下午，陈璐去了一趟南城大学数学系。她没见到黄栋国，但在公告栏上看到了黄栋国被处分的通知——他被学校开除了。

黄栋国在学校里人品不行是众所周知的，数学系的学生们议论纷纷：

"看来这个黄栋国是踢到铁板了，他简直就是人渣、败类。"

"可不是嘛。总算不用再看到他了，我就没见过这么恶心的人。"

…………

阮梨在家休养了三天才去学校。现在，每次从画室里出来，她都担心身边会突然出现一个黄栋国来，还好陈叔每次都直接站在门口等她。又过去两天，她才渐渐将这件事淡忘。

又到了周日，学校只放半天假，王蒙蒙收拾东西的时候叫住阮梨："梨梨，我们去逛街吧！先去看场电影，结束后顺便去书店买套试卷。怎么样？"

阮梨应了声"好"。

到了天汇广场，两人先看了场电影，看完电影出来，已经晚上六点了，正好是饭点。两人吃过饭后，开始逛商场。

小姑娘最喜欢逛精品店，两人在商场一待就是一个多小时。出来时，两人都两手空空，不过王蒙蒙的脑袋上多了一个很精致的发夹。

离开商场，两人前往附近的书店。这家书店很大，共有六层，周末来买书的人不少。两人买了试卷后就去了文学作品区域。

阮梨刚挑好书，陈叔打来了电话："梨梨，我跟你说件事。车子在半路上被追尾了，一时半会儿我接不了你，正好楚医生在你附近和朋友谈事，他会接你一块儿回楚宅。你现在给他发个位置。"

"好的，陈叔。"

阮梨生病后就没有给楚渊发过微信消息，他也从来不会主动找她，她对他的攻略进度怕是还不到三分之一。

怎么会有那么难接触的人呀？阮梨想不通。

阮梨低头给楚渊发了一个定位。

Y：在几楼？

甜梨：五楼。

阮梨发完消息，王蒙蒙说："梨梨，我去那边看看。"

阮梨应道："好，你去吧。"

王蒙蒙离开后，阮梨本来看书看得好好的，突然有一股浓烈的香水味飘过来，一个留着黑色长发、浓妆艳抹、脚穿白色短筒袜的女人站在了她的旁边。

阮梨往旁边挪动，对方跟着挪过来，手还碰到了阮梨的手背。阮梨顿时觉得毛骨悚然。

她想起了那日学校门口黄栋国那恶心的眼神和他用力拽着她的手腕时的模样。

这个女人的眼神和黄栋国的眼神一模一样……不是……女人为什么会有喉结？

阮梨想退后却发现无路可退，这里是一个死角。她被香水熏得有点晕，双脚发软，浑身瑟瑟发抖。

"女人"的手绕过阮梨的身子假装拿书，缓缓垂落，眼见着就要落到阮梨的细腰上，突然被人紧紧抓住。

"女人"抬起头，对上一双冰冷的黑眸，下一秒，手腕被折，"她"发出惨叫声。

这人根本不是女人，是伪装成女人的男人——黄栋国！

听到黄栋国尖叫，阮梨再也站不住，背靠着书架，缓缓滑坐在了地上。

"闭上眼睛，深呼吸。"楚渊望着瘫软在地上的阮梨道，"不用怕。"

阮梨身子发软，清朗的嗓音入耳，仿佛有让人冷静下来的作用，她抱着膝盖，把脑袋埋进去，用力地呼吸。

男扮女装的黄栋国手疼得发抖。他好气，差一点、差一点……都是这个突然出现的男人坏了他的好事。黄栋国抬头怒瞪对方，将没有受伤的手捏成拳头，朝男人挥了过去。

手再次被握住，黄栋国突然感觉天旋地转，接着，他倒在了地上。

他摔得龇牙咧嘴，下一秒，皮鞋踩在他受伤的手腕上，一阵锥心刺骨的痛感传来，他再次放声惨叫："我错了、我错了！放过我、放过我……"

众人闻声而来，看到黄栋国的打扮和缩在角落里的小姑娘就猜到是怎么回事了。

这时，楚沉从人群里冲出来："大哥、梨梨。"

楚渊的脚踩在黄栋国的手腕上，眼眸微垂，这样的他显得颇为冷酷。他慢条斯理地收回长腿："报警处理。"

"我马上打电话。"楚沉拿出手机。

角落里，光线不是很亮，书架很高，衬得蹲在角落里的阮梨只有小小一团。

阮梨听到黄栋国被楚渊教训得再次求饶。

一道阴影缓缓落下，阮梨已经没有先前那么怕了，怯怯地抬眸，一双长腿映入她的眼帘，而后，楚渊缓缓蹲在了她面前。

"阮梨，没事了。"楚渊的声音似乎比以往多了一丝温柔，他朝阮梨伸出手，阮梨没怎么犹豫就把手放在了楚渊的手心里。

楚渊轻轻握住她的手，拉她起来，再捡起她散落在地上的书。

"谢谢楚渊哥哥。"阮梨声音还有点颤。

书店的工作人员已经将黄栋国扣着了，正在等待警察到来。楚渊发话："楚沉，你留下来处理。"

"知道了，大哥。居然敢把狗爪子搭在我们家梨妹妹身上，我会让他付出惨重代价的。"楚沉恶声恶气地道。

说罢，楚沉调整语气，走上前拍了拍阮梨的头："别怕，梨梨，哥哥们在呢，我们不会放过这个浑蛋的。"

"嗯嗯，谢谢楚沉哥。"阮梨软声说。

楚沉还想说什么，楚渊却拉着阮梨从他面前离去。

阮梨跟着楚渊的步伐去前台付款，付款期间，前台旁边有一个男人想上前说些什么，阮梨下意识地往楚渊身上靠。

阮梨被阮静蓉保护得太好，跟外界接触得少，第一次遇到黄栋国这种人，还二次遇袭，原本淡去的阴影重新笼罩在她的心头。

楚渊低头，只见阮梨被吓得不轻，仿佛有点风吹草动，她就会惊慌失措。

楚渊接过书低头说："走吧。"

"嗯……"

两人乘坐电梯去停车场。电梯里人很多，阮梨背靠着冰凉的电梯轿厢，楚渊面对着她，替她隔绝了进进出出的陌生人。

阮梨露出笑容："楚渊哥哥真好。"

楚渊没说话，那双浅眸里似有不可窥视的秘密。

两人回家的路上，王蒙蒙用微信打来语音电话，语气着急："梨梨，你去哪里了？我怎么找不到你呀？"

阮梨解释道："我遇到了点事，现在在回家的路上了。"

"吓死我了，呜呜呜。"

"没事的，别担心。对了，你一个人回去要小心。"

"好，我让我爸来接我。"

"好。"挂了电话后，阮梨垂眸深思。她想起了白天来看自己的陈璐。她们俩关系不好，那个黄栋国也是陈璐介绍给姨的。

阮梨不想恶意揣测陈璐，可陈璐从小没少给她使绊子。要不是她聪明，兵来将挡水来土掩，嘴巴甜会讨人欢心，不知得挨多少欺负。

阮梨一想到今天的事，心里就不舒坦。

回到楚宅，阮静蓉在阮梨的院子里等着她。阮梨看见姨，忙上前撒娇，泫然欲泣："姨，我好难过。"

"出什么事了？"

"陈璐介绍给我的补习老师跟她关系怎么样？他们是朋友吗？姨你不在的时候，那个补习老师眼神特别可怕，所以我才不要他的。

"姨辞退他后，他在学校拽我的手就算了，今天还男扮女装接近我，要不是楚渊哥哥来得及时，我……我……"

阮静蓉一听，脸色倏地冷下来。

起初，她是因为信任陈璐，所以才没有派人去查黄栋国的底细的，结果就出事了。陈璐有没有旁的心思，很难去证实。

"梨梨，是姨疏忽了。"阮静蓉一脸愧疚。

"不是姨的错。"阮梨赶紧说。

阮静蓉心疼地说：“你今天晚上吓坏了吧？上回吓到烧了一晚，养了三天才恢复精神。今晚姨过来陪你睡，保护梨梨。”

“你过来陪我，姨丈不就得一个人睡了？我自己可以的。”

“我看你不可以。”阮静蓉决定今晚留下来照顾阮梨。

她看向默不作声的楚渊：“阿渊，今天太谢谢你了。”

“不客气。”

“那个黄栋国处置了吗？”

“已经报警处理了，楚沉在跟进。”

“那就好。”阮静蓉心弦微松。

楚渊沉默了片刻，问：“新的补习老师找好了吗？”

“还没，梨梨上课的时候分神分得厉害，特别是上数学课的时候。我不知道给她换了多少个补习老师了。”阮静蓉忧心不已，见楚渊关心，接着问道，“阿渊有推荐的人吗？”

“我。”楚渊淡定地回答。

阮静蓉愣住了。她没想到楚渊会毛遂自荐。

“楚渊哥哥，你要给我补课吗？”阮梨眼睛发亮。

“那怎么行？你楚渊哥哥在医院工作已经很忙了，还要接手家族的生意，你学习上的小问题怎么能麻烦他？”阮静蓉不太赞同。

楚渊说：“这种小问题，我还忙得过来。”

阮静蓉心动不已：“那梨梨的学习就拜托你了。”

经过黄栋国这件事，阮静蓉再找补习老师，要求肯定更多，一时半会儿估计也找不到合适的人，而高考在即，阮梨不能再浪费时间了。

阮梨对楚渊主动提出帮她补习这件事十分满意，想趁着楚渊给她补习的这段日子，多多与他见面，增进感情。这样，等他们“兄妹”感情深了，以后就算她出事，她想楚渊也一定不会不管她。

书房里，阮梨坐在椅子上，耷拉着脑袋，将过往的试卷堆放在楚渊面前。不知为何，楚渊翻阅试卷的时候，阮梨有点紧张。

陈姨端来一杯板蓝根冲剂和一盘切好的水果：“梨梨，把药先喝了。”

阮梨接过杯子，楚渊接过水果盘。

陈姨觉得这一幕特别温馨，笑着走了出去。

阮梨喝完板蓝根冲剂，嘴巴有点涩，于是她戳起一个包着乌梅的小番茄放进嘴里：“楚渊哥哥，你要看我的试卷看到什么时候？”

楚渊放下试卷说：“从下周开始，每周一、三、五晚上，你来医院找我，周日晚上我会空出时间回楚家教你；若是我没空，我会提前通知你，然后找人代替我帮你补习。”

阮梨又吃了一颗乌梅小番茄，含糊地应“好”。见楚渊的目光落在她身上，她插起一颗乌梅小番茄递过去，笑脸相迎：“楚渊哥哥，吃一个。”

“你自己吃，不用管我。”楚渊移开视线。

阮梨只好收回手，把乌梅小番茄塞进自己嘴里。她舔了舔唇，吃了一颗又一颗乌梅小番茄，乌梅搭着小番茄，味道特别好。

楚沉处理完黄栋国的事来找楚渊，听陈姨说他跟阮梨在书房，便径直往书房走。

楚沉一来便扯开嗓子道：“大哥，那个黄栋国的事解决了。他是个惯犯，还拿猥亵其他女孩的视频威胁她们不许报警。这人在学校里人模人样，不知欺负过多少女孩，坐牢都便宜他了。”

“他在南城大学名声很不好吗？”楚渊问。

“我上南大论坛上看过，里面有个帖子专门说他人品不好，那帖子很火，好多院系的学生在里面骂他。”

阮梨听到这些事，在心里痛骂陈璐。陈璐不可能不清楚黄栋国是个什么样的人。陈璐说不知情，根本是骗姨的，只可惜阮梨没有证据，奈何不了陈璐。不过阮梨今天已经告过状了，姨对陈璐肯定也不会再信任了。

“楚沉哥辛苦了，吃水果。”阮梨把水果往楚沉那边推了推。

“梨梨真乖。”楚沉抬手揉了揉阮梨的头。揉着揉着，楚沉察觉到楚渊在看着他。

楚沉一脸茫然：“大哥，你看我做什么？”

楚渊：“别把你手上的细菌蹭到阮梨头上。”

楚沉在内心哀号：我的手一点都不脏！

晚上九点半左右，楚渊和楚沉从阮梨的院子里离开。

楚渊回了他的住处。他很少回来，偌大的院子冷冷清清。他沐浴完出来，手机振动，他便拿起手机接通了电话。

那头一个男声响起：“先生，你要的学习资料已经整理好了。”

楚渊吩咐道：“明早打印出来送到东陵医院。再查一查陈璐。”

"是，先生。"

四月的风十分温煦。早上，陈璐精心打扮过后到盛景集团报到。陈璐比阮梨大三岁，今年即将大学毕业，应聘上了盛景集团总裁助理一职。

盛景集团是楚池接手的公司，楚池每天多半时间会在这里处理业务。

楚池姗姗来迟，到办公室后把陈璐叫了进去。

陈璐看到坐在办公椅上的男人，内心小鹿乱撞："楚池哥。"

"你不该来这里工作。"楚池见陈璐进来后，冷声道。

陈璐咬了咬唇："你是担心我被我姨骂吗？"阮静蓉是楚二爷的太太，楚二爷是楚渊那一派的，和楚池不在一个阵营。

楚池冷漠地道："我不关心二婶会怎么对你，你是二婶养大的，在我这里工作身份不合适。"

陈璐道："我有选择的权利。我会证明自己的能力，更会争取三爷他们的信任。"

她要让所有人看到，她虽然没有身份背景，但是是一个有本事的人，有能力站在楚池身边。

阮梨昨晚没有发烧，今早照常来学校上课。

昨晚有点没睡好，此时她懒洋洋地打着哈欠。

王蒙蒙用手肘蹭她："隔壁班的'班草'又假装路过来看你了。"

阮梨："……"

下午的自习课，阮梨趴在桌子上睡了一觉，一觉睡醒，她交完作业，便开始收拾课本和试卷。手机振动，提示她微信有新消息。

Y：今晚晚饭自己解决。

甜梨：好。

陈叔带阮梨到医院附近吃过晚饭，阮梨便独自去了心脏科。这次见到她，前台护士没多问，笑眯眯地和她打完招呼便直接放她进去了。

阮梨到了办公室，楚渊的助理给阮梨倒了杯热水："阮小姐，楚医生跟其他医生出去吃饭了，还要半个小时左右才能回来。你先复习，有什么不懂的可以先问我。"

阮梨说了声"谢谢"。没人管，阮梨怎么可能认真复习？她抽出书包里的漫画书，津津有味地翻看起来。

医院对面的餐厅里，楚渊抬腕看了一眼表上的时间。他把桌上的饮料喝了，说："我还有事，先回去了。"

一名同事问："楚渊，林医生已经到了，你不坐一会儿再走吗？"

"不了。"楚渊起身离开。

谢烊说："别管他，他要回去给他妹妹补习功课。"谢烊也不想什么都知道，但他今天早上找楚渊的时候看见楚渊的办公室里放着的试卷了。

众人笑了，有个医生道："不是吧？给她报个补习班就好了呀。我可以介绍，楚医生需要吗？"

楚渊淡淡地回道："不需要，她已经换过很多补习老师了，没一个有用的。"

众人闻言，不好再多说什么。

林知晚到了餐厅，根本不见那个温润的身影，问道："楚渊呢？"

"回医院了。"有人回。

林知晚心里难免失落，但她没表现出来："跑得真快。"

楚渊回到办公室的时候，见阮梨穿着白色棉袜、戴着蓝牙耳机坐在地毯上，手里拿着一本漫画书，正看得津津有味。

阮梨感觉有人进来，扭头看了一眼。见来人是楚渊，她手忙脚乱地想把漫画书藏起来，结果漫画书吧嗒掉在了地毯上。阮梨伸手把漫画书捡起来，结果有一封信从漫画书里掉了出来。那信的封面是淡蓝色的，上面写着"阮梨收"。

楚渊走向阮梨："看得开心吗？"

阮梨乖巧地微笑："开心。"

她想要把那封信捡起来扔进垃圾桶里，但楚渊比她快一步，他把信捡起来后一句话都没说就直接把它扔进了垃圾桶里。

"介意？"他问。

"没有呀。楚渊哥哥，你喝酒啦？"她嗅到了一点酒气。

"喝了一点。把抽屉里的试卷拿出来。"

阮梨拉开抽屉，看到里面堆放着的试卷就觉得难受。

楚渊道："最上面那套卷子上是你经常会做错的题，你重新做一遍，从你成绩最好的科目做起。"

"哦……那我做试卷，你做什么呀？"

"睡觉。"楚渊今天做了一场手术，从早上九点做到下午两点。

这场手术格外漫长，消耗了他不少精力，之后他也没什么时间休息，此时已经累了。

楚渊慵懒地躺在沙发上，此刻的他没穿白大褂，穿的是黑色衬衫和长裤。他将手搭在腹部上："做好了叫醒我。"

阮梨在书包里找着什么："楚渊哥哥，等等。"她拿出自己的粉色兔子眼罩，"楚渊哥哥，这个给你用。"

楚渊不假思索地说："不用。"

阮梨看出了楚渊眼中的嫌弃之意，但是她还是想看看这粉粉的眼罩戴在这个气质出尘的男人脸上会是什么样的。

"楚渊哥哥，我只是怕灯亮着你会睡不着。"桃花眼澄澈，阮梨故作关怀地道。

楚渊打量着她，那双浅眸像是能看穿人心。

阮梨被看得有点不自在，眨了眨眼睛，有些心虚。

就在阮梨架不住楚渊审视的目光，要把眼罩收回来的时候，楚渊收敛了眼神，接过了她的眼罩："有心了。"

楚渊还真将眼罩戴上了。粉色眼罩挡住了他那双漂亮的瑞凤眼，他轻抿着薄唇，呼吸平缓地躺在沙发上。粉粉的眼罩在他的脸上，没什么突兀感。

阮梨哪还想做什么试卷？她只想把画笔拿出来，把这一幕给画下来。

阮梨偷偷看了他好一会儿才收心，开始认命地做试卷。

阮梨做试卷做得很认真。换作以往，她已经开始打瞌睡了，但不知为何，今天她就算犯困，也不敢有半点松懈。

到晚上九点时，阮梨写完了英语跟历史两个科目的卷子。

阮梨放下手里的笔，伸了伸懒腰："楚渊哥哥……"

男人没醒。她靠过去些，用手戳了戳男人搭在腰腹上的手："楚渊哥哥……"

忽然，她的手腕被扼住——很痛。

她提高声音："楚渊哥哥，疼——"

顷刻间，楚渊松开手。他摘下眼罩坐起身子，见阮梨跪坐在地毯上，露出一副忍着痛想哭的表情，便道："抱歉，条件反射。"

楚渊在国外的那些年，日子过得并不太平。有些人手伸得太长，想要对他不利，隔三岔五地袭击他，因此即使是睡觉时，他的警惕性也很高。

他看向阮梨的手，她手腕纤细，手很小。灯光下，她的皮肤白皙细嫩，晶莹剔透，泛着一圈红印。

被养在深院里的小姑娘，吃不得一丁点苦头。

楚渊的嗓音有些低哑："很痛？"

阮梨摇摇头。疼痛只是一瞬间的事，那个瞬间，她感觉自己的骨头好似要被捏碎了一般。她心想：楚渊的力气真大。

"楚渊哥哥，你睡觉时是不喜欢有人靠近吗？"

"嗯。"

"对不起呀。"

"是我的问题，以后不会了。"楚渊说。

阮梨点点头，没把这事放在心上："我做了两张卷子，楚渊哥哥要检查吗？"

楚渊点头，从沙发上起来，坐到阮梨身侧。他就算坐下，也比阮梨高很多，她得抬头才能看到他的脸。

楚渊拿着笔，圈出她做错的地方。他批阅得非常快，两张卷子五分钟不到就批阅完了。

"我先把英语的错题和你讲了。"

"好。"

…………

阮梨听着听着，思绪有点涣散。楚渊的英语发音特别标准，他说的是她最喜欢的英伦腔；他讲题也简洁、精准、易懂。但是不管谁给她讲课，一开始还好，后面她都会坚持不住，意志力涣散，特别想睡觉。

"阮梨。"楚渊淡淡地叫了声。阮梨抬头，和楚渊四目相对，一下就精神了。

楚渊拿出一颗糖。糖的包装纸是彩色的，阮梨嗅到了水蜜桃味。他把糖放在阮梨面前，阮梨舔了舔唇，有些想吃。

"楚渊哥哥，这个糖和上次你给我的是同一个牌子的吗？"

"是同一个牌子的，这是硬糖，水蜜桃味的。"

她不明白楚渊把糖拿出来又不给她是什么意思。

楚渊道："能坚持二十分钟不打瞌睡，糖就奖励给你。"

阮梨立马聚精会神地说："楚渊哥哥不许耍赖。"

阮梨特地调了一个二十分钟后的闹钟。在接下来的二十分钟里，阮梨脑子里想着要吃糖，注意力似乎没有再分散。闹钟一响，她拿过糖，眉眼弯弯地把糖塞进嘴里。

楚渊继续讲题，讲完之后让她接着做题。

阮梨嘴里吃着糖，水蜜桃味的糖让她身心愉悦。

时间飞逝，眨眼就到了晚上十点半。

阮梨熬不住了，趴在桌子上睡着了，呼吸浅浅，身上有一股淡淡的水蜜桃味。楚渊替她把试卷和课本收起来，拎起书包，将外套盖在她身上，然后抱起她往外走。

阮梨醒来的时候天已经蒙蒙亮了。

她揉了揉眼睛："陈姨……"

"梨梨，你醒了啊。"陈姨从外面进来。

"昨晚是楚渊哥哥送我回来的吗？"阮梨问。

"是啊。你睡得可熟了，怎么喊都喊不醒，没办法，我就帮你换了睡衣让你继续睡。"

"谢谢陈姨。"阮梨起身，"陈姨你去忙吧，我洗个澡。"

"好。对了，你阮姨让你去学校前先去她那边一趟。"

"知道了。"

阮梨想到自己昨晚吃了糖没有刷牙，十分后悔。她最怕长蛀牙了。小的时候，她一生病就喜欢吃糖，后来长了蛀牙，那段时间疼得都睡不好觉、吃不好饭。

阮梨洗完澡，拿起牙刷挤上牙膏开始认认真真地刷牙。

吃过早餐，换上新的校服，阮梨背起书包，去了阮静蓉那里。

还没进屋，阮梨就听到了阮静蓉的声音。阮静蓉好像很生气："陈璐，你一声不吭地跑去给楚池当助理，有没有考虑过我的感受？"

"姨，对不起，我只是觉得楚池哥比楚家任何一个人都适合掌管楚家。"

"你闭嘴！你只有两个选择：一是跟我撇清关系、离开楚家，我就当从没有养过你；二是立刻辞职，我既往不咎。"楚二爷是站在楚渊这边的，她一手养大的陈璐却去楚池身边工作，不管怎么说都不合适。

"姨，我很抱歉，但我选择楚池。"陈璐几乎没怎么思考就做出了选择，随后拿出一张卡，"你的养育之恩我记在心里，这里面有一笔钱，是你这些年抚养我的费用，我现在把它还给你，以后我也不欠你什么了。”

阮静蓉冷笑道：“为了一个楚池，你至于吗？希望你日后不要后悔自己今天做的选择。到那时，你要是想回来，我不会再给你机会。”

陈璐没有说什么，转身离开去收拾行李。

她想，日后再踏入楚家，她会有一个全新的身份。

陈璐为了楚池跟姨分道扬镳了？阮梨有些吃惊。

对阮静蓉来说，陈璐的做法的确令人心寒。陈璐的野心阮梨很早之前就知道，陈璐喜欢楚池她也知道。只是楚家这个池子这么深，她没想到陈璐真一头栽进去了，也不怕万劫不复。

阮梨不想蹚这趟浑水。她只想安安静静地生活，不想死。

“姨。”阮梨走进屋里。

“你来了。”阮静蓉看到阮梨，语气有所缓和。

阮梨点头，挽住阮静蓉的手臂：“姨你别生气，生气容易老。”

阮静蓉喝了口茶：“姨早就想过会有这么一天，只是没想到这一天会来得这么快而已。”陈璐对楚池的心思阮静蓉早就看穿了，阮静蓉也不止一次地告诫过她楚池并非良人，可她固执己见。还有她给阮梨推荐补习老师这件事，让阮静蓉不得不多想，多留几个心眼。

阮梨甜甜地道：“姨，你还有我呢，我会一直陪在你身边的。”阮梨心想：姨对我那么好，我才舍不得为了一个男人和她作对。

阮静蓉最担心的就是阮梨——那个老道士讲她家梨梨活不过二十岁，一想到这事她就觉得荒谬。阮静蓉摸摸阮梨的头，换了个话题：“昨晚阿渊给你补习，你有没有乖乖听课？”

“有呀，我没打瞌睡。”

“他怎么做到的？”

“楚渊他拿糖诱惑我。”

阮静蓉敲了敲阮梨的脑袋：“楚渊比你年长，即便是在我面前你也不许对他无礼。”

一时嘴快，忘记把“哥哥”两个字带上了，阮梨赶忙吐了吐舌头。

阮梨虽然在楚家长大，见到楚家人也是“哥哥”“姐姐”地喊，但很清楚，她和他们之间没有任何关系。倒不是说她对他们的感情是假的，只是她没有忘记，她是被父母抛弃的孩子，爷爷奶奶去世后，要不是姨，年仅三岁的她早就病死在乡下了。

周二，阮梨放学后就回了楚家，见大门口停了一辆自己没见过的车。

她听闻是宋佳雪来了，今晚宋佳雪会留在楚家吃饭。阮梨没见过宋佳雪，宋佳雪跟楚池的订婚礼是在酒店举办的，他们订婚的时候，她生了病。

阮梨本想直接回自己的院子，没想到刚下车就遇上了回楚家的楚玲。

楚玲二十六岁，是去世的楚五爷的女儿，也是娱乐圈近几年爆红的女明星。她很少回来，上次家宴也没在。

楚玲留着一头黑色大波浪鬈发，涂着大红唇，身高一米七五的她还踩着细长的黑色高跟鞋，这让她直逼一米八。她一见到阮梨，就笑眯眯地把阮梨抱进怀里："乖梨梨，好久没见三姐了，有没有想我？"

"玲姐姐，我想的呀……我快喘不过气了。"

楚玲放开她，挑起她的下巴："小梨梨出落得越来越漂亮了。"

"玲姐姐才是最好看的。"阮梨笑嘻嘻地回道。

后院，楚家好几个小辈都在。他们在看露天电影，桌子上放着点心水果。

楚乔坐在宋佳雪身侧问："佳雪姐，你跟我二哥订婚有大半年了吧，什么时候举行婚礼呀？"

"这个得看你二哥的意思。"

楚玲到后院的时候，大家停下话题，纷纷热情地喊"三姐"。

"个个都长高了呢！"楚玲淡笑着说。

宋佳雪温柔地笑着道："楚玲，好久不见。"

"是好久不见。"楚玲的语气偏冷淡。

楚乔见楚玲是牵着阮梨进来的，瞪了阮梨一眼。其他人看到阮梨，倒是高高兴兴地和她打招呼。

宋佳雪看到楚玲身后不施粉黛、还穿着崇高校服的小姑娘，不由得在心中感叹：好一个如出水芙蓉般的娇美人。

宋佳雪是晓得阮梨的。在楚家，阮梨特别讨人喜爱，不过楚乔不喜欢她，讲过不少她的坏话。宋佳雪觉得阮梨的声音听起来有点耳熟，好似在哪里听过，但一时半会儿想不起来。

楚玲带着阮梨坐下，跷起长腿道："楚池呢？"

"在跟长辈们喝茶。"

“还真是大忙人一个。”楚玲的语气中带着点嘲讽之意。

楚玲又问：“楚渊今晚回来吗？”

兴许是大家年龄接近，不管是楚渊还是楚池，楚玲都直呼其名。

“不清楚，大哥不怎么回家，而且大家跟他的联系少。楚沉跟楚渊倒是走得近，不过他和楚渊一样没回来。”

楚玲闻言没再问什么。

阮梨托着腮帮子，拿起桌子上的绿豆糕放进嘴里，吃得腮帮子鼓鼓的。

电影已经放了三分之一，阮梨看得云里雾里，又想起有好多试卷没做，只想偷偷溜走。

风一吹，晚风微凉，阮梨打了一个喷嚏。

忽然，有外套落在她身上。

阮梨嗅到味道，加上看见宋佳雪投来的目光，于是立马察觉到在她身后的是楚池。

“楚池，你的外套来得真及时，梨梨，分我一半。”楚玲把外套拿起来，盖了一半在自己腿上。

楚池没说什么，只吩咐用人：“去给梨梨拿条毛毯来，她容易生病，不能着凉。”

“楚池哥，我不用毛毯。我不冷。”

“听话。”

“……”楚池一点也不遮掩对阮梨的偏爱，可她只觉得受不起，也不想要。

“阿池……”宋佳雪喊得格外温柔，楚池微微颔首。

楚乔主动让出座位：“二哥，给你坐。”

楚池没拒绝，坐在了宋佳雪旁边。坐这个位置，他正好可以看到阮梨。

阮梨垂着眼，丸子头摇摇晃晃的，突然，手机微信弹出语音通话。原来阮梨下午给楚渊发了一道不会做的数学题，这会儿楚渊打来语音电话是要跟她讲解了。

阮梨本来想点“拒绝”，奈何手快误点了“接听”。

“你现在有空听电话的话，我给你讲一遍。”楚渊在车里，声音质感很好。

“楚渊哥哥，今晚楚池哥的未婚妻来吃饭，我跟玲姐姐他们在后院看露天电影呢，晚点再打给你。”阮梨跟楚渊说话的声音比任何时候都要甜。

“晚点不用打了，我在回去的路上。”

“那我等楚渊哥哥回来呀。”

阮梨挂电话后，有不少目光落在她身上。

楚玲没想到阮梨跟楚渊这么快就熟悉了，她果然是人见人爱。只是，不管是楚池还是楚渊，他们都是大灰狼，吃人不吐骨头。楚玲很担心阮梨未来的日子。

“梨梨，你跟大哥关系真好！”

“梨梨快传授一下经验，我们要怎么跟大哥联络感情？”

“是啊，我一见到大哥就腿软，不敢说话。”

阮梨笑着回道：“楚渊哥哥人很好的，你们多找他玩就可以了。”

此刻，楚池心情不悦，宋佳雪感觉到了。看到这样的楚池，宋佳雪想起来阮梨的声音她在哪里听过了——她之前跟楚池去过一场晚宴，楚池喝醉后给阮梨打过电话。

当时，安静的休息室里传来少女甜甜的声音，她看见了自己从没见过的楚池，楚池言辞里对阮梨很是无微不至。那个瞬间，宋佳雪心里是酸涩的。起初，她觉得阮梨是他的妹妹，和他关系好也没什么，并未多想；如今看来，这和她想象的并不一样。

宋佳雪桌底下的一双手慢慢攥紧。

楚乔轻嗤一声：“阮梨，别以为我看不出来你接近大哥别有用心。平时你就挺能装，装得乖巧可爱、嘴巴甜，讨好楚家上下，大家吃你这套，我可不吃！”

楚玲怒道：“楚乔，你要是不会说话就把嘴巴闭上。”

“三姐，我就要说。我看她不顺眼很久了。”楚乔的嘴巴跟机关枪似的，“奶奶是这样，二哥是这样，大哥对她也很照顾，你们都是。拜托，她姓阮，跟我们不是一个姓好吗？你们为什么把她当宝贝啊？”

“哥哥姐姐们没有把我当宝贝，他们和我好，是我用真心换来的，才不是你说的这样。”阮梨有些生气，但未有一丝难堪。

她很小就随着姨来到楚家生活，晓得自己本就寄人篱下。这种大家族规矩多、关系复杂，她从小就很懂得利用自己的优点和他们打好关系。只不过后来她发现楚家的好多人品行好、心地不坏，待她也好，她也就开始真心待他们。

大家纷纷替阮梨出头，指责楚乔的不是：

“楚乔，你平时看梨梨不顺眼就算了，今天有客人在，你胡说八道什么？”

“你知不知道自己现在这个样子就跟个妒妇一样，酸得很？”

“梨梨对我们好，我们才对她好。还有，你别忘了，是奶奶要梨梨改姓，梨梨不肯改，所以才没有入楚家族谱的。你自己性子坏，还老想让我们让着你。”

…………

楚乔被说得脸色青白，眼泪在眼睛里打转：“我就是讨厌她，谁爱稀罕她谁稀罕。反正阮梨也活不过二十岁，我看她还能蹦跶多久！”

阮梨咬了咬唇。这是她最不愿提及的事。

楚池听到这句话，一巴掌打了过去：“你太放肆了。”

楚池是楚乔的亲哥哥，此时楚乔因为阮梨挨了他一巴掌，心中恨死阮梨了。楚乔的眼泪稀里哗啦地落下，却没人站出来替她说话。

楚池沉声道：“给梨梨道歉。”

“我不要！”楚乔起身离去。

氛围沉闷起来。阮梨低着头，心情逐渐变得郁闷。她最怕疼，也不想死。一想到梦里自己从高楼上摔下来惨死的画面，她就后怕不已。

“阿池，我去看看她。”宋佳雪起身去追楚乔，走前看了阮梨一眼。

楚池微微颔首：“去吧。”

楚玲是很护犊子的人，真的生气了：“就该拿针把那个死丫头的嘴给缝上，让她这辈子都开不了口。”她揽着阮梨的肩膀，“听三姐的，我们梨梨会长命百岁。”

阮梨重重地“嗯”了一声：“会的。”

晚饭开始前，楚渊回来了，身边跟着楚沉。

“阿渊接手家里的生意，还习惯吗？”一个叔叔问。

“不错。”楚渊态度冷淡，没有和他们继续交流的意思。

楚沉笑道：“叔叔伯伯们就别操心这个了，大哥是金融学硕士，做生意什么的难不倒他。”

另一个叔叔道：“我们就是担心下面的人不服他。”

楚沉微笑着道：“没有人敢不服，即使有人敢，大哥也会用实力让他闭嘴。”

大家纷纷沉默了，但对楚沉的话保持质疑。一个医生，又没经商的经验，本事能有多大？他还是太年轻了。

楚二爷插话道："先吃饭吧，别让家里的孩子等久了。"

这一次，是长辈们和晚辈们同桌吃饭。楚乔因为被楚池打了一巴掌还伤心着，不肯出来吃饭。宋佳雪跟楚池坐在一块儿，楚三夫人对宋佳雪分外热情，不停地给她夹菜。

"阿池跟佳雪都订婚半年多了，该结婚了吧？"阮静蓉出声。

"是啊，你们感情稳定，该找人来看看良辰吉日了。"其他长辈纷纷附和。

阮静蓉一直想楚池跟宋佳雪早点把婚礼办了，可楚池总是不见行动。

宋佳雪看着楚池，想看他表态。楚池给出答复："我最近工作很忙，结婚的事以后再说吧。"

宋佳雪眼里的失落之色难掩。

阮梨坐在阮静蓉旁边，思绪飘远，心情低落。她压根没仔细听他们在聊什么，也没有一点胃口。

阮静蓉给阮梨舀了一碗鸡汤，阮梨拿起调羹舀了一勺汤就往嘴里送。鸡汤很烫，阮梨手里的调羹哐当一声掉回碗里。阮梨忙含住一口凉水，以缓解被烫后的难受，可是她的舌头还是很麻、很疼。

阮静蓉蹙眉道："刚才姨不是跟你说过汤很烫吗，怎么不放会儿再喝？"

"姨，我刚在想数学题，没听见。"因为舌头疼，阮梨说话含含糊糊的。

"乖乖吃饭，回去再想。"

"好。"阮梨乖乖应了。

阮梨晚饭吃得少，早早离桌了。

她不想留在屋里，索性出去散步。月上高楼，她坐在凉亭里抬头望着夜空，乌云缓缓遮月，大地陷入一片黑暗。

不知何时，乌云散去，宛如镰刀的月亮再次出现，用鹅卵石铺就的小路上，一道挺拔的身影向她走来。

楚渊的声音响起："坐在这里做什么？"

阮梨看了一眼楚渊，抬头说道："看月亮。"阮梨蔫蔫的样子像地里晒了很久的小白菜。

楚渊坐在石凳上："坐到这边来。"

阮梨不肯："那边看不到月亮。"

楚渊的声音里多了一丝不容拒绝的意味："过来。"

阮梨垂眸，坐了过去："楚渊哥哥怎么知道我在这里？"

"二婶同我说你喜欢来这里。"楚渊打开手机的手电筒，"仰头，张嘴，把舌头探出来，我看看烫伤程度。"

阮梨乖乖照做。她的舌头烫伤面积不大，只是舌尖有些发红，上面起了红色颗粒状的小疱。

楚渊拆了一支喷雾，用手微抬阮梨的下巴，将药朝她的舌尖喷去。

一股很重的药味在嘴里扩散，阮梨下意识地收回舌头，哼哼唧唧地道："好难闻，好苦。"

楚渊："再喷两下。"

阮梨只能不情不愿地再次把舌头伸出来。

借着灯光，楚渊看到小姑娘黛眉紧皱，睫毛轻颤，我见犹怜。

楚渊快速喷完两下，将喷雾递给阮梨："今晚多喷几次，明天一早起来就好了。"

"好。"阮梨接过喷雾揣进口袋里。

"怎么了，心情不好？"

"没什么啦。"

她总不能说自己因为贪生怕死心情不好，并且只有抱住面前人的大腿，才不担心以后有人会害她吧？

楚渊说："回去了。不是还有数学题要做？"

阮梨想到那堆试卷和作业，一下子就没心思多愁善感了。

楚渊走在前面，阮梨在后头软声道："楚渊哥哥，你会送我回去，顺便教我做数学题吗？"

"我今天考虑过了，你的数学基础太差，你还是不要浪费时间在数学上面了。"

"我不嘛！"阮梨小跑跟上楚渊，和他并肩走着，"我想数学能考六十分，扬眉吐气一次，你教我好不好？"

两人离开亭子，亭子一侧的暗处，楚池隐身于夜色中，眼里是嫉妒、是占有欲。

他敛了敛思绪，一转身，看到了宋佳雪。宋佳雪看着他的目光有些复杂，但她没说什么，只道："阿池，你不是要带我去见奶奶吗？"

楚池欣赏识趣的她，回道："走吧。"

阮梨和楚渊一块儿回到主宅。

楚玲看着这位如清风明月般的大哥。今天在饭桌上，他对谁都是冷冰冰的，对阮梨同样话不多，不过她看得出来，他对阮梨不同，阮梨缠着他，他没有任何不耐烦。

楚玲认为，楚渊不管怎么样也是比楚池好的，至少没吃着碗里的瞧着锅里的。

“梨梨，你晚饭没吃多少，我让后厨给你装了点夜宵，你带回去，肚子饿了记得吃。”

“谢谢玲姐姐。”阮梨又恢复了没有烦恼、乖巧可爱的小姑娘状态。

楚玲就喜欢她这副可爱模样，亲了她一口，在她白嫩的脸蛋上留下一个唇印。阮梨并不介意被亲了一口，晃着楚玲的手道：“玲姐姐，我要回去写作业了，你以后要多回家，我会想你的。”

楚玲其实不太喜欢回来，回道：“你要是想我了可以来剧组找我。”

阮梨点头：“好呀！”

楚玲在阮梨耳边低声叮嘱：“跟楚渊私下相处要提防点，不要被他那副皮囊给骗了。”

阮梨感觉楚渊私底下和她相处绅士守礼，自己并没什么能让他图的，反倒是她自己在打他的主意，于是她没把楚玲的话放在心上。

回到自家院子，阮梨让陈姨把楚玲给她打包好的食物拿去厨房。

楚渊将阮梨送回院子后，准备去找楚二爷，晚点再来给她讲数学题。

阮梨冲了澡、换上睡衣后，披上一件外套去了书房。到书房把试卷翻出来，阮梨看着数学试卷就头痛，于是果断去做别的卷子了。

这时，梨花跳上桌子，开始喵喵地叫。

“别闹，梨花，你自己去玩。”

梨花用脑袋蹭了蹭阮梨的手，阮梨只好和它玩了一会儿。陈姨将热好的夜宵给她端了过来。

时间一晃就到了晚上九点多，阮梨做完两张卷子，有点撑不住了，便放下圆珠笔，趴在桌子上休息。

楚渊是快晚上十点的时候过来的，陈姨带他去了书房。

阮梨通常是十一二点才睡，此时见阮梨在书房里趴着睡着了，陈姨却见怪不怪：“我把梨梨喊醒。”

“不用了，让她睡吧。”

陈姨叹道：“平时梨梨都是晚上十二点左右睡的，有时候睡得更晚，别的没什么，就怕她身子吃不消，现在的学生挺辛苦的。”陈姨想要把阮梨抱回房间睡，可刚弯腰，腰就疼了起来，“麻烦你把梨梨抱回房间睡吧，前两天我伤了腰，抱不了。”

楚渊上前，梨花似乎还记得他，朝他亮出爪子，不让他碰阮梨。楚渊面无表情地捏住梨花的后颈，将它扔到地上的垫子上，接着轻轻松松地把阮梨抱起来，朝着少女的闺房走去。

熟睡的阮梨似乎又做噩梦了，发出痛苦的呜咽声，然后猛地睁开双眼……

从高处摔下去的那种失重感顿时消失，阮梨浑身都是冷汗。她明显受了很大的惊吓。

“做噩梦了？”

“嗯。”阮梨眼眶湿热。她咬了咬唇，用双手捏紧被子。

楚渊掌心贴着她的额头，觉得她的额头有点凉，他便替她擦了擦额头上的冷汗：“不用怕，梦都是反的。”

“真的吗？”

“嗯。”楚渊嗓音轻柔地说，“继续睡吧。”

“试卷还没写完。”

“明天再写。”

“楚渊哥哥，你出去的时候不要关灯，我晚上不习惯关灯睡觉。”

她的眼罩是白天在学校午休时用的，她坐的那个地方阳光比较刺眼，不戴眼罩她根本没办法睡。

“好。”楚渊应下。

阮梨缓缓闭上眼。没过一会儿，她猛然睁开眼：“楚渊哥哥，我还是有点怕。我梦到自己被人从高楼上推下去，摔得血肉模糊，血流了一地——”

楚渊打断她的话：“别去想。”

阮梨是看过心理医生的，可是没什么用。近些日子，她做噩梦的次数明显比之前更多了。

阮梨“哦”了一声，握住楚渊的一根手指：“你能不能等我睡着了再走呀？”

在她期盼的眼神下，楚渊没把手指抽回来：“睡吧，我不走。”

阮梨心满意足地闭上眼睛，手指的触感让她能感觉到楚渊坐在她边上，内心安定，没那么怕了。

阮梨睡着后，楚渊帮她把卧室门轻轻关上，随后拿出手机拨了一通电话：“柳爷爷，您最近什么时候有空？”

老头有些得意：“臭小子，当年让你跟我学中医你不肯，现在有求于我了吧？”

“是。您什么时候有空？”楚渊礼貌地问。

“我现在退休了，几乎不问诊，什么时候都有空。”

“那我明天晚上带她去找您。”

老头本来是准备休息的，楚渊这通电话让他精神抖擞：“哪个她？你交女朋友了？你性子这么冷,哪个不长眼的小姑娘看上你了？”

楚渊若有所思地道：“是个小姑娘，但她没看上我。”

阮梨她姨是二叔的太太，是站在他这边的，阮梨最多只是想和他搞好关系，假以时日，楚家大乱，她能让他庇护她。

小姑娘的心思，楚渊看得清清楚楚。

“哦，行吧，她看不上你我就高兴了。你明天带她过来吧。”他倒要看看，什么妹妹让楚渊这么上心。

楚渊离开后，阮梨还是有做噩梦，但后面她一直暗示自己梦是反的，睡得也还算安稳。

周三晚上放学后，阮梨从画室里出来，看到楚渊来接她。

阮梨正要走过去，忽然被一个男生叫住，那人是隔壁班的“班草”刘今。刘今长得白净、高大，打篮球还挺厉害，在学校里很受欢迎。

阮梨回头：“刘今同学，你有什么事吗？”

刘今走到阮梨面前，道：“你考虑好了吗？”

阮梨眼里闪过疑惑之色：“考虑什么？”

刘今挠了挠头：“我给你的信你没有看吗？”

阮梨恍然大悟：“那封信是你写的？”

“对，我把它放在你的漫画书里了。我的目标和你的一样，是清大，我……”话还未说完，他就看到一道修长的身影出现在阮梨身后。男人超尘拔俗，气质很独特。对方冷淡的目光落在他身上，他的喉咙顿时像卡了鱼刺一般。

阮梨顺着刘今的视线扭头：“楚渊哥哥——”

“把书包给我吧。”楚渊启唇道。

书包很沉，阮梨的肩膀早就酸了，她迫不及待地把书包交给楚渊。

“谢谢楚渊哥哥。你吃过晚饭了吗？”

"还没。"

"我们学校附近有一家很好吃的面馆，我请你吃面好不好呀？"

"嗯。"

阮梨笑得很甜，对面前的成年男人表露出很亲昵的姿态。两人不同姓，刘今想，男人应该是她的表哥。

楚渊接过书包，再次看向刘今，温文尔雅地说："抱歉，打断了你跟阮梨说话。"

他表面温润如风，可无形的压迫感让刘今头皮发麻。

刘今勉强地笑了笑，鼓起勇气委婉地说："我就是想跟阮梨说：希望我们能在清大再见！"

阮梨点点头："会的！"

面馆很干净，下午五六点的时候在这里吃面的学生比较多，这会儿晚上七点多了，里面只有三四桌客人。

阮梨给自己点了一份番茄牛腩面。她最喜欢喝这里的汤，味道很好。楚渊点的是清汤牛肉面。

面上得很快，阮梨拿起调羹，喝了口汤："楚渊哥哥，你今晚要带我去哪里？"

"看中医。"

"我讨厌喝中药。"

"喝中药跟做噩梦你选一个。"

阮梨吸溜了一口面："那还是喝中药吧。"

她小时候喝过中药，那药特别苦，她喝了一段时间没什么效果，后来姨也没让她再喝了。

阮梨面没吃多少，汤倒是喝得差不多了；楚渊比她先一步吃完面，在等着她。她吃东西很慢，也很专心，樱桃小嘴一张一合——她已经沉浸在美食当中了。

阮梨吃得愉悦，眉眼舒展，那双桃花眼弯如月牙。把最后一口汤喝完，她舔了舔唇："楚渊哥哥，我吃好了。我去买单。"

"已经买过了。"

"啊……不是说好了我请你吃面的吗？"

"以后有的是机会。"楚渊说着，将视线落在阮梨的红唇上，然后给她递了纸巾，"擦擦嘴。"

阮梨接过纸巾，拿出小镜子，仔仔细细地擦了一遍嘴巴，又拿出唇膏仔仔细细地涂了一圈。唇膏是橙子味的，有股清甜的香气，还带有颜色，她本来就好看的小嘴涂上唇膏后很水润，像是诱人可口的小桃子。

楚渊别开视线，起身先行往外走。阮梨收起唇膏，小跑着跟上他。

车子停在一家中医馆前，医馆的门开着，里面亮着灯，阮梨看到里面有好几个老大爷正围在一起下棋聊天：

“说了不应该走这一步，你不信我，又输给柳老头了吧？”

“去去去，别烦我，看我怎么反败为胜！”

“就你……算了，你已经是强弩之末，下一把还是我来吧！”

“不行，都是你扰乱我的思路，我要再来一局。”

…………

阮梨跟着楚渊走进中医馆。中医馆里有一股很好闻的淡淡的药香，沁人心脾。柳老爷子在将了对方老头的军之后，看到了从外面走进来的楚渊和阮梨。阮梨长得白白嫩嫩的，五官特别精致，看上去特别讨喜。

柳老爷子摸了摸胡子：“我有客人要问诊，你们先来一把。”

“行吧行吧，不着急，柳大中医出手，药到病除。”

三人走到会客室里，阮梨浅笑着道：“柳爷爷你好，吃水果呀。”阮梨和楚渊来的时候买了新鲜的草莓和苹果。

柳老爷子跟着笑：“小丫头今年几岁？”

“十九岁了。”

“还没上大学呢？”

“小的时候老是生病，上学比别人晚。我今年就要上大学了。”

“我孙子今年大三，长得可帅了，小姑娘要不要跟他认识一下？”

“好……”阮梨有些不知该如何拒绝他。

楚渊在泡茶，闻言动作一顿：“柳爷爷，我带阮梨来这里是找你问诊的。”

“泡你的茶，我给梨梨介绍我孙子怎么了？”柳老爷子抬起下巴道。

楚渊云淡风轻地说：“不怎么样。”

阮梨还是第一次见楚渊吃瘪，嘴角微弯。

“梨梨留个微信给我，改天我让我孙子加你好友。”

“好。”

阮梨曾在某新闻专访里看过关于柳爷爷的报道，知道他是特别厉害的中医学专家，治过好多疑难杂症，国外好多有钱人请他出国问诊，还包专机接送。

聊了一会儿，柳老爷子就让阮梨跟他去了诊室。

柳老爷子戴着老花眼镜替阮梨把脉，一脸深沉地捋着胡子。过了好一会儿，柳老爷子放开手，开始写单子。

楚渊一直在旁边站着："问题严重吗？"

"夜里多梦多半是神经衰弱导致的，她还贫血、脾胃虚，是易受惊体质，免疫力差，所以才经常外感风寒、身体欠佳，另外，身体寒症颇为严重，应该是小时候落下的毛病。趁着年轻好好养，不然以后可就麻烦了。"

"有多麻烦呀？"

"生不了孩子。"

"柳爷爷，我最怕痛了，生不了孩子问题不大。"阮梨道。

"那可不行，你以后要是找男朋友了，男朋友嫌弃你怎么办？"

"那我就找个不嫌弃我的。"

柳老爷子摇摇头，不赞同她的说法："梨梨长得这么好看，以后生的孩子得多可爱啊，怎么能不生呢？"

阮梨觉得这个话题可以到此为止了。她还小呢！

楚渊道："梨梨不想生，那就不生。"

"你一边去，这儿有你什么事？"柳老爷子吹胡子瞪眼。

楚渊不置可否。柳老爷子又问阮梨："你现在来月事，是不是痛得死去活来？"

"嗯，好痛的。"阮梨来"大姨妈"经常会痛晕过去，每次总有两三天去不了学校。

柳老爷子继续写着处方："有柳爷爷在，保证让你变好。"

"谢谢柳爷爷。"

柳老爷子将处方写满了好几张纸："楚渊，你去抓药吧，顺便把这一星期的药给梨梨煎了。"

楚渊接过药单子，离开前对阮梨说："煎药会浪费不少时间，你就留在这儿做试卷，写好了我来检查。"

阮梨乖乖点头，从兜里掏出一瓶乳酸菌饮料："谢谢楚渊哥哥，这个给你。"

楚渊垂眸不语。这是她给他的第二瓶乳酸菌饮料。

阮梨生怕楚渊会嫌弃，便道："楚渊哥哥别嫌弃，礼轻情意重，对不对？"

柳老爷子："小丫头，没有我的吗？"

阮梨咬了咬唇："柳爷爷，我只有一瓶。下次我再请你喝。"

"没事。"柳老爷子伸手拿走楚渊手里的饮料，"问诊费。"

柳老爷子拿走饮料后笑呵呵地往外走，把会客室留给阮梨写作业。楚渊抿了抿唇，没说什么，出去抓药了。

阮梨做着作业，外面下起大雨，还打着雷。窗外电闪雷鸣，有些吓人。阮梨戴上耳机，隔绝恐怖的雷声。

没过多久阮静蓉打来电话："梨梨，外面下大雨，还打雷了，你跟楚渊在一起吗？"

"楚渊哥哥带我来看中医，现在给我煎药去了。"

"楚渊跟我提过这事，现在外面雷声大，你把音乐放大声点。"

"知道了，姨。"阮梨小的时候就是在这种电闪雷鸣的天气落水的，自那以后她就留下了心理阴影，特别怕打雷。

挂了电话，阮梨继续写试卷。又是轰隆一声巨响，灯晃了一下，会客室里陷入黑暗——停电了！阮梨被吓了一跳，手忙脚乱地把手机里的手电筒打开。

怕黑、不敢一个人独处的阮梨想要出去找楚渊，她取下耳机，刚打开诊室的门，就看到走道上有个身影朝她这边走来。

"楚渊哥哥！

"我在这儿。"

阮梨快步走过去，抓住他的衣摆："停电了，我不敢一个人在里面待着。"

一道闪电一闪而过，阮梨抓他抓得更紧了。

柳老爷子的声音响起："楚渊，你去电箱那儿看一看，估计是跳闸了。"

楚渊"嗯"了一声。

"快点啊，黑漆漆的，待会儿那老头作弊我都不知道。"

楚渊牵起阮梨的手往外走，把她带到柳老爷子那儿，然后一个人拿着手电筒撑着伞去了外面。

外面的风吹得哗哗响，雨珠似黄豆般大。不到两分钟，屋里的灯亮起来。楚渊回来的时候，衣服、裤腿湿了大半。

柳老爷子道："这雨下得还真是大，二楼卫生间里有吹风机和干净的毛巾，你上去擦擦吧，别感冒了。"

阮梨举起手："我去给楚渊哥哥拿。"

她跑得快，又把耳机戴上，嗒嗒地上楼去了。楚渊没说什么，直接跟了上去。

二楼生活气息浓厚，布置温馨，柳老爷子应该经常住在这里。

阮梨去了卫生间，在洗手台下面的抽屉里找到了吹风机，但连翻了两个抽屉也没有看到干净的毛巾。阮梨踮脚，打开洗手台上面的柜子，总算看到被叠放整齐的干净蓝色毛巾。由于她找东西太认真，耳朵里的蓝牙耳机掉了一只她也没察觉到。

卫生间的小窗户外闪电一闪而过，伴随着巨大的雷声，阮梨下意识地闭上眼睛。她努力把眼睛睁开一条缝，正想要拿毛巾，男人温热的掌心忽然覆在她的眼睛上，他还把她掉落的蓝牙耳机给她戴上了，外面的雷声立马被隔绝。

阮梨的睫毛翘而长，刷在楚渊的掌心，让他感觉有点痒。他不紧不慢地取出毛巾，松开挡住阮梨眼睛的手，把她的身子扳过来："到外面等我。"

耳机里的音乐并没有完全隔绝那恐怖的雷声，不过能让阮梨减轻一些心理压力。她看出了他的口型，回道："我就在卫生间门外等，好不好？"

"嗯。"

阮梨站在卫生间外，背靠着墙，低着头，时不时跟着音乐哼唱两句。

阮梨想起楚渊从屋外进来时衣服半湿的样子——衬衫贴在腹部，修长的脖颈上雨珠滚落，腹肌线条若隐若现。她不由得在心中感叹：楚渊哥哥身材真好。

阮梨摇了摇头，驱散脑子里的画面，没戴稳的蓝牙耳机吧嗒一声又掉在了地上。

阮梨蹲下身子去捡耳机，抬头时，正好看到卫生间里拿着吹风机在吹衣服的楚渊：宽肩窄腰大长腿，腹部八块腹肌，身材很有力量感，和他平时温文尔雅的形象对比鲜明。脱了衣服的他感觉有点危险，少了正人君子的气质。

这种视觉上的冲击让阮梨耳根发热，脸颊也滚烫起来。

好……好想让楚渊哥哥给我当模特呀。阮梨想到这儿，脸更烫了。

吹风机还在呼呼作响，楚渊的目光转过来。在他看向阮梨的那一刻，阮梨几乎不会呼吸了，腿有点软。

楚渊关掉吹风机，声音平缓地说："梨梨，把眼睛闭上。"

阮梨捂住眼睛，耳机从她手中掉落："楚渊哥哥，你身材好好呀。"

楚渊喉结滚动："有想法？"

"有呀，想请你当我的模特。"

"要脱衣服的那种？"

"对呀！楚渊哥哥，以后有机会你给我当模特好不好？"阮梨甜甜地问道。

阮梨是学美术的，会有这种想法不奇怪。一般来说，她用这种甜甜的语气说话，很难有人会拒绝她的请求，可她面前的男人是楚渊。

"能看我身体的，只能是我女朋友。"

"好吧，没想到楚渊哥哥这么保守。"阮梨十分失落。

楚渊穿上衣服，从下往上慢条斯理地扣好纽扣，扣好后将下摆塞回裤腰里。

保守？楚渊的眼神意味不明。

收拾好后，楚渊收起吹风机，把毛巾扔进脏衣桶里："起来吧，别蹲在地上了。"

阮梨"哦"了一声，动了动身子："楚渊哥哥，你拉我一下，我腿麻了。"

楚渊握住阮梨伸过来的手，将她拉起来。

两人回到楼下的会客室，阮梨的电话又响了起来，是楚池打来的。

"楚池哥，你不忙了吗？怎么有空给我打电话？"阮梨问。

"怕你被雷声吓到。"

"没事呀，我在做试卷呢。"她在暗示楚池他可以挂电话了，她要好好学习。

楚池假装不知道她的意思，反而问："你最近学习如何？楚渊教你教得还顺利吗？"

"挺好的，楚渊哥哥很厉害。"阮梨回道。

这时，楚渊从外面进来。

阮梨赶紧说："楚池哥，我不和你说了，楚渊哥哥来检查试卷了，我先挂了，拜拜。"

不等楚池再说什么，阮梨把电话挂掉，长松一口气。

楚渊进来后，什么也没问。

这场雨下了很久才停。

阮梨的中药是按一个月的量抓的，楚渊先把一个星期的中药煎好了。阮梨在喝楚渊端来的中药，黑色的药汁，苦得她难以下咽。

楚渊见她想将药往外吐，严肃地道："不许吐，吞下去。"

阮梨只好咕噜一下，把药吞了。

"继续喝。"

"楚渊哥哥，有糖吗？"

"喝完了给你吃一颗蜜枣。"

想到蜜枣，阮梨忍着苦把这碗中药喝得干干净净。

将近晚上十点，两人离开中医馆。柳老爷子站在门口送他们："路上开车小心点。"

柳老爷子想着阮梨那个乖巧可爱的模样，欢喜地摸了摸胡须，想起那瓶饮料，便想尝尝味道。柳老爷子记得自己把饮料放在了下棋的桌子上，可是等他回屋一看，那瓶饮料竟不翼而飞了。

柳老爷子气呼呼地给楚渊打电话："你是不是把我的饮料给拿走了？"

楚渊轻描淡写地回道："我只是拿回属于我的东西。"

柳老爷子："……"可恶！欺负老头！

阮梨回到楚家，陈姨已恭候多时。楚渊把书包和中药递过去："这是煎好的一个星期的中药，早晚各一次，喝完了再给她煎。"

"好的。"

阮梨脖子上挂着睡枕，一副睡眼惺忪的模样："楚渊哥哥，晚安。"

楚渊也说："晚安。"

楚渊走后，陈姨对阮梨说："我给你煮了红枣莲子粥，你喝一碗再洗澡睡觉吧。"

"好。"阮梨喝粥的速度飞快，喝完后，她没有洗澡睡觉，反而去了画室。

到了画室，调好颜料，拿起画笔，她就不困了。她花了一个小时画了一幅水彩画，里面的人物是楚渊。

黑暗的雷雨夜，电闪雷鸣，衣衫半湿的他逆着光而来，像是降落于人间的神明……

阮梨坐在画前，突然觉得：自己把楚渊画得过于性感了！

在楚渊的补习下，阮梨在四月底的模拟考试中成绩突飞猛进，各科成绩有明显的提升，总分加起来四百五十九分，数学考了四十五分。

“梨梨同学的数学又进步了啊。”王蒙蒙夸道。

阮梨弯着眼回：“有一道题是我哥教过我的。”

王蒙蒙不太了解阮梨的家世背景，但知道她是在大户人家长大的，毕竟普通人家也养不出这么娇气的娃儿。

“补习老师做不到的，你哥哥却能做到，我佩服他。”王蒙蒙说。

阮梨笑意更深、梨涡更明显了：“以后有机会，我让你见见他。”说着，阮梨拿出手机，给楚渊发了一条微信消息。

甜梨：楚渊哥哥，成绩出来了，你猜我考了多少分？

Y：多少？

甜梨：过了清大的及格线啦！

Y：不错。

阮梨发了一个“撒娇”的表情。

甜梨：都是楚渊哥哥的功劳。

YAOYIKOUTIANLI

第三章

意外

劳动节崇高只放半天假，阮梨收拾好课本，门外响起同学的声音："梨梨，你哥哥来接你了。"

阮梨迷茫不已，看向教室门外，看到了西装革履的楚池。

楚池的到来引起了同学们的好奇。

王蒙蒙问："给你补习的是这位吗？很帅啊！我好像在哪儿见过他。"

在哪里见过呢？王蒙蒙想了半天也没想出来。

"不是。"看到楚池，阮梨咬了咬唇，起身出去："楚池哥，你怎么来了？"

楚池嗓音温和地道："我知道你今天放半天假，正好我休息，带你出去转转。"

"楚池哥，难得休假，你应该陪佳雪姐约会才对呀。"

见阮梨提到宋佳雪，楚池解释道："梨梨，我记得我和你说过，订婚只是商业手段，等到了合适的时候，我会跟她解除婚约。"

什么合适的时候？是指他完全掌控楚家所有的产业后？不管怎么说，他有婚约是事实，就算没有婚约，阮梨也不喜欢他，他做什么都和她没关系。

“楚池哥，这对佳雪姐来说不公平。”在楚池眼里，宋佳雪只是他获取权力的工具，是一枚棋子。

“以后我会补偿她。”楚池催促道，“收拾东西，跟我走吧。”

即便她拒绝，楚池还是会强行带她走。阮梨一想到这儿，收拾东西的速度就变慢了。

阮梨拿起手机想给楚渊发消息，却发现手机没电自动关机了。阮梨飞快地在纸上写下姨的手机号码，偷偷塞给王蒙蒙：“蒙蒙，我走后，你给我姨打电话，让她来找我。”

王蒙蒙突然想起她在哪儿见过楚池了。在娱乐新闻上，她看过他跟宋氏集团千金宋佳雪的订婚消息。楚家是南城非常低调的名门望族，她没想到阮梨居然和楚家有着千丝万缕的关系。

在阮梨离开学校后，王蒙蒙按照阮梨的意思给阮梨她姨打了电话。

阮静蓉一听楚池去学校找了阮梨，还把她带走了，顿时紧张起来，立即给楚渊打了电话：“阿渊，你现在有时间吗？”

“有什么事吗？”

“楚池把梨梨接走了，我很担心他会对梨梨做些不该做的事，你能不能替我把梨梨带回来？”

“好。”楚渊答应了。

听到楚渊答应帮忙，阮静蓉松了口气。只要楚池在南城，他们想找到他就不难。

挂断电话后，楚渊给楚沉打了个电话：“去找宋佳雪。”

楚沉却道：“大哥，我这一时半会儿走不开，不过你放心，我让阿晃去。”

楚晃比阮梨还小一岁，是楚沉的亲弟弟。

说完，楚沉就给弟弟楚晃打了个电话。

电话响了许久，那头才响起楚晃慵懒的声音。楚晃躺在床上，被单只盖住了长腿，露出赤裸的上半身：“有屁快放。”

“楚晃，你欠收拾？”楚沉摇了摇头，心中无奈：这个弟弟，脾气越来越暴躁了。

楚晃从床上起来，脖子和胸口上的文身清晰可见：“什么事？”

“我知道你刚打完比赛，今天休息，但有件事要麻烦你一下。你去找宋佳雪，带着她去找楚池。”

楚晃手撑着额头，阴阳怪气地道："你看我像爱做吃力不讨好的事的'大冤种'吗？"

"楚池把梨梨从学校接走了，你要是不抓紧点，梨梨出了什么事，你看大哥怎么对付你。"

"哦……"楚渊的影响力还是在的，楚晃虽然不愿意蹚这趟浑水，但还是出门了。

阮梨平时在车里总会感到困乏，可这会儿她想睡也不敢睡。

南城有座山庄，平日里一些有钱人很喜欢来这里泡温泉，或者聚在这里游山玩水。阮梨是头一回来，可景色再美，她也没有半分兴致观赏。

"楚池哥，你带我来这里做什么呀？"

楚池回："学习之余也要放松放松不是吗？"

"楚池哥，就我们两个人吗？"

"就我们两个。"

阮梨被带进一间房里，房间外面就有一处温泉。

两人放好东西就出去了，阮梨跟着楚池。楚池并没有对她做出什么过分的举动，只是带着她在庄园里四处游玩。

阮梨心不在焉，而且体力有限，没一会儿就气喘吁吁、满头大汗，于是坐在椅子上。

"你身体差，不能光顾着学习，偶尔也要锻炼锻炼身体。来，喝点水。"

阮梨接过矿泉水，正喝着水，楚池突然把手伸过来。她被吓了一跳，头往后仰："楚池哥，男女授受不亲。"

"是吗？你跟楚渊怎么没这么生分？"

"楚渊哥哥对我没有非分之想。"

楚池冷笑道："你怎么知道他没有？我和你说过，不要被他的外表给骗了，他和我是一丘之貉。"

关于楚渊是什么人，阮梨更想相信自己感受到的。她低着头说："楚池哥，我就是把你当哥哥，没有别的想法。"

"那楚渊呢？"

"也没有。"

楚池听到她不假思索地回答，原本阴郁的心情好转了不少："你头上有脏东西，我刚才只是想帮你拿掉。"

阮梨："哦，我自己来。"

楚池没勉强她。他知道阮梨对他没想法，但他愿意慢慢来。不过楚渊一直横在他们两人中间也不是办法，他想解决这个大麻烦。

"梨梨，你可以尝试依赖我，我会保护好你的。"

夕阳西下，天渐渐黑了。

阮梨回房间换了一身衣服，这衣服是楚池让人准备的，是一套有着精美刺绣的粉色旗袍。

"梨梨，跳支舞吗？"楚池朝她伸出双手。

阮梨握紧小拳头："我去上个卫生间。"

阮梨落荒而逃，楚池耐心地等着。

没过多久，一位侍从走上前轻声对楚池说："池总，消息不知为何走漏了，现在外面有很多记者。"

楚池的眼神冷了下来，他吩咐道："备车，离开这里。"

"来不及了，很多记者已经埋伏在各处，倘若你们同行的照片流露出去，宋家那边我们不好交代，对阮小姐的名声也不好。"

"派人看好梨梨。"

"是。"

一辆跑车停在山庄门前，楚晃将手搭在车窗边。他的嗓音不像少年音，非常性感有磁性："宋姐姐，你该下车了。"

宋佳雪不太想下车。她深吸一口气："谢谢你带我来这里。"

"我只是替我大哥办事而已。你这人不撞南墙不回头。"

宋佳雪没说什么，下车往山庄里走。

楚池在看到宋佳雪的时候，眼中带着彻骨的寒意："那些记者是你安排的？"

"是。"宋佳雪明眸善睐，"我不能允许我的未婚夫背着我做出格的事情。"

阮梨在卫生间里待着，根本不想出去，直到外面传来楚渊的声音："出来。"

阮梨听到楚渊的声音，心跳漏了半拍。她在开门看到楚渊的时候，眼里流露出喜悦的情绪。她像只小蜜蜂，嗡嗡嗡地扑到"花蕊"里。

阮梨软声叫道："楚渊哥哥。"

楚渊见到她，抬手想把她唇上的口红抹掉："他有没有碰你？"

阮梨觉得唇被按压得有点疼，摇头道："楚池哥下午带我到附近转了一圈，和我说了一些话。"今晚才是最难熬的，她不想跟楚池跳舞、吃饭。

"他说了什么？"

"其实也没什么，我都没放在心上。"不管是他表明态度还是他说楚渊跟他是一丘之貉，阮梨都没有放在心上。

"嗯。"楚渊继续抹阮梨唇上的口红。

"楚渊哥哥，你擦得我的嘴巴好痛。"阮梨是被精心打扮过的，她唇上的口红尤为碍眼。

"不适合你。"

"我还挺喜欢这个色号的。"虽然她不想跟楚池单独吃晚餐、共舞，但这不妨碍她爱美。

阮梨从小包里拿出小镜子，看到口红被抹掉大半，只好拿出纸巾把剩下的擦掉。

远处走来一位服务人员，她看到阮梨身边的楚渊，脚步微顿。最后，她还是上前询问道："阮小姐，池总那边出了点小问题，晚餐可能要另做安排，可以吗？"

"没关系，我跟楚渊哥哥在一起就好了。"

服务人员继续说："待会儿我会安排人送餐到你的房间。反正来都来了，你可以泡个温泉好好放松，明早再回去。"

阮梨寻思着楚渊是来找自己的，于是摇摇头拒绝了："不用了，我想回家。"她拉着楚渊的袖子道："楚渊哥哥，我们走吧。"

服务人员不敢拦着阮梨，等人走后，立即给楚池打了电话："池总，阮小姐被带走了。"

餐厅里，楚池并无心情吃晚餐，而桌子那头的宋佳雪优雅地拿着叉子，吃着他今晚精心准备的牛排。接到服务人员的电话，楚池回复道："知道了。"

楚池放下手机，看向宋佳雪："是楚渊把你叫过来的？"

宋佳雪放下叉子，拿起餐巾擦拭嘴角："你知道楚渊为什么会来吗？"

楚池不做回复。

宋佳雪继续道："你突然带阮梨来这里，应该没考虑过她的感受吧？不过你应该很清楚，她并不想和你单独相处。"

或许是她把话挑得太明，楚池的神情冷得可怕。

宋佳雪眼睛泛红："我甘心做你的棋子，但不代表我是个傻子。我是你的未婚妻，我也会嫉妒、会吃醋。尝试跟我相处培养感情真的不行吗？"

"你既然知道你只是我的一枚棋子，就不要妄想和我谈感情，婚约我会想办法解除的。"楚池的话冷漠又残忍，他说完就起身离开了，宋佳雪的眼睛更红了。

楚宋两家关系甚好，宋佳雪十八岁时第一眼见到楚池，就钟情于这个男人。他喜欢算计、有野心，宋佳雪都看在眼里。她知道自己和他不是一个世界的人，但她甘愿改变自己，踏入他的圈子。

可到头来，一切不过是她一厢情愿罢了。

另一边，阮梨把书包扔到后座上，坐在副驾驶位上，乖巧地系好安全带。

忽然，楚渊身上好闻的味道朝她扑面而来，男人精致的侧脸在她眼前放大。楚渊的眼睫毛很长，根根分明。车窗外透进来的光，似落下了一层朦胧的纱，阮梨有点分不清虚幻和真实了，只沉浸在欣赏他的颜值中。

下一秒，座椅被往后放，阮梨整个人往后倒。

"你坐车喜欢睡觉，这样比较好睡。"

"楚渊哥哥真好。"

没多久，阮梨真的睡着了。她体力不行，下午在庄园走了好久，腿又酸又麻，脚底也疼。此时她将毛毯盖在身上，脱了鞋缩在椅子上，看起来小小一团。

阮静蓉一直在等阮梨回家，见人回来，她总算松了口气。她不清楚楚池是受了什么刺激，居然在这种节骨眼上带阮梨出去、与阮梨单独相处，一想到这事她就后怕。

阮梨一见到阮静蓉就开始撒娇："姨，我跟楚渊哥哥还没吃晚饭，肚子好饿呀。"

"陈姨已经在热饭菜了。"阮静蓉招呼道，"梨梨，阿渊，你们先坐会儿，饭菜马上就好。"

陈姨把热好的饭菜端上来，放好筷子和碗。

阮梨不喜欢吃胡萝卜，每次都会把汤里的胡萝卜夹出来，这次也不例外。

“你身体不好，更不应该挑食。”

“我不喜欢吃呀。”

“吃掉。”

见楚渊语气强硬，阮梨撇了撇嘴，不情不愿地把胡萝卜夹回碗里。

阮静蓉看到这一幕，觉得欣慰。每次阮梨撒娇他们就拿她没办法，但楚渊比他们有原则，不会一味地宠着她。这样也好，起码他能治得住她。

阮梨把胡萝卜吃了，饭后又喝了一碗很苦的中药，一张小脸皱成了“苦瓜脸”。

“我回房睡觉了，楚渊哥哥再见！”

阮静蓉提醒道：“你不跟阿渊说晚安了吗？”

阮梨头也不回地道：“今晚不说，谁让他逼我吃胡萝卜。”阮梨跑得快，一下子就没影了。

“这孩子……”阮静蓉无奈地说，“阿渊，梨梨被我娇宠惯了，有时候就爱耍小性子，你别介意。”

“没事。”楚渊起身道，“二婶，没什么事我就先回去了。”

“好，我也要回去了，你二叔催我了，我跟你一块儿走。”阮静蓉跟着楚渊一块儿离开了阮梨的院子。

床上，阮梨拿着手机，想到自己刚才跟楚渊耍脾气了，顿时有些后悔。这会不会损坏她的形象啊？

阮梨想了想，打开微信，给楚渊发了个“撒娇”的表情。

甜梨：楚渊哥哥晚安。

月色下，廊道里，灯不算太明亮，楚渊拿出手机，看到了阮梨发来的消息。

Y：以后有胡萝卜都要吃掉。

Y：晚安。

阮梨：……

翌日是周四，短暂的五一假期已经结束，阮梨回了学校。

阮梨平时很少运动，昨天走了不少路，今早起床后腿又酸又麻。

教室里，王蒙蒙凑近阮梨问道：“梨梨，昨天你还好吗？”

阮梨微笑着说：“多亏你给我姨打电话，中午我请你喝奶茶。”

“楚池不是你哥哥吗？为什么你不想跟他接触？”王蒙蒙问。

阮梨凑到王蒙蒙耳边小声解释情况，王蒙蒙捂住嘴道：“呜呜呜，果然是‘人见人爱梨’。不过说实话，楚池那样对他的未婚妻，的确不厚道。”王蒙蒙托着下巴，打趣道，“梨梨桃花朵朵开，怎么数也数不完。”

王蒙蒙接着问：“梨梨，你有没有想过上大学后找个什么样的人谈恋爱啊？”

阮梨不假思索地回道：“没有呢，没想过。”阮梨现在只想好好学习、天天向上，最好数学能考六十分以上。

周五晚上，楚渊本来要给阮梨补习功课，但由于他没空，给阮梨补习的人就变成了楚渊的助理。

桌子上放着零食，助理讲完题，发现阮梨昏昏欲睡。助理有些心累：“是我讲得不好吗？”

“不不不，不是，你讲得很好。”阮梨有些尴尬，抓起一块饼干放进嘴里，“楚渊哥哥没有说他什么时候回来吗？”

“楚医生没说，我们继续讲题吧。”

十分钟后，阮梨睡着了。助理有一丝无奈。他真的尽力了！

某五星级酒店里举办着一场很盛大的晚宴，南城商政两界的名流聚集于此。这场晚宴是楚二爷主办的，他为的就是让大家知道楚渊的存在。

楚三爷那边的人本以为楚渊肯定搞不定掌控家族产业的那些老古董，但是没想到短短数月，楚渊就把那些老古董制得服服帖帖的了。他们不是没有从中作梗，可几乎全被摆平了。见识到楚渊显露出来的本事，他们开始慌张了。

晚上八点，楚渊穿着西装、手拿酒杯步入宴会厅，出众脱俗的气质跟这金碧辉煌的宴会厅格格不入。这是楚渊第一次出现在南城名流里，他一出场就“艳杀四方”。

楚二爷带着楚渊，辗转在商政两界的贵宾里。

“楚渊。”楚渊身后传来一个女人的声音，她的声音里藏着一丝欢喜之意。

楚沉先回的头，映入眼帘的女人很知性，穿着红裙分外妖娆，在众多名媛小姐里是出众吸睛的。

林知晚迈步上前，浅笑道：“好巧，没想到能在这里遇到你，你着实让我吓了一跳。没想到你还是楚家的大少爷。”

楚渊淡淡地回道：“林医生。”

楚沉恍然大悟。看来这个女人跟他们大哥是同事。

“你以前在学校就很少参加聚会，来这么热闹的场合应该很不习惯吧？”

“还好。”

他们还是校友！楚沉又在心里道。

科室不同，林知晚在医院里跟楚渊接触的机会不算多，有时私底下她也想与他接触，但他总是一副拒人于千里之外的样子。今天能私下和他交谈是很难得的机会，林知晚不想错过。

“楚医生，一起跳支舞吗？”林知晚邀请得落落大方。

“抱歉。”楚渊话落，手机响了下，是助理发来了消息。

他打开消息，发现那是一张阮梨趴在桌子上睡着了的照片。

助理：楚医生，阮小姐睡着了，我要把她喊醒吗？

Y：不用，我现在回去。

楚渊收起手机：“我还有事，失陪。”

“大哥，你就这么走了？”楚沉在后头问。

“目的已经达到，我不需要再浪费时间交际。这里交给你跟二叔，我先走了。”

“好吧。”楚沉觉得，他大哥不是个会怜香惜玉的人。

宴会厅里，楚三爷接到楚池打来的电话。楚池问：“今晚的宴会如何？”

“楚渊表现出色，已经有不少人倒戈，你要是想掌管楚家，就不能掉以轻心。”

楚三爷挂断电话后，坐在他身侧的中年男人开口道：“楚渊一直在查他父母当年车祸的案子，我收到风声，他已经查到了张开身上。三爷你……”

“那就别怪我心狠手辣给他提个醒，让他知道有些事最好不要深究了。”

楚渊回到医院时，阮梨趴在桌子上睡得正香。

阮梨感觉有人在喊她，还用手推了推她。

“别吵呀。”阮梨未睁眼，一巴掌打了过去。

手被拍掉，楚渊有些无奈。他开始收拾桌子上的零食，顺便定了一个闹钟。

闹钟还没有响，阮梨就因为手臂发麻醒了。她抬起头想转移阵地接着睡，结果一转头就看到在检查她试卷的楚渊：“楚渊哥哥，你什么时候回来的呀？”

“十分钟前。”

“你怎么不叫我？”

“我叫了。”楚渊云淡风轻地说，“你打了我一巴掌。”

阮梨低头乖乖认错：“对不起。”

“去洗把脸，我给你补课。”

“哦。”阮梨刚起来，就发觉腿酸得不像话，一个没站稳，整个人往前扑去。楚渊手疾眼快，转过身接住她。

阮梨趴在楚渊身上，腿还在发麻，但她在试图站起来。楚渊一把将阮梨摁住，嗓音略沉地道：“不要乱动。”

“可是我的腿好麻。”

楚渊将双手落在阮梨纤细的腰上，把她抱起来放在沙发上：“等腿不麻了再去。”

“好。”应完，阮梨发现今晚的楚渊穿着西装，里面穿了黑色衬衫，还打了领带。

楚渊抬手将领带扯松，凸起的喉结十分性感。阮梨坐在沙发上打量着楚渊：“楚渊哥哥，你穿西装好帅呀。”

楚渊扯领带的样子在阮梨的脑袋里不断自动播放。等回去，她一定要把楚渊扯领带的样子画下来。

面对阮梨的夸赞，楚渊冷淡地“嗯”了一声，算是回应。

阮梨在沙发上坐了两三分钟，感觉腿不麻了就起身去洗脸，洗完脸后乖乖坐好等楚渊讲题。

楚渊讲题时，阮梨一直拿着圆珠笔在手上转。她有点不高兴，因为自己夸楚渊，楚渊一点反应也没有。她想着想着，手里的圆珠笔掉在地上，滚到了楚渊那边。

阮梨低头，手穿过男人屈起的长腿想捡笔。楚渊握住她的手，语气沉了沉：“阮梨，这道数学题我只讲一遍，你认真听。”

楚渊心中郁闷。她怎么敢伸手捡那支笔？也不看看它掉在什么位置。

阮梨的手被握得有点痛："我有在听，只是想捡笔。楚渊哥哥今天对我一点都不好，就知道凶我。"阮梨说着，眼里有泪珠在打转。

楚渊喉结滚动："不许哭。"

吧嗒，阮梨的眼泪滚落。楚渊有些无奈。

阮梨趴在桌子上，因为哭泣，肩膀在不停地抖动。哭着哭着，她还偷偷瞄了一眼楚渊。

怎么还不哄我啊？再不哄，我就哭不下去了。楚渊是不是嫌我烦了？这般想着，阮梨心里像堵了块石头似的，很难受。

终于，楚渊开口了："我现在跟你说话重一点是不是都不行了？"

阮梨不吱声，感到一阵心虚。

楚渊放低声音："抱歉，是我没控制好自己。"他顿了顿，还是哄了她，"别哭了，待会儿想吃什么我给你买。"

阮梨抬起头来，脸颊上还有两行泪痕，她听到楚渊要给她买吃的后立马两眼放光："我想吃炸鸡和冰可乐。"

楚渊皱眉道："换一个。"

"烧烤。"

"再换一个。"

"小龙虾。"

阮梨说的这些东西，她长那么大，吃过的次数屈指可数。就算平日里她跟王蒙蒙出去吃饭，陈叔也会叮嘱王蒙蒙不要带她吃这些东西。她被养得娇气，身子骨弱，肠胃自然称不上好，平日里喝奶茶也不可以加冰。

阮梨气得鼓起腮帮子，转过身背对着楚渊："不是我想吃什么你都给我买吗？楚渊哥哥，你说话不算数。我几乎没吃过这些东西，好想尝尝味道。"

楚渊见她背对着自己，语气和缓了一些："知道了，先做题。"

阮梨欢欢喜喜地转过身，把注意力集中在试卷上。

等补习结束，楚渊带阮梨去了一家餐厅。

淋了酸奶芝士酱的炸鸡和一小杯冰可乐放在阮梨面前，阮梨立马拿起筷子，夹起一块酥软的鸡块放进嘴里，又赶紧喝上一口冰可乐，总算体会了一次快乐赛神仙的感觉。

芝士酱沾在嘴角，阮梨伸出舌头舔舔唇："楚渊哥哥，你不吃吗？"

楚渊回道："我不吃。"

阮梨吃了三块炸鸡就饱了。东西好吃，可她的肚子塞不下了。

“楚渊哥哥，我吃不下了，你帮我消灭它们好不好？浪费粮食是可耻的。”阮梨央求道。

楚渊没说什么，默默地把剩下的炸鸡吃掉。

阮梨托着下巴，笑眯眯地看着楚渊。楚渊吃得不快，阮梨感觉看他吃东西是一种享受。

几分钟后，炸鸡被消灭干净，楚渊觉得喉咙腻得不行，于是端起桌上的温水喝了一口：“时间不早了，回去吧。”

跟楚渊在一起的时候，阮梨特别开心。起初她还觉得楚渊性子冷淡，应该不好接触；但一番接触下来，她觉得他这人是极好的，面冷心热，以后她要是出什么事，他肯定不会放着她不管。

回去的路上，路过药店，楚渊买了点肠胃药：“晚上肚子要是不舒服了，你就把药吃了。”

阮梨乖乖点头，扯了扯楚渊的袖子。她眼眸澄澈，像是山中的清泉，毫无杂质：“我好喜欢楚渊哥哥呀，你对我真好。”

楚渊顿了顿：“楚池对你不好吗？”

“挺好的，就是……”阮梨低着头，叹了口气，道，“我只把他当哥哥，他要是不惦记我就好了。”

“他惦记你你就不喜欢他了？”

“嗯……我会不知道该怎么面对他，还有点怕他。况且楚池哥还有未婚妻，他惦记我不好。”

“要是别人惦记你呢？”

“我就离他远远的，不和他玩。”阮梨一脸天真无邪地回道。

楚渊的眼眸暗了暗。没想到阮梨对男女之情一点想法都没有，跟一张白纸一样。

回家的路上，车窗半降，夏日的晚风缓缓吹过，阮梨又在车里睡着了。在明暗交错的光影下，那个面冷心热的男人看着阮梨的眼神中透着侵略感，那与他之前的形象完全不符。

楚渊是有所图谋的，可阮梨并未察觉。

楚渊抬手，将阮梨摇摇晃晃的脑袋轻摁在自己的肩膀上。他碰到她白嫩细腻的脸颊，用指腹在上面摩挲了两下——很软。

阮梨咂了几下嘴巴，用双手圈住楚渊的胳膊，嘟囔道：“蚊子别咬我呀，痒……”

楚渊的眸光变得柔和了些许。他放开手，让她好好睡觉。

五月中旬，天气变得炎热，不过阮梨这屋冬暖夏凉，平日里空调倒也开得少。周六，桌子上放着果盘，阮梨边吃水果边复习。上周又考试了，她的成绩没有明显的提升，总分四百六十分。

楚渊很厉害，给阮梨做的卷子，里面总是会有一些题和老师出的考题撞上。他教得好，阮梨不会犯困，就算困了，他也会把她叫醒，让她去洗脸提神。最重要的是，他会拿糖诱惑她，却偏偏不给她吃。楚渊办公室的桌子上有个玻璃罐，里面放的全是糖，都是阮梨得来的，全是她的战绩。

阮静蓉来院子里找阮梨，身后的用人个个手里都端着珠宝盒子。她道："梨梨，你看这些珠宝，哪个比较适合送给宋佳雪？"

阮梨将一颗夹着乌梅的小番茄放进嘴里："姨，为什么要给她送礼物啊？"

"明天晚上她要办生日宴，得准备一份礼物。"

楚大爷过世后，楚家老太太不管事，楚二爷在楚家的话语权是最大的。宋家和他们家是世交，身为楚家二爷的妻子，她得有所表示。

"原来是送给佳雪姐的生日礼物，那我仔细看看。"

阮梨觉得宋佳雪气质很好，听说她是学古典舞的，仪态端庄，人也很温柔。

虽然那日在楚家她们没说上话，楚池还对阮梨格外偏袒和关照，她明白对宋佳雪来说，她的存在应该是极为碍眼的，可即便如此，宋佳雪也什么都没说、什么都没做。

阮梨想，宋佳雪的脾气应该是极好的。

阮梨从那些珠宝首饰中挑了一对耳环："姨，这个很衬佳雪姐的气质。"

"梨梨选得好，那就这个吧。"阮静蓉顺利解决了选礼物的困扰，走之前问了一句，"梨梨有没有喜欢的？"

"我的首饰很多了，不用了。"

"那不行，我们梨梨长得这么漂亮，像珠宝这些饰品，有多少都不算多。"

听到阮静蓉这么说，阮梨心里动容不已。在她心里，阮静蓉是世界上与她最亲的人。她凑上去给了自家姨一个吻。

周日，阮梨依旧要上课。这天晚上，楚渊有个手术，没时间给她补课，所以放学后她直接回了老宅。

院子里灯火明亮，阮梨在屋里乖乖写着作业，没想到楚家老太太会来找她。

“奶奶，你怎么来啦？”阮梨乖巧地笑着问。

“奶奶没有打扰到你学习吧？”楚老太太问。

“不会呀。自从楚渊哥哥给我补习后，我的成绩突飞猛进，好着呢！”

楚老太太笑容可掬：“看来你跟阿渊相处得不错。”

“楚渊哥哥可好了。”

两人闲聊了一会儿，楚老太太说起了正事：“奶奶啊，是想请你帮我一个忙。佳雪那个孩子我见过，听说今日是她的生辰，她又是楚池的未婚妻，我这个做奶奶的怎么也要表表态。”楚老太太拿出一个盒子，“这里啊，是我要送给佳雪的礼物，我年纪大了不喜出门，这会儿楚家没什么人能替我跑腿，奶奶只好来麻烦你了。”

这会儿，楚家能去宋家的基本都去了，阮梨只好接下了楚老太太给的任务。

阮梨这会儿还穿着崇高的校服，头发也扎得松松垮垮的。她回房间换上长裙后，才让陈叔送她去宋家。

宋家今晚特别热闹，宋佳雪身穿一件银光闪闪的抹胸礼裙，脖子上戴着珍珠项链，唇边挂着笑。她性子温柔，与她关系好的人不少，大家纷纷上前祝贺她。

在外人眼中，名门闺秀宋佳雪和翩翩公子楚池十分般配。可只有宋佳雪自己心里清楚，她跟楚池不过是逢场作戏。庄园那次谈话后，宋佳雪已经寒了心。

今天的宴会陈璐也在，她是以楚池助理的身份陪同他来的。陈璐看着宋佳雪站在楚池身边，心里妒意无限。她相信，迟早有一天，站在楚池身边的女人会是她。

陈璐能看到阮静蓉，阮静蓉自然也能看到陈璐，但阮静蓉没给陈璐一个眼色。陈璐想，要是换成阮梨，阮静蓉必然狠不下心与她断绝关系。

宋家用人走到宋佳雪身边，轻声说：“外面有一个自称是阮梨的小姑娘说要见你，说有东西要交给你。”

“你让她进来吧，我这会儿抽不出身去见她。”

“好。”

阮梨在门口等着，手里还捧着一束花。宋家用人语气十分客气，对她说：“小姑娘，我们家小姐比较忙，一时半会儿抽不开身，让你进去找她。”

阮梨其实不太想进去。里面人太多，她怕进去后一时半会儿出不来。她出门前好像水喝多了，这会儿有点想上卫生间。只是奶奶让她代为转交的礼物，她认为还是亲自送到宋佳雪手里比较好。

虽然阮梨没有打扮便出门了，但她长发及腰、唇红齿白的样子，已经貌似天仙。她被宋家用人带领着走进宴会厅时，众人立马向她投来目光。

梨梨怎么来了？远处的阮静蓉看到阮梨，心生疑惑，刚想上前找她，却被前来打招呼的人绊住了。

阮梨见到宋佳雪，委实被她今天晚上的打扮给惊艳到了：“佳雪姐今天好好看呀。”

宋佳雪露出浅浅的笑容。她听得出来阮梨是真心夸她的，于是道谢。

阮梨把花和楚老太太准备的礼物递过去：“佳雪姐，生日快乐，这是奶奶让我交给你的。”花是阮梨自己准备的，她想自己总不好空手而来。

礼物是一个成色特别漂亮的镯子，收到礼物的宋佳雪心情有些复杂。她跟楚池怕是成不了了，但楚家老太太一直挺喜欢她的。

“替我谢谢奶奶。”

楚池恰好来找宋佳雪，见到阮梨后道：“梨梨？”

阮梨还没忘记上次楚池把她带去庄园单独相处的尴尬事，这会儿打招呼有些有气无力：“楚池哥。”楚池的目光让她避之不及，她被看得心里发慌：“佳雪姐，你家卫生间在哪个位置啊？我想上个卫生间再回去。”

“我让用人带你去。”

宋佳雪交代用人后，用人朝阮梨做了个“请”的手势：“小姑娘，你跟我来。”

阮梨溜得很快。自打庄园事件后，阮梨总是有意避开楚池，这让楚池有些难过。

宋佳雪道："我知道你看到阮梨有很多话想和她说，不过这里是宋家，你的一举一动大家都在看。"

"在我们的婚约没取消之前，我不会让你丢脸，这点你大可放心。"楚池神情冷漠。

宋佳雪捏紧裙摆，眼睛酸涩，心口发疼。

阮梨突然出现在宴会上，这在讨厌阮梨的楚乔眼里，就是别有居心。楚乔气急败坏地说："阮梨肯定是故意来硌硬佳雪姐的。"

"阮梨从小心思就多，楚池哥从小对她那么好，现在他和佳雪姐订婚，她心里不舒服也正常。"一旁的陈璐道。

"她凭什么不舒服？她就知道在大家面前装模作样，上次还害我被三姐他们骂，我哥还打了我一巴掌，气死我了。"楚乔想起那晚自己所受的委屈，心里憋屈得不行。

"你还被楚池哥打了？"

"是啊，可疼了。不行，我越想越气，这笔账我得要回来。"楚乔准备去找阮梨。

"你现在去找她，欺负她了肯定又是你吃亏。"陈璐拉住楚乔。

楚乔咬咬唇："那你说我该怎么办？"

"你真想把这笔账要回来？"

"当然。"

陈璐示意楚乔凑过来，在她耳边支了一着，说完后又补了一句："办法我跟你说了，但你可别说这是我教你的啊。我现在在楚池哥的公司上班，不想被他炒鱿鱼。"

"放心吧，你的主意特别好，我不会牵扯到你的，你可是我的好姐妹。那我去找人替我办事了。"

阮梨上完卫生间就准备回去，只是她刚出卫生间就被人捂住口鼻带走了。眼睛被布条遮住，她被吓得身体僵硬，拼命挣扎，眼泪已经快把布条给浸湿了。

阮梨不知道那人带她去了哪里，等身体能自由行动的时候，她立马拿开遮住眼睛的布条。周围很暗，一股冷气袭来，她冻得直哆嗦。巨大的恐惧感笼罩在心头，阮梨扑到门上，哭着喊："放我出去、放我出去……"

宴会厅外面，陈叔等阮梨等得有些着急了——阮梨说不会久待，可人已经进去半个多小时了。她的手机放在车里充电，没被带进去，他没办法与她联系。

宴会厅内，阮静蓉和人交谈结束后，四处找了一圈没看到阮梨，就打了个电话给她，谁知接电话的是陈叔。

“梨梨呢？”

“还没出来。”

闻言，阮静蓉找到最后接触阮梨的宋佳雪：“佳雪，梨梨刚才跟你说完话去哪里了？”

宋佳雪回：“她说要去卫生间。”

阮静蓉去卫生间找，但没有发现阮梨，于是又连忙找到宋佳雪：“梨梨上完卫生间后不见了，还请宋小姐赶紧派人找找，顺便查一查监控录像。”

宋家派人在别墅上下找了个遍，也没发现阮梨。

此时，楚乔并不知自己闯下的祸有多严重。她躲在宋家花房里见一个男人。男人气宇轩昂，是娱乐圈的知名影帝赵宇。

楚乔见到他，上前将他抱住：“赵宇，我好烦，明明你就在我面前，我却不能光明正大地站在你身边。你说过要离婚，到底要拖到什么时候啊？”

“乔乔，离婚的事我已经提很多次了，只是杨璐那边迟迟不肯签离婚协议。”

“我不管。我再给你两个月的时间，你必须把婚给离了，否则我是不会答应跟你在一起的。”

“我知道。乔乔，要是我能早点遇见你就好了。”

别墅二楼，楚池脸色阴沉地道：“你把梨梨藏哪里去了？”

宋佳雪思绪恍惚。阮梨在她家不见，她也很着急，但宋家太大了，人手不够，监控摄像头又没拍到阮梨的踪影，一时半会儿根本找不到人。

此刻面对楚池的质问，她几乎把指甲掐进肉里：“你怀疑是我做的手脚？”

“你知道的，我这个人天性多疑，在梨梨的问题上，我宁可错杀一千也不会放过一个。”

好一个宁可错杀一千也不会放过一个，对于他不喜欢的她，他还真是无情得彻底。这又何尝不是对她的羞辱？

宋佳雪深呼了口气。今天是她的生日，她怎么能哭呢？

“梨梨是来给我送礼物的，我也不是那般不大度的人，不会仅仅因为你就做出这种卑劣的事情来。”她纵然生气，语调也还是温柔的。

楚池默不作声。

宋佳雪又自嘲道：“说来可笑，我们从小认识，一起长大，我又当你的未婚妻当了半年之久，没想到我在你眼中还是个不懂分寸的小人。”

“我不是这个意思。”楚池会这么问她，只是想确认这件事到底和她有没有关系，问完他看出来了，这件事和她无关。

“不重要了，梨梨的事我自会给楚家一个交代，但现在请你离开，我想一个人静一静。”宋佳雪低着头，眼泪落了下来。

楚池走后，宋佳雪突然听到噌的一声，顿时惊慌失措，忙抬手擦掉眼泪：“是谁？”

阳台外，楚晃坐着，慵懒又随性，颓丧又性感。

宋佳雪咬唇道：“你怎么在这里？”

楚晃收起手中把玩的打火机：“姐姐，我一直在这里。”

“你全看见了？”

“你说呢？”

宋佳雪：“……”

楚晃望着她，低沉的嗓音中透着一丝别扭之意：“是我二哥的做法不对，你想哭就哭，我不会说出去的。”

被楚晃撞见自己这么狼狈的一幕，宋佳雪觉得挺丢人的。不过她听得出来，他是在安慰她。

“谢谢你，阿晃。”被这么一打岔，宋佳雪伤感不起来了。

宋佳雪指了指楚晃手里的打火机：“你年纪还小，烟还是少抽。”

“我成年了。”楚晃抿了抿唇，不高兴地道。

“我没有管你的意思。”

楚晃闻言更不高兴了，那双丹凤眼里闪过一丝躁意。

宋佳雪道：“我还得去找梨梨，先下去了。”

楚晃道：“我大哥已经来了，这事会被解决的。还有，生日快乐。”

“谢谢。”宋佳雪往楼下走去。

宋佳雪下楼的时候，楚渊已经到了。他长身玉立，在人群里分外抢眼。阮静蓉给出差的楚二爷打电话哭诉，说梨梨在宋家不知所终，楚二爷便找了楚渊出面。

阮静蓉的眼睛有点红："阿渊，宋家差不多被翻遍了，我们还是没找到梨梨。到底是哪个王八羔子这么欺负她？"

"二婶，别急，我已经知道梨梨的事是谁做的了。"

人群里，有一个男人十分焦急，他就是付子恒，宋佳雪的表弟。此刻他正低着头，不停地给楚乔打电话、发消息，可电话一直无人接听。

付子恒对楚乔有意思，想讨好她，这才一时色迷心窍，答应帮她教训一个人。他哪里知道楚乔要教训的人会是楚家二太太的外甥女？楚乔根本没和他说，只说要把人关进酒窖关半个小时。这会儿看到这么多人在找人，他已经开始后悔了。他本想着半个小时后就去把人放了，结果忙着忙着就给忘了，眼下已经过去快一个小时了。

如今，阮梨仍然被关在酒窖里，只要有人去把她放出来就行，反正摄像头没拍到是谁把她抓进去的，旁人不管怎么查，也查不到他的头上来。可偏偏这种时候，他怎么也联系不上楚乔。

忽然，一道阴影落下，付子恒抬头，对上楚渊的目光，被吓了一跳。

上次楚二爷替楚渊大摆宴席，谁人不知他是楚家大少爷？那日，付子恒见过他，觉得他虽气质好，但从商定然不如楚池。如今人站在自己面前，付子恒忽然意识到，自己面对他，竟然连大气都不敢喘一下。

楚渊嗓音淡漠："是你主动坦白还是我来问？如果是我来问，你付出的代价只会更加惨重。"

付子恒汗流浃背，还没反应过来，他爸已经冲过来重重地打了他一巴掌："混账东西，你又给我惹什么事了？"

"我……我……"

楚渊的语气越发凶狠："我不是一个有耐心的人，说！"

付子恒就差没跪下来了："在地下酒窖，她在地下酒窖！"

付子恒的父亲嘴角抽搐，两眼一黑，险些心肌梗死。看楚家人的态度就知道，阮梨是个宝贝，谁碰了谁倒霉。这竖子惹谁不好，偏要招惹她！

楚渊目光冰冷："带路！"

地下酒窖里温度很低，和外面的温差很大。这里还很黑。阮梨已经哭得上气不接下气了。她想寻灯的开关，可是找了老半天也没找到。

窖中很冷，阮梨坐在地上缩成一团，瑟瑟发抖。她哭累了，已经有点迷迷糊糊了。

外面传来脚步声，有一束光线照进黑暗的酒窖，这让阮梨看清了走进来的楚渊。

“楚渊哥哥——”这一刻，楚渊就像保护神，在阮梨最绝望的时候带来一束光明。

接着，楚渊朝她快步走来，用外套把她裹住，用力将她拥进怀里。

阮梨一双眼睛哭得红肿，满脸泪痕。她在黑暗的酒窖中待久了，浑身冰凉。她本就吃不得苦，身体孱弱，酒窖里又黑又冷，她别提多委屈了。

楚渊把阮梨抱起来，阮梨用双手圈住他的脖子，泪珠滚落下来。她哭得身体直抖，比楚渊在医院见到的她哭的样子还要伤心。

不一会儿，楚渊胸前的衣服就湿了大片。

“楚渊哥哥，这里好冷、好黑，梨梨好怕……”阮梨说话断断续续的，上气不接下气。

楚渊轻抚她乌黑的长发：“不怕，已经没事了，我一定不会放过欺负你的人。”

阮梨哭诉道：“梨梨还不舒服、不舒服……”阮梨感觉额头很烫，脑袋昏昏沉沉的，肚子也不舒服，隐隐作痛。

楚渊哄道：“哥哥带你去医院。”

酒窖门外站着楚池。见阮梨抱着楚渊直哭，对楚渊全然依赖，根本看不见别人，他捏紧了拳头。他十分懊恼，懊恼于自己不是第一个找到阮梨的人。

看到小声哭着的阮梨脸色惨白、眉头紧皱，睫毛全被泪水打湿，宋佳雪心头一紧，难受不已。人是在宋家出事的，宋佳雪怎么可能不自责？况且她的表弟付子恒还牵扯其中。

付子恒害怕不已：“表姐、表姐，你要帮我、帮我……”

宋佳雪冷漠地道：“在这件事上我不会帮你，你自求多福吧。”

阮静蓉看到楚渊怀里的阮梨时，眼眶瞬间红了：“梨梨……”

阮梨听到阮静蓉的声音，强撑着掀了掀眼皮，嗓音软弱无力地开口：“姨……”

阮静蓉的眼眶更红了。她把阮梨当亲生女儿一样养着，已经很久没见过阮梨这么难受、脆弱的样子了。

楚渊有条不紊地说："梨梨在发烧，月事可能也要来了，还请二婶先带梨梨去东陵医院就诊，我解决完这里的事再过去。"

阮静蓉连忙应"好"。

眼下楚渊要算账，付子恒的父亲第一个站出来："逆子，跪下！"

付子恒根本不带犹豫，扑通一声跪在了地上。他悔得肠子都青了！说实话，看到阮梨哭得那么惨，他也觉得自己不是东西。他怎么忍心帮楚乔欺负这么一个娇滴滴的、手无缚鸡之力的女孩？

"阮梨跟你无冤无仇，你为什么要把她关起来？你怎会这么愚蠢？"付总骂起儿子来严词厉色。

付子恒看他爸骂他骂得这么凶，意识到事情的严重性，这件事的后果绝对不是他一个人能够承担的。付子恒全招了："爸、楚渊大哥，你们听我解释。是楚乔找我，要我帮她教训一下阮梨，我喜欢楚乔，就没多想，帮她这么做了。主意也是楚乔出的，是她让我把阮梨关进酒窖里的。"

付总不太信："你说的都是真的？"

付子恒立马发誓："比'珍珠'还真。我要是敢撒谎，天打雷劈、不得好死！我的朋友可以给我做证，楚乔找我帮忙的时候，我正在打游戏，他听见了。"

楚渊看向楚池："楚乔现在在哪儿？把她喊来。"

楚三夫人一听到背后的主谋是楚乔，脸色顿时变了。她在心中咒骂着楚乔脑子是不是坏了，去找阮梨麻烦。

楚池转身对身后的陈璐发话："把楚乔叫来。"

陈璐有些犹豫："这件事会不会……"

楚池忍着怒火说："我让你把楚乔给我叫来！"

陈璐捏紧拳头："是！"

就在此时，刚跟赵宇幽会完的楚乔回到宴会厅里，一脸甜蜜。陈璐急匆匆地向她走来："乔乔，出事了！"

楚乔被陈璐带到大家面前，所有人看她的眼神都极其复杂，楚乔有些害怕。

楚乔没想到事情会败露，索性破罐破摔："一人做事一人当，你们想怎么打我、骂我，都随你们，反正我做都做了，没什么好说的。"

楚池厉声道："你明知道她身体不好，还把她关在那么冷的地窖里，我竟从来不知道自己的妹妹这么狠毒！”

“哥，你总是为了阮梨骂我！”楚乔咬牙切齿地道，“你知不知道，阮梨明知道今晚是佳雪姐的生日宴，还非要来找存在感？她分明就是故意的。我不教训教训她，她以后只会越来越过分。”

“你在胡说八道什么？”

“我说错了吗？你已经有……”

宋佳雪打断楚乔的话：“乔乔，梨梨是来替楚奶奶给我送礼物的，你误会了。”

楚乔身体一僵。宋佳雪看楚乔的眼神没有以往那般温和了：“你对她做了这么过分的事情，应该跟她说声对不起，而不是在这里狡辩，替自己开脱。”

“我明明是为了你才这么做的！”

“我那天晚上在楚家就和你说得很清楚了，我跟你二哥的事情不用你操心，我们之间有问题也不是因为阮梨。”

楚乔低着头咬唇。宋佳雪是说过这话，但她没放在心上。

“乔乔，你随我去医院。”楚三夫人走上前拉着楚乔的手就要离开，“你啊，见到梨梨，一定要好好跟她道歉，说对不起……”

两人还没走两步，楚渊就发话了：“且慢，三婶！”

楚三夫人停下脚步。看来她今晚是护不住楚乔了。

楚渊道：“你做的事，我已经和奶奶讲了，她说你是怎么对梨梨的，就让我怎么对你，双倍讨回来。”

楚渊看向付子恒：“给你一个将功补过的机会。你当时是怎么把梨梨关进酒窖的，现在就怎么把她关进去，守在外面不许任何人靠近。”

楚三夫人慌了起来：“这怎么行？”

楚渊不带一丝心软地道：“三婶有意见可以找奶奶说去。”

楚三夫人：“……”

付子恒跪在地上，跪得腿有些发麻了，他爸一脚踹向他的屁股，道：“还愣着干什么？”

付子恒站起来，奔向楚乔，拿出领带捂住她的眼睛，然后把她扛起来往酒窖的方向走去。他把人扔进酒窖后利索地关上门，还说：“楚乔，你别怪我啊，我也是没办法，你就在里面好好待着吧。”

楚乔气急败坏地大喊：“孬种！我看不上你不是没有原因的。”

付子恒摸了摸鼻子，说：“我其实没那么喜欢你啦，就是看你跟我的初恋有点像！”

什么？付子恒还跟她玩替身这一套？

楚乔哪里受过这种委屈和侮辱？她气得心口像堵了块石头似的。

酒窖里的确冷，楚乔被关了一会儿就受不住了，在里面大喊大叫。付子恒就在外面守着，充耳不闻。

楚渊从宋家出来上车时，被知名女星杨璐拦住：“渊总，关于楚乔的事，我们可以谈谈。”

“你想谈什么？”

“谈她跟我丈夫的那点勾当。”

医院里，阮梨在输液。生理期到了，她脸上毫无血色。不知是不是因为她在酒窖里待久了，寒气入体，这一次的生理期她比往常任何一次都要痛！

阮静蓉给了她一个热水袋焐肚子，又给她喂了止痛药：“乖梨梨，过会儿就不疼了，不哭啊……”

阮梨抱着热水袋，疼得不敢乱动：“嗯。”

阮梨十分不舒服，整个人浑浑噩噩的。因为肚子痛，她想睡却睡不着。过了半晌，热水袋里的水凉了，阮静蓉重新给阮梨换上热水。阮梨虽然嘴上应了阮静蓉的话说不哭，可是眼泪一直往外冒。她从小就这样，生病了就喜欢哭，不是那种号啕大哭，而是隐忍抽噎，这让人根本不知如何是好。

阮静蓉替阮梨擦掉眼泪：“你楚渊哥哥已经到医院了，他在给你拿糖，我们梨梨马上就有糖吃了。”

病房里，阮梨发着烧，额头上贴着退烧贴，右手打着点滴——因为她的血管细，给她打针的护士扎了好几针才找到血管。她微微屈着身体，根本不敢动。

或许是止痛药起了效果，她没有那么疼了。感觉有微凉的手背贴在她的脸颊上，一触即离，她掀开眼皮，看见了楚渊：“楚渊哥哥，糖呢？”

楚渊坐在床边，拿出糖，把糖纸剥开，将糖喂到阮梨的嘴里。

阮梨嘴里含着糖，那股甜味冲散了嘴里的药味。

阮静蓉问：“阿渊，梨梨的事到底是什么情况？是谁把她关在酒窖里头的？”

“行动的是付子恒，幕后主使是楚乔。”

阮静蓉冷下脸：“楚乔从小就不喜欢梨梨，长大之后也总是对她恶语相向，现在是越来越过分了。要不是我看到梨梨来了生日宴，想找她，她还不知道会被关到什么时候。”阮静蓉越想越气。

“楚乔已经被关在酒窖里了，没有我的意思不会有人放她出来。”

阮静蓉听到楚乔也被关了起来，心里才舒服些。楚乔是怎样对阮梨的，就该受到怎样的惩罚，这才公平。

“你三婶没意见？”

“奶奶发了话，她就算有意见也得憋着。”

阮梨听到是楚乔捉弄自己，心里很生气，还好她有楚渊替她把账要回来：“楚渊哥哥。”

“怎么了？”楚渊低头看向阮梨。

阮梨握住他的手指：“谢谢你替梨梨出气呀。”

楚渊低声道：“别说话，好好睡觉。”

“我疼得睡不着。”说着，阮梨感觉肚子里那股坠痛感又开始发作了，泪珠又夺眶而出。

楚渊替她擦去眼泪，耐心地哄道：“乖，再忍一忍。”

酒窖里的温度通常在五到二十摄氏度。楚乔不知自己被关了多久，她身上只穿着一件礼裙，冰冷的环境让她犹如在过冬，她难以忍耐：“付子恒，你关我关得够久了！放我出去！”

“你大哥没发话，我可不敢放你出去。拜托，在这里受苦的不止你一个人，我也在外面喂蚊子好吧！”付子恒跷着二郎腿，手里拿着一盘蚊香。别说里面冷，夜里外面也挺凉的。

楚乔难受不已：“这里太冷了，你让人给我拿件衣服来。”

付子恒抖着腿道：“你说为什么没人给你送衣服来呢？你大哥送你来这里是为了让你体验阮梨的痛苦的，怎么可能会让你好受？”

楚三夫人回老宅后就直接去找楚老太太了，想替楚乔求个情，可人刚到门口就被用人拦下了：“老太太睡了，有什么事三夫人明日再来吧。”

“里头不还亮着灯吗？”

“老太太一向有留灯睡觉的习惯，方便夜里起来上卫生间。”

楚三夫人见不到楚老太太，没法求情，只好回了自家院子，给楚池打了一通电话："乔乔是你亲妹妹，你就这么看着她在里面受苦？"

"她年纪不小了，该懂事了。"从宋家离开后，楚池没有回楚家，而是直接去了东陵医院，"你别试图找父亲出面，找了结果也一样。"

楚池抵达东陵医院，找到阮梨所在的病房，敲门后推门进去："二婶、大哥。"

楚渊微微颔首。阮静蓉见到他，神色淡淡地道："梨梨睡着了。"

多亏了楚渊分散阮梨的注意力，给她讲龙和公主的故事，没多久她就睡着了。

"无妨，我就是来看看。"楚池望着阮梨，"梨梨现在情况如何？"

"梨梨还没退烧，肚子又痛，情况比以往都要糟糕。"说完阮梨的情况，阮静蓉话锋一转，"你这个做亲哥哥的，平日里对楚乔还是多加管教的好。梨梨可从来没对她做过什么，你看看她都干了些什么好事！"对于楚池，阮静蓉没什么好脸色，对楚乔的指责也不加掩饰。

"二婶说的是。"

"看完你就走吧，这里用不上你。"阮静蓉开始赶人。

"梨梨的事我很抱歉，是我没能保护好她。"楚池看到阮梨这般不好受，心里很不舒服，他低垂着眼，沉声道。

"你别打梨梨的主意，就是对她最大的保护。"

楚池神色微变，避而不答："我明日再来。"

之后，楚家人前前后后来了好几个，他们没打扰阮梨，只送了不少阮梨爱吃的小零食来。

凌晨，阮静蓉在病房的沙发上昏昏欲睡。楚渊开口道："二婶，我在医院附近给你订了酒店，你先去休息，梨梨由我来照顾。"

阮静蓉瞬间清醒了几分："这怎么行？"

"你今晚睡不好，明日便没精神照顾她。"

阮静蓉衡量后倒也没坚持。不管楚渊是出于什么心思对阮梨好，她都是放心把阮梨交给他照顾的。

于是陈叔把阮静蓉送去了酒店。

病房里只留有一盏台灯，楚渊坐在椅子上，拿出手机，看到杨璐发来的微信消息中，有不少楚乔和已婚影帝暧昧不清的照片。楚渊看完消息后回复杨璐，让她听自己的安排。

护士进病房给阮梨换完药水后，又给她量了一次体温，她的烧基本退了。

凌晨两点，阮梨醒了。她舔了舔干燥的唇："姨，我想喝水……"过了片刻，走到她面前来的不是阮静蓉，而是楚渊。他把病床床头升起来了一些。

"楚渊哥哥，我姨呢？"

"我让她去酒店休息了。"

楚渊拿出保温杯，阮梨咬住保温杯的吸管，喝了大半杯水。她小腹处的那种紧绷感和坠痛感还是没有缓和，而且因为止痛药的药效过了，痛感越发地强烈。

阮梨道："楚渊哥哥，我还想吃一颗止痛药。"

"吃多了伤身体。"楚渊放下保温杯，把床头调平，"你睡吧，我替你按一下就没那么痛了。"

"楚渊哥哥，你穿上白大褂再给我按好不好？"

"不穿不行？"

"不穿我没法把你当医生呀……"小姑娘越说越小声。她垂着头，抓着被褥，内心忐忑。

喉结滚动，楚渊嗓音淡淡地道："知道了。"

两分钟后，楚渊从外面回来。借来的白大褂已经被他穿在身上，他没扣扣子，白大褂就那么敞着，光风霁月的男人瞬时无比神圣。

热水袋还热乎着，贴在阮梨的腰侧。楚渊的手落在她的小腹上，虽然隔着衣服，但她还是有点羞涩，眼睫毛微微颤着……

楚渊替阮梨按揉是有手法的，不知过去多久，她那股难受的感觉真的缓解了不少。阮梨像只被撸顺毛的猫，眉头舒展，身体放松："楚渊哥哥好厉害。"

肚子不那么难受后，阮梨很快又睡着了，楚渊收回手，替她掖好被子。

虽然被夸了，但楚渊也没多高兴，可他并没有表现出来。楚渊从不穿外人的衣服，这次也算是为了阮梨破例了。他把白大褂脱下来，出去还给借他衣服的医生。掌心似乎还留有阮梨身上的气味，他盯着掌心看了许久，陷入了无尽的沉默中。

早晨六点，楚乔被人从酒窖中抬出来。她浑身滚烫，明显已经冻感冒了。

付子恒在外面打地铺睡了一夜，听到动静道："哎哟，我解放了，回去睡觉了。"

这么多年来，楚乔第一次那么狼狈，宋佳雪让司机把她送去医院就诊。楚乔烧到了三十九点二摄氏度，头晕目眩、浑身乏力、肌肉酸痛。尽管已经从酒窖里出来了，她还是觉得冷。身体实在是太难受了，她在医院里放声大哭，只可惜现在没人安慰她。

阮梨一觉醒来，坐在床边的人已经是阮静蓉了。

"楚渊哥哥呢？"

"姨让他回去休息了。"

阮梨的肚子已经没有那么痛了，只不过她还是浑身无力。

阮静蓉昨晚在酒店睡了一觉，今天还算神清气爽："学校那边姨给你请假了，等身体好了你再回去上课。你先起来刷牙洗脸，然后吃点早餐。"

阮梨乖乖起来刷牙洗脸，出去吃早餐。阮梨喝着粥，说："姨，你心情好像很不错。"

"我心情当然不错了，楚乔被楚渊关了一晚上，早晨六点才被放出来，现在人就住你隔壁病房。你的痛苦她体验了一回，看她以后还敢不敢胡来。"

闻言，阮梨笑了下："希望她以后别找我麻烦了。"虽然楚渊替她把账给算了，但对这种捉弄，她的身子骨可吃不消，她不想再来一次。

阮静蓉眼神变狠："她要是敢再找你麻烦，姨不会让她好过。"

阮梨吃过早餐、吃完药，阮静蓉便给她办理出院手续，带她回了楚家。

阮梨回了楚家，楚老太太亲自来看她，满眼心疼："梨梨啊，这事奶奶给你做主。"

"楚渊哥哥已经教训过她了。"

"那她道歉没有？"

"没呢。"

楚老太太握住小姑娘软乎乎的手："等她回来，我让她当着所有人的面给你道歉。”

“奶奶，不用了。”就算楚乔肯道歉，她也不一定是诚心的，阮梨不想听她的那句“对不起”。

楚老太太说到做到，阮梨在家里休养的第三天，楚老太太便把人都唤到了主宅大堂。

楚乔因高烧一场，身子骨还没养好，脸色苍白，似乎还瘦了些。她脸色难看地站在楚老太太面前，将垂落在身体两侧的手攥得紧紧的。

“楚乔，你在佳雪生日宴上捉弄梨梨，可道歉了？”楚老太太开口道。

“奶奶，我已经被大哥教训过了。”

“那你就不用道歉了？”

“我……”楚乔咬着唇，赌气般地说，“我不要。”

然而，楚乔不知道的是，她今天就要大祸临头了。

用人上前：“老夫人，外面有客人求见。”

“见谁的？”

“她是来找三夫人的。”

“让她先去偏厅等着吧。”

楚乔看到众人对阮梨嘘寒问暖，对自己爱搭不理，眼睛不由得有些酸涩。

阮梨正在被投喂，腮帮子鼓鼓的。她看到进来的人，觉得有些眼熟，很快就想起在一部宫斗剧里，这人饰演皇后娘娘，好像叫杨璐，姨特别喜欢这个演员。

阮梨快速吞掉嘴里的食物，说：“是《宫心计》里的皇后娘娘！”

所有人的目光转向杨璐，杨璐停下脚步，轻笑了下：“没想到楚家还有人是我的粉丝。”

“我姨特别喜欢你。我可以要个签名吗？”

“没问题。”

楚乔看到杨璐的时候，脸色发白，而阮梨开开心心地让用人去找纸笔来：“‘皇后娘娘’，你先坐会儿。”

“我年纪比你大，你叫我杨璐姐就可以了。”杨璐找了个位子坐下。

楚乔猛地站起来："你来楚家做什么？楚家不欢迎你，你马上给我滚！"

楚老太太端着茶杯，见状道："楚乔，你干什么对客人大呼小叫？"

杨璐不慌不忙地说："她大抵是见到我心虚了吧。"

楚乔咬牙切齿地看向杨璐："你胡说八道什么？"

阮梨见到这一幕，满眼疑惑。楚乔现在的样子给她一种做贼心虚的感觉。

楚老太太什么大风大浪没见过？她一眼就发现了楚乔的不对劲。

这时，楚三夫人匆匆而来："杨小姐，你不是要见我吗？去我院子里谈吧。"

杨璐看向阮梨："签名我待会儿再给你可以吗？"阮梨点点头。

杨璐站起来时，有什么东西从她的包里掉了出来，她伸手去捡，有一些照片哗啦啦地掉下来。有一张照片还飘到了阮梨的脚下，照片上是楚乔在和某影帝亲密接触的画面。阮梨低头一看，瞠目结舌。

楚乔居然跟有老婆的男明星往来。阮梨这会儿算是明白了，这是人家"正主"来找楚乔算账了。

楚老太太捡起其中一张照片，抬手就打了楚乔一个耳光："混账东西！"

楚乔被打蒙了，加上丑事被公之于众，她的脸火辣辣的："奶奶，事情不是你们看到的这样，不是的……"

楚老太太严厉地道："去祠堂给我跪着。"

楚乔难堪不已："妈，我……"

楚三夫人呵斥道："你奶奶让你去你就去！"

楚乔实在受不住阮梨她们投过来的目光，扭头就去了祠堂。

楚乔走后，楚三夫人绷着一张脸道："杨女士，你这是故意的？"

杨璐冷笑道："是啊，我就是要让楚家上下都知道，楚乔是个背地里勾搭我老公、教唆他和我离婚的坏女人。"她继续讲道，"要怪就怪楚乔逼我太狠，她还真以为我不敢跟她叫板，三番五次地断我资源。想要封杀我？封呗，我不在乎。别以为你们楚家有钱了不起，我想公开他们这对狗男女，有的是办法。"

楚三夫人还算冷静："杨女士，凡事好商量，把事情做绝了，你在娱乐圈里就没什么前途可言了。"

楚三夫人和杨璐去会客厅协商解决问题了。大概得到了满意的结果，杨璐不久后就离开了楚家，走之前她还不忘给阮梨签了个名。

阮梨手里拿着杨璐的签名，还没完全消化楚乔这个事情。当年杨璐跟影帝赵宇结婚的时候，娱乐圈内不知有多少人祝福他们，粉丝们都说他们是娱乐圈的模范夫妻。

阮静蓉感慨："有什么样的妈就有什么样的女儿，梨梨啊，以后你找男朋友，姨来帮你挑，保证给你找个疼你、宠你的。"

阮梨回："姨，梨梨不要男朋友。我有楚渊哥哥就可以了。"

"那怎么行？你楚渊哥哥以后是会娶妻生子的，不能照顾你一辈子。"阮静蓉坚决反对。

阮梨噘了噘嘴："好吧。"

"他二叔还让我给他挑选合适的结婚对象，我正张罗着呢。"

跟阮静蓉聊完后，阮梨拿出手机，给楚渊发了好几个表情包。

甜梨：楚渊哥哥，你以后要是娶老婆了，还会对我好吗？

此时，楚渊正在和其他医生聊工作。由于手机一直响，他拿出手机晃了晃，示意自己先处理下私事。楚渊点开微信，看到阮梨发来的消息，开始认真地回复。

Y：为什么这么问？

甜梨：姨在给你物色对象。你以后有对象了，也要对梨梨好，好不好？

楚渊眯了眯眼眸，寒气逼人。坐在楚渊对面的医生不由得哆嗦了一下：谁本事那么大，把楚医生给惹生气了？

杨璐从楚三夫人那里离开后不久，银行卡里到账五千万。

杨璐之前一直不肯签署离婚协议，只因赵宇对她太过心狠——他不想分财产给她便罢了，还想跟她抢儿子；如今她已经拿到了楚家的赔偿，也不怕什么了。

下午两点，杨璐发布了一条微博，这段很长的文字只用于说明赵宇出轨。她还附带了几张图，图里的楚乔全是侧影，但赵宇露了正脸，他正将手搭在女人的臀上，低头和她接吻。

短短半个小时后，"影帝赵宇出轨"便冲上了热搜榜第一。

眼下，楚乔还在祠堂里跪着，这个大丑闻已在楚家传开。陈璐给楚乔打了个电话："乔乔，你没事吧？"

楚乔回："我在祠堂里跪着。现在楚家上下都知道这事了，我没脸在楚家待下去了。"

陈璐安慰道："这怎么能怪你呢？感情这种事不是你能控制的，不是吗？"

楚乔听到这些话，并没有觉得被安慰到，仍然羞耻得无地自容。虽然她口头上没有承认跟赵宇在一起，可是他们私底下的接触已经超过平常男女。她本想等他离婚后再……谁能想到杨璐居然真的敢跟她硬来。

"那天我要是拦着你就好了，还给你出馊主意，连累到你。宋佳雪也是，居然帮都不帮你，你要她这个未来嫂子有什么用啊？要是我，我铁定会护着你的……"

楚乔咬了咬唇："算了，我哥也不是真心想娶她的，之后他们取消婚约的概率很大。"

陈璐闻言，若有所思。果然，只要有阮梨在一天，楚池就会想方设法地悔婚。

另一边，阮梨来到了画室里，她的画室里有很多她的杰作。她今天心情不错，将一下午的时光都用在了创作上。脸上、衣服上沾了不少颜料，她伸了伸懒腰，拿出手机想看看楚渊有没有回消息，却发现楚渊一直没回复她。

阮梨抿了抿唇，给楚渊的助理发了条消息：我哥哥他今天很忙吗？

助理立马就回了她：楚医生今天不怎么忙。

阮梨有点不开心。他不怎么忙，怎么没空回她消息呀？

她没多想，立马给楚渊拨了语音电话。

"喂？"男人的声音传来。

阮梨靠坐在一个懒人抱枕上，揪着抱枕上的兔子耳朵道："楚渊哥哥，你为什么不回我消息？"

"回了你会失望。"

阮梨揪兔子耳朵的手紧了紧："你的意思是你有女朋友就不会对我好了吗？"

楚渊"嗯"了一声。

浑身的力气仿佛被抽走大半，阮梨撇了撇嘴，挺失落地说："这样呀……"她顿了顿，接着说，"那你能不能晚点再找对象呀？"

那头的人沉默好几秒，方道："晚点是什么时候？"

“等我过完二十岁生日你再找好不好呀？”阮梨实在是怕楚渊找了女朋友后就不管她了。一想到自己从高楼上坠落的噩梦和老道士说她活不过二十岁这事，她就特别害怕。

“好。”楚渊答应了，阮梨松了一口气。

她的生日在每年的大年初一，此时距离她的下次生日还有大半年的时间。

不过，她想到在不久的将来楚渊的女朋友会取代她这个“妹妹”，心情还是有点郁闷。

休养三天后，阮梨回到学校，又开始了紧张刺激的学习生活。

楚乔被迫和赵宇断了联系，楚三夫人打算送她出国念书。楚乔自然是不乐意的，可是她没脸待在楚家，也不想看到那些落在自己身上的异样眼光。

阮梨回校第二天，宋佳雪来找过阮梨，还给她带了一份小礼物：“梨梨，抱歉，这几天我比较忙，没时间去探望你，看到你的病好了我就放心了。”

宋佳雪给阮梨的礼物是一根特别精致的发簪，阮梨特别喜欢：“佳雪姐，谢谢你的礼物，我好喜欢。”

宋佳雪没有妹妹，只有一个哥哥。她摸了摸阮梨的头发，温柔如水地道：“你喜欢就好，祝你考试顺利。”

之后的每一天，阮梨都做试卷度日，一度精神紧绷。然而，就在高考的前一周，楚二爷和阮静蓉在回家的路上发生了重大车祸。

这天，阴雨连绵，陈叔下午突然出现在学校：“梨梨，快……快和我去医院。”

“怎么了？”

“二爷和夫人出了车祸，现在都在急救室抢救。”

吧嗒一声，阮梨手中的笔掉落在地上。

到医院后，阮梨守在手术室外，眼眶红红的，大脑一片空白。她根本不敢往坏处想。

现在，在里面替阮静蓉做手术的是楚渊。陈叔说夫人为了护住楚二爷，伤得很严重，玻璃刺进了她的心脏、腹部，她的脑部也受到撞击。楚二爷被护住，只伤了两条腿，目前也在手术中。

阮梨很清楚姨有多喜欢楚二爷。姨从年轻的时候就等着他，等到三十五岁才苦尽甘来，有了现在楚二爷太太的身份。

此刻，楚老太太他们也在赶来医院的路上。

谢烊见阮梨蹲在手术室门口抬手悄悄抹眼泪，突然想起楚渊进手术室前对他的交代："别让阮梨哭。"

谢烊上前："梨梨，你还记得我不？"

"你是谢医生。"

"太好了，你记得我。你放心啊，你楚渊哥哥医术了得，你姨不会有事的。"他递去纸巾，"来，擦擦眼泪，千万别哭。"

"我很害怕。"

"你姨是你最重要的亲人，你怕是正常的事。不过你要相信你的楚渊哥哥，他不会让你没了姨的。"

楚老太太一到，就把阮梨抱住："乖梨梨，被吓着了吧？"

"奶奶……"

"不怕、不怕啊，你姨吉人自有天相，不会有事的。"

"还有二叔。"

楚老太太安慰道："对，他们都是好人，老天爷不会苛待好人的，那些作恶多端的坏人啊，迟早会遭到报应的。"

随后而来的有许多楚家的叔叔伯伯，其中，楚三爷姗姗来迟。他不是没听到楚老太太的话，只是毫无反应。

楚池从外地赶过来时，天已经黑了。阮静蓉进手术室已经快五个小时了，在这五个小时里，楚二爷从手术室里被推出来后，直接被送进了 ICU（重症监护室）。医生表示：二十四小时之后，病人若是没问题，便可转入普通病房。

楚池看着阮梨："梨梨……吃过晚饭了吗？"

阮梨耷拉着脑袋道："和奶奶一起吃过了。"她没什么胃口，只随便吃了点。

楚池想抱抱阮梨安慰她，可是阮梨躲开了。

足足六个小时后，手术室的门终于开了，楚渊从里面出来，阮梨第一个跑上去。她能嗅到他身上的血腥气："楚渊哥哥……"

楚渊还戴着医用口罩，所有人都看向了他："手术成功，病人暂时脱离了生命危险，只是情况还不稳定，还要转入 ICU 观察。"

阮梨的嗓音带着哭腔："楚渊哥哥，我能不能看看我姨？"

楚渊喊来一名护士："带她去换衣服，让她进去看一眼。"

“好的，楚医生。”护士语气和善：“小姑娘，你跟我来。”

阮梨跟着护士走后，楚渊看向楚老太太：“奶奶，二叔二婶这边我会照看，你和三叔他们先回去吧。”

“嗯，你二叔和二婶就麻烦你了。”楚老太太又叮嘱道，“还有，梨梨年纪小，又马上要高考了，你多安抚安抚她。在她姨没好之前，梨梨我也交给你照顾了。”

不等楚渊说什么，楚池道：“奶奶，大哥要照顾二叔二婶，这已经很费精力了，我可以代替二婶照顾梨梨。”

楚老太太道：“你二婶出事后最记挂的就是梨梨，她晕过去前交代，要我把梨梨交给楚渊照顾。”

这些话是伤势较轻的司机代为转达的，转达完这些话，司机还多说了一嘴，说他觉得撞上他们的那辆车好似有目的一样，是笔直地朝着他们的车尾撞去的。

楚渊不徐不疾地说：“梨梨很乖，我应付得来。”楚渊这话一出，楚池想揽活也没办法揽了。

楚老太太对楚三爷他们道：“散了吧。”

众人离开后，被护士领着穿上无菌服、戴好口罩和帽子的阮梨进了 ICU 病房。阮梨在病房里面只待了五分钟左右护士便让她出来了。她出来后，眼圈更红了。

楚渊在门口等着她：“过来。”

阮梨走到楚渊面前：“楚渊哥哥，我刚才看了姨，姨身上插了好多管子，她呼吸好弱，手好凉，我好害怕。”不是没有做了手术之后躺在 ICU 里没撑下去的病人，一想到这个，阮梨就害怕极了。

楚渊把阮梨抱进怀里：“二婶不会有事的。”

阮梨把头埋在楚渊的胸口，他的话让她害怕的心缓和了不少。

楚渊轻抚阮梨的头发，语气温柔：“想哭就哭吧。”

阮梨需要发泄情绪，她已经憋得很难受了：“我就哭一会儿。”很快，楚渊胸前的白大褂就湿了一大片。楚渊抱着阮梨坐在椅子上，小姑娘抽抽噎噎地靠着他的肩膀，闭着眼，显然是哭累了。

谢烊看到这一幕，总觉得哪儿不对劲。楚渊拿着纸巾给阮梨擦眼泪，谢烊故意咳嗽了一声，引起他的注意。

闻声，楚渊抬头：“我待会儿要送阮梨回去休息，你替我照看一下梨梨的姨，我一个小时后回来。”

“我不走，我要在外面等姨醒来。”阮梨哭得声音有点沙哑。

“你明天一早还要去学校上课，下周就要高考了，你姨这边不用你操心。今晚你也别回老宅，去我的公寓睡。”楚渊把一切安排得明明白白。

“我去哪里都睡不着。”

“睡不着也得睡。”

阮梨垂下眼。她知道这个时候不该再给楚渊添麻烦，所以没有坚持留下来。

谢烊双手插兜，对楚渊鄙视不已：“你就会使唤我，却连一瓶乳酸菌饮料也不肯给我喝。”

“我会吩咐我的助理给你买一箱乳酸菌饮料作为谢礼，如果你还不满意，我可以给你发红包。”楚渊淡淡地回。

“不用了，看在梨梨妹妹这么可爱的分上，我会替她照顾她姨的，你快去快回。”

楚渊把阮梨抱起来往外走。他的公寓就在医院附近，小区环境清静、安保严格，里面住的多半是医生或者职场高管。这是阮梨第一次来楚渊平日里住的公寓，这里很大，阳台连接着客厅和主卧。

楚渊给阮梨倒了一杯温水：“在你姨没好之前，你暂时先别回楚家。我不放心，你就住在这里，陈姨会过来照顾你。”

没有姨在的楚家，阮梨也没那么想回去。阮梨握着水杯道：“我都听楚渊哥哥的。”

自己今晚会来楚渊这里落脚是阮梨没想到的，陈叔要第二天才会把她的行李拿过来。她双手接过楚渊递过来的干净毛巾、牙刷和一套睡衣。睡衣是男款的，阮梨洗完澡出来，裤腿和袖口都被她卷了起来，她仿佛是偷穿大人衣服的小孩。

“楚渊哥哥，我睡哪个房间？”

“客房没有打扫，你先睡我的房间。”

阮梨躺在床上，被子和枕头上全是楚渊的味道。床旁边放着很高的书架，头顶的灯被楚渊关了，只留有一盏落地灯。房间里陷入安静。

阮梨一闭眼就会想到阮静蓉，一整夜，她都不知道自己是睡了还是没睡。早上六点，阮梨爬起来换上昨天穿的校服，步行十分钟就到了东陵医院。

她先是跟ICU的护士打听姨和姨丈的情况：“护士姐姐，我姨和姨丈还好吗？”

“你哥哥那么厉害，你姨跟姨丈自然很好。”护士认得阮梨，昨夜楚渊坐在这里抱着阮梨哄她的事，早在他们科室传开了。楚渊入职以来，对谁皆是一副不冷不热的态度，未承想他也有这么温柔的一面。

“你姨后半夜心脏忽然骤停，又进行过一次抢救，楚医生再次把她从死亡边缘拉了回来。她各项指数正常，已经不会有生命危险了，放心吧。不过你姨撞到了脑袋，一时半会儿还醒不过来。至于你姨丈，他昨天半夜就醒来了，嘴里一直念着你姨的名字，后面听说你姨没事了才放宽心，他已经转入普通病房了。”护士继续说，“楚医生守到早上六点才离开，一整天没合过眼，累得够呛。”

“谢谢护士姐姐，你们辛苦了。”阮梨道完谢，走到楚渊的办公室，看到门没锁，直接推门而入。

楚渊在沙发上睡着了，阮梨轻手轻脚地上前，见楚渊眼底有淡淡的青黑色，便没把人叫醒。见楚渊身上没有遮盖的毛毯，她将椅子上的外套拿过来给他披上。

她想到护士姐姐说的那些话，能想象到姨在ICU里的凶险情况，还好楚渊再次把姨给救回来了。

阮梨凑到楚渊耳边，小声说：“楚渊哥哥，谢谢你呀。”

说完，阮梨往楚渊手里塞了一瓶乳酸菌饮料，旋即打了个哈欠，趴在沙发边上闭上眼小憩。

楚渊本不习惯被人接近，可这会儿阮梨离他那么近，他也没有醒过来。一个小时后，楚渊被上午八点的闹铃叫醒。他睁开眼，抬手想揉一揉眉心，结果手里有一瓶饮料不说，还有个脑袋抵在他的腰侧。

阮梨听到闹铃，蹙着眉头没睁眼，循着铃声往楚渊身上摸，想要把闹铃关掉。楚渊抓住她的手，眸色变暗：“你不好好在公寓睡，什么时候跑过来的？”

楚渊的声音如淙淙清泉，阮梨睁开眼睛。因趴着睡不太舒服，她左右转动着脖子：“我早上六点就醒了，担心姨和姨丈，就跑来了。我听护士姐姐说，你昨晚守了姨一个晚上，今天早上六点才离开ICU。你调那么早的闹铃干吗，怎么不多睡会儿呀？”

“你若不来，我这个点会回公寓。”楚渊背靠着沙发，将饮料放进外套口袋里，“吃早餐了吗？”

阮梨摇摇头：“还没有。”

“走吧，跟我回去。”

回公寓的路上，楚渊去买早餐。早餐店里不少人排着队，阮梨在旁边的树下等着，风吹动她的百褶裙裙摆，她看向楚渊，金灿灿的阳光落在他身上，他长身玉立，浑身透着金贵从容的气质，在人群里格外出挑。

楚渊买完早饭走到阮梨旁边，给她递了一瓶草莓牛奶。昨天阮静蓉出事后，阮梨晚饭吃得少，肚子早饿得咕咕叫。她接过草莓牛奶，赶紧插上吸管猛吸一口。

两人等红绿灯时，人有点多。绿灯亮时，阮梨怕自己被人流冲散，跟不上楚渊，便抬手拉住他的袖子。楚渊似乎察觉了她的意图，直接握住她的手，牵着她往前走。

回到公寓里，阮梨坐在餐桌前吃早饭，楚渊去了浴室。她吃着水煮蛋，喝着牛奶，等吃得差不多了，肠粉都快凉了，楚渊还没从浴室里出来。客厅里响起一阵手机铃声，阮梨循着声音找到了楚渊放在外套里的黑色手机——来电显示是楚沉。

阮梨拿着手机推开卧室的门：“楚渊哥哥，你的电话响了，是楚沉哥哥打来的。”

楚渊正好从浴室里出来，黑色的头发上滴落着水珠。他身上穿着黑色浴袍，脖子修长，沐浴露的清香扑面而来。

楚渊接过手机，“喂”了一声。

楚沉的声音传来：“二叔跟二婶情况如何？”

“稳定。”

“三叔还真是心狠手辣，这就按捺不住对二叔下手了。”

“这是他对我的警告。”

“那你继续查下去的话，那把杀人的刀定会落在你身上。”

“无妨，在这之前，他会被我连根拔起。”

楚二爷和阮静蓉这起车祸的肇事司机当场身亡，他无妻无女，孑然一身，警方虽然还在调查，但如果之后查不出什么猫腻，肯定会将其判定为一起普通的意外事故。

把手机给楚渊后，阮梨把卧室的门关上，坐到沙发上。楚渊再出来时，已经穿上了衬衫和黑裤。他坐在阮梨先前坐的位子上，拿起鸡蛋敲碎壳。

十分钟后，陈叔和陈姨到了，还拿着阮梨的行李，楚渊带着陈姨把阮梨的行李放在了次卧。楚渊的公寓是复式的，楼上只有两个房间，陈姨被安排住在了楼下。

陈叔说："我送你去学校吧。"

阮梨点点头："楚渊哥哥，我去学校了，姨要是醒过来，你要给我打电话。"阮梨又补充了一句，"我给你的饮料你要记得喝。"

阮梨到学校时是上午九点半左右。阮梨回到教室，王蒙蒙见到她就问："梨梨，你姨她怎么样了？"昨天下午阮梨匆匆去了医院，班上的同学都知道她姨出了车祸。

阮梨放下书包："她伤得挺严重的，不过已经没有生命危险了。"

"太好了，你昨天一直不回我消息，我担心坏了。"王蒙蒙知道抚养阮梨长大的是阮静蓉，每次学校开家长会，出席的也都是阮静蓉。她从来没听阮梨提起过自己的父母，可见阮静蓉对阮梨的重要性。

"我没看手机。"

"还好你姨没事，不然我真的怕接下来的高考你会受影响。"

阮梨想，如果姨不在了，她哪里还有什么心情管考试的事？

这天，就连老师也来询问阮梨她姨的情况，听说她姨没事才放下心。隔壁班的"班草"刘今也特地写字条来安慰她，还给她送了一盒进口小饼干，不过小饼干最后是被王蒙蒙吃得干干净净的。

阮梨一放学就离校了，不等陈叔来接，她自己坐计程车去了东陵医院。

阮静蓉已经转移到普通病房了，此刻她用着呼吸机，有很多医生围在她的病床旁，在给她做检查。昨天的手术进行了六个小时，她不只做了心脏缝合手术，还做了大脑微创手术。

"楚二夫人到现在意识还没清醒，这应该是大脑损伤术后引起的并发症。如果这一周楚二夫人的意识还不能清醒，她极有可能会成为植物人。楚医生，你们要做好心理准备。具体情况如何要等她的心脏恢复些再做详细检查。楚医生，关于楚二夫人脑部术后恢复的工作，就交给林医生来负责，如何？"

楚渊道："麻烦林医生了。"术业有专攻，他擅长的是心脏外科，不是脑神经科。

抱着鲜花站在病房门口的阮梨满脑子都是“植物人”这三个字。

谢烊过来见阮梨呆呆地站在门口，开口问道：“梨梨，你怎么不进去？”

阮梨抱紧花，没说话。病房里包括林知晚在内的医生们纷纷投来目光。林知晚大约能猜到，这就是楚渊捧在手里温柔呵护的那个妹妹。

楚渊见阮梨不动，上前把她拉到病房里，拿过她手里的花：“医生们说的话你全听见了？”

“嗯。”阮梨垂着眼，还在消化着阮静蓉有可能会成为植物人这件事。

楚渊把她背上的书包拿下来：“情况没有你想的那么糟糕，别往坏处想。”阮梨乖乖点头。

林知晚开口道：“楚医生说得对，梨梨，你别难过，无论如何，我都会让你姨恢复意识的。”

林知晚语气亲切，阮梨看向她道：“谢谢林医生。”

“我叫你梨梨，你应该不介意吧？”

“不介意。”

其他医生陆续离开病房，林知晚说：“楚医生，楚二夫人的情况我们晚点再谈。”

“嗯。”楚渊淡淡地回应。

阮梨把花放好，趴在病床上，握住阮静蓉的手说：“姨，梨梨来看你啦。”

谢烊从口袋里掏出一瓶乳酸菌饮料，还很贴心地给其插上了吸管：“梨梨，来，谢医生请你喝饮料，你要乐观一些。”

阮梨接过谢烊递过来的饮料：“谢谢。”

阮梨一只手拿着饮料，一只手拿起阮静蓉的手贴在自己的脸颊上：“姨，你要快点醒过来，梨梨好想你。”

这时，楚渊瞥向谢烊。

“看我干什么？”

“你很闲？”

“闲啊，你要是没空，就把梨梨交给我，我替你照顾她。”

楚渊目光冰冷：“你很想出差？”

谢烊："……"

医院里有很多外派出去的医生经常好几个月回不来，在感受到强烈的威胁后，谢烊猛地摇头："我想起来我还有点事，先走了。"

"谢医生再见。"阮梨道。

"再见！"谢烊瞬间没了影。

阮梨陪阮静蓉待了一会儿后才去探望姨丈。楚二爷对阮静蓉的情况自然是了解的，阮梨看到楚二爷颓废落寞的样子，鼻子又有点酸。

见到阮梨，楚二爷叹了口气："对不起，梨梨，是我连累了你姨。"

阮梨安慰道："楚渊哥哥说了，姨会好的，姨丈，你别太难过和自责了。"

楚二爷感情经历丰富，年轻的时候身边女人来来去去，只不过接近他的女人多半是为钱为利的。他之前就有过两段婚姻，对方皆与他门当户对，但也皆不是他想娶的，唯独阮静蓉，他是真心把她当成妻子来看待的。楚二爷被小姑娘一顿安慰，心里好受了些。他相信阮静蓉是不会这么一睡不醒的，于她而言，他和阮梨皆是她的牵挂。

之后来探望楚二爷的人有很多，楚渊见到饭点了，便带阮梨去了医院附近的餐厅吃饭。在餐厅里，他们偶遇了林知晚。

"梨梨，我们又见面了。"

"你好，林医生。"

"你不介意跟我们一起坐吧？"与林医生一起来餐厅吃饭的还有庞医生。

"不介意。"林医生是姨的主治医生之一，人也挺亲切，阮梨想也没想就同意了。

楚渊没说什么，拿起菜单道："想吃什么你们点。"

"楚医生点就好，我们随意。"

于是，两人晚餐变成了四人晚餐。

"汤有些烫，吹凉些再喝。"楚渊叮嘱道。阮梨接过鱼汤，汤很鲜，没有一点鱼腥味。

林医生问："梨梨今年念高几？"

"高三。"

"六月七号就要高考了，你加油。"

阮梨笑着点点头。喝完汤，阮梨舔舔唇，拿过米饭接着吃。楚渊往阮梨的碗里夹菜，阮梨也给楚渊夹了一块排骨："楚渊哥哥，你今天有没有补觉？"

"中午睡了两个小时。"

"那你还困不困呀？"

"不困。"楚渊催促道，"赶紧吃，回去我给你划重点补习一下。"

晚饭是楚渊结的账，阮梨还请两位医生喝了饮料。一块儿回医院后，四人因为不顺路分开了。

庞医生感慨："阮梨长得未免也太好看了，性子又好，我都要母爱泛滥了。"

林知晚淡淡地笑了下。她的心情谈不上好。兴许是她很早之前就认识楚渊，从未见他对谁好过，如今见他对人好，尽管对方是他的妹妹，她也挺失落的。

这个妹妹只是楚渊二叔再娶的老婆的外甥女，除了从小在楚家长大，与楚渊并无血缘关系，楚渊当不当人是妹妹还不好说。庞医生虽然心里头这般想着，但是没当着林知晚的面这么说，毕竟她知道林知晚对楚渊有意。

阮梨不想这么早回家，就留在阮静蓉的病房里做题，做累了就趴在病床边自言自语。

过了一会儿，楚池来了。他看见楚渊在给阮梨讲题，阮梨将下巴抵在男人的膝盖上，手拿着笔，两人姿势亲昵，但她浑然不觉。

"梨梨。"

阮梨抬头："楚池哥。"

"吃过晚饭了吗？"

"吃过了。"

楚池把花放下："跟我单独聊聊，可以吗？"

阮梨跟着楚池来到走廊上："楚池哥，你想和我说什么？"

楚池道："听说你最近都不回楚家，住在楚渊那里，平时睡觉要记得锁好门。楚渊他是成年男人，你和他接触要注意分寸和距离。"

阮梨根本没听进去："还有吗？"

"照顾好自己。"

阮梨点点头。楚池抬手想揉揉阮梨的脑袋，可是阮梨躲了过去。

"梨梨，别对我这么不公平。"

阮梨一本正经地说："楚池哥，你有未婚妻，跟我接触才是真的要注意分寸和距离。”

“我会跟宋佳雪取消婚约。”

阮梨刚想说不管如何她就是把楚池当成长辈，这时，楚渊从病房里出来道：“阮梨，回来做题。”

阮梨急忙溜走：“楚池哥，我还要复习，不跟你聊了。”

见阮梨回到病房，楚渊把门从外面关上，朝楚池道：“不管你取不取消婚约，你都没资格跟阮梨在一起。”

“我有没有资格不是你说了算。”

“你以后会明白的。”

YAOYIKOUTIANLI

第四章

同居

直到夜里十点，阮梨才被楚渊从医院带回公寓。陈姨一直在家里等着，见两人回来，便上前问候了一声。

楚渊换好鞋，又把阮梨的鞋子从鞋柜里拿出来："喝了中药再上楼洗澡休息。"

阮梨接过陈姨递来的中药，捏着鼻子喝下去。陈姨给阮梨剥了一个橘子："很甜的，你尝尝。"

阮梨吃了一个橘子，确实很甜。她吃橘子的时候，楚渊已经上楼了，于是她自己动手剥了一个橘子，踩着拖鞋欢快地跑上楼，站在主卧室门口道："楚渊哥哥，开门。"

不一会儿，门被打开，阮梨踮着脚往楚渊嘴里塞橘子："好甜的，你尝尝。"楚渊张嘴吃下橘子。

"楚渊哥哥今晚早点睡，晚安。"

"晚安。"

阮梨伸手抱了楚渊一下："我最喜欢楚渊哥哥了。"

楚渊："……"

阮梨从来没想过有一天阮静蓉会这么脆弱地躺在病床上，不论她怎么喊，对方都不理自己。阮静蓉就像一棵大树，温柔地呵护她这朵小花。现在树受伤了，她不知所措，感到迷茫、害怕、伤心。十九岁的阮梨很庆幸自己认识了楚渊，他很好，没有让她失去最重要的亲人，给予了她安全感，哪怕是山雨欲来，她只要躲在他的身后，就不会被波及。

阮梨躺在新的大床上，盖着新的空调被，有些不习惯。她翻来覆去一直睡不着，心想自己以后一定要对楚渊很好很好。

一个星期过去了，阮静蓉还是没有恢复意识。阮梨每天晚上都会往医院里跑，留在病房里复习，然后和楚渊一起回公寓。

楚老太太会隔三岔五地来医院探望二儿子和二儿媳。楚家只有老大、老二、老五、老六是她亲生的，她的大儿子和五儿子相继去世，她白发人送黑发人，如今就只剩下二儿子和六女儿了。老二要是真走了，她就只剩一个女儿了。

楚老太太是他明媒正娶的妻子，楚老爷子死得早，没到六十岁就因癌症去世了。再后来，楚老爷子其他的老婆也相继过世，现在只有九十岁的楚老太太还活着。

“妈，你身体不好，就不用经常过来了，阿渊会照顾好我们的。”楚二爷道。

“楚雄狼子野心，还好你大哥有阿渊这么一个好儿子，否则你跟静蓉哪还能活着？”楚老太太一忆起往事就恨自己掌权的那些年心慈手软、养虎为患。

“阿渊的确本事了得，我这个做叔叔的很欣慰。”楚二爷虽然有过几段婚姻，但未和她们有过孩子。阮静蓉三十五岁跟的他，他把太多精力放在了和楚雄争夺生意上，又总是抽烟喝酒，这些年来也没能让她怀上孩子，反而差点把她害死。

“奶奶。”先前好几次没碰上，阮梨好几日不见楚老太太，甚是想念她。

楚老太太闻声，脸上堆起笑容：“梨梨，我怎么感觉你瘦了不少？”

阮梨上前抱住楚老太太：“没有呀，楚渊哥哥把我照顾得很好，我连挑食的机会都没有。”

“这挺好，有人治得了你。平时你一装可怜我们便被你忽悠过去了。”慈善和蔼的老人摸了摸阮梨的头，“你啊，比奶奶想象的要坚强。”

“那当然了，我要懂事的，不能给你们添麻烦。”

楚二爷插了一句话：“妈，梨梨还会安慰我，你别小看她了。”

楚老太太道：“奶奶今天是专门来医院等你的，给你煮了桃胶牛奶。你明日就要奔赴考场了，心态要好，千万别紧张。”

“奶奶，我知道的。”

这时，穿一身白大褂的楚渊从外面走进来，玉树临风、俊朗优雅。他向大家打招呼：“奶奶、二叔。”

阮梨正坐在沙发那边乖乖喝着楚老太太给她带的桃胶牛奶，听到楚渊的声音，她抬起头，用桃花眼灼灼地盯着他的背影。

楚老太太拿起保温桶递过去：“奶奶给你煮的大补汤，辛苦你这几天照顾你二叔、二婶还有梨梨了。”

“什么补汤？”

“冬虫夏草老鸭汤。”

楚渊拿着保温桶，补汤的分量很足，两人喝绰绰有余：“分量这么足，我估计喝不完。”

楚老太太道：“我记得你给静蓉做手术的时候，有个谢医生一直在安慰梨梨。人关系跟你挺好的，你要是喝不完就给人留一份，谢谢他那晚好心安慰梨梨。”

“我跟他不熟。”楚渊面色淡淡地道，“奶奶，你这么做，会让人误会的。”

“误会什么？”

“误会他有机会当你的孙女婿。”

阮梨被牛奶呛到，不停地咳嗽。楚渊端着保温桶上前，只见阮梨呛得眼泪汪汪，唇角残留着奶渍。他眸色微沉，用指腹压上她的下唇，抹掉她唇角的牛奶，随后轻拍她的背：“吃东西不要分心。”

“楚渊哥哥，这怪你。”

“怪我？”

“谢医生就是把我当小妹妹，你误会人家了。”

“我没误会。”

阮梨一脸迷茫。她真看不出谢医生对她有什么心思。罢了罢了，反正她对谈情说爱不感兴趣。她还小。

楚老太太笑眯眯地拿着扇子扇了两下：“所以，他真的对梨梨有意思？”

楚渊“嗯”了一声。

“他几岁来着？”

“二十七岁。”

“年纪大是大了点，不过年纪大会疼人，我看他挺老实的，他要是真想追梨梨，我倒是没意见。”

楚渊不徐不疾地说：“他不配。”

楚老太太没再说什么。她的梨梨啊，过于美好纯净，长得漂亮、性子乖，又嘴甜，让人很难不喜欢。

虽说楚渊性子冷淡，可他不是圣人，阮梨那般亲近他，他怎么可能不动心思？他对阮梨好，都是在给阮梨挖坑，让她一步一步地沦陷。只要时机成熟了，他就会“摘梨”了。

“楚渊哥哥，你让我尝尝奶奶给你熬的补汤。”阮梨晃着男人的手臂。

“你先把牛奶喝完。”

这时，林知晚来了。她敲了敲门：“楚二爷、楚老夫人，你们好。抱歉打扰了，我找楚医生。”

“这位是？”楚老太太问。

“林医生，是静蓉的主治医生之一。”楚二爷介绍道。

楚老太太说：“林医生好年轻。”

阮梨插话：“奶奶，林医生和楚渊哥哥还是校友。”

林知晚看向阮梨，浅浅地笑着道：“原来梨梨也在啊。”阮梨被楚渊挡着，林知晚刚才并没发现她。

楚渊放下调羹：“林医生有事吗？”

林知晚回：“楚二夫人不是重新做了脑 CT、脑电图等一系列检查吗？刚刚报告出来了，我想找你谈谈。”

“二十分钟后，我去你的办公室找你可以吗？”

“没问题。”

楚渊说话间，阮梨捧起他的汤碗把他碗里的汤咕噜咕噜喝光了。那么多的汤水，楚渊根本喝不完，阮梨想替他分担一点。

楚渊低头，发现碗里的汤空了，嘴角微微弯起。门口的林知晚察觉到他的表情变化，愣了下——楚渊是笑了吗？

阮梨摸了摸肚子，打了一个饱嗝。楚渊坐回沙发上，看着自己空空的汤碗，又看向阮梨。阮梨小声说道：“我知道楚渊哥哥喝不完，我帮你分担一……”说着她又打了个嗝。

阮梨下意识地捂住嘴，楚渊看到后，眼里的笑意更深了：“我给陈姨打电话，让她晚点准备晚饭。”

阮梨是第一次看见楚渊笑，好似有羽毛在她的心尖拂过。她被面前的美色迷了眼，不由得跟着笑：“楚渊哥哥，你笑起来好好看呀。你以后多对梨梨笑笑好不好？”

“不好。”

“为什么？”

“我只听女朋友的。”

阮梨脸上的笑容一下子消失不见，她不由得握紧了小拳头。她有点生气，不想跟楚渊说话了。

阮梨的情绪来得快，去得也快，明日就要开始高考了，她挺紧张的。这天晚上，楚渊没再让她复习，而是让她早早上床睡觉，好养精蓄锐。阮梨一开始睡不着，后来楚渊给她放了助眠音乐，她听着音乐，不知不觉陷入了梦乡。

阮梨一觉醒来，精神特别好，楚渊、陈叔和陈姨一起把她送到了考场。

“先做会的题，不会做的留到最后再做。”

“我们会在门口等你，你考完出来就能看到我们了。”

阮梨本来以为做试卷的时候自己会特别紧张，但真到了做试卷的时候，她反而挺冷静的。她不擅长理科，最怕的就是数学，在考数学的时候，她发现有好些题自己居然做过类似的。她不由得在心中感谢楚渊，没想到他押题押得这么准。

高考的那三天，全民关注，各个城市的媒体报道层出不穷，记者会采访从考场里出来的学生。高考第三天下午，阮梨出考场的时候因无意入了某电视台记者的直播镜头而上了热搜，被称为“最美考生”。记者原本是想采访她的，但她当时走得太快，一下就钻入停在路边的汽车里离开了。

“楚渊哥哥，我解放了。”阮梨扑进楚渊的怀里，摇头晃脑，半个身子贴在男人身上。考完后她笑得格外开心，完全没意识到他们现在的姿势有多亲昵。

“恭喜。”楚渊拿出一束满天星。阮梨看到花后，笑容加深。她将花抱在怀里，高兴得就差没哼起小曲。

车开到医院，阮梨捧着花走进阮静蓉的病房，趴在她的耳朵边说："姨，我考完试了。那些题好难呀，我有好多不会做。不过梨梨有信心，肯定可以上清大。"

护士走进病房，看到阮梨在跟阮静蓉说话，已经见怪不怪了。每次阮梨来都会跟阮静蓉说好多话。

护士跟阮梨搭话："梨梨，你都上热搜了，你知道吗？"

"什么热搜？"

"'最美考生'啊。"

阮梨拿出手机打开微博，看见"最美考生"的词条排在热搜第五。直播镜头里，她带着笑，不过出现了五秒，评论区里就有好多人夸她长得美。

"是楚医生去接你的吧？还好他没下车，他当时要是下了车，准也会上热搜。"护士姐姐打了一盆热水出来。

"是啊。"阮梨想，还好楚渊没有下车，不然评论区里又会有好多女孩喊他老公了。

阮梨放下手机，拿着毛巾和护士一块儿给阮静蓉擦身子。才过一个星期，阮静蓉就瘦了好多，阮梨心酸不已。阮静蓉做脑部手术时头发被剃光了，阮梨想姨醒过来后看到自己光着脑袋，肯定会很在意，姨还是很爱美的。

因为阮梨上了热搜，被她放在一旁的手机叮叮咚咚地响个不停，不过阮梨没空回消息。

等她快给阮静蓉擦好身子了，王蒙蒙打来电话："梨梨，你是不是在医院啊？"

"是呀。"

"我们班上几个同学想一块儿去看看你姨，现在方便不？"

"可以啊，你们来住院部二十楼找我。"

这次一共来了七个同学，两男五女，他们平日在学校跟阮梨关系不错，个个手里都拿着水果和花束。他们七嘴八舌地讨论起考试的题有多难，病房里一下子热闹起来。

"你们怎么买了这么多东西？"阮梨看了一眼放满了东西的桌子。

"我们来探望你姨，总不好两手空空嘛。"王蒙蒙还拿出一个平安符，"这是我高考前去寺庙里求的，是给你姨保平安的，你塞到枕头下去。"

"蒙蒙你真好。"

"嘿嘿，希望你姨能快点醒过来。"

阮梨把平安符塞到枕头下，加入了聊天队伍。

"对了，梨梨同学，你没回学校收拾东西，那些关心你的人找不到你，只好拜托我把信给你。"王蒙蒙将装满信封的书包塞到阮梨怀里，阮梨没抱稳，只见那些五颜六色的信封哗啦啦地从书包里掉了出来。

楚渊和林知晚从外面进来时，正好看到这一幕——阮梨蹲着身子捡信，王蒙蒙和另一名女同学在帮她一块儿捡。

楚渊眸色深沉。林知晚开口道："梨梨好受欢迎啊，收到了这么多信。"

阮梨抬起头，有些窘迫："楚渊哥哥，这是蒙蒙带给我的。"

楚渊哥哥？楚渊？这不是上次上了热搜第一的医生的名字吗？王蒙蒙他们的目光齐齐投向门口。

"是楚医生！"

楚渊朝他们微微颔首："你们好。"

王蒙蒙他们完全不知道楚渊是阮梨的哥哥，不停地感叹阮梨瞒得真好。

不知不觉，时间快到晚上六点了，王蒙蒙他们要走了。高考结束，今晚有个班级聚会，大家订了一个 KTV 包间。

"梨梨，晚上记得来。"

"知道了。"

王蒙蒙他们离开后，楚渊上前把书包拎起来，扔给身后的助理，轻描淡写地说："拿去扔掉。"

楚渊一声令下，这些少年的心意刚传达到女孩这里就没有下文了。

林知晚看到这一幕，拿着笔的手不由得握紧："就这么扔掉会不会不太好？"

"她不会看，更不会回应，这些留着也只是一堆废纸。"

"我只是觉得这些情书是别人给梨梨的，要怎么解决也应该是她来做决定，你这个当哥哥的过于霸道了。"

"我一向如此。"

林知晚不好再说什么，毕竟阮梨默认了楚渊的做法，可她心里觉得怪怪的。

阮梨穿着校服跟楚渊在医院外面吃了晚饭，想着晚上有同学聚会，她决定回去换一身衣服。餐厅门口，楚渊望着她道："今晚早点回来。"

阮梨回到公寓，微信弹出一条新消息。

Y：不许喝酒。

阮梨回了一个"乖巧"的表情。

甜梨：我喝橙汁。

回完楚渊的信息后，阮梨看到王蒙蒙在微信上催她快点过去。

阮梨从衣柜里挑了一件圆领浅蓝色短款针织T恤衫，搭了一条黑色短裙，脚下穿的是小白鞋。她在学校的时候总喜欢把头发扎起来，但今天她将头发放了下来，戴了个发箍，乌发及腰。她没戴任何首饰，露出来的皮肤像上好的羊脂玉，白净、润泽。她没有化全妆，只涂了口红。

陈叔把阮梨送到KTV门口："梨梨，和同学们玩得开心点啊！"

阮梨挥手告别陈叔，往KTV里面走。她长得好看，一路引来了不少视线。包间里格外热闹，包间很大，有女同学拿着麦克风在唱歌。阮梨一来，同学们便热情地呼喊她。

王蒙蒙看到阮梨，赶忙上前把她拉到自己身边坐下："你总算来了。"

桌子上放着酒，还有很多零食和饮料。王蒙蒙给阮梨倒上一杯橙汁："阮梨同学，你知道我今天有多心痛吗？"

"不知道。"

"你嘴上说着我有多好，结果楚渊就是你经常挂在嘴边的给你补习的哥哥，你怎么不和我说？"

"嗯……你没问呀。"

王蒙蒙双手抱臂，露出一副"你想骗谁"的表情："阮梨同学，我从高一就跟你认识，不说是最了解你的人，但也是非常了解你的人，你眼睛一眨我就知道你在动什么歪脑筋，你这个回答格外敷衍。"

阮梨捧着橙汁，有点心虚地喝了两口，不知道该说点什么好。最初楚渊上热搜，班里好多女同学把他当成"男神"，王蒙蒙也不例外，阮梨当时的确是有私心，不想告诉她们自己认识楚渊这件事。

阮梨放下橙汁，将身子挨过去："对不起，蒙蒙！"

王蒙蒙是受不了阮梨跟她撒娇的："别想蒙混过关。"

“蒙蒙！”阮梨的声音越来越软。

王蒙蒙顽强抵抗：“要不这样，你回头帮我要一个楚医生的签名，我就原谅你。”

“你今天见到他的时候怎么不要呀？”

“楚医生跟节目里给人的感觉一样，身上有一种好强的距离感，我没敢要。”

“交给我，我今晚回去帮你要。”

两人窃窃私语过后，被女同学们拉着玩牌，谁输了喝饮料。阮梨抓着牌，玩得很开心。她运气好，玩了好几次都没输过。之后，阮梨又被王蒙蒙拉着唱了好几首情歌。突然，音乐戛然而止，隔壁桌有个男同学站起来喊道：“阮梨，我喜欢你！”

手里还拿着麦克风的阮梨被吓了一跳。她刚想说什么，对方又开口了：“你是我在这世界上见过的最可爱的女孩，我知道自己不会有机会，可还是想让你知道我对你的心意。”

“你以后会遇到满心皆是你的好女孩，祝你前程似锦、鹏程万里。”

“我也希望你以后少生点病，身体健康、快乐无忧。”

然后又有一个男同学站起来跟阮梨表白，一个接着一个……他们都只是想让阮梨知道自己心意，并没有想跟她在一起的意思。直到他们都表白完，阮梨才坐回沙发上。说实话，当听到他们希望她身体健康的时候，她挺开心的。

有喜欢阮梨的，就有不喜欢阮梨的。沙发上，一个穿碎花裙的女同学说：“一群肤浅的人。”

“程然，别吃不到葡萄说葡萄酸，我们阮梨是内外兼修，承认别人优秀很难吗？”王蒙蒙站起来戗了回去。

“我说什么了？”程然不服气地回道。

这两人俨然一副要吵起来的架势，班长前来劝和。

阮梨拉住王蒙蒙：“你今天打扮得这么好看，生气会减分的。”阮梨自始至终都没看程然一眼，也没有把这个小插曲放在心上。程然则一直把注意力放在阮梨身上，抿着唇，一脸不爽。

很快这个小插曲就过去了，同学们转而聊起了天，比如今天哪个班的同学跟谁告白了，他们还说到了隔壁班“班草”刘今。

“刘今今天在学校被九班的‘班花’表白了。”

“不止一个去跟他表白的吧？人还挺多的。”

“不过他都拒绝了，他说他有喜欢的人了。”

“他不就是喜欢我们阮梨同学吗？你说他今晚会不会来表白？”

“赌一把？”

阮梨的注意力一开始是放在大家的聊天内容上的，后来气氛缓和了，她就开始走神。她看到桌子上的辣条，趁王蒙蒙没发现，拿起一根塞进嘴里。

好辣！她的嘴里瞬间充斥着一股自己无法接受的麻辣味。

阮梨脸色骤变，端起橙汁咕噜咕噜地喝着解辣。把橙汁喝完舌尖还是辣得发麻，她就拿起桌子上的一罐饮料继续喝。饮料甜甜的，还挺好喝，于是阮梨咕噜咕噜地喝完了一罐。喝完没多久，阮梨觉得有点眼花，耳边的声音也变得不真切，人在她面前还会产生重影。

王蒙蒙最先发现阮梨的不对劲：“梨梨，你怎么把一罐果酒全给喝完了？”

阮梨不解：“我喝的是饮料。”

王蒙蒙大声说：“那是酒！”

“这个酒好好喝。”阮梨舔了舔唇，“我还想喝。”

王蒙蒙连忙拿走桌上的酒：“你不能喝。”

阮梨抱住王蒙蒙：“蒙蒙，反正我都喝了，你再让我喝点！”

听阮梨这么一说，王蒙蒙突然觉得这话也不是没有道理：“行吧，再让你喝半罐。”

阮梨又喝掉半罐酒后，脸颊像涂了一层胭红：“蒙蒙，我肚子好撑，想去卫生间了。”

王蒙蒙把她扶起来：“我带你出去。”

阮梨不重，王蒙蒙还练过好多年的跆拳道，她轻轻松松就把阮梨给带了出去。王蒙蒙没想到阮梨只喝这么一点点果啤就醉了。上完卫生间的阮梨很乖，被王蒙蒙牵着往回走，只是两人在回包间的路上突然被人拦下了。

王蒙蒙把阮梨护在身后：“你们要干吗？”

“我们没想干吗，就是想问问你身后的小美女的联系方式。”

阮梨张嘴就说：“198……”

王蒙蒙连忙把她的嘴巴捂住：“梨梨，他们不怀好意，你怎么还报上手机号了呢？”

“给了就能走了呀。”

“不能给，他们长得不帅。”

“那不给了，我喜欢长得帅的。”

王蒙蒙露出一副“孺子可教”的表情。

“让开，别挡路！”王蒙蒙呵斥道。不料，对方对王蒙蒙的呵斥不以为意，就是不让开。

拿着一束花的刘今从电梯里出来，见到阮梨跟王蒙蒙被几个社会青年拦着不让走，二话不说就上前道：“你们干什么呢？”

社会青年开口道：“臭小子，有你什么事？不想挨揍就一边去。”

社会青年喝了点酒，血气方刚，哪里受得了有人来英雄救美？他一把打掉刘今手中的花，嚣张地看着刘今。花掉落在地上，还被人踩了好几脚，刘今心痛不已，握紧拳头揍了上去。走廊上拦路的社会青年人多，班里的男同学都在包间里，王蒙蒙见刘今不敌，便想上去帮忙。

阮梨只觉得周围的声音好吵，浑身难受不已。她就站在那里，揉了揉眼睛，想要找到王蒙蒙。

“蒙蒙……”阮梨往前走了几步，忽然有人后退，直接把她撞倒在地上。意外发生得突然，阮梨坐在地上，只觉得屁股好痛。她有点想哭。

刘今回头，看到坐在地上的阮梨，心里有些难受。他本想上前把她拉起来，可是已经有人越过他，步履如风地走到了阮梨面前。

感受到头顶有阴影落下，阮梨抬起头。男人俊美的轮廓模模糊糊的，可她还是认出来了——这是楚渊。楚渊身上散发着一股冰冷的气息，他气场强大，拦路的社会青年看到他，都面面相觑。这好像是一个他们惹不起的人物。

在楚渊缓缓蹲下的时候，阮梨委屈地扑上去，只是两人的距离挺远的，她差点就扑了个空。

楚渊接住阮梨，她身上有一股清甜的气息，其中还混了一股桃子味果酒的气味。脑袋晕乎乎的阮梨还不忘告状：“楚渊哥哥，有坏人欺负我跟蒙蒙。”

“他们有没有碰到你？”

阮梨反应有点迟钝，不远处的王蒙蒙赶紧开口：“楚医生，是这样的，他们想要梨梨的联系方式，梨梨没给他们，他们就不让我们走，然后刘今同学来了，他们跟他打了起来。”

“知道了。”楚渊回道。

楚渊把手落在阮梨的腰上，将她环住，捡起她的发箍，把人从地上扶起来。

“楚渊哥哥，梨梨不舒服。”

“先站好。”

“我站不稳。”脚下轻飘飘、雾里看花的感觉让阮梨很没有安全感，于是她双手搂住男人的腰身，把脸贴在他的胸前。

很快，KTV 经理和工作人员赶来，经理呵斥道：“你们怎么回事，在这里欺负学生？没看见我们贴在墙上的告示牌吗？不许寻衅滋事，眼睛长屁股上了是吧？就你们几个歪瓜裂枣还想祸害祖国的花朵，我告诉你们，别想走，等警察来。”

拦路的社会青年一听到“警察”二字，眼神就变了。

经理对着受伤的刘今嘘寒问暖：“你们放心，我们会给你讨回公道的。”

警察来了以后，把拦路的社会青年教育了一顿，然后让他们道歉，并赔了刘今一笔医药费，还要他们写了五百字的检讨书当众念出来。让他们写五百字的检讨书这事是王蒙蒙提出来的，比起口头道歉，她认为这样才能让他们醒悟，让他们明白对女孩不礼貌是要付出代价的。

最惨的还是刘今。他捧着一束花来想跟阮梨表白，结果挨揍就算了，还连跟阮梨说话的机会都没有。他像霜打的茄子一般坐在椅子上。

王蒙蒙好心劝了一句：“我看你还是死了这条心吧。”

“我就不！”

“成成成，随你，反正你没机会。”王蒙蒙把处理外伤的药扔给他，“你自己弄吧，我上去了。”

阮梨坐在车里，车窗降下了三分之二，她抱着抱枕闭着眼睛。楚渊买了一瓶水，拧开瓶盖把水递给阮梨：“把水喝了。”

阮梨努力睁开眼，眼神迷离得像迷失在漫天大雾里的小鹿。她的脸颊透着淡淡的粉色，嘴唇微张。阮梨接过水，微仰起头。她喝水喝得有点急，有水从她的唇角滑落，沿着脖颈滑到锁骨。楚渊眸色深沉：“我不是叮嘱过你不可以喝酒吗？”

阮梨放下水，靠着他：“楚渊哥哥别生气，梨梨不知道那是酒。”

阮梨刚靠过来，楚渊的呼吸就沉了沉。阮梨搂着楚渊的手臂，将下巴抵在他的肩膀上：“那个酒甜甜的，好好喝。”

“坐好，别靠我这么近。”他沉声道。

阮梨搂他搂得更紧了，不肯撒手：“我都知错了，你怎么还生我气呀？”

楚渊沉默不语，阮梨更慌了，担心楚渊生气以后会对自己不好：“你要怎么样才肯消气啊？”刚才摔得很痛，阮梨都没哭，可一想到楚渊以后会对自己不好，她就难过不已，开始掉眼泪。

手背上滴落了一颗阮梨冰凉的泪水，楚渊捧起她的脸颊，替她擦眼泪：“让我亲一下。”

阮梨抬眸道：“让你亲一下你就不生气了吗？”

“嗯。”

“那你亲吧。”阮梨把脸颊凑过去，天真不已，乖巧得不像话。

楚渊嗓音中充满魅惑力：“闭上眼睛。”

阮梨对他没有丝毫防备，乖乖闭上眼。她睫毛翘长，眉眼精致，脸颊白皙无瑕。

楚渊望着她，再难以自控，低头封住她的唇。她的唇又软又甜，唇齿里是诱人的桃子味。他先是缓缓亲吻，再慢慢往里探索更多的甜分。阮梨双眼紧闭，看不见楚渊眼里翻涌着的情愫，但呼吸里全是楚渊好闻的气息。她被吻得晕头转向、浑身无力，大脑一片空白。

楚渊扣着阮梨的腰，将人提起来，让她坐在自己的腿上。自己对阮梨的心思，他一开始就很清楚明了。他一直在等她高考完毕业这一天。

另一头，刘今怎么想怎么不甘心，猛地起身，还是想去跟阮梨表明心意，于是朝着阮梨所在的那辆车走去。然而眼前的这一幕让他瞪大眼睛，他满眼错愕，不敢置信。

楚渊用余光瞥过去，按下按钮把车窗关上，又敲了一下挡板示意司机开车。

吻了许久，他才放开阮梨。她的唇被亲得红润，还有些红肿。

“梨梨？”

阮梨双眼触及光线的时候还有点不适应，脸颊比之前更红了，人愣得像呆头鹅，看来大脑是彻底“死机”了。楚渊见阮梨没有回应，把她摁在怀里：“是你太好了，让我失了分寸。累的话就闭上眼睛，什么都别想。”

车开动以后，阮梨因为喝了酒，胃不是很舒服，有些晕车。车开到一半，阮梨受不住那股不舒服的感觉，楚渊便让司机将车停在路边，打算背她回去。

月光皎洁，路灯昏黄，楚渊将阮梨扶下车后背起她，往公寓走去。他生怕背后的小姑娘会不舒服，步履轻缓。

一夜过去，阮梨缓缓睁开眼，头疼欲裂，肚子饿得咕咕叫。

喉咙很干，阮梨想要喝水，于是下意识地舔唇……怎么有点疼？

洗漱时，阮梨站在镜子前，发现自己的唇很红。她有点怀疑昨晚她瓜子吃多了，上火了。

洗漱完，她拿起润唇膏涂在唇上。换好衣服后她在房间里踌躇了许久，不敢出去。她昨晚意外喝了果酒，醉得一塌糊涂，有些怕楚渊生气。现在她还断片了，连怎么回来的都忘光了。

阮梨拿出手机，给王蒙蒙发了个“闪亮登场”的表情。

王蒙蒙立马回：小宝贝，你醒了啊！

甜梨：醒了！头好痛！昨晚是谁送我回来的啊？楚渊哥哥有没有生我的气？

王蒙蒙：呜呜呜，小宝贝，你还喝断片了呀？昨晚我带你上卫生间，出来后被几个社会青年拦住，刘今出现，本想英雄救美，可寡不敌众，我这个武功盖世的侠女便上去帮忙。重点来了！

王蒙蒙：我没有保护好你，有个社会青年把你撞倒在地，楚医生宛如天神般降临，你哭着抱住楚医生开始告状，说有人欺负我们！

阮梨看到王蒙蒙把昨晚的事一一陈述，脑子里又有点印象了。

王蒙蒙：楚医生来了后，KTV 经理也来了。事情解决之后，楚医生就把你带走了。

王蒙蒙：小宝贝想起来了吗？

甜梨：好蒙蒙，你说的这些我想起来了，可是后面的事我想不起来了。

离开 KTV 后，她是睡着了吗？

王蒙蒙：我也爱莫能助啊！

阮梨垂头丧气，想着楚渊对她这么好，他就算生气，应该也舍不得罚她。而且，现在是早上九点半，说不定楚渊已经不在家了。

王蒙蒙：对了，梨梨，等成绩出来了，我跟范思琦她们商量着来一场毕业旅行，你要不要和我们一起去啊？

阮梨是想去的，可她身体不好，她担心长途跋涉，自己会连累大家。

甜梨：我容易生病，去外面玩会给你们添麻烦，我还是不去了。

王蒙蒙：呜呜呜，好想和你一起出去玩呀。

阮梨也想跟好朋友一起去毕业旅行，可是她的身体实在是不适合远行。

甜梨：等我身子养好了，以后还会有机会的。

和王蒙蒙聊完，阮梨打开房间门，从楼上下去。楼下的客厅里空无一人，阮梨喊了一声陈姨，但没人回应她。她醒来后肚子很饿，寻思着厨房里应该有吃的，转身正要去厨房，就发现楚渊正站在不远处看着她。

楚渊肩宽腰窄，他穿着黑色T恤衫和宽松的灰色运动裤，打扮得很休闲。

阮梨捏紧手指，心情有点忐忑："楚渊哥哥。"

楚渊没生气，只问她："饿不饿？"

阮梨立马回道："饿。"

楚渊去厨房给阮梨温了牛奶，又给她切水果、做三明治。那双细长、指骨分明的双手就算切水果也分外让人感到赏心悦目，楚渊拿着刀，把苹果切成大小一致的小块。

"楚渊哥哥，陈姨呢？"

"她家里有事，请假回去了。"

楚渊将切好的水果放到阮梨面前，开始煎鸡蛋、煎培根。将吐司加热之后，他把煎好的鸡蛋和培根放上去，淋上酱，这样，三明治就做好了。他将三明治放在阮梨面前。

"楚渊哥哥，你不吃吗？"

"我吃过了。"见阮梨拿起三明治咬了一口，楚渊开口问道，"昨晚的事你记得多少？"

阮梨吃得腮帮子鼓鼓的，被问得猝不及防，像被大灰狼追捕的小白兔般惊慌失措："我就记得有人欺负我们，楚渊哥哥来了……"

"后面呢？"

"不记得了！楚渊哥哥，我后面有没有给你添麻烦呀？"

楚渊沉默了几秒，道："没有。"

没有就好，阮梨放宽了心。

楚渊端起水杯，思绪不明地喝着水。等阮梨吃饱，他不徐不疾地问：“今天我休息，你有没有什么计划？”

阮梨没有什么规划。前段时间为了考试，她一直紧绷着神经；如今好不容易松懈下来，她只想睡懒觉。只是楚渊难得休息，她要是睡懒觉，岂不是就错过了跟他培养“兄妹感情”的大好机会？阮梨不想楚渊以后有女朋友就不把她放在心上了，那样她会难过的。

“我想去医院探望姨跟姨丈，然后去买画画用的物品，还想逛超市、吃火锅。”楚渊把一间房腾出来，改成了阮梨的画室，阮梨不知自己何时会搬回老宅住，将先前用的画具搬过来有些麻烦，不如买新的。阮梨微仰着头，笑容很甜地望着楚渊：“楚渊哥哥陪我一起好不好？”

楚渊道：“我上楼换身衣服。”

楚渊陪着阮梨到了病房，正好林知晚在给阮静蓉做身体检查。

“林医生，早啊。”

“梨梨早。”林知晚将视线投向楚渊：“楚医生难得休假，怎么不在家好好休息，又往医院跑？”

“我陪梨梨来的。”楚渊回。

林知晚发现楚渊的语气中多了一丝温柔，他还是一身休闲打扮。

阮梨趴在病床边跟阮静蓉说了好一会儿话，又在她的脸上亲了一口：“姨，楚渊哥哥今天要陪我出去玩，我们走啦，你要快快好起来。”

林知晚忽然想起之前她和楚渊在国外念书的时候，楚渊有一位师兄组织留学生聚餐，她以为他会出现，结果他没去。她至今忘不了那位师兄复述的楚渊说过的话：“我的时间很宝贵，不想浪费在毫无意义的事情上，以后这种事不用叫我。”

虽然楚渊那双手是拿来救人的，可他本人毫无人情味。即便如此，林知晚也鼓起勇气约过他几次，可是每一次都没有下文。她常常想：是她还不够优秀吗？为什么她得不到楚渊的另眼相看？她也很好奇，楚渊为何会对阮梨这般好。

自从上次在宴会上见过楚渊之后，林知晚向人打听过，知道了他年少离家，和楚家弟弟妹妹们的感情并不深厚，而阮梨在他没回国之前几乎与他没有接触。在楚家，楚二爷和楚老太太是楚渊最看重的亲人，楚渊可能是爱屋及乌？可是，楚渊待阮梨很好，她根本不像是才与他相处短短三个多月的妹妹。

林知晚不否认阮梨很讨人喜欢。她想，阮梨作为外姓人在楚家受尽宠爱，这已经足以说明阮梨的人格魅力了。林知晚很羡慕阮梨，希望自己会是楚渊人生里最重要的那个人，可是她不知道有什么办法能够让自己跟楚渊的关系更进一步。

夏日炎炎，太阳烤得整座城市像一座火炉。

阮梨在店里挑选着画具。她平时喜欢画水彩画，喜欢将各种颜料涂在画布上，绘出她心中所想的世界。阮梨想过，若是自己能够上清大，她会选择国画专业。

东西越拿越多，阮梨脚下的购物篮很快就被堆满了，她拎了一下，发现自己根本拎不动。

这家店很大，颜料、画笔等应有尽有。由于客人不少，一时间店员没注意到拎不动购物篮的阮梨。阮梨开始四处寻找楚渊的身影。

“需要帮忙吗？”左侧传来男生的声音，阮梨偏头，发现是一个高高瘦瘦的陌生男孩。他很有礼貌地问她是不是需要帮忙。

阮梨正要点头，楚渊的声音响起：“挑好了？”

“楚渊哥哥，你刚才去哪里了？”

“在对面给你买奶茶。”

一旁的男生看到楚渊，微笑着离开了。看阮梨长得好看，他本想借机帮她的忙，与她认识一下，没想到她有男朋友。

阮梨欣然地拿过楚渊手里的奶茶。楚渊买的是血糯米奶茶，三分糖、不加冰。阮梨第一次喝这款奶茶，感觉口感特别好：“好好喝！”

“你喜欢就好。”

“楚渊哥哥，你怎么就只给我买了啊？”

“我喝水。”

“你尝尝，真的特别好喝。”阮梨把奶茶递过去。

楚渊刚想说话，阮梨突然飞快地收回手——她看到吸管上有浅浅的咬痕：“差点忘了，这根吸管我已经用过了。我去对面给你另外买一杯。”

楚渊握住她的手：“不用买。”旋即，他单手把她的购物篮拎起来往收银台的方向走，“走吧。”

收银台前有好些人在排队结账，在他们俩前面的是一对情侣。那对情侣十指紧扣，胳膊紧贴，交头接耳，格外甜蜜。

阮梨低着头，看到她跟楚渊和前面那对情侣一样，也牵着手，耳根开始发热。于是，她下意识地把手抽了出来。她跟楚渊是不可以这样牵手的，他们不是情侣。

阮梨换了一只手拿奶茶，低垂着眉眼。楚渊感觉到软绵绵的手忽然从自己的手心里溜掉了，微微抿唇，不以为意。

两人结账后从画具店里出来，楚渊把东西放进后备厢："这附近是中山路，路旁有很多老建筑，吃完午饭要逛逛吗？"

"要。"

两人在附近一家中餐厅里吃午饭，吃完饭已经下午一点多了。阮梨望着外面的太阳，庆幸自己出门前涂了防晒霜，还带了伞。

中山路这边有很多二十世纪七八十年代留下来的房子，路两边全是郁郁葱葱的大树，红砖白墙，墙壁上爬满了藤蔓。楚渊撑着伞，带着阮梨在人群里穿梭。阮梨体力不好，走一会儿便得歇一会儿，没多久小腿肚就有些酸软了。

不过此行阮梨还是开心的，她拍了好多照片。有一张照片，她特别喜欢，那张照片里，楚渊站在宏伟壮观的建筑下，撑着伞，夏风吹拂，撩动他的衣摆，他的腹肌若隐若现。

楚渊就像水墨画里最浓重的一笔，令人移不开视线。在楚渊的目光投向阮梨的时候，阮梨差点忘记了呼吸。

逛了没一会儿，楚渊担心阮梨身子弱，经不住太阳晒，会中暑，便带她离开了。回家之前，两人去了一趟超市，去买火锅食材。

或许因为今天是周六，超市里人特别多。

"火锅以后再吃可以吗？"

"什么时候吃都没关系。"

阮梨怕和楚渊走散，抬手想抓他的衣摆，只是她刚抓到，楚渊就像泥鳅一般从她手里溜走了。阮梨愣了下，加快步伐跟上去。换作之前，楚渊会主动牵住她的手避免和她走散，但今天不知为何，人再多，他都没有牵她。

难道楚渊哥哥是因为今天她在画具店里把手抽走了，所以耿耿于怀吗？阮梨入神地想着，等回过神来时，她才发现楚渊已经离她很远了。阮梨在环境陌生、人很多的地方会没有安全感，她顾不得太多，小跑着跟了上去，抓住了楚渊的手。

"楚渊哥哥，你怎么不等等我？"阮梨委屈地道。

手被紧紧抓住，楚渊的唇角微微弯起："我等了。"他嗓音很轻，

“人很多，握紧点。”

两人从超市里出来，回到家时已经下午五点多了。阮梨一到家，就软绵绵地倒在沙发上：“楚渊哥哥，开空调，我好热。”

“现在开容易着凉，你先缓缓。”

“好吧。”

“今晚不吃火锅，你想吃什么？”

“喝粥可以吗？”

“好。”楚渊答应后就去放东西了。

阮梨躺在沙发上闭上眼休息。她实在是热，便把衣摆撩起来，露出了一点肚皮，拿着小电风扇往脸上吹风。片刻后，阮梨在沙发上睡着了，呼吸浅浅。

楚渊把东西放好后走到沙发前，摸了摸阮梨的额头——人没有中暑，体温正常。阮梨手里的风扇还在呼呼地吹，楚渊拿走风扇，把它关掉，又把她撩起的一丁点衣摆放下来。

楚渊轻轻捏了捏阮梨软软的脸颊，一只手撑在沙发上，缓缓倾身。蜻蜓点水般的吻落在阮梨的脸颊上，阮梨毫无察觉，微弯嘴角，睡得很香。偷亲人后，楚渊拿过一侧的毛毯盖在阮梨的肚子上。

楚渊沉声道：“想不起来昨晚发生了什么就算了，以后我有的是机会让你想起来。”

高考成绩没出的这十五天里，阮梨过得潇洒自在，要么在画室里待着，要么在医院。

阮静蓉还是不见醒，楚二爷有腿伤，得卧床数月，还要做康复训练。在阮梨被楚渊照顾的这些日子里，她生病、感冒的次数越来越少，这让一直以来负责照顾阮梨的陈姨欣慰不已。

说起来，阮静蓉住院以来，陈璐一次都没来探望过。十几年的养育之恩，陈璐用一笔钱就全部打发了。

今天是查成绩的日子，阮梨在病房里拿着手机踌躇不已。明明已经登录上了当地的教育网站，只要输入准考证号和身份证号就可以查成绩了，但她胆怯了。本来她的成绩就算不上好，她非常担心自己会考砸，况且她先前测试的时候也不是没考砸过。

王蒙蒙打来语音电话：“梨梨，可以查成绩了，你查了没？”

阮梨像打了霜的茄子一样：“还没，你查了吗？”

崇高的艺术生和非艺术生是可以分在一个班的，阮梨所在的六班就有好几个同学跟她一样是艺术生。王蒙蒙不是艺考生，但她的目标和阮梨的一样，是清大，她平时的成绩在年级前十五。

王蒙蒙语气高兴："我查了，我考了六百九十八分，比上次测试的成绩还高了十分。老师和我说，我这个成绩是全年级文科第三名，全市第一百多名。"

"恭喜蒙蒙金榜题名，可以上清大了。"好朋友考得好，阮梨有一种与有荣焉的感觉。

王蒙蒙平日里学习成绩稳定，考这个分数她并不觉得意外："你快查，我急死了。"

"知道了，查好了我告诉你。"

楚老太太晓得今天是查高考成绩的日子，也给阮梨打来电话关心她。楚玲也打了电话过来，与阮梨交好的楚家人几乎都在问阮梨的高考成绩，大伙儿都在等她的消息。阮梨还是担心自己分数不够，害怕自己和清大美院失之交臂。

楚渊不知何时从外面进来了："你不敢查分数？"

阮梨点点头。

"我给你补习了那么久，你连这点信心都没有？"

阮梨反驳道："要是画画我肯定有信心，可是我数学还考过三十五分呢，那次在老宅你在奶奶那儿不是还看到了我的试卷？"

"这次你肯定不会只考三十五分。"

"那你说我能考多少分？"

"七十分。"七十分！楚渊对她还真有信心。阮梨不由得捂嘴偷笑。

阮梨垂眸偷笑的样子落入楚渊的眼里，他如画的眉眼间多了几分温柔。

阮梨心里那股害怕的感觉在楚渊给予她肯定后散去了不少。她把手机塞给楚渊："楚渊哥哥，你帮我查，我想想我的准考证号是多少……"

"不用。"

"你记得？"

"之前帮你收拾东西的时候我看了一眼。"

阮梨在心中大呼：楚渊哥哥果真厉害，只看了一眼的数字居然也能记住。

楚渊接过手机，不紧不慢地输入阮梨的准考证号和身份证号码，而后点击“确定”。阮梨挺直腰板，屏住呼吸。她看见楚渊的手指在手机屏幕上滑动，也就几秒的时间，她却感觉宛如有一个世纪那么漫长。

不等楚渊告诉她分数，她自己凑上去看了一眼——总分五百二十三分。

阮梨眼睫毛轻颤，脸上浮现出欣喜的表情：“这真的是我自己考的分数吗？”

“你说呢？”

如此一来，她上清大是百分之百的事了。

阮梨仔细看了各科成绩，全比她想象的考得好，其中数学考了七十九分。

她扑到病床边，把这个好消息告诉阮静蓉。阮静蓉没有丝毫反应，但阮梨想象得到她姨听到这个分数高兴得合不拢嘴的样子。阮梨白净的小脸因为激动而浮现淡淡的红晕，像是抹了一层胭脂一样。她乌发如墨，肌肤胜雪，美得让人惊艳。

阮梨回到楚渊跟前，嘴巴很甜地道：“我能考这么好，一半是哥哥的功劳。”

楚渊问：“你打算怎么感谢我？”

阮梨还真不知道该怎么感谢他：“我得好好想想才行。”

阮梨拿回手机，给王蒙蒙发消息：我们可以一起上清大了！

王蒙蒙：我就知道小宝贝肯定可以的。

甜梨：我数学考了七十九分，好不可思议。

王蒙蒙：有楚医生给你把关，我知道你肯定可以的。这都在姐的预料之中。

甜梨：他问我我要怎么感谢他，我还没想好，蒙蒙，你给我出个主意吧。

王蒙蒙：这个简单！你给个吻就可以了。

阮梨发了一个问号过去。

甜梨：王同学，请你慎言。

王蒙蒙：嘿嘿嘿，那可是楚医生。虽然你喊他哥，可是他跟你半点血缘关系都没有。他对你又好，哥变成男朋友，不好吗？

阮梨的脸犹如火烧，红得娇艳欲滴，手心冒汗。把楚渊变成男朋友，她还真没想过！

“你在和谁聊天？”身侧，楚渊的声音响起。

阮梨被吓了一跳，手机掉在了床上。她猛地把手机翻过去，生怕两人的聊天记录被他看见。

“和蒙蒙。”

“你把手机捂得这么紧做什么？”

阮梨舔了舔唇，胡乱找了个借口：“都怪蒙蒙，她给我发不正经的漫画，说祝贺我考了这么好的分数。”阮梨说完，顿时想到，王蒙蒙要是知道她这么说，必然会捶胸顿足，大呼：我的名节啊！在“男神”面前被你毁得干干净净了。

楚渊的声音紧了紧：“你看了？”

“还没看。”

“不准看。”

“我是老实人，我才不看。”

楚渊见她态度认真，倒没有再追究。这时他的手机响了，他转身出去接电话了。

阮梨给楚老太太打了个电话告知对方好消息后，还把分数截图发在了朋友圈里。她好友不多，大部分是同学和楚家人，她想着逐个回复他们有点麻烦，于是干脆把成绩发出来，让大家都能看到。很快，阮梨收到了很多来自同学和楚家人的贺喜。

楚池在评论下方和她说了声“恭喜”，又给她私发了一条消息。

楚池：恭喜你，梨梨。

甜梨：谢谢。

楚池还给阮梨转了八千八百八十八元作为奖励。

甜梨：楚池哥，你怎么还给我转钱啊？

楚池：这点小钱不足挂齿。我只是不知该怎么祝贺你，只好这样表达祝贺。

楚池：老太太必然会给你举办升学宴，到时哥哥姐姐们还会给你准备礼物，收下吧。

甜梨：谢谢楚池哥。

楚池：还有，虽然我知道你姨把你托付给了楚渊，但你住在他的公寓委实不妥，如今你高考结束，该考虑搬回楚家了。

楚池：如果你不想回楚家住，我可以帮你在医院附近找个房子。

楚池最后几句话让阮梨攥紧了手。其实她自己也知道男女有别。

甜梨：等开学了，我会寄宿的。

楚池：你身体不好，还是住校外的好。

甜梨：这事不着急，我会跟奶奶商量的。

楚池：好。

楚池的目的很明确，他就是不希望阮梨再住在楚渊那里，只要她搬出来就好，至于是不是他帮忙打点，这对他来说不是很重要。

接下来的一段时间，阮梨又收到了不少红包。给她打电话的机构也不少，皆是各大知名美院，其中便有清大美院。阮梨画画天赋极高，联考和统考成绩皆是第一，在她的高考成绩出来后，各大美院都想争取她。阮梨接到清大美院打来的电话后格外高兴，直接和招生老师说她的第一志愿就是清大美院的国画专业。招生老师分外高兴，说九月份欢迎她入学。

楚家除了阮梨，参加高考的还有一人，那就是楚晃。楚晃是南城理科状元，成绩是全省第一。谁都没想到楚晃会是理科状元，毕竟他还休学去打过电竞比赛。虽然他带领团队拿下了世界冠军，在游戏圈里被不少人追捧，但生活中还是有好些人觉得他游手好闲、不务正业。

休学两年后，楚晃才重新入学继续读高三，短短一年时间，他就取得了如此惊人的成绩。

楚晃拿了这么好的成绩，最高兴的莫过于楚沉。自家亲弟弟总算给他这个亲哥长脸了。

阮梨给楚晃发了“恭喜”，楚晃也回了句“恭喜”。

楚渊打完电话回来，阮梨还捧着手机在跟人聊天。她人缘好，高考放榜取得好成绩，很多亲朋好友祝贺她。

“楚渊哥哥，阿晃好厉害啊，我才知道他是理科状元。”

“还不错。”

“楚渊哥哥，你是几岁出国留学的啊？”

“十六岁，但那年我已经被保送至清大数学系了。”

楚家其实不止楚晃一个状元，楚渊的父亲当年也是高考状元。楚家有好些人是名牌大学毕业的，个个真材实料，若论废物真没几个。

楚渊继续道：“我今晚不回去吃晚饭，你让陈姨不用替我准备了。之后我会出差一趟，你乖乖在家待着，不要到处乱跑，有事找楚沉。”

楚渊一向早出晚归，但甚少出差。

“你要去多久啊？”

“少则一个星期，多则半个月。”

“奶奶说要给我跟楚晃办升学宴，到时候你能赶回来吗？”

“你想我回来吗？”

“想！”阮梨不假思索地说出心里话。

“好，我会赶回来。”

阮梨眼眸澄澈，流露出不舍之意：“楚渊哥哥，你在外面出差要照顾好自己呀，梨梨会想你的。”

当晚楚渊果然没回家。阮梨一心想着要怎么感谢楚渊这件事，她一想到王蒙蒙的话就浑身不对劲，心脏跳得飞快。

甜梨：蒙蒙，你什么时候去旅游？

王蒙蒙：三天后出发，你要改变主意吗？现在还来得及！

甜梨：不是呀，我是想让你陪我出去逛街。等楚渊哥哥出差回来，我要给他送个礼物感谢他帮我补习。

王蒙蒙：后天可以吗？我明天得回一趟外婆家。

甜梨：嗯。

自从楚二爷和阮静蓉出事后，楚宅就死气沉沉的。七月中旬，在阮梨和楚晃的录取通知书下来后，楚家大宅总算是热闹了起来，大家正好借着这次喜事来冲散沉闷的气氛。

升学宴这天，阮梨回了楚宅，楚家还请了戏班子来唱戏。

阮梨收到长辈们给的红包，包被塞得满满当当。阮梨的包里面除了红包，还有她给楚渊准备的谢礼。今日她给楚渊打过语音电话，可是一直没有人接听，到现在他还没回消息。

阮梨坐在楚老太太旁边，吃着荔枝，有些心不在焉。

楚晃对听曲一向不感兴趣，于是戴着耳机，拿着手机在打游戏，两耳不闻窗外事。

用人上前汇报：“老太太，宋小姐来了。”

楚老太太：“快把人请进来。”

很快，穿着一身薄荷绿长裙的宋佳雪出现在众人面前，她既温柔又知性。

宋佳雪和楚老太太打了招呼之后，眉眼温柔地看向阮梨：“梨梨，恭喜你。”宋佳雪送上准备好的礼物——一支定做的画笔。

阮梨对画笔甚是喜欢："佳雪姐，你的礼物我好喜欢啊。"

"我就知道你会喜欢。"

楚晃摘下耳机，把手机揣回兜里，望向宋佳雪："我的礼物呢？"

宋佳雪浅笑着拿出给他的礼物："给。"

"谢谢。"

楚老太太无奈地笑了："阿晃亲自讨礼物，这倒少见得很。我还以为你这小子除了打游戏，对什么都不感兴趣呢。"

楚晃没急着拆礼物，只慵懒地靠在椅子上，没说什么。

楚老太太问："不过佳雪，你怎么没有随楚池一块儿来？"

"他最近挺忙的。"宋佳雪从生日宴后就没有跟楚池见过面，他最近如何，她并不知情。

"他再怎么忙也不能冷落你。"楚老太太道。

宋佳雪依然笑着："没关系，其实我最近也很忙。"

公司里，楚池合起文件："把今晚的应酬推了，备车，我要回楚家。"

陈璐想了想："池总，今晚的应酬很重要，你……"

楚池抬眸看向陈璐："我怎么做事轮得到你管？别以为有我父亲替你出面让你留下来，我便不敢开除你。再有下次，你自己辞职走人。"

"对不起，是我逾矩了。"陈璐眼睛泛红，说完她便转身出去了。

晚上八点，楚池回到楚宅，拿出给阮梨和楚晃准备好的礼物。楚池给楚晃的礼物是随便挑的，给阮梨的礼物却是他精挑细选花了不少钱从拍卖会上拍下来的。

见到宋佳雪，他随意地问候了一句："你什么时候来的？"

"一个多小时前。"宋佳雪看向楚池的眼神中已经没有了往常的柔情蜜意，毕竟他们很快就会取消婚约。

楚池微微颔首，目光投向阮梨："这幅画你喜欢吗？"他送给阮梨的是一幅名画，这是她喜欢的画家画的。阮梨今天收到的礼物大部分都很昂贵，毕竟楚家人都很有钱。

"喜欢的，谢谢楚池哥。"

阮梨的言语多少有些生分。她这态度让楚池很煎熬。楚池想，等他取消了婚约，他一定要好好地追求阮梨。

宴席持续到晚上九点才结束，楚老太太问楚沉："还是联系不上阿渊吗？"

闻声，阮梨竖起耳朵。

楚沉回："他可能在忙。奶奶，你又不是不知道，家里的前辈就爱考验大哥的本事。"

"不管怎么样，阿渊才是楚家嫡孙，又是长孙，且能力出众，楚家的生意交给他管理，我放心。"

"大哥想不想要还不一定呢。"

楚渊回国后，家族里的那些人一直在生意上给他制造困难。不过，对楚渊来说，这些困难都不是大问题。可他借着出差的名义接私活这件事不能走漏风声，以免引来不必要的麻烦。

阮梨今晚留在楚家过夜。她等到晚上十一点多，还是不见楚渊联系自己。一想到楚渊答应过自己升学宴会回来，阮梨就有些难过。她心想：他不回来就算了，人还联系不上。

阮梨点开微信，打开和楚渊的聊天界面，一连给他发了好几条消息。

甜梨：大骗子！

甜梨：大骗子！

…………

阮梨联系不上楚渊，其实心里更多的还是担心。她总是会忍不住胡思乱想。

这时，陈姨来敲门了："楚医生回来了，在客厅等你。"

阮梨去到客厅，看到楚渊时才终于有了一丝真实感。她眉眼带笑，欢快上前。

"小心脚下——"楚渊的声音落下时，已经来不及了——阮梨没注意到跟着她跑出来的梨花，一抬脚就蹭到了梨花柔软的肚子，她身体失去平衡，整个人往前倒去。

阮梨搬出去住的这段时间，陈姨没有把梨花带去楚渊的公寓，把它留在老宅让其他用人照看。阮梨今天回来，梨花恨不得长在她身上，与她寸步不离。

失重感来袭，她被吓得闭上眼睛。来不及放声尖叫，顷刻间，她就落入了温暖的怀抱，鼻间萦绕着楚渊身上淡淡的木质冷香。

阮梨仰头，只看到男人微微凸起的喉结和线条优美的下巴。她感觉自己的身子全压在楚渊身上，胸口被压得有些疼。她猛然想起什么，手忙脚乱地离开楚渊的怀抱，到一旁站好。

阮梨的耳根红得不像话，她终于知道刚刚陈姨为什么会那么着急地叫她了，因为她要睡了，已经换好了睡衣。可这会儿知道已经来不及了，她已经跑出来了。

阮梨下意识地低头瞄了一眼胸口——领口有些低，但幸好她胸前的蕾丝花边把她挡得严严实实，散落下来的乌发也起了一点遮挡效果。

阮梨松了口气，抬眼道："楚渊哥哥，我今天给你发了好多消息，你怎么不回我？"

"回来的路上手机没电，自动关机了。"

"难怪，我可担心你了。"

阮梨发现楚渊的头发有些凌乱，眉宇间有一路风尘仆仆赶回来的疲惫感。他回来后本可以先休息的，但还是直接来找她了。

"你不生我的气？"

"生气谈不上，就是有些难过，不过看到你，我一下子就不难过了。"

这时，阮梨脚边的梨花叫得委屈巴巴的。阮梨蹲下把梨花抱起来，而后坐到椅子上："你老是蹲在我脚下，我不踢到你才怪。以后不许蹲在我脚下。"

梨花喵喵叫个不停，埋在阮梨胸前撒娇。楚渊见梨花使劲在阮梨怀里蹭，便道："梨梨，它是只公猫。"

"公猫怎么了？"

"它绝育了吗？"

"好像没。"

梨花朝着楚渊龇牙咧嘴，楚渊伸手把它拎过来，它亮出爪子就要挠他。阮梨见状道："梨花，不准伤害他。"

被护着的楚渊唇角弯起。

梨花伤心欲绝。这个人类太坏了，居然想让它绝育！还跟它抢主人！

陈姨从里屋出来，手里拿着一件轻薄的外套，还有阮梨的鞋和睡袜："夜里温度低，小心感冒，你先把外套穿上。"陈姨把衣服递过去，阮梨乖乖穿上。

"你啊，听说楚医生回来了，鞋也不穿就跑出来，这睡袜被你踩脏了，换一双。"

"谢谢陈姨。"阮梨接过白色棉袜，屈起双腿，把脚上的白色睡袜给脱了下来。

楚渊端起桌上的水缓缓喝了一口，垂下眼，不再去看阮梨的脚。

梨花这只猫不喜欢男人抱它，男人一抱它，它就闹腾得厉害。陈姨见梨花在楚渊那儿挣扎得厉害，生怕它用爪子挠人，便道："把梨花给我吧，我抱它回房。"

楚渊慢条斯理地说："要是它没绝育，就带它去做绝育手术。"

"知道了。"

阮梨见楚渊杯子里的水没了，便起身去给他接水："楚渊哥哥，你赶着回来，吃过晚饭了吗？"

"吃过了。"楚渊见她想给自己献殷勤，继续说，"你想煮夜宵给我吃？"

"我现在会煮面条了，我煮给你吃好不好？"

"好。"

"不过不能在这里煮，陈姨看到了会生气的。"

"去我的院子里？"

"你等我五分钟。"

阮梨跑回房间，从带回来的小行李箱里拿出一包方便面，又从包里拿出她要送给楚渊的礼物。

楚渊的院子阮梨是第一次来，没想到两人住的地方距离还挺远，她走了大概十五分钟才到。在楚宅，一直是王叔负责照顾楚渊，王叔一收到楚渊要回来的消息，就把楚渊的床铺好了。

楚渊的院子里种了很多虞美人，不过花期已过。

"他是王叔。"楚渊介绍道。

"王叔好。"阮梨乖巧地打招呼，"王叔，我想借用一下厨房。"

"我带你去。"到了厨房，王叔给阮梨找了一个小锅，"这是要煮面吃啊？"

"是呀。"

"要青菜吗？"

"要，还要两个鸡蛋。"

阮梨把水煮沸，然后拿出方便面，接过王叔拿来的鸡蛋，说："王叔，你出去吧，我可以的。"

王叔不太放心，不过看到楚渊已经来了，便离开了。

楚渊看到阮梨放在台面上的方便面，说："难怪你怕陈姨知道。"

“这个方便面特别好吃。”

“你经常偷吃？”

“只是偶尔吃。”她怕吃的次数多了，陈姨会发现。

“你怎么不给自己也煮一包面？”

“就只有一包。”

阮梨夜里偷偷煮过方便面吃，煮面的动作很熟练，很快，一碗香喷喷的面就做好了。灯光下，阮梨托着腮帮子看楚渊吃面，忍不住舔了舔唇：“味道是不是特别好？”

“嗯，很好吃。”楚渊不是很饿，于是拿出干净的碗和筷子，分出一半汤面，“小馋猫，吃吧。”

阮梨把面和汤吃得干干净净。楚渊去洗碗时，她躺在书房的凉榻上开始犯困。已经夜里零点了，她今天起得早，还在升学宴上应付长辈，有些累了。她闭上眼睛，心里想着只小憩片刻。

楚渊走到书房里的时候，就见阮梨躺在榻上，睡裙下露出一截细腿。

“梨梨。”她人已睡着，没有回应他。

楚渊轻轻拂开她额头上的发丝，低下头，正欲亲吻她的额头。

阮梨毫无防备地睁开了眼睛，楚渊的脸离她很近，把她头顶上的光挡得严严实实。

喉结滚动，楚渊并未有半点心虚。他等着阮梨说点什么，只是阮梨睡得有些迷糊，注意力还在别处：“楚渊哥哥，有蚊子。”

楚渊沉默了片刻：“蚊子咬你哪里了？”

“手。”楚渊帮阮梨检查手臂，看到她的左手上有个小疙瘩。阮梨伸出右手去挠，越挠越红。

“先别睡。”楚渊把她拉起来，起身出去找清凉油。

楚渊往阮梨的手臂上涂抹清凉油，涂好后对阮梨说：“我送你回去吧。”

翌日，阮梨醒来的时候手里有一个钥匙扣，钥匙扣上挂着一个用水晶雕刻的 Q 版阮梨，上面还刻有她的名字。这是昨晚楚渊送她回来之后送给她的。阮梨很喜欢这个钥匙扣。

阮梨昨晚也把自己挑选的礼物送给了楚渊，那倒不是什么很贵重的礼物，是一个眼部按摩仪，他累的时候可以用它舒缓疲劳。阮梨把钥匙扣挂在包上，心情特别好。

阮梨为了陪楚老太太，答应在楚宅多住几日。

王蒙蒙和班里的同学毕业旅行，去了好多个城市。她会给阮梨分享旅行的照片，还说了很多路上发生的有趣的事。阮梨格外羡慕大家能在外面到处跑，但她这个暑假过得也挺充实的。她的身体在中药的调理下慢慢好转，楚渊还会隔三岔五地拉她出去爬山锻炼身体。

阮静蓉还是没醒，随着她沉睡的时间越来越长，她的身体也越发消瘦。阮梨时常因为害怕她会一睡不醒，而在夜里偷偷地哭，不过阮梨每次哭都会被楚渊发现，他会来哄阮梨。

YAOYIKOUTIANLI

第五章

试探

时间过得飞快，眨眼就到了开学季。

清大，占地面积六千多亩，楼阁隐隐，玉树婆娑，垂柳依依。这里既有北方园林的恢宏，又有江南山水的婉约，学府与园林珠联璧合。

今天开学，楚渊陪阮梨来学校报到。

阮梨要住宿，楚渊原是不同意的，阮梨非要坚持，为此他还生气了，阮梨只好找了楚老太太出面。楚渊被楚老太太教育了一番："梨梨已经成年了，她要是想体验住宿生活，你就让她体验，看她看得那么紧做什么？虽然静蓉是把梨梨托付给了你，但是梨梨一直住在你那里也不是办法。你啊，在清大附近给她找个画室，可以留下住人的那种。"

"知道了。"楚渊应下。

车子停在学生宿舍楼下，楚渊把阮梨的行李从后备厢里拿下来。他的颜值引来了一群学生的注意。

阮梨跟着他从车里下来。九月的太阳还很毒辣，她给楚渊撑着伞："楚渊哥哥，你一直不和我说话，是还在生我的气吗？"

"不是。"

阮梨的宿舍在九楼，虽然有电梯，但电梯门口有许多人等着，于是楚渊拎着行李开始爬楼梯，阮梨在后面跟着。天气热，阮梨将头发高高扎起。她爬到九楼，额头冒着汗。到了宿舍之后，一股冷气扑面而来，她才好受许多。

宿舍条件还是不错的，楚渊推门而入的时候，宿舍里的家长和学生们愣了好几秒。楚渊的形象太过出众，他们一看就知道他身份尊贵。

阮梨第一次住宿，有点怕生。她从楚渊身后露出个脑袋："你们好，我是艺术系的阮梨。"

率先反应过来的是一个有点冷傲的短发美人："你好，我是雕塑系的陈清。"

阮梨上前和她握手，其余的室友也开始自我介绍。

"艺术系，钟雯雯。"

"中文系，赵静。"

一个宿舍共住四个人，其他人来得早，已经把自己的床位打理好了。

钟雯雯看着阮梨。她本以为陈清已经够漂亮了，没想到她们宿舍又来了一个"天仙"。就这颜值，阮梨校花榜上绝对有名，而且对方还和自己同一个系。

与室友打过招呼后，阮梨拿出水："楚渊哥哥，你先休息会儿，喝口水。"

目前还空着的就是阮梨的床位，床在书桌上面。楚渊放下两个大行李箱，接过阮梨递来的水。

"楚渊哥哥，你低头。"楚渊微微弯腰，阮梨给他擦汗，"你别生气了，我会经常回去找你的。"

"你不回去我也会来找你。"他不可能放任阮梨在学校住宿四年。

阮梨的床位不见灰尘，应该是别人打扫的时候顺便帮她擦过了，不过楚渊还是拿出新买的毛巾替她擦了好几遍。阮梨的床是楚渊铺好的，不过衣服、生活用品以及她带来的几本书是她自己从箱子里拿出来摆放好的。虽然阮梨从小没干过活，不过平日里见多了陈姨做，耳濡目染，也不至于半点生活常识都没有。

男女搭配，干活不累，有楚渊帮忙，东西很快就被收拾好了。

其间，室友的父母们一直在聊天，也问到了阮梨是哪里人。阮梨很快恢复了本性。她嘴巴甜，笑起来梨涡浅浅，长得本就讨人喜欢，很快就和室友们熟了起来。她收到室友们带来的特产和零食，还和室友们互相加了微信。

阮梨刚收拾完，王蒙蒙的电话就打来了："梨梨，收拾好没？要我来帮忙不？"

"已经收拾得差不多了。"

"那我们出去吃午饭吧，我快饿死了。"

"好，你来找我吧，我在B栋公寓。"

看到别人是父母陪着来的，阮梨就很想阮静蓉。不过她转念一想，觉得自己有楚渊陪着也不算孤单。

王蒙蒙没五分钟就到公寓楼下了，阮梨洗好手后和楚渊一起下楼。室友们和王蒙蒙不认识，阮梨就没有邀请她们一起吃午饭。

下楼后，阮梨看到王蒙蒙身边还站着一个人——刘今。刘今看到阮梨的时候心情尚好，看到她身边的楚渊时，就不自觉地想起那晚他看到的那一幕。他的心情犹如坐过山车，大起大落。他现在很好奇阮梨跟楚渊是不是在一起了。

"梨梨，刘今非要跟我一块儿来找你。"

"没关系，大家都是校友。"

因为大家没想好吃什么，楚渊对这里又很熟悉，于是他带他们去了清大最大的食堂吃饭。阮梨往饭卡里一次性充了两千块钱，吃一个学期管够。

"楚渊哥哥，你来过清大吗？"

"来过几次。"楚渊是在国外留学读医的，不过曾经在清大医学院当过半年交换生，之后还来开过讲座。

吃过午饭后，楚渊陪阮梨到地下一层的超市买了一些生活用品以及一些水果。

刘今观察了一路，发现阮梨跟楚渊相处和情侣相处没什么区别，阮梨跟楚渊说话时声音会更甜，吃不完的食物会让楚渊帮忙解决。在阮梨挑选零食的时候，刘今忍不住道："阮梨，我虽然很难过，但还是祝福你跟楚渊。"

阮梨想问清楚刘今为什么要祝福她跟楚渊，话还没问出口，刘今就扭头跑了。阮梨一脸蒙地站在原地，不明所以。

"他跟你说什么了？"楚渊推着购物车上前缓缓地问。

"他说了一句让我觉得很莫名其妙的话，我没听明白。"

"什么话？"

"说什么祝福我们……"

楚渊弯唇："那就下次再问清楚。"

"只能这样了。"

王蒙蒙从超市出来没见到刘今，便问："他走了？"

"是啊。你有他的微信不？我有事要问他。"

"有呀，回去我推给你。"王蒙蒙一只手拎着袋子，另一只手撑着伞，实在腾不出手去拿包里的手机。

楚渊帮阮梨把东西拎回宿舍，也差不多该走了。阮梨依依不舍地把人送下楼："楚渊哥哥，你开车回去，路上注意安全呀。"

"过来让我抱一下。"阮梨没多想，上前两步，楚渊把她搂进怀里，单手环住她的肩膀。

树影婆娑，蝉鸣悦耳。阮梨的脸埋在男人的胸口处，周遭的声音变得不真切，只有楚渊心脏跳动的声音响在她的耳边，或许还有她自己的。

"开学之后就是军训，清大的军训比较严格，你身子弱会吃不消，我会跟你的辅导员联系，给你申请不去参加军训。"

"嗯。"阮梨有些不舍。

楚渊捏了捏阮梨的耳垂："太阳大，你上去吧。"

阮梨不知道自己是怎么回到宿舍的。她坐在椅子上，脸还有点红，耳朵更红，腿也有些软，心脏跳得很快。

室友钟雯雯见阮梨状态呆呆的，便用手探了探她的额头："没中暑啊，你是不是哪里不舒服啊？"

阮梨摇摇头："我没有哪里不舒服。我挺好的。"

赵静在上铺趴着："依我的经验，阮梨这个状况，有点像是被撩了。"

"我没有……"阮梨底气不足地反驳。

钟雯雯非常赞同地点头："阮梨，你男朋友好好呀，对你体贴温柔，对别人冷淡绅士，关键是极帅！"钟雯雯越说越来劲。

"不是……"

阮梨还没有解释，赵静就已经接过钟雯雯的话："从他们进来的时候我就已经在'嗑'了，他们好甜啊。"

赵静转而问阮梨："阮梨，你能讲述一下你刚才是怎么被男朋友撩成这样的吗？是被他拉到无人的角落亲了，还是……"

一直在默默看书的陈清开口道："你们吓到阮梨了。"

阮梨被赵静说的话弄得不知所措："楚渊哥哥不是我男朋友，你们误会了。"

他俩居然不是男女朋友？钟雯雯和赵静觉得不可思议。

如果自己身边有这么一个大帅哥，还对自己那么好，钟雯雯觉得自己一定会对他一见钟情的。

阮梨没有再和室友聊自己跟楚渊的事，她拿上衣服去卫生间冲了个澡。

洗完澡后，阮梨开始洗衣服。这是阮梨第一次洗衣服，她一不小心倒多了洗衣粉，洗衣盆里全是泡沫，她洗了好久才把衣服洗干净。晾完衣服后，阮梨从阳台回到宿舍，小心翼翼地爬进被窝里。被子和枕头上有一股清香，她想起楚渊替她铺床的样子，不由得弯了弯唇。

阮梨趴在床上昏昏欲睡，手机突然响了，是王蒙蒙发来了消息，对方把刘今的微信给推过来了。阮梨选择添加好友，将一系列操作做完，便和王蒙蒙说自己要睡觉了，然后放下手机，戴上眼罩。

不知道是不是因为自己和楚渊的关系被误会，和室友们聊天还说到了接吻之类的话，她做了一个梦。

梦里有两人在对话：

"让我亲一下。"这是楚渊的声音。

"让你亲一下你就不生气了吗？"这是她自己的声音。

"嗯。"

"那你亲吧。"

下一秒，她眼前一片昏暗，她只感觉到她的唇齿被楚渊的舌头撬开，他的呼吸沉重不稳，扣在她腰上的手很用力，她以为自己的腰要断了……她被吻得要呼吸不过来了，头晕眼花，大脑一片空白。

猛然间，阮梨睁开眼。宿舍里虽然开了冷空调，可是她的身体温度很高，身上还出了汗。她掀开眼罩，用手轻抚自己的唇，脚趾紧紧蜷缩在一起。她怎么会梦到楚渊吻自己，还吻得那么地疯狂，好像要把她吞掉一样？阮梨捂住脸，用脚蹬了蹬床。

钟雯雯察觉到动静："梨梨，你醒了啊。我们要出去吃晚饭，你跟我们一起吗？"

阮梨回道："一起呀。"

"那你起来换身衣服收拾一下，二十分钟后我们出门。吃完晚饭我们再到处逛逛，熟悉一下学校环境。"

“好。”阮梨换上小裙子，随着三位室友出了门。

钟雯雯和赵静出门后，有点后悔自己没化妆。阮梨和陈清不施粉黛，漂亮得引来了太多目光，而她们不太习惯被那么多人注意。但不管怎么样，能考上清大，她们本身是很有自信的，不会因为自己不比别人漂亮就否定自己。再说，有这么漂亮的室友，她们引以为豪。

食堂二楼，阮梨坐在餐桌前，手机响起，是楚渊给她打来了电话。想起那个梦，阮梨有点心虚。她怎么可以把楚渊哥哥梦成那么可怕的男人？

她低垂着眼，接了电话。

楚渊听到手机里传来嘈杂的声音，于是问：“你在外面？”

“嗯，我跟室友出来吃晚饭。”阮梨捏着裙摆把玩着，“你也要记得吃饭啊，不要忙着忙着就忘记了。”

“好。”楚渊的抽屉是开着的，里面摆放着乳酸菌饮料，他看着这些饮料，脑子里浮现出的是阮梨笑吟吟的样子，“梨梨对画室有什么要求？”

“我想要两层的，画累了可以上楼休息，还要离学校近一点。”

“把你想要的风格画出来给我，我找人给你装修。”

“那我过两天画好图给你。”

“好，你先吃饭吧。”

挂电话之前，阮梨听到了林医生的声音，对方好像是来问楚渊要不要和她一起出去吃饭的，不过，阮梨还没有听到楚渊的回复，电话就被挂断了。

阮梨心里有些疑惑：林医生又去找楚渊哥哥了。她是不是喜欢楚渊哥哥啊？她要是表白的话，楚渊哥哥会答应吗？

阮梨和陈清在清大校园论坛上火了。昨晚她们在学校逛了一圈，照片被发上论坛，经过一个晚上的时间，有她们照片的帖子直接爆了，不少人在帖子下留言：

二楼：两人都是今年的新生，一个是艺术系的阮梨学妹，一个是雕塑系的陈清学妹。

三楼：两人的颜值真高，清大的新一届校花绝对就在她们之中！

四楼：妈妈问我大学四年为什么还单身，那是因为我痴心妄想，想找一个校花当女朋友！

五楼：我已经在艺术系准备好和阮梨学妹来一个偶像剧开场了！

六楼：学妹笑起来好甜，我心都软了。

七楼：陈清看起来是个冷傲“女神”，不好接触啊。

只是，很快就有人跳出来打消了他们对阮梨的念想：

八楼：阮梨有男朋友了！她男朋友特别帅，开学那天我看见他们在宿舍楼下拥抱了！

九楼：我也看到啦。那个男人是真的帅，感觉比贺从礼学长还要帅！

还有人晒出一小段视频，视频里，阮梨被楚渊抱进怀里。这个视频一出，大家纷纷打起了退堂鼓，很快，阮梨有男朋友的消息在学校里传开。她走在校园里，就算被认出来，上来问她要联系方式的学长也很少。

阮梨从画室回到宿舍。她除了不习惯合宿生活，其他方面还可以适应。国画专业的学生都很好，专业老师也很好，辅导员也很热情。

阮梨一回来就发现王蒙蒙在她的宿舍里。王蒙蒙已经和她的室友们打成了一片。

“梨梨，你知不知道你跟陈清两人火了啊？”王蒙蒙笑眯眯地咬着苹果问她。

阮梨摇摇头，拉出椅子坐下，把头顶的小发夹摘下来。王蒙蒙认认真真地和她讲了帖子的事。

在听到学校里很多人误以为楚渊是她男朋友时，她有些羞臊：“楚渊哥哥的名声被我连累了。”

“没事啦，反正学校里没人知道他是楚医生，不碍事，这样你反而还少了不少追求者。”

“陈清就没你这么好运，听说她今天被二十个男生搭讪了！”赵静竖起两个手指头。

二十个！好多啊！阮梨想了想自己今天被搭讪的次数，好像就两三次。

夜里，陈叔来了一趟清大，给阮梨送了陈姨煮的血燕窝。血燕窝有点多，很显然不是一人份的量。阮梨将血燕窝拿回宿舍，打算与室友和王蒙蒙一起分食。王蒙蒙不是第一次跟着阮梨吃山珍海味，在崇高那会儿就开始了。

阮梨来宿舍的第一天，陈清她们就知道阮梨的家庭条件很好了，人家家里人煮这么多燕窝，摆明就是让她们一起吃的。

“蒙蒙，我加了刘今，但他一直没有通过我的好友请求。”阮梨道。

“什么，他居然不添加你？我现在发信息骂他。”

刘今在篮球场打球，并没有看到王蒙蒙发来的十几条骂他的信息。

“他也不理我。”

“他可能是在忙，没看手机。”

王蒙蒙想了想，道：“他应该是在打球。”她想起自己昨晚去篮球场，意外地看到刘今在打球，打完球后还有学姐、学妹给他递水的事。刘今虽然不及楚渊帅，但也是十分受欢迎的人。

时间过得飞快，晚上十点多了，王蒙蒙还不想回去。王蒙蒙的三个室友中有两个性格还可以，但那个叫林文妮的林氏集团千金性子傲慢不已，王蒙蒙和她发生过不愉快。王蒙蒙来找阮梨，就是因为自己和她发生了一点冲突，实在不想跟她吵架。不过，晚上十一点寝室就要关门了，王蒙蒙还是得回去。

阮梨在王蒙蒙走后才洗漱，接着打开台灯开始画画室的设计图，画好之后她把图纸拍下来发给楚渊。阮梨慢吞吞地爬上床，见楚渊不回复她，自己又有些想他，于是给他打了一个视频电话。

视频电话响了好几声后，楚渊终于接了，只是他接电话的时候没穿上衣，只穿了一条黑色睡裤。阮梨隔着屏幕看着楚渊那还残留着水珠的胸膛和滚动的喉结，看了没几秒，屏幕就黑了，接着那边传来窸窸窣窣的穿衣服的声音。

阮梨脑子里冒出一个想法：是不是成为楚渊的女朋友就可以光明正大地看他不穿衣服的样子啊？这个大胆的想法一出来，阮梨不由得心惊了一下。

屏幕再亮起，楚渊倚着床头道：“怎么不说话？”

阮梨回过神来：“我把画室的设计图发你了。”

“我明天便让人去给你装修。”

“装修要多久啊？”

“半个月左右。”楚渊望着屏幕里有点心不在焉的女孩，“有没有想我？”

“想的。”阮梨回答得不假思索，“楚渊哥哥有想我吗？”

楚渊说：“今天晚上温好的牛奶没人喝。”

“我不在你怎么还温牛奶啊？”

“没反应过来。”

阮梨躲在被窝里忍不住笑了。如果有镜子，她会发现自己笑得满脸春风、一脸甜意。

楚渊继续问：“宿舍的床睡得习惯吗？”

“有点硬，不过还好，多睡几天我就会习惯了。”

“明天我让陈姨过去给你加个垫子。”

“不用呀……”两人通视频电话一直通到宿舍熄灯，之后阮梨转换成语音通话，再后来电话是什么时候挂的，阮梨已经没有记忆了，早上醒来时她才发现手机没电自动关机了。将手机充好电开机后，阮梨点开了自己和楚渊的聊天页面，上面显示通话时长为六个小时十五分钟。

甜梨：楚渊哥哥，我昨晚睡着了，你怎么没有挂电话？

Y：我也睡着了。

甜梨：今天要开始军训了，我被辅导员调到后勤部了。

Y：注意防晒，多喝水。不要把微信号给陌生的同学。

甜梨：好。

阮梨一门心思跟楚渊聊天，没留意到刘今已经通过了她的好友请求。

一大早，大家领到了军训要穿的迷彩服。阮梨领到的衣服是小码的，但这个尺码对她来说还是很大，衣服材质也很硬，磨得她皮肤有些不舒服。

宿舍里，大家换衣服前，疯狂地往身上涂防晒霜。阮梨的后颈是钟雯雯帮忙涂的，钟雯雯道：“梨梨，你皮肤好白、好嫩啊。”

阮梨是她们系唯一一个不需要军训的，不过她被调到后勤部帮忙了，要做些给教官备水之类的小事，若是有学生不舒服，她还要帮校医照顾学生。

阮梨刚到后勤部，就热情地和学长学姐们打招呼。

有个学姐对她态度不是很好，她没跟对方计较。除了那个学姐，其他学姐、学长都很照顾她。只是她没想到，当其他学姐、学长不在的时候，对方还会针对她，不让她坐车就算了，还让她抱一箱水送去给艺术系二班和三班的教官。虽然她完成了任务，可下午的太阳过于猛烈，加上衣服可能不干净，她的手臂和大腿外起了好些红色疹子，体质本就不好的她直接晕了过去。

艺术系本来有一些人不相信阮梨身体不好，对阮梨可以不军训这件事有点意见，但经过这一次的事，大家是真的信了。

校医室内，艺术系后勤部部长质问那个学姐："王丽，你为什么要让阮梨一个人抱着一箱那么重的水送去二班和三班？你以为老师说她身体不好是在骗你吗？那么大的太阳，你怎么不自己走路去送？"

王丽狡辩道："我只是看二班和三班离后勤部比较近，想给她找点事做，谁知道她会晕过去啊？"

"我不是告诉过你阮梨身体不好？你为什么不安排车？"

"车不是还没来吗？"

"算了，反正等老师来了你自己解释吧。"见王丽还在嘴硬，部长有些无奈。最重要的是家长问责，老师那边得给学生家长一个交代。

阮梨面色潮红，她觉得头晕眼花、全身乏力，还有点想吐。她难受得想哭，可是这里是学校，身边没有一个熟悉的人，她只能忍着。

校医将阮梨的迷彩服脱了，把湿毛巾搭在她的额头上，还在她的脖子处放了冰袋，想让她喝下藿香正气水。

阮梨闻到藿香正气水的味道，下意识地扭头。那股味道太难闻了，不管校医怎么劝，她都不肯喝。校医只好作罢，让她喝水。

喝完水，阮梨重新躺到床上休息。校医将治过敏的药膏涂抹在阮梨手臂和腿上起红色疹子的地方。

阮梨正迷迷糊糊，辅导员和另一名老师来了，她们询问了一番阮梨的情况。校医说："她有轻微的中暑和过敏症状。小姑娘底子本来就弱，现在情绪不好，不肯喝藿香正气水。她家长来了没？"

"在路上了，还有十分钟才能到。"回答完校医的话，阮梨的辅导员呵斥王丽："不管怎么说，这件事是你不对在先。身为学姐，你不照顾学妹就算了，还为难她，你必须道歉。"

"她身体不好就不该来后勤部，回家休息多好。"

"你还有理了？让你道歉很为难？"

尽管已经意识到自己错了，但王丽还是死鸭子嘴硬，不想低头。她知道阮梨的家庭条件很好，本以为阮梨是不想军训，利用自己家里的背景和系里老师通气，捏造自己身体不好一事才来的后勤部，谁知对方身体不好这事竟然是真的。

十分钟后，楚渊来到校医室。阮梨还虚弱地躺在床上，翘而长的眼睫毛上挂着将落未落的泪珠，脸颊泛着酡红，唇色却是苍白的。

校医是清大医学院毕业的，曾有幸参加过楚渊在清大开的讲座，看见来人是楚渊后，她猛地站了起来：“楚……楚医生！”她没想到阮梨的家属是楚渊！这可是国内外很多医学生的“男神”啊！

楚渊朝校医微微颔首后，将注意力全放在病床上的小姑娘身上，自顾自地开始检查她的情况。他越检查，心弦就绷得越紧。

看到楚医生这般心疼，校医在一旁道：“楚医生，阮同学不肯喝藿香正气水。”

阮梨感觉到有人在触碰自己，便睁开了眼。看到楚渊，她还以为自己是在做梦。

楚渊一把将医务室的帘子拉上，然后扶着阮梨坐起来。阮梨凑上前，双手搂着楚渊的脖子，把头埋在他的胸前，眼泪一下子涌出来，弄湿了他的白色衬衫。

阮梨没有哭出声，楚渊用袖子替她擦眼泪：“很难受？”

阮梨轻轻地回道：“嗯……”

楚渊轻拍阮梨的背：“校医让你喝藿香正气水，你怎么不肯喝？”

阮梨瓮声瓮气地道：“好难闻。”

“中药那么难喝你不是也喝了？”楚渊嗓音温柔地说。

阮梨低头不说话。她是怎么中暑的她很清楚——都是因为那个叫王丽的学姐让她抱着一箱水走路去送给教官。她原是想等车子来的，可是王丽不让，说教官那边在催。

她虽出身不好，可是有一个爱她的姨，她姨从来都没让她吃过苦。今天在一个陌生人手里吃了亏，她心里有气，觉得委屈，加上那藿香正气水是真的难闻，她便有了小脾气。

“把藿香正气水喝了，我带你回家。”楚渊捏了捏阮梨的脸颊，继续哄道，“晚上想吃什么我给你做。”

阮梨被楚渊哄着，心里的委屈情绪散去不少。她没有再哭，一双乌眸清澈明亮。她乖巧地点了点头。

楚渊拿来藿香正气水递给阮梨，阮梨捏着鼻子把药喝完。楚渊给阮梨递了一瓶水，让她把嘴里的那股味道冲散。

“你躺下再休息会儿，我找你的辅导员谈谈。”

“嗯。”

王丽站在校医室门口。站在她面前的楚渊是她见过的最英俊金贵的男人，但他极其淡漠，有一股很强的压迫感，这让她格外不安。

楚渊问："张老师，具体的情况我已经了解了，阮梨这件事你们打算怎么处理？"

"我们想让王丽给阮梨道歉。"

"她道歉了吗？"

这时，王丽开口道："是我不好，我现在就进去和她道歉。"

"她不需要你的道歉。"楚渊慢条斯理地说。

王丽："你想让我怎么做？"

"走路送水送到军训结束为止。"

王丽眼眶泛红。她很后悔，没想到自己的行为会给自己带来这么大的惩罚，可是没有人会同情她。辅导员也教育道："早让你道歉，你非要给自己找罪受。希望你吸取教训，别再恶意揣测任何人。"

楚渊把阮梨带回了东陵医院附近的公寓。他把她抱到鞋柜上坐着，找出她平时在家穿的拖鞋。

阮梨一路睡得迷迷糊糊，手里还拿着冰袋。冰袋里的冰块已经化成了水，但这冰袋上还残留着一丝冰凉的气息，她没舍得扔。

楚渊准备给阮梨脱鞋，阮梨收回脚道："楚渊哥哥，我自己来，你帮我拿着这个。"她把冰袋递给楚渊。

"身体有没有好些？"楚渊接过冰袋问道。

阮梨点头："没那么难受了，但是我好困。"

"上楼再补个觉。"

阮梨还是觉得过敏的地方很痒，很想挠，可是楚渊一直抓着她的手，不让她挠。

阮梨回房后用湿毛巾擦了身子，换上了干净的睡衣。她从浴室里出来没多久，楚渊敲门后进来："起疹子的地方要用药再涂一遍。"

阮梨坐在床边，楚渊坐在椅子上，先是给她涂了手臂，然后握住她的脚踝，将她的脚踝放在自己的膝盖上，用指腹在她起疹子的地方涂着药膏。

阮梨有点害羞。

卧室里只有两人浅浅的呼吸声，阮梨看着楚渊，不由得发起了呆："哥哥，你真好看。"忽然，抓住她脚踝的大手一紧。

这时，阮梨的手机响起，她接了电话。电话里，王蒙蒙语气很着急地道："梨梨，你现在还好吗？我跟陈清她们去校医室找你，校医说楚医生把你接回去了。"阮梨在学校里名气大，中暑被送去医务室的事很快就在系里传开了。

阮梨软声回："我现在好多了，你们别担心。"

王蒙蒙生气地说："那个学姐太过分了，怎么可以欺负你？"

"楚渊哥哥已经帮我出过气了。"阮梨在校医室里躺着时，楚渊在门口说的话，她听得清清楚楚。

"楚医生真好，这么好的男人你不抓紧点，要是他被有心人觊觎怎么办？"王蒙蒙说出肺腑之言，甚至有一点皇帝不急太监急的心理。阮梨闻言，耳边嗡嗡的，身体僵住了。她屏住呼吸，很怕王蒙蒙这句话说得太大声，会被楚渊听到。

谁知王蒙蒙说完，阮梨的室友们更是一句接一句地说。

赵静："是啊是啊，赶紧拿下。哥哥有什么好？也不是你的。要是他做你男朋友，你想干什么不行啊？"

钟雯雯打趣道："梨梨那么软、那么纯，像只小绵羊，哪里敢做什么啊？"

"哈哈哈……"只有陈清没说话，但是她嘴角微弯。

阮梨的脸泛起红晕，她直接把电话挂了。她有些局促不安，舔了舔唇，怯怯地偷看了一眼楚渊。楚渊很认真地在给她涂药，似乎并没有听到电话里的那些内容。阮梨松了口气。

"好了。"楚渊把药膏收起来。

"谢谢楚渊哥哥。"

楚渊把房间的空调调了定时关闭："晚上想吃什么？"

"我想吃意大利面。"

"好。"

阮梨一觉睡到晚上七点多，醒来后去照了照镜子，发现红疹消了不少。她洗了把脸，趿着拖鞋往楼下走去。

楼下灯火通明，楚渊在厨房里忙活。阮梨看到楚渊手机有电话进来，便将手机拿起来，笑眯眯地递给楚渊："是楚沉哥的电话。"

楚渊擦了擦手，按下接听键。

"大哥，今晚的饭局你真不来？我爸说林小姐条件很好，和你足够般配，她又和你曾经是校友，你对她算是知根知底，而且林家还能帮你和三叔他们抗衡。"

"我和你父亲说过了，我不需要林家的帮助。"

“就算你不需要林家的帮助，也不能连老同学的面子都不给。我看林小姐没见着你还挺伤心的。”楚沉说。

楚渊面不改色地说：“我和她只是普通同事。”闻言，楚沉有点同情打扮得漂漂亮亮、坐在他对面的林知晚了。

阮梨从两人的对话里听到一些重点——楚渊今晚应该是有应酬，要和林家人吃饭。楚沉在电话里还提到一个女人，楚渊说他们只是同事，阮梨隐隐觉得这像是个相亲局！

对方姓林，又是楚渊的同事，是林医生吗？林医生果然中意楚渊。阮梨低着头，心情突然就不好了。

楚渊挂了电话，把手机放在料理台上：“身体还难受吗？”阮梨摇摇头。

楚渊见锅里的水已经沸腾，便道：“面很快就好，你去餐厅坐着等我。”

阮梨站着不动：“我都听见了。”

“听见什么了？”

“你今晚要跟林医生一起吃饭。”

“我拒绝了。”楚渊把火关小，“你希望我去？”

阮梨摇头：“没有，我一点都不希望你去，而且你答应过我的，不会现在就找女朋友。”

“我要是后悔了呢？”

阮梨不知所措。楚渊见阮梨一脸为难又有些慌张，觉得她很像一只小绵羊，又甜又萌。过了许久，阮梨才憋出一句话来：“我会生气的。”

“逗你的。”

“……”

吃过晚饭，楚渊喊阮梨出门散步消食。阮梨买了一束鲜花，顺便去医院探望阮静蓉，跟她说说话。

第二天一早，阮梨的身体基本恢复，楚渊送她回到学校。宿舍楼下，楚渊从车里下来：“晚上记得涂药膏。”

“知道啦。”阮梨乖乖应道。

宿舍楼下人很多，大家投来的目光让阮梨想起论坛上有人说楚渊是她男朋友这件事。阮梨推着楚渊走，让他赶紧上车：“你回去吧，我一个人可以的。”

果然，学校论坛里又有人更新帖子了，楚渊的正面照被传了上去。

楼主：阮梨男朋友正面照，我只想到一句话：陌上人如玉，公子世无双。

二楼：他跟阮梨同居了？阮梨昨天中暑了，听说也是他来接的人。

三楼：他的确帅，我好像在哪儿见过他。

四楼：我是医学系的，我知道。他是东陵医院心脏科的楚渊，之前还上过热搜！

五楼：居然是楚医生，那是我“男神”！

…………

一大早，校园论坛上楚渊的身份这一话题就引起了热议。

阮梨是吃了早餐才回学校的，她回宿舍放下东西就直接去了后勤部。王丽见到她，一言不发，其他学长学姐都围过来关心她的身体。

阮梨笑道：“已经好了，谢谢学长学姐关心呀。”

医院里，林知晚一直在等楚渊。看到他来，她咬了咬唇：“楚渊，昨晚你为什么没来？”

“去没必要的饭局对我来说只是浪费时间。”楚渊回道。

林知晚开诚布公地说：“是我喜欢你才让我父亲组了这个局，虽然这么说会显得我卑鄙，但是楚渊，你娶我，林家会对你有很大用处的。”

楚渊言简意赅地道：“我不需要。”楚渊拒绝得干脆利落，不给林知晚留一点妄想的机会。

可林知晚喜欢他喜欢了这么多年，哪里是一朝一夕放得下的？

中午，阮梨等室友们下训后一块儿去食堂吃饭。王蒙蒙离食堂比较远，来得比较晚，不过阮梨已经帮她把饭点好了。

阮梨吃饭吃得好好的，忽然有个高高瘦瘦的女人过来跟她打招呼：“阮梨，好巧。”

阮梨抬头看向来人，眼里只有疑惑：“你是？”

“林文妮。”

阮梨感觉自己好像在哪里听过这个名字，很快就想起来了。林文妮是王蒙蒙室友，是王蒙蒙经常吐槽的那个富家千金。

林文妮说：“林知晚是我堂姐，我听我堂姐提起过你。”阮梨听林文妮提到林知晚，想到了林知晚昨晚要和楚渊吃晚饭、相亲的事。

阮梨握紧手里的调羹，只淡淡地回应：“你好。”

林文妮道："我堂姐说你身子娇弱，让我在学校里多照顾照顾你。我那里有红参茶，营养丰富，泡水就可以喝，晚上我拿给你啊。"

"不用了。"林知晚觊觎楚渊，现在还想让自己的堂妹和阮梨打好关系，阮梨已经对林知晚没有好感了。

"你不用这么客气，以后说不定我们会是一家人呢。"

阮梨："……"

其实，林知晚提起阮梨是在林家家宴上。她知道堂妹也上清大，便让堂妹在清大多和阮梨接触。因为在她看来，阮梨是楚渊的妹妹，楚渊对阮梨那么好，若是林文妮能和阮梨打好关系，对她来说没有任何坏处。

见阮梨不说话，林文妮端着自己的饭就要坐在阮梨旁边的位子上。阮梨赶忙阻止道："抱歉，这个位子是我留给我的好朋友的。"

林文妮一时顿住，神情有点尴尬，面上已经有些不高兴了："啊，这样啊，真不好意思，我以为没有人坐。"

随后，王蒙蒙到了。王蒙蒙直接越过林文妮，一把拉出椅子坐下："水、水，我的柠檬雪碧！"

阮梨把雪碧递过去："给！"

王蒙蒙咬住吸管，猛地吸上一口，舒服多了。阮梨还拿出纸巾给王蒙蒙擦了擦额头上的汗。王蒙蒙笑眯眯地比了一个爱心："我的小宝贝好贴心，爱你。"

余光一瞥，王蒙蒙发现了站在一旁的林文妮，笑容一收："怎么是你？"

"阮梨，你说的好朋友就是王蒙蒙？"

阮梨点头，唇边梨涡浅浅："是呀。"

林文妮弯了弯嘴角："楚家是名门望族，你跟这么穷酸、没品位的人做朋友，也不怕降低自己的身价吗？"

阮梨抬头，漂亮的脸蛋上写满了生气："林同学，你对蒙蒙是不是有什么误解？蒙蒙的母亲是南大教授，父亲是航天院的科研人员，一家子都是文化人，她哪里穷酸、没品位了？如果在你眼里，没你有钱就是穷酸、没品位，恕我无法苟同。"阮梨性子偏软，很少与人争论什么，但是林文妮如此刻薄地侮辱王蒙蒙，她实在忍受不了。

林文妮脸色难看不已："阮梨，看在我堂姐的分上，我懒得跟你计较。"说完，林文妮像个高傲的大公鸡一样，扭头走掉了。

王蒙蒙朝林文妮做了个鬼脸。还懒得计较呢，林文妮分明是担心自己这番话被别人听到引起众怒，会丢面子罢了。王蒙蒙回过头，问：“对了，梨梨，你哪个哥哥要跟林家联姻？”

阮梨端起饮料喝了一口，眉眼间还是藏着些许不开心：“林医生就是林文妮的堂姐，林医生喜欢楚渊哥哥。”

王蒙蒙“啊”了一声。上次在医院，她见过那位林医生，对方漂亮知性：“我实在看不出来这两人是堂姐妹！所以，林文妮来找你搭讪是因为林医生的嘱咐咯？”

“嗯。”

“楚医生那么优秀，她会看上楚医生也正常。”

赵静一拍桌，神情激动：“没想到这么快你哥就有追求者了，梨梨，你还不行动？有女人要跟你抢男人了！”

钟雯雯不甘示弱地道：“难不成你要袖手旁观，眼睁睁地看着那位林医生追楚渊不成？”

“她不会成功的。”阮梨脱口道，而后迅速转移了话题，“先吃饭吧，你们待会儿不是要回去集合继续军训吗？没剩多少时间了。”

“梨梨，我们是为你好！”赵静语重心长地说。

陈清插了一句话：“梨梨心里有数，你们不用操心了。”

阮梨重重地点头：“是呀，我们赶紧吃饭吧。”

吃完饭，阮梨和室友们一块儿走，王蒙蒙的集合点更远，她怕迟到了被教官罚，跑得飞快。

夜晚的大学校园里，路灯一盏盏亮起，同学们三三两两走着，欢声笑语不断，四处都是青春的味道。阮梨望着风缓缓吹动树叶，思绪跟着飞远。

阮梨会这么笃定楚渊不喜欢林知晚不是没有原因的。因为如果楚渊真的喜欢一个人，定然会对对方比对她更好。他要是真的喜欢林知晚，怎么会说出“我和她只是普通同事”那样的话？但是阮梨还是会有一些担心，比如楚渊虽然不喜欢林知晚，但是迫不得已，得跟林知晚绑在一起，就像楚池跟宋佳雪一样。

阮梨可以接受楚池身边有任何女人，但是一想到楚渊也可能这样，她心里就特别不舒服。她根本不想看到这个局面，不想任何人从她身边抢走楚渊。

阮梨发现自己产生这种念头后，又惊又无措，但是很快便接受了这个事实。她不是什么都不懂，在男女之情的事上，很多时候她需要不停地思考，而后慢慢得出结论。

阮梨已经得出了结论：她想把楚渊占为己有，她想当他的女朋友。

清大没有明文规定说学生不可以带手机，但是在训练的时候，教官是不允许学生玩手机的。眼下，晚训还没开始，赵静边往集合点走边刷着手机，忽然道："我的天，学校论坛上有一个昵称是'我是妮妮呀'的人发帖说楚渊不是梨梨的男朋友，只是梨梨的哥哥，还说梨梨不站出来解释是故意想让大家误会。"

二楼：没想到还有反转，那我是不是可以去追求阮梨学妹了？

三楼：他们怎么姓氏不一样，是亲兄妹吗？

四楼：我怎么觉得这个妮妮在说谎啊？

…………

钟雯雯说："看这个昵称，这人不会是林文妮吧？"

赵静也觉得像："我看就是她。"

赵静一刷新，看到"我是妮妮呀"回复了一条评论：

二十五楼：我没必要说谎，楚医生很快就会成为我的堂姐夫。

评论区里大家继续跟帖：

二十六楼：算了，也不是楚"男神"站出来表态，我就默默"吃瓜"好了。

二十七楼：你真的误会啦，妮妮是林氏集团的千金小姐，真没必要说谎。

而后，评论区里有人开始科普林氏集团。

五十五楼：林氏集团挺牛的！

五十六楼：感谢大小姐亲自出来辟谣！

五十七楼：林氏集团是家大公司，我复试失败了！呜呜呜呜。

…………

赵静嘴角抽搐："还真的是林文妮，她还说楚医生是她未来的堂姐夫。"

钟雯雯十分无语："她故意的吧？"

"很明显，她就是故意的。"陈清说。

阮梨抿了抿唇。林文妮把楚渊不是她男朋友的事情说出去其实没什么，可是楚家和林家联姻这八字还没有一撇的事情，林文妮怎么可以说得那么理所当然？

赵静把林文妮说的话截图发给阮梨："梨梨，我把截图发你，你去发给楚医生。"

阮梨心里有些顾忌，于是没有把图片发给楚渊。

通过楚沉昨晚打来的那通电话，她猜想支持楚渊的叔叔伯伯们应该是希望楚渊得到林家的帮助的。楚渊会不会迫于压力真的跟林知晚有什么，她没法确定。

"梨梨，我们得分开走了，晚上宿舍见。"

"好。"后勤部的微信群里没有任何动静，阮梨一个人走到了操场上。操场上有很多人在军训，学姐学长们坐在旁边看。

"阮梨学妹，楚'男神'真的不是你男朋友吗？"忽然有人问。

阮梨长得漂亮，又是人气很高的新生，想不被认出来很难。循着声音，阮梨望过去，手微微捏紧。片刻后，她回应："不是。"

"所以你们真的是兄妹啊。你跟'男神'为什么姓氏不同啊？"又有一个学姐问。

阮梨回道："我们没有血缘关系。"说完，她快速离开了操场。

阮梨离开操场，走到人少的地方寻了一张椅子坐下，思来想去，给楚渊拨了语音电话。

"梨梨？"

阮梨垂着头，听到楚渊那边声音有些嘈杂。她舔了舔唇，道："楚渊哥哥，你在外面吗？"

楚渊回道："今天是谢医生的生日，我被他拉出来吃饭了。"

阮梨"哦"了一声："你帮我跟谢医生说一句生日快乐呀。"

楚渊不徐不疾地转移话题："你今天在学校还好吗？"

"挺好的，没有人为难我，就是今天晚饭吃的青菜有点老，炒得不是很好吃。"她下意识地放软嗓音。

"不是你娇气挑食？"

"才不是。"说完阮梨就听到了谢烊的声音："楚渊，你躲外面是在偷偷跟哪个小情人打电话吗？"谢烊的语气听起来有点飘，他像是喝醉了。

阮梨听到"小情人"三个字，耳朵不由得变红。楚渊回头，看到被两名男同事架着的谢烊："跟你有关系吗？"

随后，林知晚从包间里出来："楚医生怎么会有小情人？"

"哈哈哈哈，也是，楚渊脾气那么差，怎么可能会有女朋友？可是……呜呜呜呜，我都二十七岁了，这么帅，温柔又体贴，为什么也没有女朋友？难道这就是跟楚渊做朋友的代价吗？‘单身狗’还得成双成对？”

谢烊喝醉后，像个傻子一样，大家都不太想扶他。

阮梨听到林知晚的声音，呼吸紧了紧。

林知晚看向楚渊：“你在跟梨梨通话吧？”

“嗯。”

“不介意我跟梨梨说两句吧？”林知晚上前两步道。

楚渊盯着她，考虑片刻后缓缓地说：“我开扩音。”

“梨梨，晚上好。”林知晚的声音传到阮梨这边。

阮梨心情又不好了：“林医生，晚上好。”

林知晚表现得可圈可点：“听说你昨天中暑了，最近天气炎热，你多补充点水分。”

“谢谢林医生关心。”阮梨揪着衣服。这衣服如果不是布料结实，估计会被她揪烂。

阮梨对林知晚一直是客客气气的，林知晚也不知道该说什么了：“我说完了。”

楚渊“嗯”了一声。这时，又有新的声音传来：“楚渊，你今晚没碰酒，我的车坐不下了，你送知晚回去？”

楚渊回：“知道了。”

他把手机放在耳朵边：“梨梨？”

阮梨不高兴极了，可是没有表现出来：“楚渊哥哥，你送林医生回去吧，我还有事，先挂了。”

在林知晚看来，主动挂电话的阮梨无疑是在“助攻”。楚渊捏着手机，情绪不明。往外走的路上，他一直没有说话。林知晚跟在楚渊身边，或许是将注意力都放在了他的身上，高跟鞋踩到不平的地面上，她差点摔倒。她下意识地伸手想拉住楚渊，只是被他躲开了。林知晚稳住身体，失落不已。

车从前方开来，司机打开车门，林知晚上了车。可是楚渊并没有跟着上车，林知晚便降下车窗道：“你不上车吗？”

楚渊回：“你把地址告诉司机，他会送你。”林知晚一脸受伤的神情。

夜里九点，陈清她们几个人陆续回到宿舍，个个满脸疲惫。赵静问："梨梨，你把截图发给楚渊看了吗？"

阮梨比大家先回来，已经洗了澡，此刻正拿着毛巾在擦拭头发。闻言，她摇了摇头。

"为什么不发啊？"

"我不清楚楚渊哥哥会不会因为别的理由跟林知晚在一起，楚家的情况有点复杂。"

赵静觉得楚渊肯定不会的。她相信自己的直觉，那天开学，他在楼下抱阮梨，肯定是故意的。只是，她不了解所谓的楚家的情况，也不好说出这种没有依据的话。

"应该不会。"

"是啊。"

阮梨知道大家是在关心自己："我再想想。"

她现在心里难受的是今晚楚渊还会送林知晚回家，她有点后悔当时没有阻止他了。

甜梨：楚渊哥哥把林医生送到家了吗？

Y：我没送。

阮梨本来心情不好，看到楚渊的回复，瞬间喜上眉梢。

甜梨：林医生喝酒了，你为什么不送送她呀？

Y：我只送女朋友。

Y：和家人。

阮梨咬了咬唇，把"那我岂不是你女朋友"这句话删掉。刚刚她差点就把这话发出去了。

甜梨：楚渊哥哥，你真的不会跟林医生在一起吗？

Y：不会。

阮梨彻底放心了。

Y：下次不许再那样挂我的电话。

甜梨：谁让你开扩音让林医生和我说话？

楚渊拨通语音电话："你为什么不想跟林医生说话？"

楚渊问得突然，阮梨的心顿时跳得像古老时钟的钟摆——本来好好的，突然被人故意拨弄，跳得特别快。

因为她在觊觎你。

因为她想取代我。

阮梨舔了舔唇，说出来的却是："林医生会关心我是因为你，不是真心对我好的。她就是想和我打好关系，等以后需要我帮忙了就会开口，我才不想如她的意。”

虽然楚渊没能听到让自己如意的答案，但是这个回答还是让他薄唇微弯。尤其是阮梨说的那句“我才不想如她的意”，里面似乎藏着很多情绪。

阮梨垂下好看的眼：“还有你来学校那会儿被人拍照发到了学校论坛，林医生的堂妹在学校论坛里说你很快就会成为她的堂姐夫。明明这事八字还没一撇，她就开始胡说八道了。”阮梨越说越愤然，“现在学校里有好多人以为你要跟林知晚在一起了。”阮梨的情绪越来越激动，其中还透着一丝委屈意味。

楚渊喉结轻轻滚动：“别不开心，我会解决的。”阮梨听完楚渊的话，立马就舒心了。

宿舍关灯后，为了不打扰室友休息，阮梨把手机贴在耳边轻轻说：“楚渊哥哥，晚安呀。”

楚渊也回：“晚安，梨梨。”

陈清她们虽然军训很累，但也没那么早睡觉。见阮梨挂了电话，钟雯雯立马说：“梨梨，跟你家楚渊哥哥告完状了？”

“嗯。”

赵静笑嘻嘻的：“梨梨终于开窍啦，打算什么时候表明心意啊？”

阮梨弯着唇道：“我还没想好。”

“大胆上，不用慌！”

“我怕他只把我当妹妹，对我没那方面的意思。”

“那就慢慢来，发挥你的魅力，使劲撩他！”

阮梨抓着被子，脑子有点迷糊。她在感情上宛如白纸，认清自己对楚渊的心思少不了室友们的帮助。

她想了想，虚心地求教：“要怎么撩呀？”

然而，回应她的只有三人的呼吸声。

因为看清了自己的感情，翌日一早，阮梨的心情格外美丽。

这天，阮梨也体会到了跟陈清一样一天被搭讪二十次的那种感觉。阮梨拒绝别人不像陈清拒绝别人那样冷淡，她会很有礼貌地拒绝对方，打消对方的念头。

时间在不知不觉中流逝，一周的时间很快就过去了。

楚渊今天来清大医学系开讲座，还没到开课的时间，教室里已经座无虚席。下午两点一到，楚渊走到讲台上，台下的医学生看到他，开始交头接耳。

他把手里的U盘插入电脑，举止优雅，不管做什么都让人感到赏心悦目。只可惜，这块上好的美玉不属于他们。一想到论坛上有个林小姐说楚渊很快会成为她的堂姐夫，大家就特别羡慕这位林小姐的堂姐。听说林小姐的堂姐也是一名很优秀的医生，和楚医生是一个大学毕业的。所谓近水楼台先得月，果然古人诚不我欺。

投影屏上出现了楚渊今天要讲的讲座课题：先天性心脏病专题知识讲座。

楚渊的讲座千载难逢，不管是研究心脏病的医学生还是其他医学生，只要有机会听上一次，都会受益匪浅。这个讲座足足有两个小时，快到尾声时，大家还意犹未尽。

楚渊看了看表："还有五分钟的时间，大家还有什么想问的吗？"

"楚医生，问私人问题也可以吗？"有学生问。

"可以。"

得到楚渊的答复，一个女孩站起来问："楚医生，我们学校论坛上有人说你很快就要结婚了，这是真的吗？"

楚渊云淡风轻地说："我还没有女朋友，怎么结婚？"

此言一出，台下的人立马议论纷纷：

"所以，那个叫妮妮的人在论坛上说楚医生很快就要成为她的堂姐夫，只是在哗众取宠？亏我们好多人相信了她的话。"

"我就知道这是假的，还好我没信！"

"我也没信！"

"那个林文妮估计没想到楚医生会来清大讲课，还亲自澄清！"

"我看了帖子，那个学妹虚荣心有点强啊。"

…………

又有男生站起来问："楚医生，我能问你要阮梨学妹的微信号吗？"

楚渊不假思索地答："不能。"随后他淡然自若地说："下一个。"

"楚医生，你之后有女朋友了会选择公开吗？"

"会。"

…………

阮梨不知道楚渊今天要来，今天她在后勤部也有不少事情要做。

今天有个女生闹肚子，疼得脸色青白，阮梨送她去医务室，之后还把人送回了寝室。把人送回寝室后，阮梨接了温水递药给她，等人吃了药阮梨才离开。

这时，放在口袋里的手机响起，阮梨掏出手机看到来电显示，立马绽开笑颜："楚渊哥哥。"

"你人在哪儿？"

阮梨甜甜地说："在宿舍呢。刚刚系里有个同学不舒服，我带她去了医务室，又送她回了宿舍。我现在准备去食堂给她带饭。"

楚渊道："我在你的宿舍楼下。"

阮梨已经有好几天没见过楚渊了，她赶回自己的宿舍楼下，一眼就看到楚渊站在树下等她。那道挺拔的身影在徐徐清风中是那么引人注目。

阮梨小跑上去，裙摆晃荡。她一把搂住男人的腰："楚渊哥哥，我好想你呀。"

阮梨的乌发被高高绑起，鬓边留着八字长刘海，她穿着奶黄色的V领收腰连衣裙，踩着小白鞋，搭配轻薄的奶黄色袜子。她的脖子上挂着后勤部的工作证，人跑过来，雪白的脖颈上有一层薄薄的汗。

楚渊低头看她，小姑娘笑靥如花、不施粉黛，如出水芙蓉般亭亭玉立。

楚渊轻抚阮梨额前的发："你跑这么急干吗？"

阮梨笑容不变："我想快点见到你。"

楚渊心口像是有一把干柴，它们似要无火自燃。可他还是那个有耐心的猎人，等他把网织得让他面前的人无路可逃，他才会慢慢收网。

楚渊拿出手帕给阮梨擦汗："新生下午的军训差不多要结束了，我们先去食堂。"

清大的食堂菜品一向丰盛，有很多特别好吃的食物。阮梨坐在座位上等着，不一会儿，楚渊就端着饭菜回来了。

"楚渊哥哥，你今天怎么会来清大？"

"有讲座。"

"所以来看我是顺便的。"阮梨咬着吸管，喝着楚渊给她买的苹果胡萝卜汁。这个意外地好喝，连讨厌吃胡萝卜的阮梨都不抗拒。

"没有你我不会来的。"

阮梨笑得眼睛弯如月牙。

军训结束，食堂里的学生越来越多。阮梨吃完饭，特意给之前不舒服的同学带了一碗热粥。

晚上七点，天色已黑。

阮梨给同学送完粥从宿舍楼上下来，一个貌似在那儿等候多时的男生见到她，立马掏出袋子里的冰棍塞到她手里："阮梨同学，请你吃雪糕。"

"我不……"她的话还没说完，男生就已经走远了。

阮梨拿着绿豆味的雪糕回到楚渊面前。

"男同学给的？"

"嗯，我还没说我不吃，他就跑了。"

阮梨在喝中药调理身体，要忌口，不能吃冰的，除非有时候真的控制不住。柳爷爷说，她偶尔吃一两次冰的还是可以的，可是她这个月已经吃三回了。

楚渊拿过她手里的雪糕随手递给一个路过的男生，那个男生呆呆地接过了雪糕。

楚渊拉起阮梨的手道："走吧。"

两人一路被人看着，阮梨脸颊发热，楚渊则对那些好奇的眼光不以为意。

"平时有很多人给你买吃的？"

"我都拒绝了。"她的言外之意是：是的。

楚渊在阮梨说林知晚的堂妹在校园论坛胡说八道后，去论坛上看过。开学那天，他故意在宿舍楼下抱阮梨，就是不希望太多"小年轻"觊觎阮梨，只是他的计划全被林文妮给毁了。

两人路过操场，并没有停留。阮梨紧紧地跟着楚渊，心想：不管去哪儿，只要陪在她身边的是楚渊就够了。走了大概半个小时，阮梨看到了图书馆。开学之后就是军训，她还没有进过图书馆。

"想不想进去看看？"

"嗯。"

图书馆很大，各类图书琳琅满目。阮梨一进去就发现：清大的学生果然严于律己，几乎没有多余的位子供人坐了。楚渊刚进来就被几个医学生认出来，他们立马围了过来。

"楚医生，我们可以问你几个问题吗？"

“可以。”楚渊低头看向阮梨：“你自己先逛一逛？”

阮梨点头，朝学姐学长们笑了下，看了一眼图书馆里的分类示意图，往美术类图书区走去。阮梨找了五分钟才找到美术类图书，接着开始慢慢地浏览书架上摆放着的书。

大概二十分钟后，楚渊来找她了。

阮梨的注意力全在书上，她根本没发现楚渊。她被书里的内容吸引，站在那里看得津津有味。

楚渊见她捧着书看得这么入迷，迟迟没发现自己，不由得出声道：“梨梨。”

阮梨抬起头看了楚渊一眼：“你怎么来得这么快？”

“只是回答他们几个问题而已。”

阮梨有点不舍得放下书：“楚渊哥哥，你再随便逛逛吧。”

“我不是来看书的，书什么时候都可以看，出去吧。”

“再让我看会儿嘛。”阮梨撒娇。

“五分钟。”五分钟很快过去了，楚渊直接拿走阮梨手里的书。阮梨抬起头，伸手想把书拿回来。楚渊抬起手，把书举高，阮梨踮脚，用手去抓他的手臂。

“楚渊哥哥，再让我看五分钟！”阮梨声音很小，似是怕吵到别人学习。

楚渊没有把书给她。他本就是像汤圆一样的人，外面的皮是白的，馅是黑的，什么君子，一切皆是假象。此时见阮梨念念不忘这本书，他有意逗她玩：“自己来拿。”

阮梨撒娇卖萌，男人不为所动，很快她就累了：“楚渊哥哥，你为老不尊，还欺负我，我回头就告诉奶奶。”阮梨见自己根本不可能拿回那本书，抬脚在他的皮鞋上轻轻地踩了一脚。

楚渊把书放回架子上，不过没有放在原来的位置上，因此以阮梨的身高，她根本够不着这本书。楚渊被踩也并没有生气，只抬手掐了一下阮梨的脸颊：“要看书还是要哥哥？”

阮梨的脸颊被掐得有点红，像是被人嘬了一口。她思忖片刻后说：“你。”

楚渊把阮梨带出图书馆，阮梨的思绪还停留在那本书的内容里。她在心中告诉自己，明日自己一定要过来把它看完。

楚渊走着走着，发现阮梨没有跟上自己，便回头道：“看来还是书比较重要，那我走了？”

阮梨回过神，见楚渊似乎真的要走，略微慌张地上前抓住他的手：“才不是，楚渊哥哥最重要了。”

楚渊抬起她的下颌：“那就想着我，别想书。”

这一刻，阮梨的心跳得很快，她有点呼吸不过来了。她浑身发软，楚渊牵着她往前走，过了好一会儿她才缓过来。

夜里光线昏暗，楚渊牵着阮梨走到图书馆的东北侧，这里有一条长坡，两边青草碧绿，左侧的长廊里，男女成双成对。看到一对情侣偷偷地亲了一下嘴，阮梨顿时满脸通红。

“楚渊哥哥，来这里的好像都是情侣。”

“有的还不是情侣。”

阮梨停下脚步：“楚渊哥哥，我们往回走吧？”

楚渊低头看她：“这里风景不错，你体能不好，顺便锻炼一下。”

阮梨一点都不想锻炼，也不觉得大晚上的这风景有什么好看的。

两人走了好一会儿，光线越来越暗，阮梨气喘吁吁，于是索性坐在椅子上不走了。

突然，阮梨隐约听到了什么声音，下一秒，她的耳朵被楚渊捂住。那暧昧得引人遐想的声音是从两人身后那棵树后传来的，距离他们很近。

耳朵被捂住，阮梨抬眸，撞上楚渊的视线。楚渊的双眼像是有一种魔力，她坠落其中，他看她的眼神很灼热，像是要把她的灵魂给燃烧。

楚渊的眼神太过摄魂夺魄，阮梨的眼睫毛轻轻颤动，灵动得像是蝴蝶的羽翼。或许是承受不住这种感觉，她下意识地闭上了眼睛，担心是自己想多了。

早晚温差大，此时拂面而来的风带走闷热，带来了一丝清凉。两人耳边的声音越来越真切，楚渊见阮梨闭上眼睛，眼里的那股灼热感不降反升。

楚渊的呼吸落在她耳边：“你闭眼睛做什么？”

阮梨的眼睫毛颤动得厉害，抓着裙子的手变得用力了些。她先是故作淡定地睁开一只眼睛，见楚渊过于淡然，心里有点失落。

“我看到飞虫了，害怕虫子飞进眼睛里。”

“我怎么没看到？”

下一秒，有飞虫从两人眼前一闪而过。

阮梨唇角弯起："看吧，我没有骗你。"

楚渊："……"

虽然这天晚上发生了点小意外，不过这并不影响楚渊来看阮梨的美丽心情。

阮梨回到宿舍，陈清她们已经结束军训回来了。

"梨梨，你终于回来啦！"大家看向阮梨的眼神中充满了打趣的意味。

阮梨弯了弯唇："我还给你们带了双皮奶。"

赵静笑得很大声："双皮奶一点也不重要，重要的是你家楚渊哥哥真的好给力，故意来医学院开讲座澄清未婚夫的事！"

钟雯雯也说："我问蒙蒙了，她说林文妮今晚气得都砸手机了。"

赵静开心极了："她那是自食其果。根本没有的事，她还大张旗鼓地在论坛里说，想要炫耀也得事情是真的才行啊。"

阮梨看完楚渊澄清的视频，真实地感受到自己在楚渊心里地位不一般，心里就像吃了一块蜜糖，很甜。她只要楚渊澄清就好，她不想听到别人说楚渊是林文妮未来的堂姐夫、林知晚男朋友之类的话。

陈清翻着手机，突然大声喊道："楚渊上热搜了！"

清大的官方微博发布了楚渊今天参加讲座的视频后，楚渊又引起了一大波关注。林知晚的消息还算灵通，她在点进微博查看词条的时候，还发现有清大的医学生发布了楚渊回答学生提问的视频，其中涉及私人问题。

林知晚听到楚渊对那些私人问题的回应，心脏隐隐作痛。在了解前因后果后，她给林文妮打了个电话："你为什么要在校园论坛里说楚渊是你未来堂姐夫这种话？我不是告诉过你这件事还没成吗？"

林文妮被问得心虚："堂姐，我是觉得你那么优秀，跟楚医生在一起是迟早的事，再说都是因为他们误会阮梨是楚医生的女朋友，我才发帖那么说的。楚医生那样'打'我的脸，我在学校里也没法做人了，他一点面子都不给我，气死我了。"

林知晚不知该说什么好，心道：他连我的面子都不给，又怎么会给你面子？林知晚的眼眶渐渐红了。是她天真了，竟想用利益捆绑楚渊，让他跟她在一起，殊不知他一直是她触不可及的高山，不管她怎么攀登，都永远达不到顶峰。

“肯定是阮梨跟楚渊打小报告了，要不然他怎么会特地来学校‘打’我的脸？我讨厌她。”

“你跟阮梨吵架了？”

“我跟她第一次见面就闹了不愉快。”

林知晚忽然意识到一件事：楚渊是不是喜欢阮梨？

军训半个月，清大的新生黑了好几个度。不过军训虽然很累，其中的快乐却足以让人回味许久。

阮梨的皮肤天生就白，她在后勤部晒的太阳不多，不像王蒙蒙她们那么惨，露出来的皮肤跟没晒过太阳的皮肤对比鲜明。

回到课堂上课，大家还需要时间适应，但一眨眼，国庆来了。

国庆有七天长假，恰巧楚二爷康复训练结束，准备出院。楚二爷出院当天下午，楚家人的车一辆辆开回老宅，热闹不已。阮梨是跟着楚二爷一块儿回老宅的，现在楚二爷还不能久站，他穿着深色中山装，坐在轮椅上。

回来之后，楚二爷就让阮梨去找楚老太太。

一个叔公问：“阿山腿如何了？还能站起来吗？”

楚二爷回：“能站起来，不过走不了多久，医生建议我最近还是多坐轮椅。”

“你跟静蓉也算是死里逃生了！这段时间你就好好养伤，生意上的事，就交给家里的小辈吧。可惜静蓉还昏睡不醒，也不知道还能不能醒。对了，我听说楚渊回绝了林家的亲事，阿山，你怎么不劝劝她？”

楚二爷不紧不慢地道：“阿渊有自己的主意，而且他有本事，不需要靠联姻去争取什么。”这句话说出来，大家不作声了，毕竟楚池的婚事就是他为了争权夺势才有的。

从外面进来的楚三爷接话道：“联姻只不过是为了锦上添花，阿渊还是太年轻了。”

楚二爷见到楚三爷，捏着茶杯的手紧了紧：“我们楚家已经这么有钱、有地位了，还需要添哪朵花？做人还是不要太贪心，免得适得其反。”

半个小时后，阮梨扶着楚老太太来到正厅。楚老太太到了之后，大家纷纷问候她。楚老太太其实很讨厌楚家这些人聚在一起，因为他们都虚与委蛇、假模假样。

楚老太太坐在最中间的位置上："梨梨，你去找阿晃他们玩吧。"

"嗯。"阮梨正好不想留在全是长辈的正厅，她离开正厅后，便去了后院找楚玲和楚晃。楚晃跟阮梨大学不在一个学校，他选择了京大，不过京大就在阮梨学校的隔壁。

小辈们有的在打牌、下棋，有的在制作风筝，他们见阮梨来了，纷纷邀请她一起玩。

"梨梨姐姐，今天下午风大，我们一起到门口放风筝啊！"

"好啊。"阮梨应了下来，跟着小姐妹们一起做风筝去了。做风筝的过程挺愉悦的，大家做完风筝又跑去大门口准备放风筝。

虽然大门口停的车很多，可是中间有一块很大的空地。阮梨想把风筝放起来，只是试了好几次都失败了。最后，风筝还掉在了一辆刚拐进来的车的车头上，司机被吓了一跳，猛踩刹车。

阮梨看了看车牌，发现那是楚池的车。楚池从车里下来，拿起车头上的风筝，目光缓缓投向阮梨。

楚池帮着她们把风筝一一放飞，把最后一个起飞的风筝给了阮梨。

阮梨拿过风筝的线轴："谢谢楚池哥。"风筝飞得不是很稳，她抓着线，不太熟练地操控着风筝。

楚池站在她旁边道："这一个月你在学校还习惯吗？"

阮梨回："都挺好的。"

楚池见风筝越飞越低，扯着线帮她调整了一下："我跟宋佳雪取消婚约了。"

阮梨捏紧线轴，不知该说什么好。这时，楚晃拿着车钥匙从门内出来："梨梨，你往旁边站一站，我要开车出去。"一段时间没见，楚晃似乎又长高了些，刚才他坐着，阮梨没发现。他穿着黑色T恤衫与牛仔裤，染了雾蓝色的头发，此时唇角微弯，不知道是什么事让他这么开心。

"你现在出去，晚饭是不跟我们一块儿吃了吗？"

"嗯，你们吃吧。"他没跟楚池打招呼，上了一辆黑色跑车。车子开出来后，很快消失不见，引擎声越来越远。

然后有一辆车开进来，这辆车，阮梨再熟悉不过。车子停下来后，楚渊从车里下来。

阮梨把手里的风筝线轴给了楚池，纤瘦的身影就像他手里的风筝，虽然线在他手里，可是他无法掌控风筝向往别的天地。

夕阳西下，天边残红，两只风筝在天上越飞越高。楚渊的视线移过来，双眸逐渐变得幽深，让人猜不到他的情绪。

阮梨迎上去："楚渊哥哥，你回来啦。"

楚渊"嗯"了一声："挺有闲情逸致。"

阮梨似乎怕他误会，小声解释道："是我跟浅浅飞不起风筝，楚池哥回来后帮了我们的忙。"

楚渊见阮梨解释，眉头松了松："自己做的风筝？"

"嗯，不然我都快无聊死了。"她抬头，又问，"我说我想吃小蛋糕，你给我买了没有？"

"买了。"

"在哪儿呀？"

正好，司机从车里下来："在我这儿，我这就拿进去冷藏，晚点就可以吃了。"

"谢谢王叔。"阮梨脸上露出笑容。

门口的风的确很大，把她额前的刘海吹得很乱，楚渊替她理了理刘海。

"梨梨，还玩风筝吗？"楚池的声音响起。

阮梨回过头："玩的。"楚池便在那儿等着她。

楚渊温声叮嘱："你再玩会儿风筝就得回屋，免得感冒。"

阮梨回："知道了。"

夕阳落下山头，门口的灯笼亮了起来，阮梨没玩多久风筝就回去了。只是今晚这顿饭她吃得一点都不开心。那些叔叔伯伯都在说楚渊的婚事，提到林知晚，有人说他们门当户对，对方又有意，何乐而不为。

最后还是楚老太太撂下筷子道："行了行了，阿渊要是喜欢那个林知晚，在国外的时候就与她成了，何必等到现在？"

楚渊则道："我有喜欢的人了，就不劳烦叔叔伯伯们操心了。"楚渊不是他们能管的，但他们让他联姻也是为他好。

阮梨在隔壁桌，正用筷子夹起一个丸子，闻言，手一抖，丸子掉到了桌上。她的大脑一片空白。楚渊有喜欢的人了？这是真的还是他为了忽悠长辈而说的？楚渊将目光落到阮梨身上，见她又试图夹起一个丸子吃，可是偏偏夹不起来。

他们停止这个话题以后，楚池就把他跟宋佳雪解除婚约的事当众宣布了。楚三爷听到后，脸色立马变了：“这么大的事情你怎么不和我商量？”

楚池回应：“我自己的婚事我有权利做主。”

楚三爷额上青筋暴起，脸色铁青。要不是人多，楚三爷怕是要把桌子给掀了。

“为什么取消婚约？”许多人问。

阮梨坐在那里浑身不自在。她想楚池会这么做，有一部分原因在于她。她觉得宋佳雪同样是一个值得被爱的好女孩，倘若楚池不那么执着于她，跟宋佳雪好好相处，或许那会是一段金玉良缘。

楚池回得冷漠：“我觉得没必要跟她联姻便解除了婚约。”

晚饭后，阮梨消了会儿食，而后就在偏厅吃楚渊买的小蛋糕和解腻的酸梅汁，但有些心不在焉。起初她是纠结于楚渊嘴里说的喜欢的人是谁，后来是在想姨。楚家家宴，姨很少不在，今天又是节日，饭桌上没有她，阮梨心里很难受。

今晚的月亮特别圆，电视里放着国庆晚会。年轻人大多数是坐不住的，很快就走的走、散的散。

阮梨耷拉着脑袋坐在沙发上，忽闻淡淡的酒气。她抬眸，见是楚渊来了。他领口的扣子开了几颗，脖子处的皮肤泛着红。他虽然喝酒了，不过没醉，少了点清风明月般的优雅气质，多了一丝性感。

“楚渊哥哥，你喝醉了吗？”

“没喝醉。”楚渊看着她，“你在这里想什么？怎么一脸不开心？”

阮梨顿了顿，语气低落地道：“我想姨了。”

女孩的心情大概就是会一天之内反反复复、上上下下吧？

楚渊朝她伸出手：“那就去医院看她。”

阮梨愣了下：“现在吗？”

“你不是想她了？”

“是想的。”

“走吧。”

阮梨把手放在楚渊的手心里，楚渊握住她的手，把她拉起来往外走。

两人从偏厅里出来，没有撞见谁，很快就到了门口。阮梨开口道：“我们要不要跟二叔说一声？”

“晚些在电话里说便好。”

他们到了外面后，司机已经在车里等着了。阮梨上车之后，把车窗降下三分之二。车启动后，她望着窗外掠过的树影，还有点蒙。

楚渊闭着眼在小憩，车内光线太昏暗，阮梨不禁凑了过去，想看得仔细些。只是，楚渊一直放在裤袋里的手机突然振动了起来，阮梨被吓了一跳，正襟危坐。

楚渊拿出手机，接了电话：“梨梨想她姨，我们在去医院的路上。嗯，知道了，我会照顾好她……”

路上花了一个小时，两人到医院时，已经十点多了。阮梨在病房里看到阮静蓉，总算是心安了不少。阮静蓉沉睡了四个月，瘦了好多，看到她瘦弱的手腕，阮梨难过不已。

阮梨问：“楚渊哥哥，我姨真的会醒吗？”

楚渊肯定地道：“会。”

有值班的医生过来给阮静蓉做基本检查，检查结束后，楚渊出去和他聊了一会儿。

“今天晚上护工说给病人擦拭身体的时候，病人的手指动了。”

“如何？”

“我来检查时，她是没有任何反应的，如果护工没有看错的话，她的意识应该是短暂恢复过，但是她想要醒来，还要过一段时间，得一步一步地来。”

“谢谢。”

楚渊没有立刻回病房，而是去办公室给阮梨拿糖了。他拿糖耽搁了些时间，回到病房时，阮梨坐在床边，已经握着阮静蓉的手睡着了。她微微张着嘴巴，呼吸浅浅。

楚渊反手把门关了，上前蹲下身子，在阮梨的眉间亲了一下。他不是第一次这么做，虽然这种行为很恶劣，但他还是这么做了。亲了一下他还觉得不够，又亲了她的脸颊、鼻子……

林知晚过来的时候正好看到了这一幕，手里的咖啡没拿稳，砰的一声掉在了地上。楚渊听到声音，缓缓地抬起头来。看到这一幕的还有谢烊，他嘴巴张着，久久没有合拢。

面对他们，楚渊内心没有任何波澜，坦坦荡荡的，好似自己并没有做什么事。

林知晚眼睛红红的，转身离开了。她的猜想是真的，楚渊喜欢阮梨。她就说啊，生活中那么冷漠不近人情的楚渊怎么会对阮梨如此偏宠，原来他是暗藏私心。

亲眼看到自己喜欢的男人偷亲另外一个女人，林知晚的心情一时间无法平静。

谢烊则是站在原地，不知所措。林知晚喜欢楚渊这件事在他们医院已经不是什么秘密了，很多人挺看好她的。

阮梨在咖啡杯坠地的那个瞬间被吓了一跳，条件反射地直起腰来，说：“什么声音？”

楚渊嗓音轻缓地道：“没什么，无须在意。”

“你刚才去哪里了？我等你都等困了。”

“我去给你拿糖了。”

阮梨抬眸：“糖呢？”

楚渊摊开手心。阮梨眉开眼笑，把糖纸剥开，迫不及待地把糖放进嘴里。

“心情有好些了吗？”楚渊问。

“有呀。”从楚渊把她带来医院看姨开始，她就不难过了。她真的越来越喜欢楚渊了，他对她很好，让她沉沦。

阮梨一边的脸颊鼓鼓的，目光投向门外。看到在门口站着的谢烊，阮梨愣了一下，打招呼道：“谢医生，晚上好。”

“晚上好，小梨梨。”谢烊挤出一抹笑。

阮梨问：“谢医生，你怎么不进来？”

“梨梨，你怎么会喜欢楚渊这种脾气坏的老狐狸啊？”谢烊的眼神幽怨不已，话中还有点调侃的味道。

阮梨的耳根子一下子就红了。她有点慌张，不明白谢烊怎么会这么说。难道说，她刚才表露出的样子让谢烊发现她喜欢楚渊了？阮梨的心一下子提了起来，她慌慌张张地掩饰道：“谢医生，你在说什么呀？”

嗯？他明白了！难怪是偷亲！好啊！光风霁月的“高岭之花”也会偷偷摸摸地占人便宜。也是，阮梨那么单纯，年纪又还小，在男女之事上指不定像张白纸一样还没开窍，楚渊的追妻之路还很漫长。

一时间，谢烊脑子里想了很多，但最后他只咳嗽了一声，说：“没什么，我就是想拐个弯骂一骂你家楚渊哥哥！”

阮梨：“……”她是单纯，可是没那么好骗。但谢烊没有拆穿她，这让她松了口气。

楚渊警告道："你不要给我添乱。"

谢烊还挺想添乱的，可惜他有贼心没有贼胆。于是他看向走廊外面的夜色，说："今晚的月亮那么圆，我下楼散散步，顺便思考一下人生，再见！"谢烊暗自腹诽：难怪他不肯给我小梨梨的微信号，难怪我跟小梨梨说两句话他就生气！他以前藏得可真深！

阮梨舔了舔唇，偷偷瞄了一眼楚渊。睫毛轻颤，她不知道该说点什么好。难道她要说"谢医生说我喜欢你，你怎么一点反应都没有"？虽然她装糊涂了，可是楚渊怎么不问问？

楚渊缓缓启唇："时间不早了，回去吧。"

公寓里，阮梨洗完澡，丧气地躺在床上，给王蒙蒙发消息。

甜梨：我今天去医院，谢医生发现我喜欢楚渊了。他当着楚渊的面挑明了这事，我一时紧张，没有承认。

王蒙蒙：然后呢、然后呢？

甜梨：然后谢医生放了我一马，楚渊没把这事放在心上。

王蒙蒙：男追女隔重山，女追男隔层纱，小宝贝，勇敢出击！

甜梨：我没有经验！

王蒙蒙甩来了几本小说的链接。

王蒙蒙：好好学习。

甜梨：我看看。都好长啊，有没有更快的办法？

王蒙蒙：我想想……你要是不敢明着表白，可以先用美人计试探试探他对你有没有感觉。

甜梨：怎么用美人计试探？

王蒙蒙：听他的心跳，你靠近他的时候，他的心跳要是乱了，他就一定喜欢你。

甜梨：可行！

这事说得容易，要施展起来还是有点困难的。楚渊很忙，总是早出晚归，好不容易放假，也不空出点时间陪陪阮梨。

不过，她有老天爷助阵。

阮梨放假的第五天，夜里大雨滂沱，电闪雷鸣。她把房间的窗帘拉得密不透光，把灯打开。她想，今晚楚渊回来的话，她或许可以找个理由亲近他了。

夜里九点，她独自一人待在偌大的公寓里有些害怕，很快，楚渊给她打来了语音电话："我还有十五分钟到家。"

阮梨"嗯"了一声："楚渊哥哥，你让司机不要开得太快，雨下得好大，要注意安全。"

"好。"

阮梨拿着手机下楼，准备在楼下的客厅里等楚渊回来。她心不在焉地翻看着手里的书本，在心里数着时间。

雨夜，雨刮器发出细微的声响，楚渊的车子停在路中间。司机道："前面发生车祸，堵车了，估计要等会儿才能通行。"

"到哪儿了？"

"云景东路。"

楚渊想了想，道："把伞给我。"

十五分钟很快过去，阮梨不见楚渊回来，心想估计是下雨天路上堵车了。

嘀的一声，玄关处的自动感应灯亮起，是楚渊回来了。阮梨听到动静，马上从沙发上起来，鞋子都没有穿就跑了过去。

外面的雨下得很大，楚渊手里的雨伞不停地滴着水，衣服和裤腿湿了，一阵凉意扑面而来。阮梨身上穿着一件纯棉吊带碎花款式的睡裙，长发披着，细腰不盈一握。

楚渊垂下眼道："怎么不穿鞋？"

"我有穿袜子呀。"阮梨抿了抿唇，"你身上都湿透了，冷不冷呀？"

"不冷。"楚渊换了拖鞋。

阮梨握住他的手，发现他的手很冰冷："楚渊哥哥，你的手像冰棍一样，我都说了我不急……"

"是我担心你会害怕。"清越的嗓音钻进她的耳朵，直击她的心灵。

阮梨心动不已。

她想：这么好的人要是我的多好。于是她上前抱住楚渊的腰："梨梨也担心你会感冒。我抱一抱哥哥，给你暖一暖。"

这个拥抱让楚渊的眸色越发深沉："这样会把你的衣服弄湿的。"

"可以换呀。"阮梨忽然踮起脚，可是还是够不着男人的脸，"楚渊哥哥，你把头低一下。"

楚渊配合她低下头。顷刻间，他的脸颊上传来温软的触感。

楚渊的声音沉了下来："梨梨，你在做什么？"

"我在表达感谢。"阮梨亲完他后，呼吸急促，双腿有点软，她差点就站不稳了。她张嘴呼吸，把手落在楚渊的胸口，贴着他，感受他的心跳。然而，他的心跳平稳，根本没有加快，真的没有……

阮梨把手拿开，不愿意面对试探后的结果。她的心重重地坠落，一股难受的滋味充斥着她的心。一时之间，她不知该如何是好。

楚渊手攥紧片刻又松开。阮梨只是在表达感谢，他若是逾矩了，恐怕会吓到她。

楚渊拿开她搭在他腰上的手："表达感谢的方法有很多种。对于女性，你可以用亲吻表达感谢；但是对男性，这种行为不可取。"

阮梨解释道："因为你对我好，我才想亲你的。"

当然，她还有一个目的，就是想试探楚渊对她的心思。可试探的结果让她不敢坦白、不敢表明心迹，她害怕自己一旦说了，两人的关系就再也回不到从前。

"男女有别，亲吻只有男女朋友之间、夫妻之间才能做。我对你再好，你也不能用这种方式向我表达感谢。"楚渊希望她能明白这一点。

"知……知道了。"她低着头，难过得不知所措。

楚渊顿了顿："你真的明白了吗？"

阮梨吞吞吐吐地道："明白了，我以后不会这样做了。"

楚渊："……"他想让阮梨掉入他的陷阱，可是她没有，只是乖巧地认错。

楚渊无奈地道："我要上楼换身衣服，你一个人待在房间里可以吗？"

"我可以，只要不是一个人在家、不停电，我就不怕。"

"好。"楚渊走得很快。

楚渊上楼后，阮梨在原地站了一会儿，而后逃似的回到房间，躺在床上，失魂落魄。感觉脸颊冰冰凉凉，有眼泪落下来，她手忙脚乱地擦拭着脸。

微信消息提示音突然响起。

王蒙蒙：梨梨，怎么样？怎么样？你试探完了吗？

王蒙蒙：不会试出火了吧？

王蒙蒙：我家小宝贝不会被楚医生吃掉了吧？

阮梨拿过手机回复。

甜梨：我亲他了，他的心跳没有加快，一点也没有。

王蒙蒙：怎么会这样？

王蒙蒙：梨梨，这种方法不一定靠谱，楚医生的性子本就是很冷静的，这兴许是跟他的性子有关。

甜梨：他还把我教育了一顿。

甜梨：他就是把我当妹妹。

第一次试探就以失败告终，阮梨哪里还有心思再接再厉？她还觉得有点丢脸。明天她要怎么面对楚渊啊？

第二天一早，楚渊给她发了微信消息，说早上有一台手术。他提前一个小时去了医院。阮梨吃过早餐后就让陈叔送她回老宅了。她在老宅住了一天，国庆假期结束，接着她就回了学校。

阮梨的室友们都回来了。一星期不见，她们话很多，只是阮梨在发呆，一脸心事重重。

陈清担心道："梨梨，发生什么事了？"

阮梨回过神来："没事呀，我就是在想事情。"

赵静问："这几天，你跟楚医生有没有进展啊？"

赵静跟钟雯雯对阮梨很有信心，觉得她主动追求楚渊，楚渊一定不会拒绝。

阮梨回："我们能有什么进展？"她好像要哭出来了一样，"他根本不喜欢我。"

她们怎么会感觉错呢？不可能。

于是赵静跟钟雯雯追问道："你表白了？"

"没有。"

"那你怎么知道的？"

"他的心跳一点都不快。"

钟雯雯说："你把具体情况跟我们讲讲，我们帮你分析分析。"

阮梨根本不愿再回想那晚的事情，不想说。她们倒也没有勉强她："好梨梨，别不开心，这肯定是个误会，你家楚医生根本不可能对你无动于衷的。"但是阮梨很介意自己亲楚渊时楚渊的心跳没有加速这件事，并不相信楚渊喜欢她。

夜里，楚渊来了电话，阮梨没接到。她看到未接来电的时候，原本是想回电话的，可是心里又难过，就没打回去。

甜梨：楚渊哥哥，室友睡得早，我就不和你打语音电话了。

Y：好，晚安。

阮梨回复了一个"月亮"的表情，楚渊看到后问：你在跟我生气吗？

甜梨：没有呀。

Y：你平时从不给我发这个。

阮梨发去一个表情包，有点敷衍的意思。

Y：那晚我没有责怪你的意思，只是想让你知道，跟你最亲密的人才能与你亲吻。

甜梨：我懂，我没生气。

甜梨：楚渊哥哥，晚安。

阮梨觉得自己也不能因为楚渊不喜欢自己就乱发脾气。她虽然很难接受这件事，但会努力试着接受的。

阮梨心情不好就喜欢画画，这两天她早出晚归，大部分时间不是在上课，就是在画室或者图书馆。

周五早上，楚渊发来微信消息。

Y：校外的画室已经可以用了，明天王叔会带你过去。

甜梨：你为什么不来呀？

Y：我要出差几天。

甜梨：好。

Y：等我回来。

周六上午，阮梨没课，王叔带她去了画室，王蒙蒙陪她一起。画室的地理位置特别好，是复式的，外面还有一个院子，一楼有休息区、娱乐房，二楼是卧室，也可以用来学习。画室的空间很大，所有画画的工具已准备齐全。

“门口的锁全是指纹加密码的，来，我给你录入指纹。”

“好。”阮梨的唇微微弯起，“王叔，给蒙蒙也弄一个。”

他们在画室里待到中午，阮梨下午有课，吃过午饭后，便和王蒙蒙回了学校。

一连几天，阮梨一有空就往画室跑。

今天阮梨课程很满，身上的衣服在画画的时候被弄脏了，她准备回宿舍换一身衣服。

她刚从教学楼里出来，便被叫住了。

“梨梨。”阮梨看过去，发现楚池在路灯下站着。

“楚池哥，你怎么来了？”

楚池手插着裤袋走到阮梨面前：“来找你一起吃顿晚饭。你不愿意也没关系，你可以拒绝我。”楚池的态度和上次不一样。上一次，他来得突然，态度又强势，结果被拒绝了。他应该是意识到了太过强势会让阮梨对他产生敬畏和害怕的情绪。

阮梨考虑了片刻，觉得自己不管如何还是要跟楚池说清楚他们之间真的没有一丝可能，于是问：“在学校里吃可以吗？”

“当然可以。”

“我衣服脏了，我得回去换一件。”

“我同你一块儿走。”

另一头，楚渊出差回来，先回了一趟东陵医院——院长有话找他聊。等他从院长办公室里出来，谢烊已恭候多时：“楚医生，想不到你是这种人。”

楚渊面不改色地道：“我说过让你少惹我。”

谢烊觉得自己骨头硬了，无所畏惧：“你这就要走？是要去找小梨梨啊？别以为我不知道，那晚你偷亲她，就等着我揭穿你，嘿嘿嘿，我偏不如你的意。”

“你说不说都不重要。”

谢烊承认自己就是一个损友：“你就嘴硬吧。你想诱梨梨情窦初开，又怕自己过于生猛吓着她，楚渊，你也有今天！”

楚渊没说什么。他先前的确是如此打算的，只不过现在他发现，他过于隐晦的表达阮梨根本不懂，他并不打算一直这么下去，他得让她知道他对她的心思。

阮梨换了一身干净的衣服后带楚池去了校食堂三楼。这里只可以用饭卡，所以吃饭的钱是阮梨出的。

“让梨梨破费了，下次楚池哥带你去外面吃好吃的。”

“没关系，食堂里的东西好吃又不贵。”

楚池笑了：“再好吃，吃多了也会腻。清大附近有很多好吃的餐馆，我明天给你整理几家店的清单，你要是吃腻了食堂里的东西，可以去试试。”

阮梨想起赵静她们去附近吃饭，那些店在网上好评度很高，结果全是营销出来的，她们说难吃来着。她又想起来楚池是清大金融系毕业的，校内名人榜上有他的名字，于是应了声“好”。楚池在清大生活过四年，对清大必然比她了解。

阮梨还是挺拘谨的，不知该怎么跟楚池相处。

“梨梨，我这次来找你只是单纯地和你吃个饭，你就和从前一样，把我当作哥哥对待就行。”

“我做不到，楚池哥，我觉得我们……”

“梨梨，我好不容易抽出时间来找你，你可以不对我这么狠心吗？”

阮梨咬了咬唇。楚池在她犹豫间，直接岔开了话题。

吃过晚饭，阮梨对楚池倒是没那么戒备了。楚池是一个成功的商人，太懂得说话的艺术，很轻易地就把节奏给带了起来，不让阮梨有任何跟他摊牌的机会。

两人路过篮球场，一个篮球飞了过来，阮梨被吓了一跳。楚池转身护住她，篮球直接砸在了他的背上。他今天穿的是白色衬衫，后背脏了。

刘今跑过来道：“抱歉、抱歉，你们没事吧？”

“打球小心点。”楚池看他的眼神中泛着冷意。

刘今摸了摸鼻子，而后发现了阮梨。原来他的球差点就砸在阮梨身上了，幸好这个男人替她挡住了，否则，以阮梨的小身板，她估计会受伤。

刘今自从献上了祝福之后就没有再跟阮梨联系过。两人是加了微信，但从来没聊过。他之前听说阮梨中暑，本想问候一下她，可是一想到阮梨已经心有所属，就打起了退堂鼓，断了心思。

“梨梨。”刘今还是想和她打个招呼。

阮梨抬眸道：“刘今，是你呀。”

“抱歉，我的球差点砸到你了。”

“没关系。”阮梨转而问：“楚池哥，你还好吧？”

“我没事。”

刘今心道：又是姓楚的？

楚渊已经足够让他有压迫感了，他面前的楚池和楚渊气势差不多，只是没那么让人毛骨悚然而已。楚池更像领导，他多少有些不自在。

刘今承认自己尿：“梨梨，我不打扰你们了。我继续打球了。”

阮梨想起什么，叫住他：“刘今，你等一下，我有件事想问你来着。”

“行，你问。”

因为问题涉及楚渊，楚池跟楚渊的关系十分微妙，阮梨想了想，道：“楚池哥，我跟同学到那边聊一下。”

“别太久。”楚池心里有些不愉悦，还有些烦躁，不过他没表现出来。阮梨有事避开他问，这无疑让他感觉到了两人之间的分界线还是存在的，那分界线并没有因为现在他们心平气和地一块儿散步聊天就消失。

和楚池离得够远之后，刘今问：“梨梨，你想问我什么？”

阮梨回：“我就是想问问你开学那天为什么祝福我跟楚渊。”

刘今蹙眉道：“你不是跟楚渊在一起了吗？”

阮梨一脸疑惑：“我什么时候跟他在一起了？”她的确喜欢楚渊，还因为他被自己亲时心跳没有加速而难过了许久，可是，他们根本没走到那一步，是什么给了刘今这种错觉？明明刘今一共才见过楚渊三次。

“你们都接吻了还没在一起吗？”刘今的眉头皱得更深了。

“我……我们什么时候……”阮梨脸红了，“接吻”两个字，她迟迟说不出口。

刘今继续道：“毕业聚会那天晚上，你喝醉了，我看到你们在车上接吻，就以为你们在一起了。你不记得了？”

阮梨怔怔的：“我第二天醒来就忘了。”

刘今：“……”

不出意外的话，楚渊肯定是喜欢阮梨的；至于阮梨，她应该也是喜欢楚渊的，否则怎么会那么依赖对方？

跟刘今谈完话，阮梨人都蒙了。她脸颊发热，楚池在她耳边说话，她根本没有听进去。原来那晚，楚渊哥哥和她接吻了……

直到前面有一辆自行车骑过来，车铃被摁得铛铛响，她的手臂被楚池拽了一下，她才回过神来。

楚池问：“你跟同学聊了什么，想得这么投入？”

“没……没什么。”

楚池突然说：“梨梨，楚渊能做到的，我也可以做到。”

“楚渊哥哥是没有人可以取代的。”阮梨不假思索地道。

“我没想取代他。我只是……”楚池的话未说完，手机响起，有电话打进来。他接完电话后说：“梨梨，我送你回宿舍。我还有事，得回去处理。”

“不用送。楚池哥要是有事，可以先回去。”

“不差这点时间，走吧。”

楚池坚持要送阮梨回宿舍楼，阮梨不好说什么。她脑子里想的全是她跟楚渊接过吻这件事。想着想着，她走到了宿舍楼下，一抹熟悉的身影落入她的眼中——是楚渊，他出差回来了。

YAOYIKOUTIANLI

第六章

定情

夜里七点，天色昏暗，宿舍楼下的路灯已经亮起。楚渊穿着黑色衬衫和西裤，袖口被挽了起来，挺拔的身影十分迷人。他拿着手机，薄唇微微抿着，那双瑞凤眼中透着一股冷意，周身散发着一股让人心里犯怵的气息。

此时王蒙蒙她们从另一个方向回来，正好看到了如此精彩的一幕。

阮梨愣了一下，本想小跑过去，结果被楚池拉住了："梨梨，等等。"

"怎……怎么了？"

"你头顶落东西了，我帮你拿掉。"这倒不是多亲昵的动作，楚池拿掉她头顶的落叶后，松开她的手，"下次我再带你出去吃好吃的。"

阮梨垂下眼道："谢谢楚池哥，不过你告诉我校外有哪些好吃的餐馆就可以了，我可以跟朋友一起去。"虽然楚池不让她表明态度，但是她依然拒绝了他的下次邀请。

说完，阮梨便毫不犹豫地奔向了楚渊。

楚池知道，在阮梨转身的那一瞬间，他就输得一塌糊涂了。

楚池不太记得自己是从什么时候开始喜欢阮梨的，但他永远记得在他最难过的那天，阮梨朝他笑得梨涡浅浅。

她安慰他："楚池哥哥，你别不开心，梨梨请你吃糖。"

…………

阮梨站到楚渊面前，有点不知所措："楚渊哥哥。"

"嗯。"楚渊问她，"晚饭跟楚池一起吃过了是吗？"

"吃过了，吃的盖浇饭，还点了鸡汤喝。你吃了吗？"

"哦，没有。"

阮梨想，楚渊肯定是来找她一起吃晚饭的，可是她已经和楚池一起吃了晚饭。她顿时心生愧疚，握住他的手："食堂里已经没有菜了，我陪你去外面吃。"

他又淡淡地"嗯"了一声。

阮梨找了一家离画室比较近的餐厅，楚渊一直在吃饭，并没有和她说什么。楚渊看上去似乎没有介意阮梨跟楚池单独相处的事，但阮梨觉得他在介意。

可是，楚渊哥哥又不喜欢她，为什么要介意这件事啊？那个吻又是怎么回事？阮梨越想心里越堵："楚渊哥哥，我跟楚池哥就是一起吃了顿晚饭，在学校里散了会儿步消食，你为什么要生气啊？"

"我没有生气。"

"你明明就生气了，一直不和我说话。"阮梨委屈得不行。

楚渊放下筷子，把杯里的清茶一饮而尽，起身道："走吧。"

"去哪儿？"阮梨一脸迷茫。楚渊没说什么，牵起她的手径直往外走。

"你根本就没吃几口饭，怎么不吃了啊？"

楚渊根本不理她。从餐馆里出来，楚渊一直拉着她往前走，步履很快。没过多久，两人便到了画室。在楚渊用指纹打开院子的铁门后，院子里的感应灯亮起。啪的一声响，大门的锁被解开，楚渊推开门，一把把她拉进屋内，又砰地将门给关上。

屋里没有开灯，阮梨有些害怕，于是伸手摸索着墙壁上的开关，只是还没摸到就被楚渊扣住了腰。她的下颌被捏住，男人的指腹摁在她的下唇上，男性荷尔蒙铺天盖地地朝她袭来，将她裹挟住。

楚渊的呼吸轻拂过她的额头，她的唇被吻住。

阮梨还没反应过来，唇齿就已经被撬开，清茶的淡香在她的唇齿间荡开，楚渊温热的掌心覆在她的后颈上。

他强势，呼吸沉沉，吮着她红唇的力道很重，她无处可逃也无力招架，身子软绵无力。她挣扎着，双手很不安分，然后就被一只手扼住，摁在了头顶。

楚渊的气息喷在她的耳边："为什么不接我的电话？"说完他咬了下她的耳垂，似是在惩罚她。

阮梨的身体颤了颤。身处黑暗中的楚渊像是掠夺者，很危险，阮梨的脑子晕乎乎的，根本转不过弯来。

"楚池摸你脑袋的时候你为什么不躲开？"楚渊再次发问。

阮梨的睫毛不停地颤抖，像是被人追赶的蝴蝶，她惊慌失措。等不到阮梨的答案，楚渊重新堵住她的唇，吻得比之前更重了。

阮梨不会换气，就在她要呼吸不过来的时候，楚渊终于放过了她，用扣在她腰上的手慢条斯理地摩挲着她细嫩的皮肤。阮梨得以喘气，深呼吸一口，憋了许久的眼泪终于掉下来："你不是说，亲吻是男女朋友才能做的事吗？你又不是我男朋友。"

"从现在开始是了。"

"才不是、才不是，我不同意！"

"那就不是。"

阮梨很难受："那我就找别的男人谈恋爱去。"楚渊亲她的时候一点都不温柔，把她咬得好痛。

楚渊松开钳制她的手，抱着她，用薄唇碰着她的耳垂，似是在撩拨她："梨梨，你只能跟我谈恋爱。"说完他又开始亲吻她。

阮梨还生着气："你不许亲我，不许。"

楚渊给她擦眼泪："梨梨，我做不到。"

阮梨软声道："我要给奶奶打电话，你就会欺负我，我的嘴巴被你咬得痛死了。"

她拿出手机，才发现楚渊给她打了好几个电话，但她把手机调成静音模式了，根本没有听到。

阮梨前一秒还很生气，看到这几通未接电话后，吸了吸鼻子，突然就不生气了。

她犹豫了下，反手抱住了楚渊的腰。

"对不起呀，楚渊哥哥，我的手机静音了，我没听到。还有，楚池哥没有摸我的脑袋，只是帮我拿掉了落在我头上的树叶，你别生气。”

楚渊嗓音喑哑：“梨梨，我这是吃醋了。”

“吃醋了也不能亲我亲得这么野蛮。”

“好。”他捧起她的脸，再次亲吻她。这一次，他亲得很温柔，在她的额头、眼睛、鼻子上，一下又一下地亲着。

阮梨的心跳得很快，她哪里想得到，楚渊会那样深而缠绵地吻她？只是她还是很介意自己上次亲他时他的心跳没有任何加速的迹象，于是把人推开，问道：“你又不喜欢我，为什么吃醋呀？”

“我喜欢你。”楚渊回。

“你骗人。”阮梨咬了咬唇，“我上次亲你，你的心跳一点都不快。”

楚渊拉住她的手贴在自己的胸口上：“你再亲一次试试？”

手轻轻贴着男人的胸口，阮梨感受到一阵温热，还在踌躇犹豫，可是楚渊的声音在她的脑海里挥散不去，似有魔力般在蛊惑着她。楚渊并不催促她，只默默地等着。

“我看不见。”阮梨找出了一个蹩脚的借口。

啪的一声，一盏灯亮起。灯光昏黄，整个画室里的亮度提高。阮梨对上楚渊的目光，他眼里那股滚烫的热意让她腿软。

阮梨拽着他的衣领，踮起脚，楚渊配合地低下头。

阮梨本来只是想亲他的脸颊，可是他偏过头，两人的唇再次触碰到一起。两人呼吸纠缠，她贴在男人胸口的手感受到男人的心跳猛然加快了。

阮梨有些想不明白。为什么会这样呀？为什么上一次他一点反应都没有？她正疑惑着，楚渊忽然握住她贴在他胸口的手，用另一只手覆在她的脑后，再一次缠绵地亲吻过来。只是这一次，他多了些温柔。

她像是落水的旱鸭子，紧紧攀附着唯一能够救她的稻草，似要溺死在这个温柔缠绵的亲吻里了。

过了良久，阮梨捂住自己发麻的唇道：“不要了。”

楚渊含住她的耳垂重重地吮了一下，克制着体内沸腾叫嚣的欲望。他的嗓音哑得不像话：“好，不亲了。”

阮梨的手还贴在他的胸膛上：“楚渊哥哥，你的心脏这一次为什么会跳得这么快？”

楚渊解释道："我没有控制它。"他是外科医生，拿手术刀的时候要足够冷静，是不可以紧张的，所以在控制心跳这方面，他是特地训练过的。

阮梨将头埋在他的胸口，听着他铿锵有力的心跳声，眉眼间全是欢喜之意。

楚渊将下颌抵在她的脑袋上："现在相信我喜欢你了吗？"

"嗯。"阮梨搂着他，甜甜地表明心意，"我也喜欢楚渊哥哥。"

楚渊轻抚着她的头发："要跟我谈恋爱吗？"

阮梨蹭他的胸口："要谈，要楚渊哥哥做我的男朋友。"

楚渊喉咙里溢出一声轻笑。他性子冷，能笑出声，必然是高兴极了。

阮梨抬起头，看到了楚渊笑着的样子。他本就生得好看，笑起来更加迷人了。阮梨鬼使神差地在他的下巴上亲了一口："楚渊哥哥笑起来最迷人了，以后要多笑一笑。"

楚渊脸上笑意不散。他又吻住她，缠着她亲了好一会儿。

阮梨轻喘着气："楚渊哥哥，你的手机响了。"

"不管……"楚渊眸色很沉，他调整了一下姿势，尽量不让他们贴得太紧。

阮梨这么清醒地跟楚渊亲密接触还是第一次。楚渊的身体极具力量感，手臂肌肉结实，双腿修长，很性感。

他换了个话题，说："楚池下次再来找你，你要拒绝他，不要和他出去吃饭，不要陪他散步。"

"知道了，楚渊哥哥醋味好重呀。"阮梨打趣他。此时，阮梨眸若春水，红唇被他亲得水光潋滟，像饱满又多汁的樱桃。

如果自己想做点什么，她逃不掉。楚渊想到这里，眼神里多了一丝别的意味。

阮梨睫毛颤抖，她抬手捂住他的眼睛："我今天在篮球场遇到刘今了，他说毕业聚会那晚看到我们在车里接吻。你好坏呀，趁我喝醉偷亲我。"

楚渊笑意加深："是你同意让我亲的。"他紧紧搂着她，"还没想起来吗？"

她同意的？

楚渊蛊惑她："想不起来的话，我再好好帮你回忆一下。"

就在他的唇又要落下来时，阮梨想起来了。她不是没想起来过，只是以为那是梦："楚渊哥哥，你这是诱导性地占我便宜。"

楚渊"嗯"了一声，亲她的掌心："重来一次，我还是会这么做。"

手心传来微痒酥麻的感觉，她收回手："大坏蛋。"

楚渊："我承认我是。"

可她偏偏喜欢这个大坏蛋，就算他对她做了坏事她也喜欢。

楚渊晚饭没怎么吃，两人闹了这么会儿也饿了，于是他让人送来了外卖。

画室里灯光暖融融的，阮梨正拿着酸奶喝。她哼着歌，拿着画笔，心情很好地在面前的画板上涂鸦。

没一会儿，有人给她打来了电话，电话是陈清打来的："梨梨，你今晚还回宿舍吗？回的话现在要赶回来了，还有半个小时宿舍楼就要关门了。"

阮梨告诉她："回呀，我在画室这里。"

陈清担心她会着急，便说："半个小时内赶回来有点赶，你画室里有床，也有换洗的衣服，你可以明早再回来。"

阮梨放下画笔："我一个人在这里睡会害怕。"

陈清想了想，说："那我出去陪你？"

阮梨寻思着可行性，下一秒，她的手机就被楚渊拿走了："不用了，我会留下来陪她。"

电话被挂断以后，阮梨的脸白里透红："楚渊哥哥，画室里只有一张床，你留下来睡哪儿？"

"楼下不是有沙发？将就一晚。"虽然楼下的沙发够大，可是楚渊养尊处优，哪能睡沙发啊？

"我们回公寓吧。"

"公寓太远了，沙发可以睡，我就不来回跑了。"

阮梨想，自己跑回去也很晚了，她又嗜睡，明日能不能早起还不一定，于是答应了。

楚渊看着她道："时候不早了，早点洗漱。"

"那你呢？"

"我还要处理点事。"

阮梨这幅涂鸦的画很有层次感，她做完最后的处理，上楼打开衣柜，找出睡裙和内衣。

浴室在楼下，够大，里面还有浴缸，盥洗台上放着瓶瓶罐罐，全是护肤品。

阮梨洗完澡，吹干头发、护好肤之后出来，发现楚渊坐在沙发上，长腿交叠着，正拿着一份文件在看。虽然楚渊大多数时间待在医院，但他的手术安排很少，很多时候，他都是在处理生意上的事。

阮梨有些紧张，以前他们住一起的时候她倒不会如此。

她的手机就在桌子上，一直有人给她发微信消息。

阮梨上前拿过手机，脱了拖鞋，往沙发上一坐："楚渊哥哥，我洗好了。"

楚渊抬眸。刚沐浴出来的人儿秀色可餐，他敛了敛目光，问："肚子饿不饿？"

阮梨摇摇头："我不饿。我先回室友的消息。"

"好，我去洗漱一下。"他在文件上签完字，将文件合起来。

"新的浴巾我帮你拿出来了，蓝色的那条，放在架子上。"

楚渊出差回来的行李还放在车子的后备厢里，但他提前从行李箱里拿了睡衣和明天要穿的衣服出来，此时这些衣服就放在沙发上，他拿起那套睡衣往浴室走去。

微信群里。

雯雯：梨梨，你哄好楚医生了？

我是静静：他们都要一起在画室过夜了，想必是哄好了。

雯雯：我一想到那个画面就头皮发麻。

我是静静：你明明跟打了鸡血一样兴奋。

雯雯：是姐妹就别拆穿我。

阮梨看完聊天记录，回复消息。

甜梨：我刚洗完澡出来。

她露出一抹笑，继续打字。

甜梨：我跟楚渊哥哥在一起了。

我是静静：我就说他不会不喜欢你的。

雯雯：所以你们已经是男女朋友关系了，还孤男寡女共处一室。

雯雯：梨梨今晚要跟楚渊一起睡觉吗？

雯雯：太快了。

我是静静：楚医生应该会一步一步地来吧？

不管楚渊是一步一步地来，还是一步登天，陈清都觉得娇柔的阮梨会受不了。

一起睡觉？阮梨没多想。

阮梨：今晚我一个人睡，楚渊哥哥睡沙发。

雯雯：那就好、那就好……

我是静静：那就好、那就好……

陈清只跟阮梨道了晚安，让她早点睡。阮梨跟她们道了晚安后，从楼上拿下来一张薄被子，顺便把空调的温度调高了一些。

做完这些，阮梨才回到楼上躺下。只是她跟楚渊在一起了，这让她愉悦得一时半会儿没办法入睡。阮梨的唇角弯着，脑子里全是今晚她跟楚渊接吻的画面。耳根子的热意退不下去，她像是发烧了一样，呼吸都有点困难。

楚渊洗完澡出来不见阮梨，便上了楼。阮梨双手捏着被子，看着楚渊不紧不慢地来到床边坐下。她嗅到了他身上的沐浴露味道，是柠檬味的。奇怪，她自己用这沐浴露不觉得多好闻，楚渊一用，她竟很想多闻一闻这个味道。

阮梨心跳如擂鼓。

“梨梨。”楚渊轻声唤她。

阮梨含羞带怯地看着他：“干吗呀？”

“晚安。”他说。

“晚安。”

楚渊似乎真的是来跟阮梨说晚安的，说完他就准备离开。阮梨见他要下去，伸手抓住他的手，用湿漉漉的眼睛看着他，道：“没有晚安吻吗？”

这完全是在考验楚渊的意志力。楚渊缓缓俯下身，在她的额头上落下一吻。喉结滚动，他又吻住她那两片红润的唇，手撑在枕头上，青筋若隐若现。

这是一个很绵长的晚安吻，阮梨伸出双手，搂住楚渊的脖子。她的脸红扑扑的，被子不知何时乱了，小姑娘的睡裙裙摆上移到大腿上。

心跳得越来越快，她被吻得双眸迷离。忽然，这个吻结束，楚渊替她把被子整理好，微微泛红的双眸中透着情欲。

“乖，把手松开。”他哑着嗓音说。阮梨迟钝地把挂在他的脖子上的手放下。

楚渊把台灯关掉，阮梨一下子陷入黑暗。她听到楚渊说："好好睡，我下去了。"

翌日一早，阮梨醒来后人还有点蒙。十月十六日是他们在一起的日子，她默默地将这个日子记下。阮梨在床上滚了一圈才爬起来，一下楼，正好碰到想要上楼喊她起床的楚渊。

阮梨眉眼弯弯、笑容甜甜地上前搂住他："楚渊哥哥，早呀。"

对于亲近的人，阮梨会特别喜欢抱着对方撒娇，通过肢体接触的方式表达喜爱，对姨是这样，对奶奶也是，对楚渊自然不例外。

先前她还会克制自己，如今身份转变，她自然不需要再顾忌什么。

"早。"楚渊一把把她抱起来，她惊呼一声，下意识地将双腿盘在他的腰上。

"楚渊哥哥，你吓了我一跳。"

"你没穿鞋。"

阮梨有穿睡袜睡觉的习惯，穿着睡袜的时候不爱穿鞋。不过她现在两只脚丫子上一只袜子也没有，或许是她昨晚觉得热给脱了，起来的时候又一门心思想着见楚渊，压根没发现。楚渊抱着阮梨上楼，阮梨把头靠在他的肩膀上。她穿好鞋后，重新下楼。

"快去洗漱，出门吃完早餐我送你回学校。"

阮梨乖乖点头。

她不化妆，刷完牙、洗完脸、护好肤后把头发扎起，换了一身衣服便跟着楚渊离开了画室。她今天容光焕发，唇边一直挂着浅浅的小梨涡。

吃过早餐，两人走在路上，清晨的鸟儿叫个不停。阳光明媚，阮梨的手碰到楚渊的手背，她就把手伸到男人的手心里。楚渊握住她的手。

不知不觉间，两人已经到教学楼下了。阮梨今天一大早就要上专业课，还有十分钟就上课了。

楚渊松开她的手："进去吧。"

阮梨抬手扯了扯他的袖子，用桃花眼直勾勾地盯着楚渊："楚渊哥哥，你还记不记得我想让你当我的模特的事？"

楚渊笑了笑："记得。"

阮梨胆大包天地问："那我什么时候可以画你不穿衣服的样子？"

阮梨坐在教室里，用手支着下巴，想起楚渊刚刚说的"你想什么时候画都可以"，脸上荡漾起笑意。

两人早上手牵着手走到教学楼下，被不少校友看到了。起初就有很多人以为楚渊是阮梨的男朋友，后来跳出一个林文妮说楚渊是她未来的堂姐夫，阮梨与楚渊不过是兄妹关系，结果林文妮被楚渊亲自"打脸"。现在很明显，阮梨和楚渊的确是男女朋友关系，磁场很契合，旁人一看两人间那种甜甜的互动，就忍不住发出"姨母笑"。

中午，阮梨回到宿舍，被宿友们拉着坐到椅子上。王蒙蒙也在。

赵静迫不及待地说："我早上看了一下校园论坛，你跟楚渊连情侣空间都有了，不知道是哪个'小可爱'建的，你们的空间名还叫'吃梨'。"

楚渊不只在清大出名。上过两次热搜榜的男人，热度居高不下，堪比当红男明星。他一大早出现在清大，送女朋友上学，虽然没有上热搜，可是清大上上下下全晓得了。估计楚渊只想让学校里的人知道阮梨是他的女朋友，毕竟网络上是非很多。

阮梨弯了弯唇："为什么叫'吃梨'啊？"

"'吃'大概是取了'楚'这个字的谐音。这么甜的梨，我也想咬一口呢。"

阮梨被她的样子逗笑了。

王蒙蒙紧跟着道："梨梨，你昨晚怎么跟楚渊在一起的？把细节讲一下！我听她们说，你昨晚经历了'修罗场'。"

"也没有经历'修罗场'呀。"阮梨大概讲了一下昨晚的事，至于两人亲吻的细节她省略了，只说楚渊主动亲她，后面他们就水到渠成地在一起了。

钟雯雯说："怎么可能只是亲一下？"

阮梨舔了舔唇，有点心虚。

她的脸倏地红了。

她从小被阮静蓉养得太好了。在没跟楚渊接触之前，她对于男女感情并不好奇，不像大多数同龄人那样会对异性产生好奇。王蒙蒙以前就有一个暗恋对象，还为此失落伤心过一段时间。阮梨不是学习、看书，就是沉浸在画画的世界里。不过，这方面的知识，她倒也不是不懂，就是因为懂，所以才会脸红。

不等阮梨说什么，钟雯雯来了一句：“楚渊看起来就是温文尔雅的君子，肯定会一步一步来的啦。”

赵静觉得有道理：“那倒是，是我想多了。挺好的，现在谈恋爱就不可以发展得太快，免得对方得到得太快不珍惜，得先培养感情。”

阮梨倒没往那方面想过，现在也不敢往深处想。

王蒙蒙好奇地问：“你们谈过恋爱吗？怎么那么有经验？”

钟雯雯叹了一声：“没吃过猪肉还没见过猪跑吗？我看小说电视剧里的情侣都是这样的。”

“我倒是谈过，不过一个月后就跟对方分手了，我嫌他幼稚。”赵静道。

“陈清呢？”王蒙蒙又问。

“暗恋一个学长。”陈清回。

王蒙蒙握住她的手：“同是天涯沦落人，我也暗恋过一个人，幸好，我现在不喜欢他了。”

“我还喜欢那个人。”陈清轻轻地道，“因为他在清大，我才来的。”

“是谁啊？”大家好奇地问。

陈清没有说。暗恋一个人暗恋得久了，有些秘密，总是难以启齿的，更何况，她从来不是擅长表达的人，所以，点到为止。

阮梨觉得自己挺幸运的。她喜欢的人刚好也喜欢她，这大概是世界上最美好的事了。

楚渊踩着点给阮梨打来视频电话。阮梨捧着手机，笑容甜甜地接视频电话去了。

另一边，陈璐和一众秘书站在楚三爷面前。

楚三爷转着大拇指上的玉扳指：“还是没联系上楚池？”

“楚总昨天晚上给我发了消息，说他会休假一段时间。”经常跟着楚池的助理道。

楚三爷脸色阴沉：“他现在有什么资格休息？为了一个女人取消婚约就罢了，他现在连公事都不管不顾了。”

楚渊表现优异，楚家那群长辈已经像墙头草一样左右摇摆不定了。

楚家是家族企业，起初是楚渊的父亲继承大业，管理所有生意，后来他死了，楚家的产业才分割开来。

如今，南方那边的生意全回到了楚渊手里，而楚三爷一直把北方这边的生意握在手里。现在楚池这个样子，令楚三爷烦躁不已。

陈璐知道楚池昨晚去清大找阮梨了，她跟了一路。楚池性子暴躁阴郁，却对阮梨充满耐心。她不明白，阮梨有什么好？为什么楚家的男人一个一个都喜欢她？纵然阮梨选择了楚渊，没有选择楚池，陈璐心里仍愤愤不平。

下午上完最后一节课，阮梨吃过晚饭就去了校外的画室。不过晚上九点钟她便回来了，此时宿舍里只有赵静在。

"我还以为你今晚会留在画室不回来呢。"赵静道。

"没有呀，我画完画就回来了。"

"楚渊不来找你吗？"

阮梨挺想楚渊的，特别是他们确定关系后，她的那股思念之情浓稠得就像洗不干净的颜料。她今天干什么都心不在焉，只想着他。

"他晚上有公事。"白天两人通视频电话的时候，楚渊有和她说这件事。

阮梨道："我先去洗澡。"

没过多久，钟雯雯跟陈清相继回来。阮梨洗完澡，边擦拭着头发，边给楚渊发消息。

甜梨：楚渊哥哥，你还在忙吗？

Y：快结束了。

甜梨：我好想你呀。

Y：我也很想你。

阮梨看到这五个字，心跳如擂鼓。她敲出"好想见你"这四个字，但又删掉了，只发了一个"亲亲"的表情。

甜梨：你先忙，结束了再联系我。

阮梨又给楚老太太打了视频电话。率先出现在屏幕里的是梨花，梨花用那双圆滚滚的、像琉璃宝石一样的大眼睛看着阮梨，喵喵地叫个不停。梨花现在被放在楚老太太那里养着。

"梨花。"阮梨叫它。

梨花叫得更厉害了。

楚老太太拿起老花眼镜，把梨花放在腿上说："梨梨啊，你这猫养不熟。"

“奶奶。”阮梨甜甜地喊了楚老太太一声，又说，“梨花很乖的。”

“它天天拆家，东窜西窜，有一天还跑回了你的院子里，我差点以为它丢了，还是陈姨把它抱回来的，它还打碎了一个花瓶。”楚老太太那儿放的都是古董，价值连城。

阮梨眨了眨眼睛。梨花跑回去，估摸是想她了。

“梨花，你要听奶奶的话。”

梨花的叫声变得委委屈屈的。楚老太太笑着摸了摸猫脑袋：“你们宿舍能养猫吗？”

“奶奶，不可以养。”

“阿渊给你整的画室如何了？”楚老太太又问。

“已经装修好了，只是我一个人晚上不敢住在那儿。”

“那就把它丢给阿渊养着，你什么时候有空，就可以过去看它。”

“楚渊哥哥不喜欢梨花，梨花也不喜欢楚渊哥哥，上次还想挠他。”阮梨苦恼不已。

楚老太太笑了：“梨花大概是觉得楚渊把你抢走了。”

她已经是他的了。阮梨弯起唇角。

楚老太太发现今天阮梨的心情很好。

“奶奶，你继续帮我养梨花嘛。”阮梨开始撒娇。

楚老太太瞬间眉眼弯弯：“好好好……”

跟楚老太太通完电话，阮梨又看了会儿视频。马上就要熄灯了，可是楚渊还没忙完。熄灯前十分钟，阮梨拿着手机，已经有了困意，只是迟迟不肯睡。手机铃声忽然响起，阮梨看了一眼来电显示，飞快地摁下接听键。

楚渊的声音响起：“梨梨，下来吗？”

阮梨从床上下来，走到阳台上，看到楼下有一辆车亮着车灯，便披着外套下楼了。

阮梨下楼的时候小跑了几步，有点喘。她打开车门坐进车里后，迫不及待地伸手抱住坐在车里的男人。楚渊把车门关上，低头看着她笑，用手理了理她的头发：“下次不用跑，摔了怎么办？”

“我想快点见到你呀。”阮梨没想到楚渊会来。她本以为自己今天见不到他了。

楚渊在心里说了句“嘴甜声软”，然后捧住她的脸，重重地亲了她一下：“你要是摔了我会心疼。”

“知道了。”阮梨有点羞涩，但还是主动亲了回去。

车子缓缓启动。楚渊喉结滚动，替她拢了拢外套。从学校去画室，开车不过五分钟就到了。画室里亮了灯，阮梨脚下踩着拖鞋，身上穿的是睡衣——她连衣服都没换就从宿舍里跑下来了。

“楚渊哥哥，我今天跟奶奶通电话了。”

“说什么了？”

“奶奶抱怨梨花太调皮了，打碎了她的花瓶，说想把梨花丢给你养，我说梨花不喜欢你，你也不喜欢梨花。”阮梨纠结地道，“可以把梨花带来画室养，但我又不经常留在这里过夜。”

“你可以经常在这里留宿。”

“我一个人不敢。”

楚渊看着她道：“不是有我？”

阮梨不由得舔了舔唇：“不行的，你不能总是睡沙发。”

“我没想过一直睡沙发。”楚渊道。

阮梨思考了一会儿，道：“画室里可以添一张床。”画室地方大，放一张床绰绰有余。

楚渊笑了。他的梨梨没明白他那句话的意思。

忽然，阮梨被一把抱起，下颌被抬起，楚渊的薄唇压了下来。起初他只是温柔地舔吮，明显在极力克制自己的力量，但是阮梨还是有点呼吸不过来，毕竟她没多少经验。两人一路吻到沙发处，阮梨靠着沙发，楚渊俯下身体，她的外套不知何时从肩膀处滑落，他吻得越来越放肆。

两人换了一个姿势，楚渊抱着她坐在自己的腿上。

“梨梨，你怎么这么乖？”她乖到让他克制不住自己。

楚渊低沉性感的嗓音响在她的耳畔，惹得她心乱不已。她睁开双眼，视线正好跟楚渊的对上。

楚渊在她心里就是天上雪，不沾染世俗，现在他的眼里透着深不可测的欲望，摄人心魄。他还是温润高贵的，薄薄的红唇却能蛊惑人心。

阮梨娇声问：“你不喜欢吗？”

“喜欢。”楚渊的喉结缓缓滚动。

阮梨抱住他，像只在主人怀里撒娇的小奶猫。对楚渊来说，她这个举动毫无疑问是在放火。他的手落到她的后背上，手指触碰到女孩的蝴蝶骨。

阮梨的身体瞬间僵住了，不过发现楚渊没有别的意图后，她又放松了下来。

楚渊在西方国家待得久，绅士守礼，和人保持距离，可是在爱的人面前，他只想通过最直接的方式放肆地表达爱意。

只是这对阮梨来说，还是太快了。

这时，阮梨的唇毫无预兆地贴上了楚渊的喉结。亲完后，她明显感觉到楚渊身体紧绷，呼吸沉了些。她的脸上像是打了腮红，眼神羞涩。楚渊眼神深沉，似乎在克制什么。

“楚渊哥哥，你什么时候有空？”她问。

楚渊缓缓地回：“你想什么时候？我配合你的时间。”

“这周六可以吗？”周末放假，她有一整天的时间待在画室里。

“好。”楚渊又亲了她一下。时候不早了，他说：“你该睡觉了。”

“那你呢？”

“洗澡。”

阮梨不想那么快睡：“我可以等你出来再睡。”

“可能会很久。”

楚渊轻笑了声，还道：“不用再添床，等你什么时候可以接受跟我睡一张床了，你就可以把那只猫接到画室来养。”

跟楚渊睡一张床……阮梨觉得大脑快缺氧了，她思考不过来。见人呆住，楚渊起身走了出去，留给她单独的空间好好思考。楼下的卫生间里很快响起水声，这水声响了许久。

周五，阮梨上完这天的课回到宿舍，正好听到室友们在谈论去泡温泉的事。

“梨梨，你回来了。这周末你有什么安排没？”钟雯雯问。

“待在画室里画画。”这个画画不一样，她画画的对象是楚渊。

赵静兴高采烈地说：“别画了，跟我们出去玩吧，叫上蒙蒙一起。”

钟雯雯也说：“那个地方超级美的。你拿上你的画板，靠在海边，也可以画画。”

阮梨高中学业繁忙，那会儿她的身子骨没现在养得好，她三天两头感冒，很少跟同学们出去玩，此刻她心动不已：“可是周六我约了楚渊哥哥当我的模特。”

“改个时间怎么样？”陈清问。

阮梨在思考。王蒙蒙那边答复得很快，说她可以去。室友们说如果阮梨也去就在微信上说一声，明天她们就可以包车出发了。

阮梨应“好”，收拾好东西离开。她要去医院看望阮静蓉，陈叔的车就在宿舍楼下等着。

路上，阮梨买了一束阮静蓉最喜欢的紫罗兰。她来到医院的病房里，看到里头有不少医生在——楚渊、林知晚，还有几个从外国来的脑科专家。

阮梨发现林知晚穿着白大褂站在楚渊身边，跟楚渊有些登对。

林知晚喜欢楚渊。再次意识到这一点，阮梨觉得这一幕有些刺眼。这般想着，她心里还有点愧疚，觉得自己真小气。

楚二爷也在。他坐着轮椅，在默默地听他们说话。只是他不是学医的，虽然听得懂英文，但是插不上一句话。

她现在进去会不会打扰他们谈话？

阮梨站在门口，有些犹豫。

这时，楚二爷率先发现了站在门口的阮梨，他转动着轮椅出去道：“梨梨，你来了。”

“姨丈。”阮梨顿了顿，道，“姨好像又瘦了点。”

“等人醒了就可以养回来，姨丈会把你姨养得白白胖胖的。”楚二爷说。

“不知道姨什么时候能醒。”阮梨惆怅地说。

“姨丈打算让你姨接受新的治疗方案，想看看管不管用。”

“会有风险吗？”

“风险不大，不用担心。”楚二爷关切地问，“是陈叔送你来的？你吃过晚饭没有？”

“还没有。姨丈，你呢？”

楚二爷说：“正好，晚些时候你可以跟我们一块儿去吃饭，先进去吧。”阮梨点点头，跟着楚二爷进了病房。

阮梨一进来，楚渊的目光就落在了她身上，阮梨朝他眨了眨眼睛。

她先把花放在了桌子上，而后去拿病床边的花瓶，把花瓶里的花扔到垃圾桶里，把新鲜的紫罗兰插进去。

在医生们谈话结束后，楚二爷上前和他们说话，楚渊则来到她身旁坐下，捏住她的指尖，顺手握住她的手。阮梨惊慌得像受了惊吓的小仓鼠，想把手抽回来，却发现手被楚渊握得死死的。

她嘟囔道：“楚渊哥哥，姨丈还在呢！”

“二叔在怎么了？”

“我害羞。”在长辈面前，阮梨还真有点慌。她的年龄摆在那儿，在他们眼里，她还是个小孩，结果她却跟楚渊谈起了恋爱。

“小屄包。”楚渊嗓音轻轻地道，“二叔知道我们在一起了。”

阮梨呼吸一滞：“姨丈没说什么吗？”

“让我好好照顾你，别……欺负你。”这的确是楚二爷说过的话。他知道楚渊和阮梨谈恋爱的时候，看楚渊像看禽兽一样。

“姨丈没有反对吗？”

“没有，放心吧。只是以后我若想娶你回家，得经过二婶的同意。”

“姨可喜欢你了，她要是醒来，肯定会同意的。”把话说完，阮梨低头，羞涩得耳根发红。楚渊说的是“娶”呢。只是，曾经老道士说她活不过二十岁，这给她留下了阴影，她很害怕真会有那一天。

两人说着悄悄话，挨得很近，阮梨几乎是凑到他耳边说话的。林知晚看到阮梨来的时候，一直注意着她的一举一动，看到这一幕，心像是被重物锤击了一下，钝痛不已。

楚二爷道：“阿渊、梨梨，别坐着说话了，出去吃饭吧。”

楚二爷带着几个国外的专家吃的是中餐。阮梨左边是楚渊，右边是楚二爷。她虽然英语说得不太利索，不过还是能日常交流的。有听不懂的话，她只要一扯楚渊的袖子，楚渊就会给她翻译。

林知晚本来可以不来的，可她没有拒绝。此刻，林知晚食不下咽，再好吃的食物吃到嘴里，她也觉得索然无味。她拼命地喝着桌子上的红酒，很快便有了醉意。

有个叫彼得的医生对林知晚很是关照，最后还说要送她回家。

林知晚看了一眼楚渊，发现楚渊无动于衷，在给阮梨夹菜：“多吃点。”

林知晚心如死灰：“我去一趟卫生间。”

晚饭结束后，楚二爷送走医生们才看向楚渊：“要记得我说过的话。”

“嗯。”楚渊应得漫不经心。

楚渊今晚喝了几杯红酒，阮梨闻到那股醇香的酒气和男人身上的木质冷香，便想多吸两口。

楚二爷走了后，楚渊牵起她的手道："走吧，去附近逛逛。"

街上车子川流不息，霓虹灯五光十色。

两人走进一家商场，在里头逛着，阮梨的目光投向一间装修诡异、门口的宣传海报上写着"魔女"二字的密室。

王蒙蒙特别爱玩"密室逃脱""剧本杀"这类室内游戏。阮梨跟着王蒙蒙也体验过"剧本杀"，但王蒙蒙一路把她"带飞"，她毫无游戏体验感。"密室逃脱"的话，因为王蒙蒙喜欢玩恐怖主题的，阮梨害怕，所以每次都推掉了。

楚渊问："想玩吗？"

海报上写着"魔女、微恐，适合新手"。

阮梨有点心动："我想体验一下。"

楚渊带着阮梨走进店里，正好有一对情侣在找人组队。

四个人进入密室，地面开始震动，原有的一点微光顿时熄灭，阮梨被吓得双手紧紧搂住楚渊的腰。直到NPC（非玩家角色）出来，灯才缓缓亮起。

四人走到一半，那对情侣中的女孩临阵退缩："我不想玩了，我害怕。"

那对情侣中场退出，楚渊不想再等人组队，便和阮梨继续往前走。

一点一点地深入密室后，阮梨发现这个游戏越来越有意思。不过这里甬道窄小、光线昏暗，她还是有些提心吊胆。

魔女突然出现，阮梨吓得尖叫，腿也软了。

"别怕，闭上眼睛，跟着我走。"听到楚渊的声音，阮梨就像吃了一颗定心丸，缓缓地闭上眼睛。

"这个房子里有个比较瘆人的NPC被关着，你要看吗？"

阮梨做好心理准备后缓缓地睁开眼睛，看到NPC，不由自主地往后挪了挪。

在密室里，阮梨全程情绪紧绷，没有松懈过，不是用双手紧紧抱着楚渊，就是将脸埋在他的胸口。

楚渊轻抚阮梨的后背："以后还想来体验吗？"

阮梨猛地摇摇头："蒙蒙总和我说'密室逃脱'好玩，这的确挺刺激，可是不适合我玩。"她胆子太小，这里温度偏低，她不仅出了一身冷汗，还被吓得双腿发软。

最后，阮梨是被楚渊背出去的。她觉得丢脸，全程将脸埋在楚渊的后背上。

回到公寓后，阮梨握着水杯，脑子里全是密室里突然出现的黑衣魔女。

“还想着？”

“脑子不受控制。”

“我有个办法。”阮梨手里的水杯被拿走，楚渊吻住她的唇。男人唇齿间有淡淡的酒香，他用手扣着她的后脑勺，缓缓地加深这个吻。她的唇被吮着，思绪渐渐被楚渊占据。

阮梨揪着楚渊的衬衫，扯开了他好几颗扣子。她伸出手，还没碰到他的纽扣，手就被他握住了。

“梨梨要乖。”

“不乖会怎样？”

“你可以试试。”

阮梨不想试，被吓得想缩回手，楚渊却不让。

阮梨深情地看着楚渊，现在，她能感受到楚渊对她的浓烈喜爱。

“楚渊哥哥，你是从什么时候开始喜欢我的啊？”阮梨好奇地问。

“很早。”

“那是什么时候？”

楚渊没回答，只是将阮梨的手压在沙发上，抬起她的下颌，重新吻着她。

此时，阮梨的手机响了：“楚渊哥哥，电话……”

楚渊深呼吸一下，而后放开她。

电话是王蒙蒙打来的：“梨梨，你跟楚医生说了吗？”

“还没……”

“静静她们在等你回复呢。”

“我现在问。”

“问好了在微信上回复我。”

阮梨挂了电话以后，楚渊问：“说什么？”

“静静约我们明天去海边玩。”阮梨握住楚渊的手，“楚渊哥哥，下次你再当我的模特好不好？我想去跟她们玩。”

阮梨难得有机会可以和朋友出去玩，楚渊同意了：“明天让陈叔送你们过去。”

阮梨给了王蒙蒙回复之后，满心欢喜地上楼收拾衣服。

楚渊临睡前，门被敲响，阮梨站在门口道：“楚渊哥哥，我睡不着。”

楚渊笑了：“你先回去等我，我擦完头发过去哄你。”

周六，晴空万里，阳光下的海面波光粼粼，海鸥掠过水面，掀起一阵涟漪。路上车辆很多，还有好几辆旅客专用的大巴车。

阮梨扎着马尾辫，戴着沙滩帽，穿着橘色露肩碎花长裙，披着一件防晒衣，虽然没化妆，但依旧清丽脱俗。

陈叔送大家抵达目的地，紧跟着替她们办理入住手续。她们入住的是一个环境清幽的小别墅，小别墅后方是泳池，再后面就是大海。海边沙子柔软，人踩在上面还有点烫脚。赵静跟钟雯雯一到海边就把鞋子脱了，踩着海水玩。

“这儿下午五六点就没那么晒了，你若是想画画，到时候再去附近的望涯角，那里的风景特别好，还可以看日落。”

“知道了，陈叔。”

“这里的温泉在山上，你们玩累了晚上可以去泡一泡，明天下午我再来接你们回去。”

“好。”

“要注意安全。”陈叔嘱咐后就离开了。

小别墅一楼二楼都有房间，阮梨跟王蒙蒙住楼上的主卧。

“梨梨，你怎么不带泳衣？”王蒙蒙问。

“我不下水。”

“不下水也得买一件，你忘了我们要一起拍泳衣时尚大片吗？”

阮梨不知道，她只想画画，但还是被王蒙蒙拽去买了泳衣。

景区里的泳衣很贵，好在款式还算多，王蒙蒙挑了一件格子吊带泳衣：“这件适合你，就是贵了点，要三百八十八元。”

“我不……”

“老板，结账。”泳衣还是被买了下来，王蒙蒙拎着袋子道：“放心吧，我们在泳池拍，你可以把你可爱的照片发给你的楚渊哥哥。”

阮梨耳根发热，“蒙蒙，你正经点。”

“好好好。”

两人回来的时候，发现隔壁别墅有人入住了，那是几个男生，赵静和钟雯雯已经跟他们聊起来了。王蒙蒙还发现隔壁二楼的阳台上有个长相英俊的男人在打电话。

王蒙蒙一眼就认出了对方："啊，是顾子瑜学长。"

"不认识。"

"他是清大最有名的校草，学建筑的，拿过不少建筑大赛的奖杯，家里很有钱，天天开跑车来学校，就是有点花心，女朋友没断过。"

阮梨点头，表示知道了。这时，在阳台上看书的陈清开口道："顾子瑜，你声音小一点。"

顾子瑜转过头，目光落在陈清身上，嗓音懒懒的，含着笑意："是你啊。陈清，你变化可真大。"

隔壁小别墅的五个男生都是清大的学长，陈清跟顾子瑜曾经还是一个高中的，算是旧识。赵静把男生们拉到了一个群里，说是约了晚上一起吃烧烤。

下午三点左右，阮梨在大家的起哄声中穿上泳衣。大家看向她，都露出一副要流口水的模样。

"没想到梨梨身材这么好啊。"钟雯雯忍不住感叹。

王蒙蒙贱兮兮地笑着道："我本来还想让你发泳衣照给楚医生的，你还是别发了，嘿嘿。"

"蒙蒙！"被调侃的阮梨脸一下就红了，"不许再乱说话了。"

王蒙蒙笑嘻嘻的："我没有，我讲的是事实，你们说是不是？"

"没错没错。"大家如小鸡啄米般连连点头。

大家在房间里打闹一番，陈清才出声提醒她们该去拍照了。小姑娘们个个都是摆姿势的小能手，王蒙蒙的摄影技术高超，拍出来的照片每张都很好看。

阮梨是第一个拍完照片的。虽然泳池里的水是暖的，但她身子骨弱，害怕感冒，便披着浴巾准备上楼洗个热水澡。

阮梨刚上楼，就听到手机响起，是楚渊打来了视频通话。阮梨想到王蒙蒙之前说的话，将视频通话切换为语音通话。

"怎么不开视频通话？"楚渊问。

"楚渊哥哥，我现在不是很方便。"

楚渊想阮梨了，想见见她，但小姑娘说不方便，他也没勉强，只是问了一句："好玩吗？"

"嗯。这里的海特别美，会让人的心情变好，这里的情侣也特别多。"

"梨梨，你想暗示我什么？"

阮梨说出了自己心中所想："梨梨以后也想跟哥哥出去玩。"

楚渊轻笑道："好，我记下了。"

阮梨洗完澡换上裙子，拿着画板和画笔等绘画工具前往望涯角。陈清对冲浪、海上摩托等刺激项目不怎么感兴趣，便陪着阮梨一起去望涯角。

阮梨画了两幅画，其中一幅是给陈清画的。画中，陈清坐在高处，望着落日，似要将这盛世美景刻在眼底。至于另一幅画，她想送给楚渊。

不知不觉间，天边的夕阳渐渐消失，天上挂满了繁星。海边涨潮后，能听到海浪拍打礁石的声音，海风吹过，带来一阵凉意。

"回去吧，风大，免得感冒了。"陈清道。

"清清，其实我一直想说你长得有点像我认识的一个人。"

"谁？"

"陈璐。她是我姨已故朋友的女儿，从小跟我一块儿长大。不过你们不一样，你很好。"

"她是我表姐。我姨年轻时不听我外婆的劝说，嫁给了陈璐的父亲黄亚勇，那个男人抽烟、喝酒、打老婆，脾气暴躁，挣钱的门路也不干净，后来因为杀人锒铛入狱。"陈清继续说，"我以前见过你，不过你应该不记得了。"

"什么时候？"

"我十岁的时候吧。那时我跟着我妈去楚家见陈璐，但是被陈璐赶走了。陈璐不肯认我们。"那时候她们家里穷，她打扮得朴素，陈璐不认她，眼里全是嫌弃之意，多少有点让人寒心。但阮梨从小就善良，甜甜地一口一个"姐姐"地叫她，特别可爱。所以认出阮梨后，她总是对阮梨格外关照。

这么一说，阮梨有点印象了："我想起来了，清清，你真是女大十八变。"

陈清笑了笑："我小时候比较胖，上了高中才瘦下来的。"

两人有说有笑地离开望涯角。不远处的路边停有一辆黑色小轿车，车亮起灯，坐在车里的楚池说："回去吧。"

"池总，你放弃了吗？"

"是，我放弃了。"

楚池想过要金屋藏娇。他只要把阮梨带走，带到楚渊找不到的地方，就有时间让阮梨慢慢接受自己，等她爱上自己了，他再带她回来。可是他还是不忍心破坏阮梨现在的生活。他看得出来，她和朋友在一起时玩得很开心。

其实，说到底他还是不够自信，不相信自己能让阮梨爱上他。他没有实施那个疯狂的想法，他放过了她，也放过了自己。

阮梨回来时，钟雯雯已经在捣鼓今晚烤烧烤所需要的食物了。

不过，阮梨没想到今晚的烧烤聚餐还会有其他人加入，特别是林文妮。按照王蒙蒙的说法，林文妮是冲着顾子瑜来的，毕竟林文妮追顾子瑜不是什么秘密，她追得特别高调。

"顾学长对她爱搭不理，我看两人成不了。"王蒙蒙说。

"一看就知道是她死缠烂打，但顾学长花心，万一他跟她在一起了呢？"

"顾学长不至于这么饥不择食吧？"

陈清从头到尾没表态。

林文妮一见到阮梨就摆起一张臭脸。有一个王蒙蒙就够了，又来了一个阮梨。相比王蒙蒙，林文妮内心深处更讨厌阮梨。但即使再讨厌阮梨，她也忍住了，因此别墅里烧烤的氛围还算可以。

阮梨没什么烧烤经验，就帮着串烤翅、丸子之类的食材，男生们负责烤。

音乐融进清风里，桌子上放着零食和酒，阮梨吃着水果，在跟楚渊聊天。她拍了一张照片发给楚渊。

Y：有男生？

甜梨：有呀，隔壁小别墅里住的是清大的学长们，我们今晚跟他们一起烤烧烤。

Y：有没有学长给你献殷勤？

甜梨：没有呀。

不过阮梨有遇到要她的微信号的。

阮梨刚回完楚渊的信息，就有一个长相斯文、戴着眼镜的学长给她递了一串烤好的鸡翅："梨梨学妹，你尝尝。"

阮梨见他也给王蒙蒙递了一串鸡翅，就客气地将鸡翅收下了：“谢谢学长。”

“不客气。我叫张彬。”张彬想问她能不能加个微信好友，可是话还没说出口，她的手机就又响了。

Y：真没有？

Y：我后悔了。

甜梨：后悔什么呀？

Y：后悔让你扔下我出去玩。

阮梨的脸颊上浮现出浅浅的小梨涡，她笑得让人移不开眼。

此时，负责烤烧烤的几位学长围在一起讨论今晚在场的女生。

“梨梨学妹真好看，可惜有主了。彬啊，你还是别想了，学妹的男朋友可是整个医学系学生的‘男神’，那不是你能撬动的墙脚。”

“我知道，但我就想对她好，不行？我乐意。”

“陈清学妹也很好看啊，就是性子有点冷。”

“我觉得住在隔壁的学妹都很好看，林同学带来的那三个有点煞风景。”

“子瑜，林学妹那么难缠，你顶得住？”

“别和我说话。”顾子瑜在烤鸡翅，但他的鸡翅烤得焦黑。他把那个焦黑的鸡翅放在盘子里，重新烤了一个，烤得格外认真。

顾子瑜拿着烤好的鸡翅往女生们那边走。

林文妮以为顾子瑜是来给她送鸡翅的，不由得心跳加快。她抬起头道：“子瑜学长，这是给我的吗？”

顾子瑜挑眉，把准备扔进垃圾桶的焦黑的鸡翅给她递了过去。

林文妮接过鸡翅，勉强维持着脸上的笑容。这……怎么吃？

顾子瑜把另外一个鸡翅递给陈清：“陈清学妹，赏脸尝尝学长烤的鸡翅？”

陈清没有拒绝：“你烤的能吃吗？”

顾子瑜语气懒洋洋的：“不能吃的没给你。”陈清“哦”了一声，接过鸡翅。

“来清大了怎么不和我联系？”

“不敢，万一让顾学长的女朋友误会了就不好了。”

等烧烤吃得差不多了，他们围着桌子坐下玩起了游戏。阮梨没什么游戏经验，总是输，喝了不少饮料，不得不中途离场去上卫生间。她从卫生间出来，恰好撞见林文妮在用脚踩她送给陈清的那幅画。

“林文妮，你在做什么？”

“关你屁事。”

“这幅画是我画的。”

林文妮本来只是想出口气，听到这画是阮梨画的，立即进行语言攻击：“难怪画得这么一般，丑死了。”

“你不懂画就别评价，这会显得你很没格调。”阮梨软声怼回去。她是真的生气了，神情特别严肃。

阮梨不舍得自己送给陈清的画被林文妮糟蹋，上前就要把画抢回来。只是林文妮不松手，阮梨力气小，根本争不过她。

林文妮很用力地一拽，画被撕坏了，她人也没站稳，直接摔坐在地上。一声尖叫后，头撞到墙壁上，她直接晕了过去。

一切发生得突然，阮梨被吓了一跳。

这边的动静很快吸引了屋外的人，大家一冲进来就看到林文妮倒在地上不省人事，额头上破了一道口，有血液流下来。

“梨梨，你没事吧？”王蒙蒙率先问道。

“我没事，先打急救电话救人吧。”阮梨咬唇，故作冷静地道。

林文妮被送上救护车，顾子瑜、阮梨和陈清一同去了医院，其他人则留下。

好好的周末，就这样被林文妮给毁了。

几人赶到东陵医院，顾子瑜要找地方停车，阮梨便先跟陈清下了车。

在门口守着的林知晚一见到阮梨，二话不说，上前就要动手，只是她的手还没落下就被出现在阮梨身后的楚渊拦了下来：“林医生，我深知你心疼堂妹，但这件事不是梨梨一个人的错。”

林知晚提高音量道：“楚渊，你能别这么偏心吗？妮妮的朋友和我说了，是她们几个人挤对妮妮，妮妮觉得伤心才回别墅里让心情冷静一些。就这样，阮梨还跟妮妮发生了争执，导致妮妮现在躺在了手术台上。”

阮梨没想到林知晚会想冲上来打自己，她目光坦荡地解释道：“不是我要跟林文妮发生争执，是她不对在先。她故意踩我送给同学的画，我要把画拿回来，她不给，这才受伤的。”

这时，林文妮的两个同伴跳出来颠倒是非。

“妮妮是有教养、有素质的名门闺秀，怎么可能做这么没品的事？阮梨，你别想推卸责任。”

林知晚完全不信任阮梨：“阮梨，你还想怎么狡辩？”

阮梨心里堵了一口气：“我没撒谎。”

“楚渊，这就是你喜欢的人，做错事了还不认。”林知晚严词厉色。

阮梨的眼眶一下就红了，她抬起头道：“楚渊哥哥，梨梨真的没有撒谎。”

楚渊抱住她，温声哄道：“乖，别哭，我相信你。”

阮梨最怕的就是楚渊不相信她，况且这件事错的还不是她。

楚渊对阮梨坚定不移的信任、对阮梨的偏爱，让林知晚捏紧拳头。林知晚脸色铁青，难受得想发疯。

陈清听到林知晚的指责，上前一步道：“是谁的错，看一看监控录像就知道了。”为了入住别墅的游客丢失贵重物品时能找回物品，别墅里是有摄像头的。王蒙蒙已经把监控录像调取出来发给了陈清，陈清点开视频，举起手机，将屏幕朝向林知晚。

阮梨去卫生间时路过摄像头，大概过了一分钟，林文妮满脸不高兴地从室外进来。林文妮看到放在沙发上的画，把画拿起来就扔在地上，用脚使劲地踩。阮梨从卫生间里出来看到这一幕，立即上前制止她，想要把画拿回来。林文妮拽得太用力，导致画被撕成两半，接着整个人摔坐在地上，头撞向墙壁。

“你没对她做什么，她为什么要踩你的画？”林知晚质问道。

陈清神色冷淡：“我们并没有对她怎么样，有位学长还邀请她玩游戏，对她特别照顾。是她自己不合群，准确来说，是她们都不合群，对我们甩脸色。我们不像有些人，喜欢颠倒是非污蔑人，我们有视频为证。梨梨，我把视频发给你，你转发给这位林医生。”

阮梨不是林知晚的微信好友，便将视频转发给了楚渊，楚渊又将视频转发给了林知晚。

林文妮的两个小姐妹面色尴尬，在证据面前，她们恨不得找个地洞钻进去。

林知晚的脸色变得惨白了几分，她刚才盛气凌人地指责阮梨，像极了一场笑话。她明知道性子软绵的阮梨根本不可能和人起什么争执，反倒是林文妮被家里人宠坏，有大小姐脾气，任性惯了，总是惹是生非，但她在听了林文妮朋友的表述后，还是信了她们的话，认为阮梨是那种表里不一的人。或许在她的潜意识里，她就是希望阮梨是这样的人，如此一来，她就有资格对阮梨说：你配不上楚渊。

“林医生，以后动手打人之前先了解具体情况，别伤及无辜。”楚渊嗓音很冷，口吻轻描淡写，这反而更让人无地自容。

林知晚还想说什么，可喉咙里像是堵了一团棉花，说不出话来。

此时，手术室的门开了，医生说：“伤口已经缝好针，脑部没什么大问题。伤者有轻微脑震荡，多注意休养即可。”

手术结束，楚渊带着阮梨几人离开了医院。

事情解决完，陈清给留在别墅的王蒙蒙和其他人报了声平安：“你们早点睡吧，不用担心。”

阮梨笑着说：“陈清，谢谢你。”

陈清依然很冷静：“我们可不能让你受欺负，就是可惜你送我的画被毁了。”

阮梨笑得很甜：“以后我再给你画。”

陈清浅浅一笑，“嗯”了一声。

时间不早了，楚渊安排陈清和顾子瑜住在医院附近的一家酒店，然后带着阮梨回到公寓。

“楚渊哥哥，我跟林医生闹得这么不愉快，以后见面肯定会很尴尬。”林知晚是阮静蓉的主治医生，阮梨见到林知晚的概率实在太高。

“尴尬的是她，不是你。”楚渊回道。

纵然如此，阮梨也不想见林知晚。刚才在手术室门口，林知晚冲过来就要扇她耳光的那一幕，已经让林知晚在她心中的形象完全崩塌。林知晚并非之前表现出来的那样温和淡雅，至少对她不是。

阮梨一松懈下来，就有点像犯懒的小懒猫，只想打盹儿。她抱着枕头，想着自己以后什么时候去医院才能避开林知晚。

忽然，她的腿被楚渊抬起来：“楚渊哥哥，你干什么呀？”

阮梨的裙摆被撩起，楚渊握住阮梨左腿的小腿肚，不知是摁到了哪里，阮梨痛得睡意全无。

“自己撞到腿了没感觉到疼？”楚渊问。

阮梨真没感觉到：“她满头是血，我都被吓坏了，哪里顾得上这个？”灯光下，她白皙的小腿肤若凝脂，左侧的小腿上有一块瘀青。

“以后不要单独行动，和人发生争执、受了委屈就找我，知不知道？”

“嗯！”阮梨把抱枕扔掉，伸出双手道，“楚渊哥哥，抱。”

楚渊将阮梨揽到自己的腿上坐着，薄唇贴在她的发上，问道：“累不累？”

阮梨靠在楚渊的怀里，一脸满足地道：“累，不想动了。”

楚渊抱着阮梨上楼：“你先去洗澡，洗完澡出来我给你涂药。”

阮梨洗完澡出来，楚渊已经准备好药等着她了。她靠坐在床边，主动把受伤的腿放在楚渊的大腿上。楚渊往掌心里倒了药油，把药油搓热以后将掌心贴在阮梨腿上红肿的位置上。他只是轻轻揉了一下，阮梨就下意识地哼唧了一声，眼眸中像是蒙了一层水汽。她只想跑。

楚渊握住想要逃跑的阮梨的脚踝：“瘀青散了才好得快。”

“你轻点。”

楚渊动一下，阮梨就哼唧一声。

上完药，房间里弥漫着一股中药味，楚渊把窗户打开。阮梨趴在床上，用手拨着床边那只垂耳兔的耳朵。楚渊回到床边道：“生气了？”

“我让你轻一点你都不肯，还越揉越重，我疼死了。”阮梨委屈巴巴地说。

呼吸沉了沉，楚渊低头啄了阮梨一口：“晚安。”

第二天，阮梨一觉睡到中午。她跟陈清没在海边，没有办法看到清晨的日出，但王蒙蒙她们也没起来看日出——昨晚三人挤在一张床上聊天，愣是聊到了凌晨，早上根本起不来。

阮梨起床后，拿起手机打开微信，发现“富婆座谈会”的群聊中已经有好几百条消息了。最新消息是王蒙蒙她们蹭到了学长们的车，正在回学校的路上，陈清一大早也已经回了学校。

王蒙蒙：梨梨还没起床吗？你今晚回学校吗？

我是静静：我估计她不会回，哈哈哈哈。

王蒙蒙：重色轻友，好忧伤。

陈清：帮我带一份校门口的鸡蛋饼，多加点番茄酱，爱你们。

雯雯：清总还想吃什么？请随便吩咐我们。

王蒙蒙：对了，你们的照片等我回去了精修一番再发给你们。

甜梨：我下午要回去的，才没有重色轻友。

王蒙蒙：我跟楚医生掉水里，你救谁？

甜梨：我不会游泳……

阮梨在楼上和群里的小伙伴聊得很欢乐，楼下的陈姨已经做好了午饭。

“该起床了，午饭已经做好了。”

“知道了，我洗漱完就下去。”

医院里，林文妮醒来后发现额头上缝了五针，爱美的她接受不了额头上有疤，正在闹脾气：“都是阮梨的错，都怪她！”

“够了！你还嫌不够丢人吗？”一夜过后，林知晚身心疲惫。一大早，她还得知楚二爷来医院要求给阮静蓉换主治医生，院方也同意了。林知晚想，这一定是楚渊安排的，他对她的冷漠无情，她已经领教过了。她不该再有不切实际的心思，否则会摔得粉身碎骨。

下午，阮梨回学校之前去了趟医院找楚渊，还给他带了自己和陈姨做的曲奇饼干。

“楚渊哥哥，我下午回学校，晚上跟清清她们去图书馆自习，你今晚不用来画室找我了。”

阮梨以为楚渊会不开心，便把在海边画的那幅画送给了楚渊。

画里，两个人面朝大海，落日将他们的身影拉长。阮梨给画取名为《余晖》，色调用得很大胆，整体看起来十分浪漫。

阮梨把画挂在医院的墙壁上：“楚渊哥哥，你以后看到这幅画就会想起我。”

楚渊深情地看向她，说：“不看也会想你。”

晚上，王蒙蒙把精修后的图片全发在群里，阮梨把所有照片下载下来保存在相册里。照片里的阮梨又乖又漂亮，让人看了就心动。

王蒙蒙：梨梨，千万不要让楚医生看到你这些照片啊。

甜梨：臭蒙蒙，楚渊哥哥才不是你想的那种人。

王蒙蒙：以我看小说的经验来看，越正经的人越……

我是静静：其实男人差不多都是一个德行。

雯雯：其实男人差不多都是一个德行。

甜梨：……

当晚，室友们拉着阮梨在宿舍看电影，电影内容激情奔放。最重要的是，她们看电影时，楚渊给阮梨打来了视频通话。

“脸怎么这么红？”楚渊道。

阮梨心虚地找了一个理由：“我运动了，刚跑步回来。”

楚渊面不改色地拆穿她：“梨梨，你穿着睡裙。”

阮梨不知所措，想着要不要坦白，还是王蒙蒙来给她解围了：“楚医生，是我们在逗梨梨，她脸才这么红的。”

“对对对，梨梨身材好，皮肤又白，我们问她是怎么保养的。”

听着她们你一句我一句地替阮梨解围，楚渊没再说什么。阮梨的耳根还有点红，她拼命地喝水，还不小心呛到了。

楚渊叮嘱道：“慢点喝。”

晚上睡觉前，阮梨在微信朋友圈发了一条去海边游玩的视频。

Y：有没有拍照？

甜梨：有呀。

Y：给我看看。

她一股脑地把自拍照和陈清给她拍的她在画画的照片全发了过去。她倒不是因为王蒙蒙说的话故意不发王蒙蒙给她拍的那些照片，而是实在觉得穿泳衣露得太多，不好意思发。

YAOYIKOUTIANLI

第七章

蜜意

时间过得飞快，十一月份，南城树叶逐渐泛黄，天气转凉，秋天要来了。这周六，阮梨和楚渊迎来了第一次真正意义上的约会。

近段时间楚渊一直很忙，完全没有时间给阮梨当模特。今天，楚渊穿着黑色衬衫，打着领带，西装外套一丝不苟。画室里，阮梨扎着丸子头，穿着耐脏的黑色小裙子，一把从楚渊身后抱住他："我等你好久了。"

楚渊反手把阮梨拎到面前来，阮梨惊呼一声，人已经被楚渊压在了沙发上。他开始吻她，但没有逾矩。这个吻漫长又缠绵。吻完后，楚渊的西装被阮梨抓出褶皱，阮梨的红唇被吻得比涂了口红还要娇艳、水润。

"模特要怎么当？"楚渊问。

阮梨拉着楚渊坐到画板前的椅子上："你就坐在这里，摆好姿势，不要乱动。"

"衣服不用脱？"

"要呀。"

楚渊坐在椅子上说："你来脱。"

阮梨睫毛颤动。楚渊就坐在那里，优哉游哉地等着她来动手。

阮梨解开他的西装扣子，把外套脱了搭在椅子靠背上，随后继续解他的衬衫扣子。

伴随着呼吸，楚渊的腹肌起起伏伏。阮梨知道楚渊身材好，那次在柳爷爷的中医馆里，她曾不小心看过一眼。他身体的每一处线条都很完美，阮梨看得有点痴了，不由得把手贴了上去。

楚渊握住阮梨的手，不让她动弹："梨梨，我只是让你画，没让你摸。"

"你是我男朋友，我为什么不能摸呀？"

楚渊轻轻一拽，阮梨跌入他的怀里："因为我会礼尚往来。"

阮梨心跳如擂鼓，响在她耳边的嗓音有种蛊惑人心的力量。

"那我不要摸了。"

"不再考虑考虑？"

"不要！"

"那就不摸。"楚渊浅浅地笑了，"不用再脱了？"

"先这样。"

阮梨回到画板前坐下。楚渊坐在椅子上，双腿微微屈着，姿态放松随意。楚渊很高，身高有一米八八。他的肩很宽，腰腹肌肉结实有力，给人一种安全感。他的衣衫尽开，这样的他看上去性感又冶艳。

阮梨甩掉脑中杂乱的思绪，拿起画笔开始画画。做人体模特不是一件容易的事，不过楚渊是一个忍耐力极强的男人，纵然保持一个姿势久了，也很少动。

两个小时后，阮梨上前把楚渊的衬衫脱了扔在地上，只留了一条领带。午后的阳光透过落地窗洒进来，照在楚渊的身上，他的肌肤上笼罩着一层淡淡的金光，阮梨仿佛看到了降临人间的天神。

随着时间的推移，金光慢慢散去，阮梨放下画笔，伸了伸懒腰："楚渊哥哥，辛苦你给我当模特啦。"

楚渊动了动，肌肉有些僵硬，于是他舒缓了一下筋骨："我还以为裤子也要脱。"

阮梨回答："以后再脱。"

楚渊笑了："你还真想啊？"

"我喜欢画山水、画宏伟的建筑，也喜欢画人体，楚渊哥哥是我心里最完美、最想要画的模特。"阮梨用手给楚渊捏肩膀，"楚渊哥哥，你是我的'男神'，我想一直画你，不管什么样的你，我都想用画笔画下来。”

阮梨的手软绵绵的，没什么力气，她用手捏他，像挠痒痒一样，他的肌肉似乎绷得更紧了。

楚渊将她圈在怀里，继续听她说那些动人的情话，呼吸逐渐变得滚烫：“一直做你的模特，我是不是该收取酬劳，嗯？”

阮梨语气软软地回答：“哥哥想要什么报酬我都给。”

就是这么一句话，点燃了楚渊身体里的火苗。

夕阳西下，院门口的风铃被吹得发出清脆动听的声音。

阮梨跨坐在楚渊的身上，被吻得七荤八素。她被楚渊抱着往楼上走。楼上的光线很暗，楚渊呼吸沉重，像是一头蛰伏着的野兽。

楚渊压着阮梨的手，漂亮结实的腰紧绷着。阮梨被他困在身下，他还在吻她。这个吻很热烈，阮梨的唇被挤压得又疼又麻。

“梨梨，什么都给，这可是你说的，我不会给你反悔的机会。”

阮梨的长发如瀑布般散开，指尖触碰到楚渊的身体，那滚烫的温度让她的指尖变得酥麻。

楚渊没想到阮梨敢这样撩拨他，然而，正在他意犹未尽的时候，那双手在他的腹部停了下来，没有再动。

“楚渊哥哥，我突然又有了灵感。我们晚点再出去吃饭、看电影好不好？”阮梨想画画的念头是那么强烈，她推开楚渊，双脚落地，鞋都没顾得上穿就要往楼下跑，可是楚渊长臂一伸，将她揽了回来。

重新倒在床上，她撒娇道：“报酬晚点再继续给嘛……”

“我等不及了。”他的迫切、他的渴望，暴露无遗。

楚渊漂亮的瑞凤眼里泛着红，吻如狂风海啸般落下。这次的吻与以往不同，阮梨的腰窝被亲了一口，脸瞬时红得像被点了胭脂。

“楚渊哥哥，你……你别亲了。”阮梨开始慌了。

“好，不亲了。”

“你的手！”

“手怎么了？”

阮梨的脑袋像是被人打了一般，晕乎乎的。她的眼睫毛颤抖得厉害，心像是在坐过山车。楚渊的手从上往下握住阮梨的小腿，他俯下身，用宽阔结实的身躯笼罩着她，亲吻她的眼睛：“梨梨，我要的报酬是你，全部的你。乖……不要害怕，我不会伤害你的。”

在紧要关头，阮梨很没骨气地晕了过去。她醒来的时候，人还有点迷糊。她动了一下，浑身软绵绵的，一点劲都没有。

“醒了？”男人的嗓音沙哑性感，他已经把黑色衬衫穿上了，但没打领带，扣子扣得随意，身上还有一股浓烈的、没有散去的荷尔蒙的味道。

阮梨怎么都想不到，面前温润如玉的男人刚才在床上就像一头野兽，像是要把她拆吃入腹一般。床头的小灯开着，阮梨看到楚渊，脸颊上浮现两团红晕。她捏紧被子，又闭上了眼睛。

楚渊见阮梨闭上眼，忍不住喉结滚动：“有没有哪里不舒服？”

睫毛动了动，阮梨没有说话。其实不管是什么样的楚渊，对阮梨来说都有致命的诱惑力。可是她就是晕过去了。她可能是有点害怕，但她能不害怕吗？一想到那个画面，她就……

“梨梨，你打算一直不理我？”

“我没有。”阮梨心虚地回应。

“抱歉，是我吓到你了。”楚渊恢复了温文尔雅的模样，好似先前那放浪形骸的人不是他。

看到阮梨在自己面前晕过去的那一瞬间，楚渊害怕了。一个在手术台上从来不允许自己犯错的冷静从容的医生，在检查阮梨身体状况的时候手都是抖的。好在，她只是受不住刺激，短暂地陷入了昏迷状态而已。

楚渊又保证道：“以后不会了。你好好休息，我去一趟超市。晚上想吃什么？我给你做。”

“我不是故意的。”

“我知道你不是故意的。”是他太渴望她了。

“你给我一点时间消化好不好？”她也不知道自己是不是受了在宿舍看的那部电影的影响，电影中女人诡异的表情让她觉得男欢女爱是一件很痛苦的事情，她又怕痛，那个瞬间，她给了自己很多心理暗示，但还是没出息地晕了过去。

“好。”楚渊没有丝毫犹豫地回道。

“你想吃什么？”他又问了一遍。

“你做什么我都喜欢。”

楚渊起身出去，阮梨在他离开后慢吞吞地爬起来，拿了一套干净的衣服下楼洗澡去了。浴室的镜子里，阮梨把头发绑起来，皮肤上的印记一览无余。

阮梨坐在浴缸里，温热的水让她浑身舒畅。手拂过腿，她的脑子里忽地浮现楚渊握住她的腿从她的脚背一路亲上来的画面……阮梨突然感觉大脑又开始缺氧了，晕乎乎的。

阮梨洗完澡出来，楚渊还没有回来，她有点魂不守舍。

阮梨打开手机，点进微信查看群聊里的新消息。

王蒙蒙：梨梨在吗？你和楚医生的约会什么情况啊？

王蒙蒙：我低血糖，急需补充一点糖分。

我是静静：我也低血糖！

雯雯：我也……

阮梨简单地描述了一下整件事的过程。大家听完以后，集体对楚渊表示同情。她们怎么也没想到阮梨居然会没出息到晕过去。

王蒙蒙：允许我先笑一会儿，哈哈哈哈……

陈清：你不用多想什么，楚渊说得没错，的确是他表里不一的样子吓到你了。

王蒙蒙：没错没错，你才十九岁，对这方面的了解也不深。你不用担心楚医生啦，他没你的时候，二十八年还不是这样过来了？

是啊，楚渊是真正意义上的成熟男性，比她大九岁。阮梨咬了咬唇。

楚渊回来时，阮梨听到院子门开了，便起身迎了过去。

“楚渊哥哥，我帮你拿。”

“你拿这个吧。”楚渊买了一排乳酸菌饮料，还有不同口味的酸奶。

“都是买给我的吗？”

“嗯。”

画室里有厨房，楚渊拿过围裙系着，阮梨在旁边帮忙洗菜。

阮梨的目光大多数时候是落在楚渊身上的，此时，他的双手正拿着菜刀在切青椒，可是在这之前，这双手一直在她身上作乱。

楚渊抬眸，正好把偷看他的阮梨抓了个正着：“你一直看着我，菜怎么洗得干净？”

阮梨耳根泛红：“你以前对别的女人那样过吗？”

楚渊声音沉缓：“我只会对你那样。”

阮梨“哦”了一声，迅速低下头，慌慌张张地洗菜。

吃过晚饭，两人牵手出去散步，看了一场电影，还在商店里买了猫粮喂流浪猫。

深夜，画室里还亮着灯，阮梨站在楼梯上，楚渊轻轻亲吻她的额头：“晚安。”

冬天来了，南城的树光秃秃的，没有一片叶子，阮静蓉也在这个冬天醒来了。

阮梨裹着围巾，穿的是一件针织长裙，外搭一件芝士黄羊绒大衣。她在医院里飞速奔跑着，冲到病房后，看到医生们在给阮静蓉做身体检查。

阮梨眼睛一红：“姨！”

“梨梨。”

阮梨趴在床上，搂住阮静蓉的腰：“你终于醒了。”

阮静蓉摸了摸阮梨的脑袋：“隔三岔五听到有只小蜜蜂在我耳边嗡嗡嗡地叫个不停，我能不醒吗？”阮静蓉之前虽然是植物人，但自从意识清醒之后，时常能听到别人在她耳边说话。

阮静蓉睡了大半年，一直靠营养液维持生命，现在整个人瘦骨嶙峋。

“二爷倒是没骗我，阿渊把你养得很好。”

阮梨的气色比以前好了很多，她还胖了点，上大学后，也少了几分青涩感，更加明艳动人了。阮梨唇角微弯：“姨，楚渊哥哥现在是我的男朋友了。”

“看来阿渊被你缠上后就脱不了身了啊。”

“姨，是楚渊哥哥先和我表白的。”

阮静蓉刚醒，阮梨就一直缠着她说话，之后几天阮梨也天天往医院里跑。

阮静蓉醒后，每天都有人来探望她。这天，宋佳雪捧着一束花来了。

跟楚池取消婚约后，宋佳雪时常往外地跑。她是学古典舞的，接了不少大型的舞台演出，日子过得充实自在。

阮静蓉还不知道两人已经取消婚约，便问道：“你跟楚池感情还好吗？是不是年底要办婚礼了？”

宋佳雪回道：“我们取消婚约了。”

楚二爷道：“楚池现在在接触林小姐，两人可能会结婚。”

阮梨惊讶地道：“林知晚吗？”

“是，就是之前给你姨当主治医生的那一位。”

这是阮梨万万没想到的，楚池竟然跟林知晚扯上关系了。阮梨看向宋佳雪，宋佳雪温柔一笑，情绪并没有什么起伏。

楚二爷给阮静蓉切好苹果递过去：“你们聊，我去找阿渊说点事。”

车祸的事他们已经查出些眉目了，只不过一直没有轻举妄动。楚二爷希望林家识趣一点，最好不要跟楚雄扯上什么关系，免得惹祸上身。

晚上，阮梨跟宋佳雪出去吃饭，不巧遇到楚池了跟林知晚。更尴尬的是，阮梨中途去上了一趟卫生间，好巧不巧看到陈璐抱住楚池在表白。

楚池严厉地说：“放开！”

陈璐一脸狼狈：“楚池，我很早以前就喜欢你。我不介意你娶林知晚，只要你能让我留在你身边就好。”

“陈璐，要点脸！”楚池无情地甩开陈璐，转身看到阮梨：“梨梨……”

阮梨有点尴尬：“我上卫生间。”

楚池决定放弃追求阮梨后，一门心思都在工作上。他唯一剩下的就是生意上那一点赢过楚渊的野心，他不想全输。他跟宋佳雪取消婚约后，楚三爷有意拉拢林家，他没有反对。反正这辈子他得不到阮梨，对他来说跟谁结婚都一样。

“嗯。”楚池快步离去。

阮梨对陈璐无话可说，陈璐却对她大吼：“凭什么你想得到什么就有什么，我想要什么从来都得不到？”

“我不跟白眼狼说话。”扔下这句话阮梨就跑了。

饭后阮梨跟宋佳雪在商场里逛了一圈，两人都买了几件衣服，阮梨还给楚渊买了一件外套，给姨买了一顶很好看的帽子。

和宋佳雪道别后，阮梨在原地等楚渊来接她。

楚渊来了后先问道：“冷不冷？”

阮梨两只手戴着手套，说：“你看，我戴了手套，还贴了暖宝宝，不冷呢。”天空中飘起了雪，阮梨有些激动，“哥哥，下雪了！”

楚渊牵着阮梨的手：“你喜欢雪？”

“喜欢，我好想去北欧国家看雪啊！”阮梨外出的机会太少了，她十分向往外面美丽的世界。

“等你放寒假了有很多时间。”

阮梨的眼睛一亮：“楚渊哥哥最好了。明天一早你再陪我起来堆个雪人，好不好？”

“好。”

不知不觉，楚渊和阮梨已经交往两个月了。

回到公寓里，阮梨洗完澡去书房找楚渊。她钻进楚渊的怀里，楚渊紧紧搂着她。

阮梨仰着头索吻：“要亲。”

楚渊放下手里的文件，在她的眉心啄了一下。

阮梨不满，指了指自己的唇：“要亲这里。”

楚渊的呼吸喷在阮梨的眼睛上，她觉得有点痒。他捧起她的脸，如她所愿，亲了亲她的嘴。

上一次在画室发生的一切好像只是一场梦，阮梨有好几次做梦，醒来后脸红心跳。那天她不争气地晕过去是事实，害怕也是事实，可是那次亲密互动，她又是喜欢的。

此刻，阮梨双手攀着楚渊的脖子，主动且青涩地回吻他。她张着嘴，学着他亲她的方式，缓缓磨他的唇。楚渊的手越收越紧，呼吸越来越沉重，身体散发出来的热量仿佛要将人融化。

这个吻足够漫长、足够缠绵，只是楚渊没有再进一步。

楚渊松开阮梨：“时间不早了，回去睡吧。”

阮梨唇色红润，桃花眼水灵灵的，浑身散发着梨的清甜香气：“那你呢？”

“我处理完事情就睡。”

“楚渊哥哥，晚安。”

“晚安。”

一场雪后，整座南城宛如仙境，光秃秃的树被雪压弯了枝丫。画室门口堆了一个可爱的雪人，风铃一直在响。

前段时间，梨花被陈叔带到画室，小家伙也算是如愿以偿地回到阮梨身边了。据说这个小家伙在家里不肯吃东西，楚老太太以为它生病了，就让陈叔带它去宠物医院检查，结果没有检查出问题。医生说它是心情郁结了，小家伙这才被送到画室。

阮梨把梨花放在画室里让它独自待了两个晚上，这天，她一开门就看见梨花蹲在门口，朝她喵喵喵地叫个不停。阮梨蹲下来抱起它："抱歉呀，让你孤孤单单地留在画室，今晚我留下来陪你。"

夜里，狂风呼啸，窗户被风吹得呼呼作响。阮梨本来在画画，可是听到风声有些害怕，直到楚渊来她才松了口气。

"楚渊哥哥，喝点热水。"

"嗯。"屋内有暖气，楚渊把外套和围巾摘了下来。他里面只穿了一件黑色高领毛衣。

忽然，裤腿被抓，楚渊低头一看，看到梨花龇牙咧嘴地在凶他。

"梨花，不许凶哥哥。"

喵。

楚渊嗓音淡淡地问："还没绝育？"

"陈叔说梨花太凶了，不肯做绝育手术，就没带它做了。"阮梨回。

楚渊说："你要把它养在身边的话，我下次带它去做。"

梨花好似听懂了一般，张嘴咬住楚渊的袜子。楚渊弯腰捏住梨花的脖子把它拎起来扔回猫窝里。

晚上，梨花在楚渊的被子上尿尿了，好似这般，楚渊就会没地方睡，然后离开这里。阮梨把梨花教育了一顿，梨花被罚面壁思过。

阮梨说："楚渊哥哥，你的被子脏了，今晚你跟我睡吧。"楚渊沉默片刻后应了下来。

阮梨躺在被窝里有点紧张，这是两人第一次同床共枕。楚渊洗完澡出来，身上穿着黑色棉质睡衣。床微微晃动，楚渊掀开被子，在阮梨的旁边躺下。阮梨侧过身子，抓住男人的衣摆："楚渊哥哥，以后梨花就放在画室里养，你晚上都过来陪我好吗？"

"好。"楚渊应下了。

阮梨手冷，楚渊躺下后，她慢慢向他挪过去，用手环住他的腰，眉眼弯弯："楚渊哥哥真暖和。"

楚渊的气息沉了沉："暖和就抱紧点。"

阮梨重重地"嗯"了一声。

怀里的人睡着了，楚渊却没有任何睡意。他低头碰了碰她的唇。

阮梨好似睡得不舒服，轻哼了一声。楚渊松开她的唇，起身下楼。

翌日，阮梨是被热醒的。醒来后，她发现自己像个树袋熊一般缠在楚渊身上，一条腿横搭在他的腿上。阮梨还是头一回醒这么早，她轻手轻脚地把腿收回来，偷偷打量起楚渊，指腹轻轻滑过男人的鼻梁、薄唇、喉结……

楚渊睁开眼，握住她的手："梨梨，别碰了……"

阮梨被楚渊握住手腕，这时她才发现楚渊的手心滚烫得惊人："楚渊哥哥，你的体温怎么这么高？你发烧了！"

阮梨将手心贴在楚渊的额头上——很烫，他果然发烧了。

楚渊自己也察觉到了："梨梨，楼下有退烧药，你替我拿一下。"

"楚渊哥哥，不能空腹吃药，你再睡会儿，我出门给你买早餐，吃了东西再吃药。"

"好。"楚渊应下。

阮梨出门买了粥回来，给楚渊贴好退烧贴，盯着他把粥吃了才给他吃药。而后，阮梨用被子将楚渊捂得严严实实。

楚渊轻笑："梨梨，我这只是普通发热，你不用紧张。"

"生病可难受了，你得好好休息，今天不许去医院了，听我的。"

楚渊倒不是很难受，只是脑子有点昏沉而已："好，听你的。"

"我昨晚跟你抢被子了吗？"阮梨问。

"没有，你很乖。"她不吵不闹，只赖在他的怀里，睡得很香。

白天，阮梨看了监控录像才知道，她睡着后，楚渊在楼下坐了很久才上楼。她还是觉得楚渊睡不着的原因很有可能跟她有关。

上午十一点，楚渊醒来后，烧已经退得差不多了。阮梨没有去学校，一直守在楚渊身边，见他醒来，她摸了摸他的额头——不烫了。

阮梨咬了咬唇："楚渊哥哥，你是不是不习惯跟我睡？"

"没有不习惯。"

"你骗人。你昨晚在楼下待了很久。"阮梨搂住他，郑重其事地说，"我已经做好了心理准备，不……不会再晕了。"

楚渊揉了揉阮梨的脑袋："真做好心理准备了？"

"嗯！"

往后几天，楚渊每天都来画室陪阮梨，两人晚上会一起睡、会接吻、会拥抱，可依然没能再进一步。

年底，楚渊一直很忙碌，阮梨也挺忙的，因为清大美院十二月三十一日晚上要举办元旦晚会。阮梨一开始没有主动报名参加表演，但她是新晋校花，很多人希望能在舞台上看到她，所以在老师和同学的劝说下，她还是报名了。

到时候阮梨会上台弹奏一曲古筝，这段时间她没少练习。

圣诞节当天，两人在学校附近吃了一顿饭，楚渊给阮梨送了礼物，之后他又出差了。礼物是一瓶香水，味道很特别，阮梨很喜欢。

或许是天越来越冷了，这段时间，阮梨和室友们都不爱外出，全都窝在宿舍。楚渊出差还没回来，没办法在画室陪阮梨，所以阮梨悄悄把梨花带到宿舍养了几天。

“梨梨，你家楚医生三十一号晚上真的不来看你的演出吗？”

“他出差了。”阮梨不觉得有什么，“我姨和姨丈会来。”

十二月三十一日很快就到了，这次美院的元旦晚会是在大礼堂举行的。

阮梨坐在镜子前，轻扫黛眉，朱唇不点而红，肤色若雪，美得惊人。在后台，有很多人来跟阮梨拍照，钟雯雯也给她拍了好多照片。

阮梨手机响起，是楚渊打来了电话。

“紧张吗？”

“嗯。”

“把台下的人想象成我你就不紧张了。”

“那我估计会更紧张。”阮梨弯了弯唇，“楚渊哥哥，她们都说我今晚特别好看，你看不到真是可惜了。”

“不是有照片？”

“我才不给你发。”

“那我就问姨要。”

阮静蓉和楚二爷已经在前排落座，王蒙蒙和阮梨的室友在他们后面坐着。

晚会正式开始，总共有二十二个节目，阮梨是倒数第二个演出的。演出进行了四个小时后，阮梨总算登场了。镁光灯打在她的身上，台下众人开始窃窃私语。

阮梨朝台下莞尔一笑，缓缓坐下，开始弹奏古筝。阮梨从小学习古筝，学了很多年。她的表演很动人，台下的人听得专注，整个表演让人赏心悦目。

大礼堂外，一辆轿车停下，楚渊从外面进来。

“渊总，二爷和二夫人在前面，你要上去吗？”

“就在这里看吧，等晚会结束了再说。”

楚渊在清大本就有名，他站了没一会儿就被美院学生会的学生发现了，他们还说可以带他去后台找阮梨。

短短几分钟后，一曲结束，人们意犹未尽。

阮梨结束表演后，回到后台坐下，和其他表演完的同学们聊着天。手机接二连三地振动，她拿出手机点开微信，看到王蒙蒙发来好几个她在台上演出的高清视频。

这时，有人喊："阮梨同学，外面有人找你。"

阮梨以为是姨跟姨丈来找她了，便起身出去。她走到化妆室外，却发现门口站着楚渊，他手里捧着一束花。阮梨喜出望外，上前一把抱住楚渊："楚渊哥哥，你不是说你回不来吗？"

楚渊笑着说："想你就赶回来了。"

"我也想你。"阮梨甜甜地笑着，"楚渊哥哥，你闻到了吗？我今晚用的是你送我的香水。"

"闻到了，很香，很适合你。"香水混着阮梨身上独有的清甜味道，楚渊想要融入其中。

一个同学提醒道："阮梨同学，得去前面一块儿拍大合照了。"

"好，知道了。"阮梨捧着花对楚渊轻声说，"楚渊哥哥，我结束了再来找你。"

阮梨跟所有参与表演的同学还有美院的院长一起拍了张大合照。机会难得，她准备拉上姨、姨丈还有楚渊拍一张合照。

突然，有个中年男人朝阮梨扑了过来："女儿、女儿，我是爸爸啊……"这个男人穿着邋遢，头发乱糟糟的，一口黄牙，胡子也不知儿天没刮过了。

阮梨的双臂被对方握住，她挣不开，脸色微微发白："叔叔，你认错人了。"

"我不会认错的、不会认错的，你就是我的女儿。"

下一秒，中年男人被猛然推开，阮梨被楚渊护在身后。楚渊神色很冷，男人畏惧他，没敢再上前。

阮静蓉跟楚二爷本来是在跟院长和领导们说话的，在发现有个陌生男人称是阮梨的爸爸后，脸色倏地变了。阮静蓉看清对方的样貌后，快步上前："黄亚勇，她不是你女儿。"

"怎么不是？当年那个死女人把我女儿交给你养，她就是我女儿。"黄亚勇出狱后身无分文，一直睡天桥、捡垃圾吃，突然有一天想起自己还有个女儿，一打听才知道，原来他女儿随阮静蓉到大户人家过好日子去了，因此他更加坚定了要认回这个女儿的心。

“这是我阮静蓉的外甥女，你老婆当年的确把她的孩子交给我抚养，但那个孩子不是我家梨梨。”阮静蓉声音中泛着寒意，“你的女儿已经和我没有任何关系了，她叫陈璐，你要是想认女儿，就尽管去找她。”

“你不会是在骗我吧？”黄亚勇半信半疑。

阮静蓉横眉冷眼：“你能生出这么好看的闺女来？你也太看得起你自己了。再说你女儿今年多大了？怎么可能还在上学？”

黄亚勇不太记得自己入狱时女儿几岁，但粗略推算，他女儿应该已经大学毕业了。知晓自己认错了人，黄亚勇问到陈璐的手机号码后便离开了。

所以，这个男人是陈璐的父亲。阮梨心中一阵感慨：按照陈璐的性子，她连陈清一家子都不认，怎么可能会认这个父亲？

“梨梨，有没有被吓着？”阮静蓉担心地问。

“我没事，姨。”阮梨乖乖地回答。

阮静蓉看着乖巧的小姑娘，道：“没事就好。”阮梨是她带大的，这孩子从小就生得惹人喜欢，她实在想不通姐姐怎么能这么心狠，竟然把阮梨抛弃之后独自去了国外。至于阮梨的亲生父亲是谁，当年她也没听姐姐提起过。

这只是一段小插曲，没什么人会放在心上。

这次来看阮梨表演，阮静蓉也见了阮梨的好朋友王蒙蒙和室友陈清几人。看到大家如此照顾阮梨，和她相处得十分愉快、和睦，阮静蓉十分欣慰，便诚挚地邀请大家元旦节去楚家吃饭。

不知不觉，已经晚上十一点了。

“静蓉，很晚了，我们该回去了。”楚二爷提醒道。

阮静蓉叮嘱道：“梨梨，明天记得带同学们回家吃饭。”

楚二爷搂着阮静蓉说：“你身体还没好全，不该在外面吹这么久的风。”

“我没事，你不要总是这么啰唆。”阮静蓉醒来后，这个老男人对她呵护到了连个花都不让她浇的地步，她走哪儿他跟哪儿，好似他不用再忙活生意上的事。

“现在就开始嫌我啰唆了？日子还长着呢，以后有的是你嫌弃我的时候。”

阮梨望着楚二爷搂着阮静蓉离开，笑得眉眼弯弯。她也算是体会到被秀恩爱是什么感觉了。

阮梨今晚没跟阮静蓉他们回去。冬夜气温低，冻得人手脚冰凉，阮梨牵着楚渊的手，一路踩着雪回画室。她时不时地回头往后看，雪地上全是两人留下的脚印。

回到画室里，阮梨将楚渊送的那束花放在桌子上，拿着手机趴在沙发上保存微信里别人发过来的照片。她穿着旗袍，没穿袜子，脚藏在毛毯里，两条细腿悬在空中，轻轻晃荡。

楚渊洗完澡出来看到的便是这一幕。阮梨脚上的毛毯几乎全被晃到了地上，他走过去把毛毯捡起来：“怎么不卸妆？”

阮梨道：“蒙蒙给我发了好多照片和视频，我在保存呀。”过了五分钟，阮梨翻身起来，亲了楚渊一口，“我弄好了。我去洗澡。”

卸完妆，阮梨敷上面膜，躺在浴缸里泡澡。洗完澡，阮梨发现自己忘记拿睡衣了。她用浴巾裹住身体，犹豫片刻后，还是开门出去了。此时在楼上的楚渊看了一眼床上的睡衣，察觉到阮梨洗澡没拿睡衣进去，于是就拿着她的睡衣准备下楼。

阮梨走出浴室后心跳加快，有点紧张。两人一上一下，在二楼的楼梯口相遇。

阮梨抬起头：“楚渊哥哥，你拿晚了，我都洗好出来了。”

粉色浴巾像一条连衣短裙，她雪白的肩和锁骨露了出来。

阮梨伸出双手：“冷，楚渊哥哥抱。”

楚渊单手将阮梨给抱起来，而后将人放到床上：“把睡裙穿上。”

阮梨舔了舔唇，脸颊酡红，像是醉酒了一般。灯光下，她的皮肤白里透红：“我好累，楚渊哥哥，你帮我穿。”

楚渊沉默了片刻后，把睡裙给小姑娘套上，而后将浴巾一扯，扔到沙发上。阮梨愣了一下，咬唇道：“楚渊哥哥，你看不出来我在撩拨你吗？”

楚渊闻言，眸色一沉：“看出来了。”

看出来了他还无动于衷？

阮梨还有一个多月就二十岁了，她很清楚自己喜欢楚渊，已经做好了对他毫无保留的准备。阮梨嗓音很软，她郑重其事地说：“我真的准备好了。”

“梨梨，时间很晚了。”

“我忘记涂润肤乳了，你帮我拿上来。”

“好。”楚渊下楼给阮梨拿润肤乳，她的润肤乳有一股淡淡的白茶味，很好闻。阮梨拧开盖子，当着楚渊的面开始涂润肤乳，卧室里弥漫着诱人的香气。

“梨梨，你故意的？”

“我没有呀。”阮梨眨着眼睛。

楚渊喉结滚动，视觉和嗅觉的双重冲击很是折磨人，于是他选择背过身去。阮梨身上的白茶香味越来越浓了，她故意涂得很慢，但是整个过程中，楚渊没有任何表示，依旧背对着她。

阮梨把润肤乳一扔，钻进被窝里。她放弃了。

楚渊听见动静转过身来，见人已经盖上被子窝成一团，被子全部被卷走。他放好润肤乳，眼里有了笑意：“梨梨，你把被子都卷走了。”

阮梨生气归生气，但还是把被子松开了一部分。她怕楚渊会感冒。

阮梨想不明白，她都使出浑身解数来撩他了，他怎么不动心呢？他是担心自己会像上次那样吓到他吗？

“梨梨……”楚渊亲吻阮梨的鬓发，试图让她回头看自己。

如他所愿，阮梨转过身来，一把抱住了他的腰：“楚渊哥哥，梨梨喜欢你。”阮梨用唇去蹭楚渊的脖子，又去吻他的脸颊。

楚渊的呼吸已经完全乱了，眸里的情愫涌动着。

“梨梨好喜欢你呀，最喜欢你了……”

原来，甜言蜜语的杀伤力是最强的。

“我也最喜欢你。”楚渊呼吸沉重，他似乎无法再克制自己，浑身紧绷得厉害。他吻她，力道很重，却又很深情，又很快变得温柔起来。

阮梨很快被吻得喘不过气来。他捧着她的脸，温柔地亲吻她的眼睛、眉心……桃花眼湿漉漉的，她看着他的时候是那么痴迷又专注，仿佛她的世界里只有他一人便足矣。

她身上的香气就像信息素，和他荷尔蒙的气息交融在一起。

翌日，阮梨醒来后看了一眼时间，上午九点了。她抬手揉了揉眼睛，昨晚的记忆宛如潮水般涌进她的大脑，她躲在被窝里偷笑。

阮梨想起楚渊温软的绯色薄唇，想起他浑身火热地抱着她亲吻的样子，想起他落在她耳边的性感迷人的嗓音。阮梨一想到这些，就忍不住在床上打滚，但滚着滚着就滚不动了——她肚子有点饿，浑身软绵绵的。

楚渊起得早，楼下时不时传来细微的动静。外面的阳光照进画室，门口的雪已经堆积了厚厚一层。阮梨起身下楼，见到楚渊的时候，心情很好地上前搂住了他的腰。他在给她做三明治，桌子上还放有一杯温好的牛奶。

阮梨甜甜地说："楚渊哥哥，早上好呀。"

"早上好。"楚渊低头在阮梨的额头上亲了一口，注视着她道，"有没有哪里不舒服？"

阮梨听到楚渊关心的问话，脸颊上出现两团小红晕，唇边梨涡浅浅。她心里甜蜜不已，老实地回答："没有。"

楚渊又在阮梨的下颌处啄了一口："吃完早餐我让司机送你们去老宅，就不麻烦陈叔来回跑一趟了。"

"那你呢？你今天不回去吗？"

"我有点事，忙完就回去。"

今天是元旦，楚家很热闹，阮梨带着王蒙蒙和陈清几个人如约而至。

王蒙蒙跟阮梨高一就认识了，但这是她头一次来楚家大宅。逛了大半天，她只逛了三分之二，后来阮梨怎么都走不动了，她们只好回了阮静蓉住的院子里。

大家一起在院子里吃了一顿午饭，午饭是阮静蓉亲手做的。

楚二爷说："别拘谨，随意就好。"

众人纷纷应"好"。

王蒙蒙问："梨梨，你姨跟二叔相差几岁啊？"

阮梨掰着手指头数了数："五岁。"阮静蓉今年五十岁出头，但保养得好，看起来比实际年纪要小很多。

"你姨跟姨丈没有要孩子吗？"

"好像以前想要，但是一直没要成。后来年纪大了，他们就没想过了。"

在阮梨心里，阮静蓉其实就是她的母亲。

“你姨跟楚二爷的爱情也好令人羡慕呀。”赵静小声说。

“我也觉得，感觉楚二爷很喜欢你姨。”钟雯雯也说。

“感觉他完全被拿捏住了。”

阮梨想起阮静蓉以前说过的话：“我姨说姨丈以前可难追了，心肠冷硬，她追了很久才追上他的。”她本以为楚二爷可能没有那么喜欢她姨，但车祸发生后，她发现其实楚二爷对她姨的爱一点也不少。

楚老太太听说阮梨的同学来家里玩，特地给大家准备了礼物。每个人都有一串用天然水晶做成的手链，水晶很纯，瞧着就价格不菲。

“这是奶奶的一片心意，你们收下吧。”阮梨劝说道。

“会不会太贵了？”

“不会。”

这时，楚渊从外面进来。

“楚医生回来了。”王蒙蒙最先看到从外面进来的楚渊。

大家纷纷和楚渊打招呼，楚渊微微颔首。

阮梨看过去，唇角微微弯起：“楚渊哥哥，你吃过午饭了吗？”

“吃过了。”楚渊眼里含笑。

“姨给你留了汤，你要不要喝？我给你端过来。”

“喝。”

阮梨起身往厨房走去，楚渊紧跟其后。

离楚家老宅不远处有一个滑雪场，楚渊回来是为了带她们去体验一下的。滑雪场附近有一个仙女湖，仙女湖四面白雪皑皑，人来到这儿，仿佛置身于童话世界。

阮梨的帽子和围巾是一体的，帽子上还有一对可爱的兔耳朵，长长的兔耳朵随着她的走动上下跳动。

阮梨玩不了滑雪这种很需要体力的运动，只好看着大家玩。

“清清好厉害啊！”从滑雪赛道顶端滑下来的陈清英姿飒爽，王蒙蒙在后面压根追不上她。

“我家乡下雪比南城频繁，我很小的时候就会滑雪了。”

“难怪。”

玩到最后，五个女孩打起了雪仗。

阮梨身上全是雪，她气喘吁吁地倒在地上，楚渊上前把她拉起来，替她把帽子上的雪给抖掉："你玩得开心吗？"

"嗯！"阮梨肯定地点头。

几人滑完雪，楚渊又带着大家爬上了仙女山。山顶上夕阳映照着雪山，余晖把雪峰和冰湖染得金光璀璨，这里宛如仙境。

夜里回去，王蒙蒙几人在楚家留宿。五个女孩躺在床上聊着天。

阮梨穿着睡衣躺在床上，眼尖的赵静一眼就看到了阮梨脖子上的印记。她们白天的时候就看出来了，阮梨这个清甜小梨子已经被炖成了冰糖雪梨，与楚渊之间的那股子甜蜜氛围十分浓厚。

几人嬉闹一番，之后沉沉地睡去。

回到学校，大家忙着复习，应对考试。考试结束后，寒假开始了。

陈清她们三人各自回家，回家之前提前把准备好的礼物放在了王蒙蒙这里，嘱咐王蒙蒙等阮梨生日那天再转交给阮梨。王蒙蒙和阮梨是本地人，不用赶着回家，有时间就约着一起逛逛街、看看电影。

王蒙蒙问："梨梨，你的生日快到了，你打算怎么过啊？"

说到生日，阮梨以往的生日都过得很简单，不会操办得过于高调。而且，她心里其实有些抵触自己生日快到了这件事，她担心自己真的活不过二十岁。

阮梨想了想，说："应该和以前一样，简简单单地过。"

跟王蒙蒙看完电影，阮梨就回了楚家。

阮静蓉醒后，阮梨放假都会回楚家住，只是如此一来，她就没什么机会跟楚渊同床共枕了。

晚上九点左右，陈姨已经睡下了，阮梨踩着毛茸茸的鞋子，穿好外套往楚渊的院子走去。楚渊还没回来，阮梨在他的房间里等着。也许是因为楚渊很少回来住，他的床和被子上只有阳光的味道，没有多少他自己的气息。阮梨趴在床上翻看漫画，等了许久还没见人回来，便给楚渊打了个电话："你到哪里了呀？"

"快到了。"

"楚渊哥哥，你越来越忙了。"

"再过阵子就好了，过阵子我可以陪你出去玩。"

"好呀，那我睡一会儿，你回来后叫醒我。"阮梨实在很困，没一会儿就睡着了。

不知道是不是因为临近生日了，她心里总是想着老道士说她活不过二十岁的事，许久没有做噩梦的她甚至又开始梦到自己从高楼上摔下来。她想要醒过来，可是被梦魇缠住，喘不过气来，整个人像是要溺死在河里一样。

这时，突然传来一个呼唤她的声音，她猛地睁开眼睛，眼睫毛上还挂着泪珠，眼里写满了害怕。她一把抱住将她唤醒的楚渊。

“那只是噩梦，别怕……”楚渊安抚她，轻拍她的背。

阮梨还带着哭腔：“楚渊哥哥，梨梨不想死。”

“不会的，你会长命百岁，陪我到老。”楚渊安慰着她。

阮梨熟睡时没有关紧窗户，导致寒气入体着凉了，加上做了噩梦，夜里她就发烧了。楚渊耐心地喂阮梨吃药，给她多盖了一床被子。

阮静蓉是第二天一早才知道阮梨昨晚做噩梦发烧了的。

阮静蓉叹了口气：“以前仙女山凤凰庙里有个道士来化缘，我正好在门口，便让他进来了，结果他说梨梨命格轻，易遭小人谋害，活不过二十岁。梨梨的二十岁生辰马上就要到了，她肯定是害怕了，才又开始做噩梦。”

“那个道士叫什么？”楚渊问道。

阮静蓉答：“源生。”

楚渊是医生，从不信风水玄学，只是这事有关阮梨，纵然听起来神乎其神，他还是放在了心上。他让人去调查了一下这个叫源生的道士。

阮梨病好后两天没有出门，第三天，楚晃来找她了，还给了她一张《长恨歌》的演出门票，演出地点在华夏宫。华夏宫是南城的著名景点之一，许多爱好汉服的人很喜欢去那里拍照。

阮梨听闻楚晃这一年在京大挺老实的，不仅自主创业，学业也完全没落下。

阮梨瞅了一眼楚晃：“给我的？”

“你陪我一起去。”楚晃道，“是大哥让我带你出门走走的，家里就我比较有空。”

“好吧。”阮梨本来不太想去，听到是楚渊要她出门，就没再拒绝。她不想让楚渊担心自己。

表演晚上八点开始，阮梨吃过晚饭换好衣服，便跟楚晃一块儿出门了。

华夏宫门口的海报上，宋佳雪打扮得像牡丹花，明艳又耀眼，贵气十足。阮梨一下就明白楚晃为什么会带她来这里了。

“晃晃，原来你喜欢佳雪姐啊。”阮梨道。

楚晃的视线落在海报上，他目不转睛地盯着海报，微微弯唇，没有否认阮梨的话。

两人由华夏宫的负责人带着去了后台，提前见到了宋佳雪。宋佳雪见到他们，有点吃惊：“你们怎么来了？”

“我陪梨梨来的。”楚晃回。

阮梨：“……”

宋佳雪轻笑：“梨梨是怎么知道我今晚在南城有演出的？”

“楚渊哥哥给我的门票。”阮梨由衷地感叹，“佳雪姐，你好漂亮呀。”

演出开始，阮梨和楚晃坐在观众席认真地观看演出。宋佳雪舞姿优美，在偌大的舞台上闪闪发光，阮梨忍不住给楚渊发了条消息。

甜梨：楚渊哥哥，佳雪姐身段好灵活、好柔软啊，这里的舞台超级棒，佳雪姐超漂亮的！

Y：在我眼里，你最好看。

由宋佳雪领舞的《长恨歌》表演结束之后，团队说去 KTV 聚一聚，宋佳雪答应了。

楚晃黑眸微眯：“我跟梨梨你不打算管了？”

宋佳雪愣了一下：“不是，我以为你们看完演出就要回去了。你们不介意的话可以跟我一起去。”

“嗯。”楚晃马上答应了。

阮梨没有拆穿楚晃的小心思，他分明就是在拿她当借口接近宋佳雪。

楚晃和阮梨跟着宋佳雪去了 KTV，宋佳雪团队里的人对他们很友好，楚晃带着阮梨坐在宋佳雪身侧。两人长得好看，没少被夸。

“小弟弟，喝酒吗？”有人问楚晃。

宋佳雪抢先回道：“他年纪还小，胃不好，不能喝。”

楚晃拿过那瓶酒：“可以喝一点。”

阮梨边喝着饮料，边拿着手机跟楚渊聊天，时不时会被拉去唱首歌。阮梨嗓音甜软，她唱起歌来也有一股甜甜的味道。

楚晃的酒量和阮梨的一样差，他才喝了一瓶啤酒就醉了，而且胃病好像还犯了。

楚晃整个人靠在宋佳雪身上，宋佳雪轻轻拍了拍他："很难受？"

"嗯……"

"我让你别喝。"

楚晃低垂着头，靠宋佳雪靠得紧了一些。

阮梨起身："佳雪姐，我出去给晃晃买胃药。"

"附近就有个药店，你别去太远。"宋佳雪不放心阮梨一个人出去，让同事小琳陪着她。

两人从 KTV 里出来，买好药准备回去的时候，阮梨在路边看到了林知晚。林知晚手撑在电线杆上，低着头在吐。这时，有一辆车停了下来，一个男人推开车门下来，上前就要带走林知晚。林知晚挣扎了几下，但没能推开男人，被男人拖拽着上了车。

阮梨觉得不太对劲，那个陌生男人怎么看都不像是好人，林知晚应该是不想跟他上车的，只是喝醉了没有力气推开他。

就在车门即将被关上的时候，阮梨上前道："林医生。"

林知晚浑身难受，看到阮梨的时候，她用力挣扎着要从车里出来，但男人一直摁着她。

"林医生，这个男人是谁呀？你不是要跟楚池哥订婚了吗？"阮梨问。

林知晚眼神迷离，她掐了自己一把，疼痛让她清醒了一些："我不认识他。"林知晚没想到会在这里再次见到阮梨，也没想到阮梨会看出自己的异常之处，并且没有袖手旁观。

阮梨看向男人："麻烦你让林医生下车，不然我报警了。"

"别多管闲事。"

"哟，还敢嚣张，这里可是有摄像头的。"小琳大着胆子说。随后，小琳上车把林知晚扶下车。

到嘴的肥羊被人拦下，男人脸色有些难看。

小琳继续说："梨梨，这位林医生好像是被下了药，你还是报警吧。"

"好。"阮梨马上拿出手机。

男人听见这句话，神色微变。他立即发动引擎开车跑了。

男人走后，阮梨没有急着报警，而是先叫了一辆救护车，林知晚被送去了医院。

快晚上十点了，楚渊来KTV接阮梨，听阮梨说起了林知晚的事。

楚渊说："等她醒来后让她自己处理吧，林家会解决的，我们回去吧。"

"我们不等晃晃吗？"阮梨提出疑问。

"我们今晚回公寓住，不回楚家，让他自己回去。"

四十分钟后，两人回到公寓。

刚进门，阮梨就被楚渊一把抱起放在鞋柜上。

"楚渊哥哥，你干吗呀？"

"你叫他晃晃？"楚渊耿耿于怀于一个简单的称谓，阮梨多少觉得有些好笑。

阮梨抿了下唇："晃晃哪里听起来很亲昵了？"

"是叠字。"

"谁让他年纪比我小，是我弟弟？年纪比我小的，我都是这么喊的。"阮梨哄道，"哥哥，你别吃醋呀。"

阮梨眉眼含笑："而且我发现了他的秘密，他喜欢佳雪姐。他今天喝酒后胃疼，赖在佳雪姐身边不走。我可长见识了，原来还可以这样追人。"

"怎么赖？"

"这样……"阮梨伸手抱住楚渊的腰，把头埋在他的脖颈处。

楚渊低头，亲了一下阮梨的脸颊，然后抱着阮梨往卧室走去。

楚渊抱着阮梨边亲边走，最后把人放在床上。

"梨梨……"楚渊吻着阮梨的唇，"我也生病了，你帮我治治。"

"要怎么治呀？"

"亲我。"

许久之后，阮梨浑身软绵绵的，双手柔软无力。楚渊把灯一关，搂着阮梨又躺下了。被窝里暖融融的，楚渊搂着阮梨的腰继续吻她……

阮梨一觉起来已经是中午了，她一睁开眼，就看到了守在床边的楚渊。

"醒了？"

"嗯。"

楚渊把阮梨从床上抱起来："你怎么这么能睡？"

“楚渊哥哥从早上守到现在吗？”

“我去了一趟医院，刚回来。”

阮梨注意到楚渊今天穿的是一件衬衫，露出了脖子上的一些印记。

阮梨将呼吸放得很轻：“别人看见了不好。”

“看见什么？”

“这个。”阮梨指了指楚渊的脖子。

楚渊浅浅地笑了：“大概吧。”

他早上去医院的时候，很多同事用暧昧的眼神看着他，但他丝毫不介意，反正阮梨是他女朋友这事也不是秘密。谢烊当场骂他不是人，他不以为意。

阮梨一想到昨晚的事就羞红了脸，不由得低头抓紧被子。见阮梨害羞得低下头，楚渊便不逗她了。

楚渊抱着阮梨去吃饭，他早上煮好的鸡蛋粥还温在锅里。阮梨一连喝了两碗粥，外加一个楚渊从外面买回来的粽子。

吃过午饭，阮梨接到林知晚约她见面的电话。

“方便吗？”林知晚礼貌地问。

“可以，就去东陵医院附近的那家咖啡厅吧，我现在过去。”

“好。”

正好楚渊要回医院，阮梨跟楚渊一起出门了。

阮梨到咖啡厅的时候，林知晚已经到了。林知晚的气色看起来一般，见到阮梨，她主动开口：“我不知道你喜欢喝什么，就自作主张给你点了卡布奇诺，还有一份小蛋糕。”

“谢谢。”阮梨礼貌地道谢。

“该说谢谢的是我才对，要不是你，我昨晚就被那个男人带走了。”林知晚没想到她们产生隔阂之后，阮梨还会帮她。

“你醒来后报警了吗？”

“报警了，事情也查清楚了。这个男人其实是我的追求者，他家公司运营得不是很好，他想着自己若是能和我发生关系，让我怀孕的话，就能娶我，如此一来，公司的问题就可以解决了，他还能抱得美人归。但是在我的酒里动手脚的不是他，你猜是谁？”

阮梨的脑子里冒出陈璐的名字，但她没说什么。

林知晚拿着调羹搅拌杯子里的咖啡：“虽然我跟楚池在接触，他也的确足够优秀，但我没想过嫁给他，那位陈小姐却已经迫不及待地想动手除掉我了，好心计。”

果然是她。阮梨心里这么想着，说出来的却是：“陈璐和我没有关系。”

“我知道。我今天找你来，除了想谢谢你，还想跟你说声抱歉，我怕我出国后我们就没什么机会再见面了。我祝福你跟楚渊，以前是我总觉得你配不上他，实际上你是一个很好的姑娘，我不该用世俗的眼光去衡量一个人。”林知晚申请了Y国J大神经科博士，以她的履历加上学校老师的引荐，J大很欢迎她。

陈璐找人算计了林知晚，楚池得知这件事后立马把她叫到了办公室。

“你被开除了。”楚池开门见山地道。

陈璐的脸色霎时就变了：“你知道了？”她以为自己做得足够小心谨慎了，但没想到还是被发现了。

楚池面色冷漠，丝毫不留情面地道：“收拾东西立马给我滚出去。”

楚池从一开始就没打算留下陈璐，陈璐表面上是在给他做事，暗地里却一直把他的日常行程告诉他父亲。楚池因为她是阮静蓉带大的，又在楚家生活了这么多年，已经给足了她情面，可她还是不知好歹。

“楚池哥，你别开除我，我保证不会有下次了。我只是嫉妒林知晚，怕你真的娶她，我……”

“我不需要听你的解释，以你的立场，你根本没资格这么做。”

“如果做这件事的是阮梨，你会这么对她吗？”陈璐眼睛发红。

“梨梨不会像你这么愚蠢、狠毒。”

“你若是肯给我机会，我根本不会做出这种事……”

楚池没再理陈璐，直接让另一个助理把她请了出去。

陈璐不肯收拾东西离开，几乎失去了理智，最后还是其他助理把她的东西收到箱子里，劝她离开。

陈璐心灰意冷地抱着箱子出了公司大门，迎接她的是那个满嘴黄牙的父亲，“璐璐，你不能不管我这个爸爸……”

陈璐的脸色难看不已，抱着箱子的双手指骨泛白：“我告诉过你，别缠着我，你到底想怎么样？”

“你给我点钱，我自然就走了。”

陈璐从包里拿出所有现金，像个疯子一样地道：“你给我滚，给我滚……”

“就这么点钱可不够。”黄亚勇的贪婪写在脸上，他丑陋不堪，令人恶心。

陈璐从银行取出两万块钱：“拿了钱滚远点，别再过来找我。”

黄亚勇嘴上应着“好”，可一旦没钱了，他还是会来找她的。

陈璐不甘心就这么离开楚池，便给楚乔打了个电话：“乔乔……”

“我听我哥说了，璐璐，这事我帮不了你。我哥说我要是敢替你说好话，我这辈子都不用回国了。”楚乔还是想早点回国的。她一个人在国外孤零零的，真的很没有意思。

东陵医院。

楚渊接了一个电话，电话是楚沉打来的：“大哥，你让我查的那个道士我今天去问过了，他们寺庙以前是有这么一个人，不过对方因为不守庙里的规矩，还骚扰客人，很多年前就被赶走了，现在估计是还俗了。”

“继续找。”楚渊冷静地回答。

楚沉有些疑惑：“怎么突然要找这个人？”

楚渊说：“有用。”

“行吧。我听说楚池跟林知晚的婚事也吹了，林知晚要出国继续念书了。”楚沉回。

“嗯。”楚渊冷淡地应了一声。

这时，楚渊看到有个小脑袋从门口探进来。对方用围巾裹住半张脸，探头探脑的，似乎想看他在不在办公室。结果，两人的目光对上了，她被楚渊抓了个正着。

阮梨迅速溜进来把门关上，偷偷摸摸的样子委实有些可爱。

楚渊嗓音柔和：“跟林医生聊完了？”

阮梨回答：“嗯。”

楚渊问：“你捂这么严实做什么？”

“外面风大，冷。”阮梨走到办公桌那儿，找出存着糖的糖罐，眉开眼笑地拿出一颗糖往嘴里送。

楚渊把她抱到腿上坐着："来吃糖的？"

"嗯。"阮梨嘴里含着糖道，"反正来都来了，我不吃两颗糖再回去，多亏呀……"这糖罐里的糖是她补课那会儿攒的，当时只能看不能吃，她老早就想把糖罐带走了。

楚渊嗅到了她唇齿间那股蜜桃的甜味："回去做什么？"

"我还困着呢，回去补个觉。"

蜜桃的甜味在空气中弥散开，楚渊慢慢地靠近甜味的源头："我没吃过你的糖，让我尝尝。"说完，他吻住了她。

阮梨嘴里那颗糖不知不觉间融掉了，也不知道是谁吃得多一点。

陈璐被辞退，楚乔又不肯出面帮她求情，她思来想去，最后找了阮梨。

陈璐来找阮梨时，阮梨正在逗梨花玩。今天梨花穿得很喜庆，脖子上还挂着一个铃铛。

"阮梨。"

阮梨回头，看到了陈璐。她没想到陈璐会回楚家。

阮梨疑惑地道："你怎么回来了？"

陈璐说："我来找你。"

阮梨抿了抿唇："你找我有什么事？"

"我被楚池辞退了，你替我求个情，让我重新回到他身边。"陈璐的工作能力足够出色，她本以为只要她表现得再好一点，楚池就能够注意到她，对她刮目相看，可是不管她表现得多好，他的目光都始终没有看向她。

"陈璐，我没有理由替你求情。"

"没理由？我的联系方式不是你们告诉黄亚勇的吗？你知不知道他现在在不停地缠着我勒索我？我的生活已经因为他变得一团糟了。"

听陈璐说起黄亚勇的事，阮梨想了想，道："这件事，我会找楚渊哥哥替你解决，是我们考虑不周。"

"黄亚勇的事情我可以自己解决，我只有这么一个要求，我要回到楚池身边。只要你开口，他不会不答应的。"

"抱歉。"阮梨说完，抱起梨花就要离开。梨花这会儿乖乖的，一点也不闹腾。

陈璐把手摁在阮梨的肩膀上，表情有些可怕：“这对你来说不过是一句话的事，你也不喜欢楚池，为什么不能帮帮我？”

“你被辞退的原因是你对林医生做了不该做的事情，你追人也不能去伤害无辜的人，我是不会帮你的。”阮梨态度坚决。

陈璐不太清楚那天晚上那个富家公子为什么没有得逞，只听说是路过的人认出林知晚，然后把人带走了。可这件事情除了林家的人和楚池外，并没有人知道，阮梨怎么会知道得这么清楚？

陈璐脸色阴郁：“那晚是你把林知晚带走的？”

“你放开我，我不想跟你说话了。”阮梨想要拿开陈璐的手，可是没成功。陈璐拽着她的衣服用力一扯，面目狰狞地道：“原来是你坏了我的好事。”

阮梨错愕不已。原来在陈璐眼里，那种事居然称得上好事。梨花见主人被欺负，伸出爪子挠陈璐的手，叫得很凶。

陈璐的手背被挠出血，她不由得放开了手。

阮梨赶忙往后退了几步：“陈璐，你真的无药可救了。”

“你不帮我就不许走。”陈璐拽住阮梨。

阮梨的头发被拽住，她疼得眼泪差点出来。她努力反抗着：“你放开我……”

梨花从阮梨怀里出来，踩到她的肩膀上，飞扑向陈璐，用爪子直挠陈璐的脸。陈璐尖叫了一声，一把将梨花甩出去。扑通一声，梨花掉进了水池里。

“梨花——”

阮梨眼睛发红，抬手就是一个耳光：“够了！”

“你敢打我？”陈璐用力一推，阮梨也掉进了水池里。

阮梨小时候意外落水过，所以身子骨才不好。陈璐把人推下水池后，发现自己的行为过于冲动了，可是她并不后悔。如果可以，她希望阮梨永远从这个世界上消失。

这水池是用来养金鱼的，虽然不深，可是大冬天的，水特别冷。寒冷的水冻得阮梨瑟瑟发抖，她的第一反应是寻梨花。阮梨把梨花从水里抱起来，艰难地从水池里爬起来，一人一猫不停地打着喷嚏。

陈璐内心邪恶的念头占据上风，在阮梨爬起来后，她再一次用力把阮梨推到水池里。水池里的鱼再一次被吓得四处逃窜，阮梨咬着唇，别提心里有多委屈。

从别处来找阮梨的阮静蓉看到这一幕，二话不说就上前甩了陈璐一个耳光。陈璐猝不及防被打，连连后退，鼻血直流。

阮静蓉一脸怒容："混账东西！我看你是无法无天了！"

陈璐彻底慌了："我不想这样的，我不想……"

"早知道你现在心肝这么黑，我当初就不该把你抚养长大，让你冻死在外面最好。"阮静蓉看着水中的阮梨，心疼极了，赶忙去水池边把人给扶起来，阮梨已经冻得浑身直哆嗦了。

"梨梨，对不起。蓉姨，我不是故意的……"陈璐十分慌张。

阮静蓉的怒气已经压制不住了："滚！以后你要是再敢来楚家，我让你好看！"

阮梨回到院子里，陈姨让她换了衣服，然后用被子将她裹得严严实实，又给她煮了姜汤。可阮梨的身体还是止不住地发冷，唇也冻得有些发白了。她本来就畏寒，吃中药调理了那么久才好了许多，如今这般，只怕之前的调理都白费了。

梨花已经被陈叔用吹风机吹干了毛发，只是有点蔫蔫的，没精气神，估计也是被冻着了。

没过多久，阮梨便发烧了。她被阮静蓉送去医院打了退烧针，可她还是很难受。

楚渊赶过来的时候脸色紧张，他把阮梨抱进怀里。阮梨靠在楚渊的怀里，搂着他。身体不舒服的感觉让她觉得自己好像一闭上眼睛就会一睡不醒，她很不安。

"楚渊哥哥，我是不是要死了？"阮梨忍不住哭了。

"梨梨，这只是和上次一样的普通发烧，等退烧了就好了。"

"我觉得好难受。"这次发烧似乎比之前任何一次发烧都让她觉得难受，她也不知道是不是自己的心理作用。

"乖，睡一觉，睡一觉就好了。"楚渊是医生，照顾阮梨比较有经验，于是在阮梨睡着后抱着她回了公寓。

"梨梨，你该醒了……"隐隐约约间，阮梨好像听到有人在喊着自己的名字，那人好像是楚渊。阮梨睁开眼睛，卧室里的光线刺得她的眼睛有些不舒服，下一秒，她就被楚渊轻轻搂住了。

"楚渊哥哥，我听到你在喊我起床。"阮梨感受到楚渊身体的温度，伸出双手将他搂住。

"嗯。"楚渊低头亲吻阮梨的眉心。

阮梨被他的胡茬儿刺得发痒："楚渊哥哥，你怎么没有剃胡子呀？"

阮梨一睡就是将近两天，他这两天哪儿都没去，只守着她。

"你还难受吗？"

"好多了。"睡多了，阮梨只觉得浑身的骨头有点不舒服。

阮梨用手碰了碰楚渊的脸，手心痒痒的："我不喜欢楚渊哥哥不剃胡子，待会儿我帮你剃好不好？"

"你才醒，等会儿我自己来。"见阮梨醒来，楚渊总算放下心来。

他去厨房煮了点山药粥，但阮梨胃口不好，吃了小半碗就吃不下了。他担心阮梨吃得太少，体力跟不上，便哄着她多吃了一点。

阮静蓉这两天也没睡过好觉，生怕阮梨有什么好歹。发烧也不是没死过人，人要是高烧不退，指不定还会变成傻子。不过，来到公寓看到阮梨已经像个没事人一样在看电视剧了，她松了一口气。

阮梨安慰她："姨，我现在好多了，你别担心了。梨花好些了吗？"

"梨花被你养得很好，隔天就生龙活虎的了。"阮静蓉道，"以后陈璐来找你，你就躲得远远的，别和她接触。她从小嫉妒心就强，尽管我对她跟对你一样，衣食住行上也都做到了公平，但没想到她还是不满足。贪心不足蛇吞象，这还真是恐怖啊。"

阮梨理解不了陈璐这种性子。她不明白为什么不该强求的陈璐非要强求，还什么都想抓在手里。本来她还觉得姨把陈璐的联系方式给黄亚勇有些考虑不周，是打算让楚渊解决这件事的，但现在，她不想开这个口了。

阮静蓉又叮嘱道："这段时间你就留在阿渊的公寓里好好养身体，等要过年了你们再回老宅。"阮梨舍不得离开楚渊，便点头答应了。

阮静蓉离开后阮梨又想睡了。阮梨的手不小心碰到遥控器，遥控器掉在地上发出一声响，可是她眼皮沉重，懒得捡了。

楚渊听到动静，从楼上下来，看到阮梨闭着眼睛，快步走过去："梨梨……"

阮梨听到楚渊又叫自己的名字，掀了掀眼皮："楚渊哥哥，我好困。我又想睡觉了。"

"你刚醒，别睡，起来走会儿。"楚渊捡起地上的遥控器放到桌子上，把阮梨抱到自己的腿上坐着，“乖，别睡。”

“要走多久才能睡？”

“半个小时。”

阮梨不想动。

“不想走也可以，你把头抬起来。”楚渊嗓音低低地哄着她。

阮梨不想走动，本来是想把头窝在他的肩膀上睡的，听到楚渊这么说，便把脑袋抬起来，一双桃花眼对上男人的眸子。

楚渊捧着她的脸，吻住她的唇，她的唇齿间有药的苦涩味道，但很快变得甘甜。

阮梨被吻得心跳加快，困意很快就被赶跑了。亲吻过后，楚渊吮了吮阮梨的下唇：“还困不困？”阮梨摇了摇头。

下午，楚渊带着阮梨出门，去柳老爷子那儿复诊。

“梨梨丫头，好久不见啊。”柳老爷子笑眯眯的，神色慈祥。

“柳爷爷，好久不见。”阮梨也笑眯眯地跟他打招呼。

柳老爷子见楚渊牵着阮梨的手，眼珠子一瞪：“我没记错的话，你比梨梨大九岁。”

“梨梨喜欢我。”楚渊淡定地回复。

柳老爷子冷哼一声：“你这小子心眼多得很，梨梨那么单纯，指定没少被你‘套路’。”

楚渊不置可否。阮梨弯了弯唇：“柳爷爷，楚渊哥哥没有‘套路’我，我很喜欢他的。”

“他这个男朋友都照顾不好你，一个月让你生了两回病，真不称职。”

“这跟楚渊哥哥没关系，第一次我很快就好了，第二次是别人把我推进了水池里。”

阮梨的身体本来就有寒症，调养了那么久，她好不容易好了不少，这次落水又受了影响。不过柳老爷子也没说得很严重，只抓了几服中药，叮嘱阮梨别受凉，夜里多用中药包泡泡脚。

中药一如既往地苦，阮梨喝完药，楚渊给她喂了颗糖。临睡前，阮梨靠在楚渊的怀里道：“楚渊哥哥，你会不会觉得我好麻烦呀？”

“麻烦什么？”

“你工作那么忙，我还总是要你照顾。”

楚渊哄道：“你不是麻烦，我爱你还来不及。”

阮梨眼眶微微泛红：“楚渊哥哥，你到底是从什么时候开始喜欢我的啊？”

楚渊亲吻阮梨的额头：“等你将身子养好些了，我再告诉你。”

阮梨心里还是惦记着自己会死的事情，不过嘴上却说：“我肯定会好好养身子的，到时候你一定要告诉我。”

推阮梨落水那日，陈璐也因醉酒落水染了风寒。她咳嗽了许久，每次咳都觉得呼吸困难、胸痛。她去医院做了相关检查，结果显示她有肺栓塞。医生建议她去做个全身体检，看看她是不是有静脉血栓栓塞症和肿瘤。

陈璐听到医生的建议后，脸色惨白。她立即预约了第二天的体检。

陈璐从医院里出来，又看到了来堵她的黄亚勇。此时距离她上次给他钱，不过才过了一个多星期。

“女儿，马上就要过年了，爸爸手里没钱用了，你看……”

“滚！”陈璐大声吼完，又开始猛烈地咳嗽。

阮梨喝着中药调理身体，也和楚渊一起坚持夜跑，一个多星期后，身体明显好转很多，她不会再像之前那样浑身无力、只想睡觉了。

腊月二十九，阮梨回了老宅，楚沉也找到了那个道士。道士还俗之后就开始干给人算命的活，但他就是个半吊子，张嘴就忽悠人。

楚沉将人请回楚家看风水，一到楚家，对方立马察觉到大事不妙。阮梨见到道士，立马就想起了她小时候这个道士说过的话。

阮静蓉见到道士，没给好脸色：“楚沉，你把这个臭道士带回来做什么？”

楚沉回答：“是大哥让我找他的，说有事问他。”

楚渊盯着道士，看得道士头皮发麻。楚渊甩出一组生辰八字让他算，他看着八字，想都没想便道：“这八字一看就是有福气的大贵之人的，谁娶了她，必能一生顺遂、子女双全、不愁吃穿。”

阮梨听完瞪大眼睛，心道：当年你可不是这么说的。

阮静蓉问：“之前是谁要你那么说的？”

道士毫不犹豫地说：“就是当年站在你左边的那个小姑娘啊，她给了我一千块钱。”

那是陈璐。阮静蓉的脸色难看不已。

那个时候的陈璐才八九岁，心思居然已经那么恶毒了。阮静蓉十分后悔当初收养了陈璐。

阮梨没想到自己惦记了那么久的事情，居然只是道士的胡说八道。

“别气了，免得气坏了身子。”楚二爷对阮静蓉哄道。

得知真相，楚家人也没再为难道士，只将他赶了出去。

楚渊揉了揉阮梨的脑袋：“还担心吗？”

阮梨摸了摸鼻子：“那个道士真不道德。”最不道德的还是陈璐，为了捉弄她，居然花钱整了这么一出。

“她真坏。”阮梨又吐槽了一句。说完，她握住楚渊的手，示意他低下头。

楚渊弯腰配合，把耳朵凑到阮梨的唇边。阮梨轻声说道：“梨梨不会早死，可以陪哥哥长命百岁了。”

楚渊紧握着阮梨的手，眼里满是笑意。

陈璐的体检结果不太好，结果显示她的体内的确有颗肿瘤。陈璐拿着报告见了肿瘤内科的医生，医生说她的情况并不乐观，她需要住院治疗，观察一段时间。这对陈璐来说就跟噩梦一般，她头昏脑涨，蹲在地上崩溃地尖叫。

医院门口，这种情况大家习以为常。世人都说人各有命，人若是生病了就该好好地治疗，治不好也别让自己在生命最后的时光中留下遗憾。

除夕，楚家张灯结彩，到处喜气洋洋。

因为楚乔不能回国，楚三爷带着妻子出国过年去了，楚池也去了。楚三爷一家不在，并不影响楚家其乐融融的新年氛围。

大年初一，阮梨二十岁的生日如期而至。楚池在微信上向阮梨说了新年快乐和生日快乐，并给她发了一个红包。

阮梨今天穿的是一件冰蓝色旗袍，长发披着，耳垂上挂着珍珠耳坠。因为怕冷，她还披了一条羊绒披肩，整个人清纯又娇艳。

王蒙蒙不负众人所托，把陈清她们几个人准备好的礼物带给了阮梨。阮梨给了王蒙蒙一个飞吻，开开心心地收下了礼物。收完礼物，阮梨就拉着王蒙蒙去了马场。阮梨一直很想骑马，以前她看楚家的小辈们学骑马的时候可羡慕了，可是姨不让她学，说太危险了。不过现在不一样，有楚渊陪着她，她这个小小的心愿可以实现了。

马场很大，是楚家自己开的，阮梨一到马场就迫不及待地换上了骑马服。楚渊给王蒙蒙安排了一个教练，随后自己挑了一匹黑马，去教阮梨上马。在阮梨上马后，楚渊干脆利落地跟着她坐上马，并握住缰绳："待会儿马跑起来的时候可能会有点颠簸，你怕的话就示意我慢下来，不要大叫，不然马会以为你兴奋了。"

"嗯。"阮梨乖乖地回答。

楚渊并没有让马跑得很快，这速度阮梨暂时还是可以接受的。

黑马跑了两圈回到起点，楚渊先下来，而后用两只手扶着阮梨的腰，把她抱下来。

"楚渊哥哥，我腿疼，你抱我走。"阮梨道。

"好。"楚渊答。

阮梨双腿盘在楚渊的腰上，被楚渊抱去了休息室。

楚渊不慌不忙地把休息室的门关上。外面湛蓝的天空中没有一丝白云，透过窗户看出去，还可以看到蓝天下一大片光秃秃的树枝，也能听到工作人员驯马的声音。

王蒙蒙这个学霸对骑马产生了浓厚的兴趣，现在正在认真地跟着教练学。

"宝宝，生日快乐。"楚渊在阮梨耳边说话，低哑的嗓音性感撩人。

"宝宝"两个字听着很亲昵，阮梨忍不住想笑，但是她不能笑。

"你不要以为你这么喊我，我就会让你胡来……"

"不让啊？"楚渊与她十指紧扣，用绯色的薄唇摩挲着她锁骨处的皮肤。

阮梨咬咬唇，心软了，于是干脆抱住他，瓮声瓮气地说："算了，我勉为其难让你得寸进尺一点吧。就一点点……"

"好。"

休息室的窗被人打开了，微风吹拂进来。

阮梨像一只鸵鸟一样窝在沙发上，脸颊上的红晕还没散去。楚渊端着红茶和点心走进休息室，阮梨拿起一块小饼干塞进楚渊的嘴里。楚渊慢条斯理地把饼干吃完，握住阮梨的手，低头吻她的手指。

此时，王蒙蒙快累死了。今天骑马的体验感对她来说简直太棒了，只是这项运动太费力气。她听说阮梨在休息室，下马后立即飞奔了过去。

一到休息室，王蒙蒙就拿起桌上阮梨给她准备好的饮料一口气咕噜咕噜地喝完，然后说："我的腿废了。"

阮梨好奇地问："你学会了吗？"

"会了，不过还需要教练拉着马，我一个人不敢骑。"王蒙蒙以前看古装剧的时候就觉得女主角骑马英姿飒爽，今天亲自体验了一把，她感觉自己再多骑几次，就可以征战沙场了。

"不愧是'学霸蒙'，学什么都快。"

"你那么早下马，跟楚医生在休息室里干了什么？"王蒙蒙凑近了问她，语气贼兮兮的。

"我没有。"阮梨有些心虚，"我身体不舒服，就让他带我过来了。"

王蒙蒙知道阮梨这个月生病发烧了两回，她也只是开开玩笑。然而，她问的问题让阮梨心虚得抬不起头。

阮梨做贼心虚的样子落在楚渊眼里，他眼里含笑道："再休息五分钟，我们就换衣服回去。"

阮梨出了汗，冲了个澡换回旗袍，披上她的羊绒披肩，顺便把珍珠耳坠戴上，把头发散下来。

今天是大年初一，王蒙蒙在楚家吃了生日宴之后就回去了。第二日她得跟随父母去外婆家，外婆家不在本地。

楚家所有人都给阮梨送了礼物，唯独楚渊迟迟没有送她礼物。阮梨切了蛋糕，给在场的人一人分了一块。直到晚上十点钟，给她庆生的人才相继离开，留到最后的阮静蓉也扯着楚二爷回去了，把剩下的时间留给楚渊。

房间里，阮梨开心地拆着礼物，但她最想要的还是楚渊的那份。于是，在楚渊来找她后，她直接伸出手："哥哥，我的生日礼物呢？"

"在你面前了。"

"你本来就属于我。"阮梨不信楚渊身上没带礼物，便将双手伸进他的口袋里，结果什么都没摸着。

楚渊撩开阮梨的长发，往她的脖子上戴了一个平安锁。这个平安锁比较特别，是定做款，小铃铛是纯金的，玛瑙石外面镶了一圈钻石，搭配阮梨今天穿的旗袍非常合适。

阮梨高兴地坐到梳妆台前，眉眼带笑：“真好看。”

楚渊从她身后抱住她：“我带你去个地方。”

月亮悬挂在夜空中，发出薄弱的光亮，人抬头望向天空，会觉得天空格外朦胧。砰的一声，璀璨的烟花在空中盛放。

阮梨已经好久没有看过这么绚丽的烟花了，楚家过年时晚上只会放爆竹，没有人放烟花。烟花下，楚家宅院的荷花池里亮着一盏一盏的花灯，阮梨站在亭中，置身于一片灿烂的灯海里。

花灯上面都写有字，那全是楚渊送给她的祝福。

“生日快乐，梨梨。”这烟花是他专为她定做的，祝福也是他专为她写下的。

阮梨很喜欢楚渊这份只为她准备的浪漫惊喜。

第八章

终得圆满

第二天坐上飞机的时候，阮梨还有点蒙。她好奇地问："楚渊哥哥，我们去哪儿？"

"N 国。"楚渊回答。N 国被称为"冰雪奇缘"之国，冬季十分漫长，是看雪的好去处，而且还能看到极光。

漫长的十几个小时过去，两人抵达 N 国。阮梨的第一个感受是冷。刚出机场，她就被眼前的美景给惊到了。

N 国的雪景美得低调而安静。湛蓝的天空上飘浮着朵朵如棉花般柔软的云，洁白晶莹的雪花覆盖在地面上，阳光温和地照射着地面，红色的房屋矗立其间。一座座绵延的高山怀抱着、安抚着深蓝色的被冰封的湖面，这场景像极了一幅恢宏的画卷，壮观、漂亮得让人移不开眼。

"楚渊哥哥，N 国好美！"阮梨脚踩着柔软的雪，笨拙地扑过去搂住楚渊。

楚渊看到她冻红的鼻尖，把她的围巾往上拢了拢："过两天 N 国还会下雪。"

阮梨在去别墅的路上拍了好几张照片，她将照片发到"富婆座谈会"的微信群里。

王蒙蒙：这就是N国吗？雪景好漂亮！

我是静静：呜呜呜，我在带亲戚家的熊孩子，被气得要死，梨梨却跟男人跑到N国快活去了。

雯雯：我在打麻将，输了好几百块钱！楚医生真会！

甜梨：我会拍好多好多照片分享给你们的，希望能拍到极光。

陈清：梨梨，注意安全、注意保暖。

甜梨：收到！

王蒙蒙：我听人说共同见证极光的情侣会得到上天的庇佑，恩爱永久，祝好运呀。

…………

下雪当天，楚渊带着阮梨坐在观光火车里，横穿N国的各个城市。车窗外是漫山遍野的飞雪，阮梨趴在车窗边，陶醉于美丽的雪景之中。楚渊怕阮梨会感冒，出门前将她裹得严严实实，还在她身上贴了好几个暖宝宝，即便阮梨站在大雪纷飞的街道里，也会觉得浑身暖融融的。

两人逛了很多地方，拍了很多照片。回到住处，楚渊去浴室洗澡，阮梨还趴在落地窗旁望着外面飘浮的飞雪。屋里有暖气，阮梨身上只穿了一件毛衣和一件长裤。

阮梨浏览相机和手机里的照片跟视频时，忽然听到楼下传来动静。虽然那动静很小，但阮梨还是听到了，好像有人不小心撞到了桌子。阮梨不由得有些紧张。好在这时楚渊从浴室里出来了，她舔了舔唇，道："哥哥，有小偷。"

楚渊闻言，眸色微沉："我下去看看，你在卧室里不要出来。"

阮梨上前扯住楚渊的衣摆："不行，万一对方手里有刀或枪呢？"国外不如国内安全，阮梨有些担心。

"乖，你在卧室里打电话报警。"楚渊让阮梨躲进衣柜里，"不要出来，我下去看看。"

阮梨躲在衣柜里打了当地的报警电话，其间隐约听到楼下传来枪声。阮梨十分害怕，她心跳加快，大脑一片空白。一想到楚渊在楼下，阮梨根本没办法安心地躲在衣柜里。她刚下楼便看到楚渊满身是血，他对面不远处有一个外国男人倒在地上。

阮梨的眼泪一下子就出来了："楚渊哥哥……"她抽泣着说，"你身上有好多血，我给你叫救护车……"

“别哭，这不是我的血。”楚渊安慰道。

阮梨还是很担心：“那你有没有受伤？”

楚渊耐心地说：“轻伤，不严重。”

阮梨非要检查了才放心，当她看到楚渊腰侧有撞击的痕迹时，心疼极了：“楚渊哥哥，你在国外留学这些年是不是经常遇到这种事？所以警觉性才那么强……”

楚渊安慰道：“我很快就会解决这件事的，这种事以后不会再发生了。”

“是谁想要害你？”阮梨并不愚笨，“是楚家那些不支持你的长辈吗？”

现在不是说这些的好时候，楚渊只好说：“以后我再把事情全部告诉你。”

N 国当地的警察是在二十分钟后赶来的。警察将倒在地上的外国男人带回警局接受调查。

根据 N 国警方的调查，这个男人是 A 市的地痞和监狱里的常客，原本想要入室抢劫。但是在楚渊的要求下，警方调查了他的银行账户流水，发现他的银行账户在前天汇入了一笔来源不详的巨款。楚渊很确定，这不是单纯的入室抢劫，对方就是冲他来的。

在南城，楚三爷想要对楚渊下手很难，也害怕楚渊会把他以前做的那些坏事抖出来。这一次，楚渊带着阮梨来到 N 国，这对楚三爷来说简直就是千载难逢的好机会。

从警局里出来，楚渊带着阮梨坐直升机直接离开 A 市，前往 T 市。

阮梨睡得一点也不踏实，当晨光洒进房内时，她懒洋洋地打着哈欠，已经完全不想出门了。她担心还是会发生意外。

楚渊轻笑道：“不想出门了？”

阮梨窝在楚渊的怀里：“我想回去了。”

“今晚就能看到极光，看完再回去。”楚渊安抚她道，“不用担心，不会再有坏人来了。”

吃过早饭，楚渊带着阮梨出海。

这里天气真的很冷，零下十几摄氏度。抵达海和洋的交界处时，他们站在游轮的甲板上，看着黑色的海洋、荒芜的雪山，冷风从他们耳边呼啸而过，地球最北端的风景一览无余，阮梨的内心无比震撼。倘若她手中有一支画笔，她只想将眼前的一切全部留在画纸上。

在这广阔无垠的天地间，阮梨把围巾拉低，踮起脚尖亲吻了她的爱人。

他们出海回来后，天便黑了，T 市的夜空开始出现光点，两人驱车前往郊外的河边，等待极光。

两人没有白等，极光很快出现。楚渊给阮梨点了一杯热可可，买了一份曲奇饼干。阮梨双手戴着手套，在极光下心满意足地喝着热饮，眉眼弯弯地吃着楚渊递过来的曲奇饼干。

极光真的太美了，她兴奋地放下热可可，热情地扑进楚渊的怀里。

“楚渊哥哥，我们可以在极光下跳一支舞。”

“好。”

阮梨穿得厚，在楚渊眼里像只笨拙的小企鹅，但是这只笨拙的小企鹅在他眼里胜过这里的一切美景。

看完极光，楚渊当晚就带着阮梨离开了 N 国，返回南城。

阮梨在天寒地冻的 N 国没有生病，楚渊把她照顾得很好。

回来后，楚渊每天都忙得神龙见首不见尾。

没过多久，阮梨开学了。开学后，她大多数时间都在画画。

阮梨从阮静蓉那里得知，楚渊最近在整顿楚三爷那边的势力。

阮梨还得知，楚三爷当年夺权害死了楚渊的父母，就连楚二爷和阮静蓉的车祸也是他花钱指使人干的，目的是给楚渊一个下马威，让楚渊不要再执着于调查父母离世的真相。

如今，这两个案件警方都在跟进调查，楚三爷已经是强弩之末。

阮梨从小就不喜接触楚三爷。她总觉得楚三爷笑起来的时候眼睛是冷的，让人不寒而栗。一想到楚渊在很小的时候就面临了失去父母的痛苦，她就更讨厌楚三爷了。

楚三爷怎么下得去手？那可是他同父异母的哥哥。

三月，南城天气回暖。

这周六，阮梨要回楚渊的公寓一趟，车子堵在了东陵医院门口的路上。车子缓慢地前行，阮梨的视线投向窗外，她意外地看到了陈璐，以及纠缠陈璐的黄亚勇。陈璐想要甩掉这么一个“吸血鬼”父亲，几乎是不可能的事。

陈璐似乎是生病了，手里拿着病历本，脸色苍白如纸。

陈璐的确快被黄亚勇榨干了。他前前后后从陈璐手里要走了将近二十万，其中有十多万输在了赌场里。

陈璐查出肿瘤后，必须长期服药，这是一大笔开支。她一直想找一家公司上班，可是因为林知晚那件事，不管她去什么公司面试，都没有人敢录取她。

陈璐自诩清高，拿钱还清阮静蓉的养育之恩，却没想到自己会有如此穷途末路的一天。她崩溃地在医院门口对黄亚勇大打出手，医院保安上前阻拦。

这一切都落入了阮梨眼里，但阮梨并不同情她。

三天后，有人在南城老城区的一条街道上发现了一具尸体。尸体被发现的第二天，身份被公开，死者是黄亚勇。这个案子在南城引起了轰动。

黄亚勇进监狱之前父母就已经死了，没什么亲人，还是陈清的父母去处理的他的后事。

阮梨从陈清那里得知，陈璐有被警察叫去警察局配合调查，但因为她有不在场证明，警方便放她离开了。

春雨下得淅淅沥沥，南城的天空乌云密布。

阮梨因为要参加一个画画比赛，吃过晚饭后便前往画室了。她撑着伞在路上行走，耳朵里戴着蓝牙耳机，在和楚渊通电话。

“画的主题我还没想好呢。”她对着电话那头的男人软声道。

“离交画的时间还有半个月，不着急。”楚渊望着窗外连绵的阴雨，“雨不小，你淋湿了没有？”

“陈清的伞特别大，只是刚才有一辆车开过去时没注意水坑，把我的裤子、鞋子给弄脏了。”阮梨小跑着到了画室，输入密码进去，“楚渊哥哥，我不跟你说了。我到画室了，先洗个澡。”

“好。”挂断电话时，楚渊收到了保镖发来的消息：阮小姐已经抵达画室。

保镖发送完消息之后，看到一个快递员骑着一辆电动三轮车出现在画室门口。快递员拿着一个快递摁响了画室的门铃，阮梨从里面出来。忽然有一辆车停在保镖面前，挡住了他的视线。等那辆车开走后，画室门口的三轮车已经消失不见。

保镖猛然意识到不对劲，猛地跑向画室，只见屋内亮着灯，阮梨却消失不见了。

楚渊接到保镖打来的电话时，神色很冷，手背上的青筋若隐若现："立刻报警，调取监控录像。"

阮梨被绑架的消息在楚家传开了，王蒙蒙和陈清她们几人也很快知道了这件事——她们给阮梨发消息不见回复，便去画室找她，没想到画室里只有陈清的伞和阮梨掉落的包。

阮静蓉得知阮梨失踪的时候差点晕过去，楚二爷扶住她道："相信阿渊，他一定会把梨梨安全带回来的。楚三应该是想利用阮梨销毁阿渊手里的证据。"

阮静蓉冷静下来后说："楚三做得太绝了。"

阮梨醒来的时候，发现自己处在一个破旧的房间里，被绑在木椅上动弹不得。窗户被封死了，她根本看不到外面是什么情况。她试图挣扎，可是绳子绑得很紧，她根本挣不开。

阮梨还闻到了汽油的味道。她咬了咬唇，心想不能坐以待毙。环顾四周后，她看见窗户下面有块玻璃，于是倒在地上，艰难地挪过去。

楚渊在晚上九点的时候接到了楚三爷打来的电话："你独自一人把收集到的证据放到我指定的地点，并签一些文件，我就告诉你阮梨在哪里。"

楚渊自然答应。

楚三爷语气十分得意："男人不能有弱点，楚渊，你有弱点，终究是没办法替你父母报仇的。"

楚渊语气有些焦急："你想做什么冲我来，别伤害阮梨。"

楚三爷说："他是楚池喜欢的女人，看在我儿子的分上，我可以饶她一命。至于你，好好当你的医生，就不会有这么多的麻烦事。"

"三叔，你不要试图欺骗我，倘若我发现你伤了阮梨半分，我会让你付出惨重的代价。"楚渊的语气十分冷漠。

此时警方正在大力搜寻阮梨的下落，只是绑匪懂得避开摄像头，这给他们的工作增加了难度。

挂了电话之后，楚三爷又接到楚池打来的电话："梨梨在哪里？"

楚三爷手里拿着烟斗："我没对她怎么样。"

"她到底在哪儿？"楚池在电话那头吼道。

"拿到文件之后我会告诉你她在哪儿。"

楚渊抵达了楚三爷指定的地点，有一个男人在等着他。这里没有任何摄像头，对方问他要证据。楚渊把牛皮纸袋递过去，对方在检查完之后又拿出好几份文件。

楚渊将文件一一签署之后，说："她在哪儿？"

对方报出一个位置，楚渊立即给楚沉打了一个电话。

男人拿到东西后就驱车离开了。他到一处江边后停了下来，给楚三爷打了个电话："证据拿到了，文件楚渊都签了。"

"把证据烧了。"

"是。"男人拿出打火机，可是江边的风有些大，火腾起，又被吹灭。而后，一束车灯打过来，刺眼极了，他抬起手挡住部分的光。

阮梨把绳子割断之后，把绑着双脚的绳子也解开。让她觉得奇怪的是，她被绑来这里，居然无人看守她。阮梨的手心被玻璃磨破了皮，她一路从二楼下去，还是没看到人。

一楼的门从外面被锁上了，阮梨找来重物，把一楼的玻璃窗户砸碎，顺利地翻窗出去。只是她翻窗出去后，发现深黑的雨夜里，不远处站着一个穿着雨衣的黑衣人。

阮梨看到黑衣人，顿时心生不妙，扭头就跑。

楚渊的车速很快，他一边开车一边接听警方打来的电话："楚先生，我们在画室门口的监控录像里还发现了一个问题。摄像头拍到一个很模糊的身影，那个人一直躲在角落里目睹阮梨被快递员绑走，还跟了上去。倘若对方是路人，应该早就报警了。经我们调查，这个人叫陈璐，你们认识吗？"

"认识。"楚渊回答。

"刑警专案组传来消息：黄亚勇的案子，她有重大作案嫌疑。"

楚渊闻言，将车开得更快了。

这是一个废弃的老城区，再过两天就要动工拆迁了。这样阴雨连绵的夜晚，这里连个鬼影都见不到。阮梨躲在一处废弃公园的滑梯里面。空荡的街道上，那个脚步声就在阮梨附近。她心跳急促，连大气都不敢喘一下。

很快，那个脚步声渐行渐远。然而不等阮梨松口气，那个脚步声又在她附近响起。

“阮梨，你给我出来！给我出来！别以为你躲起来我就找不到你了。等我找到你，我把你大卸八块。”

阮梨呼吸一滞。她怎么都没想到追着自己不放的黑衣人是陈璐。

阮梨突然想起黄亚勇的死，顿时脸色苍白。

忽然间，她看到有人伫立在滑梯外面，顿时浑身紧绷。

陈璐弯下腰，手电筒的亮光照进来，刺眼的灯光照在了阮梨的身上。

“找到你了。”陈璐的表情阴森，在雨夜里显得惊悚恐怖。

阮梨十分害怕，心跳得特别快，手脚无力。可是若束手就擒，自己要面临的就是被陈璐杀死。

陈璐爬进滑梯，阮梨从另一个出口爬了出去。

“陈璐，你为什么会在这里？你想对我做什么？”

“还不明显吗？”

“你这么做是要坐牢的。你想把自己的后半辈子全毁了吗？”

“后半辈子？我哪像你这么好命啊？有那么多人把你视若珍宝。我想要的东西从来都不属于我。”陈璐语气嘲讽，充满了妒忌。

陈璐在阮梨身后紧追不舍，阮梨迫于无奈，只好在爬梯内和陈璐兜圈子。

陈璐面目狰狞：“我得不到的，你也别想得到。”

阮梨本就身体不好，来来回回跟陈璐转圈，已经消耗了不少的体力。她如今就像一只走丢的猫，浑身脏兮兮的，身上全是泥沙。阮梨不知道楚渊什么时候来，害怕自己再也见不到他。忽然，阮梨的脚后跟被人一把拽住，她被陈璐从滑梯里拽了出来。

陈璐目露凶光，嘴角露出一抹邪笑：“我看你往哪里跑。”

看着阮梨的小脸蛋，陈璐用手使劲地掐住她的脸。

陈璐举起另一只手，阮梨忽然抓起一把沙子往她的脸上甩去。沙子进了眼睛，陈璐的视线受到阻碍，下一秒，她被阮梨一脚踹开。

阮梨连滚带爬地站了起来，快速逃离小公园，陈璐又开始对她穷追不舍。

楚渊赶到绑匪所说的地方，一脚把门踹开飞奔至二楼，可里面根本没有人。他努力冷静下来后，发现窗户被破坏了，窗边有阮梨出来之后踩在泥里的脚印，这组脚印的不远处还有另一组脚印。

楚渊顺着脚印去搜寻阮梨。根据脚印，他似乎能想象到阮梨被人追赶时慌张逃跑的样子，她还摔了不止一次。

警方在五分钟后赶到，也开始进行搜寻工作。

隐隐约约听到警笛声，陈璐有些慌了，可是她已经没有回头路可走了。黄亚勇的事情，警方迟早会怀疑到她的头上，既然如此，她一定要带着阮梨一起死。

阮梨已经跑得没有力气了，陈璐拖着她上了一栋大楼的楼顶，并将唯一的通道锁死。这栋楼总共有十七层，人摔下去一定会死。

“阮梨，你就跟着我一块儿死吧。你不总是梦到自己从高楼上摔下去死得惨不忍睹吗？这就是你的结局。”陈璐打算用阮梨最害怕的方法送她去死。

“你为什么这么讨厌我？”阮梨哭着道，“我跟你都是被父母抛弃的人，从小跟着姨，相依为命。我小的时候一直把你当姐姐，是你讨厌我、经常欺负我我才不和你玩的……你小的时候还把我推到荷花池里……”

陈璐眯了眯眼：“你想起来了？”

“刚想起来的……”阮梨被陈璐这么一刺激，小时候落水的记忆逐渐清晰起来。

那时候，楚宅的荷花池里放着小船，陈璐就站在她的身后，是陈璐把她推下去的。她落水后看向陈璐，陈璐冷冰冰地站在那儿一动不动。冬日的荷花池冰冷彻骨，很快，她整个人就淹没在了水里。她再醒来时，因为恐惧，落水前的记忆被她忘得彻底，姨只以为她是贪玩不小心落水的。

陈璐恶狠狠地说：“要怪就怪你是蓉姨的外甥女。你没被接来楚家之前，她只对我一个人好；你来了以后，分走太多太多她的爱了。”

阮梨不可置信：“就这样你就要害我？”

陈璐已经有些崩溃了：“还不够吗？凭什么你来了楚家以后，大家都那么喜欢你，我拼命讨好他们，他们却不把我放在眼里？”

楚渊已经顺着脚印跟到了楼下。他抬头一看，只见阮梨半个身子悬在空中，只要陈璐放手，她就会摔下来。楚渊瞳孔紧缩，快速上楼，每上一层楼他都会在楼梯的窗户边停顿一秒，看看上面的情况。他很快爬到楼顶，然而楼顶的门被锁死了，于是他转回十七楼想接住阮梨。

警察已经紧随其后抵达楼顶。他们用武力解决了楼顶的门锁，成功上到楼顶，开始劝说陈璐放开阮梨。发现趴在十七楼窗外的楚渊后，他们悄然派人下去支援。

“我本来想让你在临死之前见一见楚渊，可惜啊，他还没赶到，你没机会了。去死吧，阮梨。”陈璐松开抓住阮梨的手，一把将阮梨推了出去。

阮梨整个身体往后倒，就跟她梦到的一样，她开始失重，那一瞬间，她仿佛已经看到了自己摔得血肉模糊的样子。

陈璐也纵身一跃，可在她迅速坠落的时候，她却发现阮梨被腰系安全绳、吊在十七楼墙边的楚渊抓住了手。砰的一声，陈璐砸落到地面上。她的眼睛睁得很大，里面全是憎恨和不甘。

天上还下着雨，冰凉的雨水砸落在阮梨的脸上。楚渊像是降落在此地的神明，紧紧抓住了她的手。

“哥哥……”阮梨止不住地流泪，哭到失声。她以为，她再也见不到他了。

楚渊紧紧握住阮梨的手，在警察的帮助下，把她拽了回来。她的身体很冷，整个人狼狈又脆弱。楚渊紧紧抱住她，生怕她从自己的眼前消失：“梨梨，我在这里，乖，别怕……”

经过警察多方努力，黄亚勇的案子最终得以告破，杀人凶手正是陈璐。陈璐的死让网友们震惊不已，官方给出的解释是她是畏罪自杀的。

至于楚三爷，楚渊在证据里安装了追踪器，楚三爷的人在拿到证据之后，立马被楚渊的人杀了个回马枪，证据和文件都到了楚渊手里，等楚三爷想要派人再去把证据抢过来时，已经来不及了。

楚三爷谋害楚渊父母、谋害楚二爷夫妇未遂，被警方扣押在警局里。

楚三爷被警方抓走，站他那一派的人一时不知该如何是好。

楚家一时之间大乱。

楚三爷手里有太多条人命，大家都劝楚三夫人做好心理准备。自己丈夫做的那点事，楚三夫人作为他的枕边人，怎么可能什么都不知道？可纵然如此，她还是觍着脸去找了楚老太太。

楚老太太刚去看了阮梨回来。阮梨因为陈璐这件事受了惊吓，心理上出了点问题，她已经半个月没有去学校了。

楚老太太一见到楚三夫人，脸色就变得难看起来："你来做什么？"

楚三夫人觍着脸开口："楚三这些年掌握在手里的生意可以全部归还于楚渊，楚渊能不能别再追究以前的恩怨？"

楚老太太一巴掌甩了过去："你还有脸替他求情？死的是阿猫阿狗吗？那是我的亲生儿子和儿媳妇，我第二个儿子和儿媳也差点死在他手里，你怎么还有脸到我面前求情？别告诉我你是他老婆，对他的所作所为不清楚。"楚老太太一个优雅的老太太，被气得上气不接下气，"我没把你轰出去，已经给你最大的脸面了。"

楚三夫人的脸火辣辣地疼。她承认自己这个举动是火上浇油，是她考虑不周，可是她能怎么办？如果她不做点什么，她丈夫后半辈子就要在监狱里度过了。

楚三夫人失魂落魄地回去后，楚池回来了。

"阿池，你爸爸的事情怎么样了？"

"不怎么样？"

"你不管管？"

"他杀的是他的亲哥哥，你让我怎么管？"楚池面色冷峻。

楚池的野心源于他父亲从小的教导，他在这个家里，总在不停地争取利益。只是他万万没想到，他们家在楚氏拥有的地位是父亲害了两条人命偷来的。

楚池虽有野心，但不是自己父亲那样冷血无情的人。

片刻后，警察上门，经调查，楚三夫人因涉嫌包庇罪被逮捕。

公寓里，阮梨在午睡，可是她又被噩梦缠绕，陷入了梦魇。楚渊本在书房，听到卧室里传来的呜咽声，快步朝卧室走去。阮梨醒来的时候，眼睫毛上还挂着泪珠，她搂住楚渊。

楚渊俯身，温柔地擦掉她的眼泪："哥哥在这儿。"

阮梨蹭了蹭他的肩窝："谢谢哥哥，我已经没有之前那么害怕了。"

阮梨经过半个月的心理辅导，心理状态渐渐好转，这可以说是不幸中的万幸。那日她所经历的凶险事件是她永远的噩梦，而楚渊恰好成了她的一束光。

"我还想起小时候的事，楚渊哥哥，我跌落在荷花池里，是你救了我，对吗？"

“想起来了？”

“嗯。”

小时候落水那次，阮梨被救上来后，其实是清醒过一段时间的。她一直感觉好冷，一直在哭。

年少的楚渊已经生得很好看，十几岁的少年站在那儿对她说：“别哭了。”

六岁的阮梨还是哭了一小会儿，之后眨着大眼睛说：“哥哥，梨梨冷。”

少年郎把衣服盖在她的身上：“你是谁家的小孩？我送你回去。”

“我姨叫阮静蓉。”

“好。”楚渊把阮梨抱起来。

“哥哥，谢谢你救了我。”

“嗯。”年少的楚渊话同样很少，人很冷漠。

“哥哥，你救了我，我长大后一定会报答你的。”阮梨的嗓音软软的，“我看电视里都是这么演的，你长得这么好看，又救了我，就这么说好了。”

年少时，楚渊在父母去世后很少回楚家，从来不知道二叔的妻子养了这么一个又可爱又好玩的小孩。童言无忌，年少的楚渊并没有把这话放在心上。

忽然，他的手被阮梨牵住，阮梨在他的手背上亲了一口。

阮梨甜甜地说：“哥哥，梨梨给你盖章了，你等我长大呀。”

良久后，年少的楚渊“嗯”了一声。

回去后没多久，阮梨就因为落水发了高烧，被送去了医院。醒来后，她不只把陈璐推自己进荷花池的事忘记了，也根本不记得和楚渊发生的那一段小插曲。

但是，她说的每一个字楚渊都记得清清楚楚。

回忆到这里，阮梨问：“所以，你在医院里见到我就认出我来了，对吗？”

楚渊不在阮梨身边的这些年，他对她一直是了解的。他不会漏掉与她相关的消息，算是看着她长大的。久而久之，关注阮梨已经成了他的一种习惯。至于自己是从什么时候开始喜欢她的，他也说不上来，但在医院再见到她的时候，他就知道，他会栽在这个小姑娘手里。一切都是命中注定，刚刚好。

“认出来了。”楚渊回。

阮梨抱怨道：“你那时候还对我那么冷漠。”

楚渊耐心地解释：“你出现得太突然，我不知道该怎么跟你相处。”

阮梨偷偷笑了：“你又救了我一次。我已经把自己送给你了，这一次我要怎么感谢你啊？”

楚渊脸上带着笑意：“再送一次。”

阮梨调整好状态后就回学校上学了。她在请假期间完成了参赛作品《春》，这个作品获得了比赛的第一名。之后，不管她参与什么大赛，她的作品都会获奖，人气累积得越来越高。

楚家的生意在经过楚渊的整顿后变得越发好，而后，他把自己手里的产业交给了楚沉去打理，自己则继续做他想做的事，毕竟医学才是他更感兴趣的。楚池有意把手里掌握的股份和生意归还给楚渊，可楚渊只要回了当年楚三爷从他父母手里拿走的那些资产。

因为阮梨的作品在网络上走红，有策展人找到她，想要给她办画展。阮梨学画画很多年，自然是想让自己的作品被众人知悉的。所以，对方说要给她筹办画展，她在咨询过楚渊之后便同意了。策展人得到她的同意后，便开始策划。

阮梨马上要大学毕业了。她的生活回归正轨后，时间冲淡阴霾，一切都是岁月静好的模样。

阮梨的身子被养得越来越好。这天，她爬上床垫着枕头写毕业论文。楚渊洗完澡出来，上楼后就发现梨花正趴在他的枕头上睡懒觉。阮梨长发披着，小腿翘起来，时不时地晃荡两下。

“这么躺着不难受？”楚渊把梨花扔下床。梨花惊醒后，冲着楚渊喵喵直叫。

阮梨见状，说：“楚渊哥哥，你对梨花温柔点。”

楚渊上了床，睡衣领口宽松，成熟温润的男人性感又慵懒。他的胸膛抵着她的背：“梨梨，他是公的，我做不到爱屋及乌。”

梨花继续喵喵叫，可是有楚渊在，它不敢跳上床了。

楚渊贴过来，阮梨只觉得他有些危险。

“楚渊哥哥，我在写论文。”

楚渊用低沉的嗓音说道：“写论文的时候也可以适当放松一下。”

阮梨想了想，还是转过身搂住了楚渊的脖子，眉眼弯弯地看着他。

楚渊低头吻她，两人吻得难分难舍，甜腻的气息充满整个房间。

一吻结束，楚渊说："梨梨，我下周要去出差。"

"去哪儿？"

"藏区 L 市 C 县。"

阮梨本来还有些困，闻言突然清醒了不少："怎么去那么远的地方？要去多久？"

"东陵医院有一个援藏支教的项目，我得去两到三个月。"

"好久啊，那我的毕业典礼你能赶回来吗？"

"我会请假回来。"

阮梨搂住楚渊："等我毕业了，我可以去 C 县陪你。"

楚渊说："那边是高原地区，你不适合长期住在那儿，容易有高原反应。你在南城乖乖等我回来。"

"好吧。可是我听说藏区很漂亮，我想去看看。"

"以后有机会了我再陪你去。"

策展人约阮梨在学校外面的咖啡厅见面，与她讨论了一些与画展相关的事情。策展人对阮梨的绘画风格进行过详细的了解，发现不管是水彩画还是国画，她呈现出来的作品都能够让人眼前一亮。

在了解阮梨想要的策展主题后，策展人觉得阮梨水彩画的风格和视觉冲击更为强烈，所以这一期的画展，策展人想单推她的水彩画。

阮梨却表态希望两个风格的画一起展出。策展人见阮梨坚持，最后还是以她的意愿为主。

两种不同的画风碰撞，画还都出自同一个画家之手，这其实挺有噱头的。年轻的画家大多只是画自己擅长的风格的画，但阮梨好像不管什么画风都能驾驭，而且驾驭得游刃有余，或许这就是天才。

第二天，楚渊出发去 C 县，阮梨看着飞机冲上蓝天，飞机似把她的心也给带走了。好在接下来，她因为毕业论文和画展的事忙得不可开交，这分散了她的注意力。

两人几乎每天晚上都会打视频通话，楚渊在 C 县所居住的公寓看着有点小，只能放下一张床、一张书桌。

这晚，阮梨是在画室里睡的，王蒙蒙跟她一起来了。此刻，王蒙蒙在楼下躺着看综艺节目，笑得非常开心，阮梨则在跟楚渊打视频通话："楚渊哥哥，我好想你呀。"

“我也想你。”

阮梨笑得梨涡浅浅：“楚渊哥哥满足我一个要求好不好？就当送给我的毕业礼物。”

“什么要求？”

“我想听你唱首歌。”

“梨梨，你胆子变大了。”楚渊嗓音低沉，“我在你面前的时候，你怎么不敢提？”

“你不在我才敢提呀。”

楚渊满足了阮梨的要求。

当那低哑性感的嗓音钻入阮梨的耳朵里的时候，阮梨浑身就像被电到了似的，从脊椎麻到四肢。不过她心虚，在听到王蒙蒙喊她之后，她就下意识地把视频电话给挂了。她的心脏扑通扑通地跳得飞快，整张脸呈绯色。楚渊看到视频电话被挂了，忍不住轻笑了声。

六月份，酷暑难耐。

毕业典礼当天，阮静蓉和楚二爷一大早就来了学校。楚渊提早买好了飞机票，按照登机时间推算，他大概中午十二点下飞机，差不多下午一点赶到清大。

阮梨今天给楚渊准备了一个惊喜——她想嫁给他，做他的妻子。可就在她欣喜于马上就要与楚渊见面的时候，她接到了楚渊打来的电话。

“梨梨，哥哥这边有一个病人突然发病，需要立刻动手术，今天我恐怕没办法赶回去庆祝你毕业了。”他的语气里充满了歉意。

闻言，阮梨乖巧懂事地说：“我的毕业典礼跟人命相比不值一提，楚渊哥哥，你安心给病人做手术吧。”

“等我回来。”

“好。”

校园里，谢烊捧着一束粉色玫瑰中混搭着桔梗、满天星的花束出现。花是楚渊订的，结果他人回不来了，他只好请谢烊帮他把花送过去。

今天不只是阮梨的毕业典礼，她的画展也在下午举行。

画展举行得特别成功，阮梨的所有作品都被人拍下带走。阮梨今天听到了许许多多的赞美之词，毫无疑问，这是她过得最辛苦、最累，但又十分有成就感的一天。

今天阮梨还见到了一个让她意想不到的人——她的亲生母亲阮静怡。

阮梨自然认不出她，是阮静蓉在画展上发现了她。

阮静蓉特别惊讶："你什么时候回国的？"

阮静怡说："前两天。"

阮静蓉沉默了片刻，才道："回国了怎么不说一声？"

阮静怡淡淡地笑了笑："我前两天有点事，就没联系你。我看到了梨梨，你把她养得很好。"

阮静蓉说："我很少在梨梨面前提你，你若是想跟梨梨相认，最好要有心理准备。她看着很乖很懂事，但是对于你抛弃她这件事，她从小就记着。"

阮静怡思考了片刻说："静蓉，你帮我搭一下线吧。"

她到底是阮梨的亲生母亲，阮静蓉没有拒绝她的请求。但阮静蓉知道，以她的性子，她若是没事，是不可能从国外回来的。

阮静蓉简单调查后发现，阮静怡这次带了她和现任老公生的孩子回来，那个孩子患有白血病，目前在东陵医院。如果阮静蓉猜得没错，她应该是想让阮梨做骨髓配对，若是合适，她肯定想让阮梨移植骨髓，救她的儿子。

阮静蓉知道后，被气得不行："我这个姐姐，对于梨梨这个女儿终究是太残忍了。"

"没事，梨梨不是还有你吗？在她眼里，你又何止是姨？"楚二爷安慰道。

阮梨对于自己亲生母亲的出现表现得很冷淡，甚至是抗拒的。在得知这个事情后，阮梨说："我现在能活得好好的，是因为姨把我照顾得好，没有姨就没有现在的我。姨要是同意我就同意，姨要是不同意，我也不会答应。"阮梨永远也不会忘记，要不是姨把她带回楚家娇养着，她三岁的时候估计就死在乡下了。

阮静蓉当然不同意。虽然说骨髓移植对捐献者的身体没有太大的危害，可是她凭什么同意？阮静蓉想都没想就拒绝了。她心里面多少是存了怨气的。

这件事，多少让阮梨有些郁闷，她甚至觉得委屈。这么多年间，阮静怡但凡回来看过她一眼，或是联系过她，她都会答应帮这个忙。

可阮梨长这么大，自记事起，这是她第一次见到自己的母亲。

阮静怡或许也觉得自己这个请求过于唐突，在画展结束之后她给了阮梨一封信，说那是她回国之前写的，关于阮梨的父亲是谁她也写在了信里。

当天阮梨并没有拆开这封信，而是买了一张前往藏区的机票。楚渊回不来，她就去找他。她真的太想他了。

阮梨到L市机场已经是凌晨，她下了飞机就感觉有点呼吸不过来。然而她距离楚渊所在的地方还远得很，那里是藏区边境的一个县。

楚渊一直在微信上联系阮梨，也给她打了好几通电话，但阮梨的手机一直处于飞行模式，所以他一直没打通。

阮梨想给楚渊一个惊喜，下飞机后只回了他微信消息。

甜梨：楚渊哥哥，刚刚我的手机没电自动关机了。我没事，你别担心。

楚渊的手机响起，他看到备注为“宝宝”的小姑娘回复自己了，也没多想，直接拨通了电话。

机场里，阮梨在拿行李，不一会儿就开始气喘吁吁。高原反应实在是令人难受，她晕了过去，被机场工作人员送去了医院。等阮梨再醒过来时，已经是第二天。她一睁开眼，就看到了楚渊。

阮梨看到自己在医院的病房里，有点心虚。

楚渊发现她醒了，问道：“还有没有哪里不舒服？”

“头有点痛。”阮梨回。

“我叫护士来。”

护士给阮梨做完检查后拔掉了氧气罩，说：“你先适应一下，很难受的话尽量多吸氧，你男朋友已经给你买了好多氧气瓶。平时多喝点用红景天泡的水，等适应了高原反应之后再出去玩。”

阮梨拿着氧气瓶吸氧，被楚渊背着离开了医院。

到停车场后，楚渊把阮梨放上车：“你在这里住一晚，明天我送你去机场。”

阮梨氧气也不吸了，搂住与自己一个多月没见的男朋友：“等适应了我就不难受了，楚渊哥哥，你别赶我回去。”阮梨继续撒娇，“你别生气，梨梨好想你。”

楚渊快被她吓死了。他完全没想过这小姑娘真敢一个人坐飞机来这里找他。接到她在L市医院的电话的时候，他是真的慌了。

楚渊语气严厉："别撒娇。"

阮梨眼圈红了："你要是不想见我，现在就把我送回去。"她说着说着，眼泪忽然掉了下来。

见阮梨掉眼泪，楚渊开始心疼："梨梨，你高原反应还没过去，现在情绪不可以太激动。"

阮梨还是很委屈："我都这么难受了，你还凶我。又不是我想有高原反应的，我身体已经很好了。"

楚渊搂住她，拿纸巾替她擦拭眼泪："别哭了，是我不好，我跟你道歉。"

"那你说吧，我听着。"阮梨止住了眼泪。

楚渊吻了吻她的额头："对不起。"他顿了顿，又道，"我很想你。"

阮梨心满意足地仰起头，吻住了自己想念已久的薄唇。

一个吻结束，阮梨又乖乖地吸起氧气。

从L市到C县，开车需要十个小时左右的时间。听到阮梨在医院的那一刻，楚渊连夜赶过来，可以说是一夜没睡。在酒店订好房间，阮梨的心情放松了一些，她已经没刚下飞机那会儿那么难受了。

阮静蓉也没想到阮梨会一声不吭地跑去藏区，正在打电话教育着阮梨。

阮梨有些心虚，语气软软的："姨，我当时没想那么多，就是想楚渊哥哥了。"

阮静蓉问："不是因为受了委屈？"

阮梨答道："我亲生母亲那件事我没放在心上，她也没有死缠烂打，双方至少都还体面。"

至于那封信，阮梨觉得自己没有看的必要。有时候寻求来的真相不一定就是好的，而且她现在所拥有的生活已经是最好的了。

阮静蓉语气变得轻松了："你能这么想，姨就放心了。在那边你要多注意安全，照顾好自己。"

"知道了。"阮梨乖乖地回答。

阮静蓉又让阮梨把手机给了楚渊，跟楚渊聊了几句话后才放心地挂了电话。

因为有高原反应，阮梨不宜出门活动，午饭都是楚渊叫的外卖。两人吃过午饭后，楚渊搂着阮梨躺在床上休息。虽然阮梨的高原反应缓解了一些，但她还有些虚弱，一时半会儿也没有睡意，可她不想打扰楚渊。她独自欣赏着男人的容颜，在他的脸颊上亲了一口，十分满足地抱着他，最后不知不觉地跟着他睡了一觉。

她再次醒来时，天已经黑了，楚渊在她的颈窝处蹭了蹭："头还晕不晕？"

阮梨摇摇头："不晕了。"阮梨说完，肚子叫了一声。

中午的时候，阮梨有点食欲不振，吃得不是很多，一觉醒来，胃里已经空空如也。阮梨害羞地把脸埋在楚渊的胸膛上，楚渊轻笑着捧起她的脸，低头在她的唇上轻啄了一下："起来洗漱，带你出去吃饭。"

藏区的风土人情和南城的不一样，与雪域高原壮丽的自然景观融为一体。

阮梨发现这里的窗户很有特色，大小不一，非常随意，有一种不一样的美。看着这里的人民穿着有民族特色的衣服，她才真的有了自己身在西域的真实感。

听说L市三四月份的桃花是极美的，虽然如今已经是六月份，看不到桃花了，不过她大概能想象到那是何等漂亮的景色——荒了一冬的桃树上花儿朵朵开，漫山遍野都是，伸向河谷蔚然成海。这里还有很多不容错过的美景，比如那连绵不断的大山、奔流的江河。难怪每年春天那么多游客不辞辛苦、不远万里地入藏。

楚渊带阮梨去吃的是石锅鸡。阮梨还随身携带了一瓶氧气，不过一路到餐厅，她都没怎么吸氧。餐厅里座无虚席，不过阮梨他们来得早，是第一批进店的食客，不用排队等位。阮梨吃完当地的特色美食，浑身一下子就舒坦了。

吃过晚饭，楚渊带着阮梨四处转了转。夜里的L市游客众多，许多餐馆人满为患。阮梨在夜市从头逛到尾，买了几样小物件便和楚渊回了酒店。

翌日一早，楚渊带着阮梨去C县，一路上经过山川、湖泊，风景美得不可思议。十个小时后，他们抵达了C县。

楚渊住在医院附近的公寓里。那公寓和阮梨之前在视频里看到的一样，不大，住一个人刚好，多她一个也还好。那张床刚好能睡下两个人，只是床有些旧了，总咯吱响，两人计划着换一张床。

楚渊每天都会去医院，对这里的医生进行培训。这里的医疗设施一般，医生的能力也有限，但学医就是这样，只要肯学习，就有上升空间。东陵医院还给C县的医院捐献了不少医疗设备，除医疗援助以外，这次还来了一批老师，那批老师目前在C县的小学里教书。

阮梨既然来了就没打算一个人回去。她毕业了，想和楚渊一起待在这里。

阮梨洗完澡出来，上了床，忽然想起来，那晚楚渊就是在这里给她唱的歌。阮梨将脸埋在枕头里，不由得低笑出声。

楚渊已经将阮梨的衣物放到了衣柜里，和他的衣服放在一起。在阮梨洗澡的时候，楚渊去楼下的超市帮阮梨买了一双家居拖鞋、一个全新的枕头，还有不少水果、酸奶之类的零食——全是阮梨爱吃的。

楚渊回来时，阮梨躺在床上，抱着他的被子睡着了。楚渊放好东西，没有打扰她，转身去浴室洗澡。只是他上床的时候，还是把阮梨吵醒了。

阮梨往楚渊的怀里钻："楚渊哥哥，这床好硬，硌背。"

"哪里不舒服了？"

"腰。"

"娇气。"楚渊把手落在阮梨的腰上。

他的掌心像是一块被放进火炉子里烤过的烙铁，阮梨那点睡意彻底没了。这两天，阮梨都在努力适应这里的气候，楚渊连跟她接吻都只是轻轻一碰，生怕她会缺氧难受。此刻，楚渊的唇压在她柔软的红唇上轻轻移动，最后，他还是克制不住，撬开她的牙关，说："梨梨，轮到哥哥听你唱歌了。"

阮梨抱紧楚渊的脖子，脸颊嫣红。她嘴唇微张，轻轻喘着气："楚渊哥哥，我……我想吸氧。"

楚渊喉结滚动，去给她拿氧气瓶。小姑娘像只小猫似的窝在他的怀里吸着氧气，他咬了咬她的耳朵。

阮梨耳朵敏感得发红，她吸了氧气之后，呼吸顺畅多了，但整个人还是软的："楚渊哥哥，我下次再唱给你听。"

翌日，阮梨醒来的时候打了个哈欠。她把窗帘拉开，看到了蓝天白云下的雪山。外面的风景实在是太壮观了。

吃过早餐，阮梨随着楚渊一起出门。

楚渊去L市接女朋友的事在C县医院不是什么秘密，那天有很多医生、护士看到他慌慌张张地离开。他们都知道，从东陵医院来的楚医生有个很心爱的女朋友。他们很好奇，到底是怎么样的“仙女”能俘获楚渊的心？

在他们的认知里，这位楚医生医术精湛、风骨绝佳，是个温雅的绅士，却格外难以接近。对他们来说，楚医生就像远处的雪山，看得见摸不着，想要攀登是根本不可能的事。

这时候，心脏科前台围着好几个医生、护士，楚渊不徐不疾地说：“我女朋友，阮梨。”

阮梨梨涡浅浅，她朝他们笑得很甜：“你们好呀。”

楚医生的女朋友果真是“天仙”，长得真好看。大家纷纷回了一句“你好”。

带阮梨跟众人打过招呼之后，楚渊带她去了院长办公室。原因无他，他想让院长给阮梨找一所学校，让她当个美术老师。院长一听阮梨是清大美院毕业的学生，立马就应了下来。

阮梨没有教人绘画的经验，不过她很乐意教小朋友学习绘画，甚至还有点期待。

从院长办公室出来，两人半路遇到了一对夫妇。这对夫妇一见到楚渊，神色十分激动。

“楚医生，太谢谢你了，谢谢你救了我的孩子。”

“你们之前已经道过谢了。”

在楚渊他们没来到这里之前，这对父母去得最多的就是 L 市的医院，但 L 市的医生建议他们去藏区以外更好的医院给孩子动手术。可以他们的条件，他们根本没办法带着患有心脏病的孩子去更好的医院就医。他们没有那么多钱。然而，这次手术，楚渊不但不收取任何费用，就连术后恢复的药物费用也不要他们承担。

“不管说多少次都不算多。真的很谢谢你，楚医生。”

楚渊揉了揉阮梨的头发：“你先去我的办公室，我马上来。”

“嗯。”阮梨乖乖地答应。

楚渊下午要给这里的医生上课，下午陪阮梨出去熟悉周围环境的任务，他安排给了一个本地的、年纪和阮梨差不多大的姑娘。这个姑娘是当地一位医生的女朋友，名字叫格桑。格桑热情开朗，很好说话。

楚渊嗓音悦耳：“梨梨，换新床的任务就交给你了。”

阮梨乖巧地答应："好呀。"

公寓虽然不大，但一应俱全，就是过于单调，喜欢鲜艳风格的阮梨自然想把公寓好好布置一番。

在阮梨买新床之前，格桑先带着阮梨在C县逛了一番。这儿靠近边境，是热门的旅游景点之一，游客络绎不绝。

格桑非常热情："我听楚医生说你是画家，我们这儿有很多好看的风景，你要是想外出写生，我可以带你去。"格桑还带阮梨吃了C县很多好吃的美食，阮梨还学会了几句藏语，比如"我爱你"。阮梨发现自己还挺有语言天赋的，格桑也夸她说得挺标准。

"梨梨学这个是要对楚医生说的，对吧？"格桑笑着问。

阮梨弯了弯唇："学了回去让他给我念，让他说给我听。"

"哈哈哈哈哈……你好机智。"

"那'我想嫁给你'要怎么说啊？"阮梨又问道。格桑教了几遍，阮梨记住之后，在心里默念了几遍。

跟着格桑把C县逛了大概三分之一后，阮梨就让她带自己去挑床了。阮梨试了好多张床才挑到合适的，不过床要明天才能送达。除了换新床，阮梨还买了新的床单和被套，买了几盆小绿植，也去画具店里买了一些绘画用品。

阮梨满载而归，开心地向格桑道谢："谢谢你，格桑。"

"不客气，我们加个微信好友，你再想去哪儿，我陪你。"格桑是开店铺的，店里有员工，她是老板，日子过得比较清闲。

"嗯。"阮梨十分开心地答应了。

回公寓后，阮梨把小绿植放在书桌上，将其中那盆龟背竹放在床头，小小的公寓里顿时多了些生活气息。

夜里，两人靠在床头，阮梨想起今天跟格桑学的藏语，于是问："楚渊哥哥，你会说藏语吗？"

"不会。"楚渊回答。

阮梨开心地道："我今天跟格桑学了两句，我教你呀。"

楚渊应道："好。"

阮梨先在楚渊耳边说了"我爱你"的藏语，然后楚渊跟着她说。楚渊的发音很标准、很好听，阮梨心动得厉害。

接着阮梨又软软甜甜地说了句"我想嫁给你"的藏语。她说得很小声，不料楚渊这次没有重复她这句话，而是直接回复道："好。"

楚渊亲吻阮梨的红唇，而后，阮梨的中指上传来一阵冰凉的触感，她抬起手一看，发现手上多了一枚戒指。

楚渊说：“是到了你该履行诺言的时候了。”

阮梨笑着搂住楚渊。今晚的夜色尤其温柔，人间皆是浪漫，她想，以后，她一定要陪在重要的人身边，一年又一年。

YAOYIKOUTIANLI

番外一

婚礼

阮梨已经在藏区待了两个星期，也适应了这里的气候。

她一星期前到C县的一所小学当美术老师，一年级到六年级的美术课由她和另外一个来支教的老师负责。阮梨很受学生们的喜爱，大家就盼着她来上课。

学校还组织了一场卫生健康宣传活动，由县人民医院派医生来配合三年级的学生录制一个宣传视频。

阮梨没想到来的是楚渊。她在台下看着他，唇角弯了弯。卫生健康宣传活动结束之后，楚渊在配合学校拍照。

台下，有学生议论道："我发现梨梨老师手上的戒指跟楚医生手上的戒指好像是一对。梨梨老师，楚医生是你的丈夫吗？"

阮梨笑眯眯地回答："是未婚夫。"

这时，校长在台上喊："梨梨老师。"阮梨抬头，校长示意她上去一起拍张照片。阮梨过去以后，甜甜地对着楚渊笑。大家留下了一张满意的合照。

今晚县领导为了感谢南城东陵医院以及师范大学的援助，举行了一场文艺晚会，节目由这所小学的学生、县医院的医生和护士以及他们镇上的文艺队一起出演。

演出结束之后，领导们又请参与援助的老师和医生们吃了一顿晚饭作为感谢。

“来来来，各位，尝尝我们藏区这边的美酒。我们藏区的美食特别多，尤其是酸奶，味道特别正宗。”

藏区酸奶特别好喝，味道特别浓郁，阮梨来这里后，最喜欢喝的就是酸奶了。此时，阮梨已经喝了两碗酸奶，但还有些意犹未尽。

楚渊跟阮梨不在同一桌，但两人的桌子离得不远，他看着阮梨在不停地喝酸奶。阮梨察觉到对面桌的楚渊在看自己，抬起头，恰好与他对视。

楚渊点了点自己的唇角，示意她嘴角有东西。阮梨用舌头舔了舔嘴角，眨了眨眼睛，仿佛在问：还有吗？

楚渊静静地注视着她，已经无心吃饭了。

晚饭结束之后，喝了酒的楚渊没办法开车，医院领导贴心地安排人送他和阮梨回家。楚渊脸上浮现一层红晕，他呼出来的气息像是要把阮梨融化，阮梨凑近嗅了嗅楚渊身上的酒味，光是闻一下就似乎要醉了。

阮梨问：“楚渊哥哥，你醉了吗？”

楚渊看着阮梨，说：“我没喝多。”

阮梨回望着楚渊：“我感觉你醉了。”

“我有没有醉你回去不就知道了？”楚渊低头在阮梨耳边呢喃，话里含笑。

阮梨的耳根瞬间软了：“你就是醉了！”

车子停在公寓楼下，阮梨扶着楚渊下车，在经过楼下商店的时候停了下来：“楚渊哥哥，冰箱里的酸奶没有了。”于是两人又去买酸奶。回到家，他们将刚买的酸奶一一放入冰箱。

阮梨想拿出一盒酸奶喝，只是在她想要拿的时候，冰箱门被楚渊关上了：“梨梨，你晚饭时已经喝了两碗，喝多了肚子会不舒服的。”

“最后一盒。”阮梨还想争取一下。

阮梨被楚渊一把抱住倒在了床上，楚渊体温滚烫。阮梨的脸红扑扑的：“楚渊哥哥，你怎么这样呀？”

“哪样？我只对你一个人这样。”楚渊单手撑着枕头，用鼻梁蹭着阮梨的耳朵。

阮梨的脸瞬间红透了，她羞答答地拒绝：“不要。”

楚渊低声哄着："宝宝，再好好想想。"

阮梨大脑一片空白。楚渊身上的酒味萦绕着她，她感觉自己醉得越来越厉害了。

楚渊的吻从她的天鹅颈上落到她的锁骨处，掌心触碰着她柔软的皮肤。两人十指紧扣，阮梨的脑袋轻飘飘的，唇越来越麻。

窗外繁星点点，月亮很圆，月光照在雪山之上。

"楚渊哥哥，你开心吗？"

"嗯。"

阮梨眉眼带笑："那梨梨也开心。"

三个月的时间不知不觉就过去了，阮梨跟楚渊离开了 C 县。

他们决定自驾游，从 C 县去往藏区首府。有时沿途没有城镇，两人就在车里过夜。他们途径了许多城市，感受到了多样的乡土风情和节日氛围，阮梨还在藏区最有名的寺庙里替家人求了平安符。

对阮梨来说，跟楚渊在外面的每一天都很有纪念意义。

两人回到南城，已经是九月初。他们第一时间去民政局登记结婚了。

之后，楚渊就一直在筹备他跟阮梨的婚礼。他们预备举行中式婚礼，婚礼足足筹备了半年之久，不管是地点、婚服、首饰，还是当天的婚礼流程，都是楚渊计划操办的。

婚礼定在秋天。秋高气爽，南城两边的银杏飘黄。即便婚服再厚，阮梨也不会感到闷热。

婚礼阵仗谈不上大，但纯正的、充满古风古韵的婚礼在现代还是少见。阮梨被人扶着从轿子里下来，凤冠霞帔。她的婚服是用上好的云锦所制，光是这件婚服的制作，就耗费了大半年的时间。

在布置喜庆的殿堂里，楚渊的嗓音缓缓响起："过尽千帆，皆不是我心中所爱，唯你是我情之所钟。今，天地为鉴，日月为盟，见证我与阮梨结为夫妻。我愿提笔画尽天下，许你一世繁华，只此一生，相许相从。"

阮梨坚定地道："今我十里红装，凤冠霞帔，与楚渊结为夫妻，唯愿与君白头偕老，恩爱两不疑。愿我如星君如月，夜夜流光相皎洁。"

两人当众宣誓，婚礼主持人一声"礼成"后，四周响起了欢呼声。

虽然阮静蓉只是阮梨的姨，但是阮梨是她从小带大的，就跟她的亲女儿一样，今日看到阮梨出嫁，她难免情绪化些，不由得喜极而泣。身侧的丈夫揽着她的肩膀道："不知道的还以为梨梨嫁得有多远呢。"然后，楚家二爷就被阮静蓉狠狠地掐了一把腰。他倒抽一口冷气，但还是拿出手帕给她擦眼泪。

从天明到天黑，这场盛大的婚礼总算是落下了帷幕。

晚上十一点多，婚车停在一栋中式风格的别墅门前。车门被打开，楚渊微微弯腰，把身上还穿着红色婚服、头戴凤冠的小姑娘从车里抱下来。月色漫漫，红色绸缎曳地。

婚房里，楚渊把阮梨放在床边坐下，抬起她的下颌，眉眼含笑地吻了吻她的眉心，问："累不累？"

阮梨眉眼弯弯，亲回去后说："累，但是我甘之如饴。"

楚渊开始替她摘下凤冠、发簪、耳饰，将它们一一摆在床头柜上，阮梨如瀑布般的柔顺长发散落下来。楚渊的手落在她的腰上，声音中带着一丝诱惑力："梨梨，春宵一刻值千金……"

阮梨耳根和腮都很红，她用双手揽住男人的脖子，笑着点头。

YAOYIKOUTIANLI

番外二

模特

阮梨成为楚太太后，生活与之前并没有什么区别，毕竟只要有楚渊陪伴，日子对阮梨来说就是甜的。

阮梨最快乐的时光是让楚渊给她当模特的时候。她画了很多很多关于楚渊的画，风格各不相同。

有一次，她画的一幅有关楚渊的作品被经纪人看到了，经纪人惊讶地说了一句："这简直是完美之作。这是你们夫妻之间的情趣吗？"

阮梨有点不好意思，却又引以为豪："他是我的'男神'，我只要一见到他，灵感就取之不尽。"

经纪人说："我觉得你要是把这些画拿出去展示，一定会卖疯的。"

"我不卖。"阮梨回答。

经纪人露出一脸可惜的表情。

有关于楚渊的画，阮梨都不会卖，那是她的收藏品，只能她一个人看。

阮梨是天生的艺术家，楚渊则是她灵感的来源。楚渊的每一面都能够把她迷得神魂颠倒，他也在不停地满足着她绘画时的想法。

某天晚上，画室里，阮梨特地提早准备了一些道具，准备画楚渊。

画室里，楚渊穿着黑色衬衫，嘴里咬着领带。他有些疑惑："梨梨……你确定要这样？"

"楚渊哥哥，我就想这么画，你乖点。"阮梨看着楚渊，拿着画笔，非常高兴地在画纸上画下楚渊性感又让人着迷的样子。

楚渊坐在那儿，眉眼间含着笑意，他开始逗阮梨。

阮梨拿着画笔的手顿了顿："哥哥，你别笑……"

"不让动，还不让笑了啊？"

"你笑着的样子很迷人，我会……会很心动。"

"我现在不能动，你想做什么都可以。"楚渊诱哄她。

阮梨看过去，舔了舔唇，放下画笔，朝着楚渊走了过去。她捧着他的脸，吻住了他的唇……

众所周知，阮梨最喜欢的衣服是旗袍，她的衣帽间里堆满了各种款式的旗袍。

除了当时用云锦纯手工制作的婚服，楚家奶奶还特地找了手艺特别好的师傅给阮梨做了几套旗袍，阮梨特别喜欢。

她跟楚渊出去度蜜月时，行李箱里带的几乎都是旗袍。

在度蜜月期间的一天清晨，阮梨迷迷糊糊地醒来，看到床上皱皱巴巴的旗袍，就想到昨晚他把她最喜欢的旗袍弄坏了，其中有一颗盘扣掉了。

因为非常喜欢这件旗袍，此时阮梨坐在床上，惆怅不已。

楚渊从外面进来，看到的就是阮梨坐在落地窗前，似乎在研究着怎么把盘扣给缝上去的画面。她还特地找酒店工作人员给她买了针线。

只是阮梨在针线活这方面很不擅长，她好不容易把线穿过针口，拿着针还没开始缝，就把自己的中指指腹扎了一下。楚渊连忙上前查看，她倒是没被扎出血。

阮梨娇娇软软，怕疼得不行，此时被针扎了一下，加上旗袍被楚渊弄坏了，她难免带了点小情绪："我没事，你别打扰我缝扣子。"

楚渊的目光落在那件质感极好、做工精细的旗袍上，旗袍的盘扣掉了，领口也有一道划痕。虽说这些痕迹不明显，但在一件上好的旗袍上，这绝对是让人无法容忍的瑕疵。

楚渊瞬间明白了阮梨生气的原因，笑问："生我的气了？"

阮梨微微低垂着眼，硬不下心，只说："是有点，但不多。"

楚渊捏了捏她温软的脸颊："梨梨，你知不知道外科医生做开刀手术的最后一步是什么？"

阮梨想了想，说："缝合？"

楚渊说："嗯，你老公的缝合技术还不错，你要不要给他一个将功补过的机会，让他来帮你缝扣子？"

阮梨感觉到楚渊在哄自己，于是微弯唇角，说："要缝得好看点。"

落地窗外的景色美如画，楚渊接过小姑娘递过来的旗袍，没急着缝，而是先查阅了一下资料，方才动手。

阮梨抱着枕头，见楚渊动手后，发现他的手真的很灵活，不一会儿，掉落的盘扣就被缝好了。而后，他开始处理旗袍上的那一道划痕。

阮梨望着男人专注认真的样子，又开始疯狂心动。她很想把这一幕画下来，于是找来自己的平板电脑，用蓝牙连接上画笔，点开作画工具，开始画画。

等她画好了，楚渊还没完工。

阮梨打了个哈欠："楚渊哥哥，你弄好了喊我。"然后，阮梨抱着枕头，窝在一侧，睡着了。

不知过了多久，阮梨被吻醒。浓密的睫毛颤了颤，她睁开眼睛，眼里还带着迷茫的神色，但她很快清醒："好了？"

楚渊说："好了。"

阮梨迫不及待地拿起旗袍看。盘扣跟原来的毫无区别，那道划痕上面多了一朵花苞，那花苞跟原来旗袍上的图案搭配在一起没有丝毫突兀感。

她欢喜地扑进男人怀里："楚渊哥哥，你好厉害呀。"说完，她在男人的左右脸颊上各亲了一口。

楚渊嗓音低低的："你喜欢就好。"

当天，阮梨把画好的画以及楚渊缝在旗袍上的那朵花的照片发到了朋友圈里。

谢烊是第一个发表评论的：梨梨，你家楚医生行啊，优秀的心脏外科医生为了哄老婆开心，竟当起了裁缝。你帮我问问他，什么时候能不把缝合的活给我这个副主刀医生。

楚渊和谢烊在手术台上一直是搭档，一起做过很多心脏手术，但是谢烊的缝合技术在他们医院里一直处于中下水平，为此患者还投诉过他，说他缝合的伤口太丑了。

阮梨便把谢烊的话告诉了楚渊。

楚渊一脸淡然地拿着阮梨的手机回复：我在给你机会练习。你想一直被病人投诉说你的缝合技术太差？

谢烊看到这条消息后就知道这是楚渊回复的。他愤愤不平地回复：等着，我要当医院里缝合技术最好的外科医生。

从此以后，阮梨的手帕、比较素淡的衣服，她若是想绣什么图案上去，都会找楚渊给她绣。

她想：以后孩子出生了，衣服要是坏了，楚渊也能派上用场，简直不要太完美。

YAOYIKOUTIANLI

番外三

楚宁

婚后，阮梨和楚渊住进了婚房，往后几年也在这里生活。

婚后不久，阮梨去医院做了一次检查，想知道自己现在怀孕的概率大不大。事实证明，一直喝中药调理身子是有用处的，她的身体已经没有问题了。

只不过对于阮梨怀孕这件事，楚渊一直不着急。他安慰阮梨："我知道你怕疼，所以一辈子不要孩子也没关系。"

阮梨不知道的是，楚渊是害怕失去她。怀孕有风险，他并不愿意看到她躺在产房里忍受生育的疼痛。他爱她胜过一切。

阮梨十分坚定地道："我虽怕疼，但想要跟你有个孩子。"

阮梨是在婚后第二年的三月份查出怀孕的。婚房二楼是两人的私人空间，三楼是空着的，阮梨怀孕之后，就把三楼的房间装修成了儿童房。

阮梨发现自己怀孕后泪腺更加发达了，经常会莫名其妙地哭，好在楚渊从来没有觉得不耐烦。

有一天晚上，怀有三个月身孕的阮梨坐在床上抽抽噎噎。楚渊洗完澡出来，拿纸巾给她擦眼泪："怎么又哭了？"

"我想吃柠檬无骨鸡爪，但经常点外卖的那一家店今天休息了。

呜呜呜，他怎么可以关门？”

楚渊耐心地哄道：“我明天给你做好不好？今天你先吃一颗你最喜欢的糖。”

楚渊喂阮梨吃了一颗糖后，将她抱到自己腿上坐着，她虽然不哭了，可心里还惦记着鸡爪。她虽然已经怀孕三个月了，但还没到显怀的时候。

楚渊伸手摸了摸阮梨软乎乎的肚子，阮梨娇哼了两声。

楚渊的呼吸落在她耳边：“有没有想哥哥？”

“想的。”阮梨乖乖地回答。

楚渊眼里含笑，掌心贴在她的颈间。他钩着她亲吻。

楚渊在阮梨的眉心落下一吻：“还想吃柠檬鸡爪吗？”

阮梨羞涩地摇了摇头。

阮梨在隔年的一月份生下一个男孩，楚老太太给他取名为楚宁。

楚渊这个做医生的，在阮梨进产房的时候竟失去了一个外科医生该有的冷静从容的心态，最主要的原因还是阮梨不让他进去陪产。

在孩子被生下后，楚渊抱住阮梨，只说了一句话：“以后再也不生了。”然后，他就去做了结扎手术。阮梨不想再体验一回生育的疼痛，也怕自己再生孩子时会出意外，所以生了楚宁以后，也不想再生了。

阮梨生完孩子后身体受损，好似又回到了从前，抵抗力很弱，隔三岔五地生病。楚渊为了方便照顾阮梨和孩子，就带他们回了老宅。

一天晚上，阮梨又发了低烧，楚渊起身给她拿药。楚渊看她吃完药，神色沉沉。阮梨抱住他道：“楚渊哥哥，你别担心呀。”

楚渊还是有些后怕，说：“别离开我。”

阮梨坚定地回答：“不离开。”

为了能够陪在爱的人身边一年又一年，阮梨把大多数精力放在了调养身子上。在身子调养得差不多以后，阮梨才开始学着照顾孩子。她不想什么都让楚渊跟阮静蓉去做。

七八个月大的小宝贝特别可爱，比如此时，楚渊在给楚宁洗澡，浴盆里放着一个小鸭子玩具，楚宁手里抓着鸭子，鸭子一直在嘎嘎叫。兴许是妈妈在身边，楚宁特别高兴，使劲地在水里扑腾。

给楚宁洗完澡时，楚渊浑身都湿透了，于是他将帮楚宁穿衣服的任务交给了阮梨。

楚宁完全继承了阮梨跟楚渊的颜值，长得十分可爱，阮梨忍不住抱着他猛亲了好几口。阮梨对着刚换完衣服出来的楚渊说："我们的儿子真可爱。"

楚宁跟着妈妈咯咯咯地笑了，楚渊却因为阮梨猛亲儿子好几口开始乱吃飞醋。

阮梨有些无奈："我就是亲了儿子几口。"

"你好久没这么亲我了。"楚渊还是吃醋。

阮梨把脸埋在他的胸口："我要调理身体啊。"

楚渊握住阮梨的手，眸色很深。阮梨搂住他的脖子，眉眼弯弯地和他拥吻。

楚宁一直怀疑自己不是爸爸的亲生儿子，爸爸很少对他笑，平时还很严格。

他一个四岁的小孩，夜里睡觉只有一个玩具熊陪伴，他幼儿园里的朋友都有爸爸妈妈陪着睡。

今晚，楚宁想争取一下。

"爸爸，我今晚想跟你和妈妈睡。"

"让哥哥陪你睡。"然后，楚渊就把梨花扔到了他的床尾。

楚宁撇了撇嘴巴，掉起了"金豆豆"。他完全继承了阮梨爱哭这一点。阮梨见儿子哭了，马上对楚渊说："你快哄哄宁宁。"

然后楚宁被爸爸抱起来"哄"："别哭了。"

楚宁抽抽搭搭地说："宁宁要跟爸爸妈妈一起睡。"

楚渊十分坚定地道："免谈。"

楚宁哭得更凶了。他才四岁，为什么不可以跟爸爸妈妈睡?

楚宁越发相信他不是亲生的了。只不过，妈妈常常跟他说，爸爸是爱他的。

楚宁第一次感受到父爱，是有一天他在公园里玩，突然间有个陌生女人跳出来说他是坏女人生的儿子，要把他掐死，还好爸爸及时出现，制止了那个疯女人。

楚宁的脖子上有掐痕，他哭得很大声："爸爸，宁宁痛！"

楚渊抱着他，语气里带着自责之意：“对不起，爸爸不该去旁边接电话接这么久。”

“爸爸，‘坏女人’是什么？刚刚那个阿姨说妈妈是坏女人。”

“你别听那个人瞎说。”

楚宁说：“妈妈是天底下最好的妈妈，阿姨坏！”

楚宁受了惊吓，到家后也不肯从楚渊身上下来。他们进门以后，阮梨看到他脖子上的痕迹，心疼坏了。

那一天，楚宁是被爸爸抱着哄睡着的，但他也就那天被爸爸抱了而已。自此，楚宁不再怀疑爸爸不爱他。他知道爸爸是爱他的，只不过更爱妈妈。

别的小朋友经常说自己的爸爸妈妈总是吵架，但楚宁的爸爸妈妈就不会。他爸爸根本舍不得跟妈妈吵架，他妈妈也超级爱爸爸。

楚渊很少生病。有一次，楚渊给一个病人做了十几个小时的手术，出来的时候人晕了过去。楚宁听说爸爸之所以会晕倒，是因为在给病人做手术之前没来得及吃饭，手术的最后关头，爸爸突然胃不舒服了，但还是坚持完成了手术。

阮梨去到医院，看到楚渊躺在病床上的时候哭得很伤心，楚宁也跟着哭得很伤心，两人直接把楚渊给吵醒了。

阮梨握住楚渊的手，说：“你吓死我了。”

楚渊摸了摸阮梨的头，安慰她：“你当妈妈要给儿子做个好榜样，别哭了。”

阮梨哭得说不出话，被楚渊抱到怀里哄，没有被爸爸安慰的楚宁默默地用袖子擦掉眼泪。他跟妈妈是同时哭的，但爸爸根本看都不看他一眼。

这时，站在一旁的谢烊不好意思地挠了挠头：“怪我、怪我，我逗了梨梨一下，说你……”话还没有说完，谢烊就被楚渊用冰冷的眼神看了一眼。

“你过分了。”阮梨道。

“我道歉！我对不起你们！”

楚宁也说：“谢叔叔，这就是你一直单身的原因吗？哼，宁宁诅咒你这辈子找不到老婆。”

谢烊继续自省。

楚渊休息了两天，阮梨就缠了他两天，像条甩不掉的小尾巴。小尾巴的身后还有一条小小尾巴。

楚渊在书房里看书，看到榻榻米上躺着的一大一小，眼里满是温柔之色。而后，他走过去和他们躺在一起，把阮梨抱进怀里，给楚宁掖好被子，心满意足地闭上眼睛进入梦乡。

YAOYIKOUTIANLI

番外四

幸福日常

楚宁遗传了楚渊的智商，也遗传了阮梨爱哭的性子，发现自己哭的时候爸爸很少哄自己之后，他就很少哭了。

楚宁从小就很懂事。爸爸是国内知名的外科医生，还有家族的生意要管理，所以很忙，有时候妈妈会跟着爸爸去出差，他就会被送去老宅跟着姨婆住。

在楚宅，他每天会练习书法、看书，像个小大人一样，不会让阮静蓉费心，比阮梨小的时候还要懂事。

他最喜欢研究飞机。阮梨以前问过他："宁宁以后的梦想是什么？"

楚宁告诉她："妈妈，我以后想开战斗机。"

如果开不了战斗机的话，开客机也可以。楚宁在心里想着。他已经在计划自己的未来了。

阮梨听到这话，抱着儿子亲了两口，说："妈妈支持你。"

"爸爸会同意吗？"楚宁作为家族长孙，日后会是楚家的第一顺位继承人，从小要学习的东西太多。有的时候，阮梨也会心疼他，怕他童年过得不快乐。

阮梨摸了摸儿子的头："你爸爸很开明，他会尊重你的选择的。"

一般阮梨跟着楚渊去出差，没几天就会回来，所以楚宁在阮静蓉那里一般待不过三天就会被接回去。而阮梨回去之后，楚渊就会开始想家想老婆，于是他会加快工作进度，提前结束工作，回家找阮梨。

在他们别墅的院子里，一开始阮梨会种一些花花草草，虽说阿姨会帮忙浇水，可是一般用不了多久，那些花就会枯萎死掉。后来，阮梨索性不种花了，于是后花园就空了出来。后花园里会长草，不美观，但阮梨想着反正这是院子，无所谓。

有一天，楚渊在家休息，竟把院子里的杂草弄干净，往那一片地里种了很多的药草。药草也不用怎么打理，长得很好。不知不觉间，一个季节过去，院子里长满了各种各样的药草。

这些药草倒不会招蚊子，只不过它们过于肆意地生长，有的时候会给人一种他们家荒凉、没人居住的感觉。有一次，一个小偷就以为这里没人住，翻墙进来想偷东西，结果被楚渊打了一顿，送去了警察局。

所以，很长一段时间里，阮梨还是有点嫌弃后院里那些野蛮生长的药草的。不过身为楚渊的爱人，她理解那是医生的特殊爱好。

只是阮梨也有疑惑的时候："楚渊哥哥，你不是外科医生嘛，为什么种那么多药草？"有一天阮梨在家里无聊，特地数了数院子里的那些草药，发现起码有五十种。

楚渊搂着她，说："你以前体寒，是喝中药治好的，种草药也是以备不时之需。目前我对中医也有兴趣。"

阮梨问："柳爷爷以前不是想收你当徒弟吗？"

楚渊有些无奈，说："我拒绝他后，他小肚鸡肠，说不想再收我为徒了。"

阮梨便在他怀里咯咯地笑："柳爷爷都跟我说了，说你抢他的乳酸菌饮料。"

楚渊挑了挑眉，理直气壮地道："那本来就是你给我的。"

很快，阮梨就感受到了这些药草的好处。

楚宁在幼儿园不小心摔倒了，手被摔肿了。

楚宁现在五岁多了。三四岁的时候他还很爱哭，想引起楚渊的注意，后来，他发现楚渊其实是爱他的后，就很少再哭了。这一次摔到手，他哭得眼睛红红的，阮梨心疼坏了："宁宁不哭了，爸爸马上就到。"

楚宁拉住她的手："妈妈，你别跟爸爸说我哭了。"

阮梨说："你受伤了，想哭就哭。"

楚宁奶声奶气地回答："不行的，我答应过爸爸要当男子汉，所以不能哭。"

楚渊来了后，检查了一下楚宁的伤口。老师带楚宁看过医生，医生开了药膏，说敷一个星期就不会痛了。不过，回去后，楚渊没有给楚宁用那些药膏，而是去后院摘了药草，将药草捣碎后敷在了楚宁的手上。楚宁还是很信任楚渊的，他忍受着那股刺鼻的味道，可怜兮兮地带伤入睡。

到了第二天，楚宁很开心地起床，找到阮梨，说："妈妈，我的手不痛了。"阮梨闻言，眼睛亮晶晶的。她心想：药草见效这么快的吗？比医生开的药膏还管用呢。

楚宁很开心，他的手腕明显消肿了，几乎看不出受过伤。

"让爸爸给你看看你的手好了没，能不能握笔写字。"阮梨带着楚宁去找楚渊。

今天正好是周末，楚渊在家休息，一大早，他便在后院准备给这片药田除杂草。楚渊检查了儿子的手："还要再敷两天的药草才能拿笔写字。"

楚宁点点头："爸爸，这药草叫什么名字啊？"

楚渊回："八棱麻，又叫接骨草，可治跌打损伤、祛风湿、通经活血、解毒消炎。"

楚宁说："谢谢爸爸。"然后，他在蹲着的楚渊的脸颊上亲了一口。

之后，阮梨也不嫌弃这些药草了。见楚渊一个人辛苦地除杂草，她还戴着帽子，跟着蹲在药田里："楚渊哥哥，我来帮你。"

楚渊却不支持："梨梨，太阳晒，你到旁边等我。"因为现在是夏天，即便是早上，阳光也很毒辣，楚渊担心体弱的阮梨会中暑。而且，这种粗活，他不想让十指不沾阳春水的阮梨来做。还有一点：阮梨不认得哪些是药草、哪些是杂草。

见楚渊在除草，阮梨便学着男人，把疑似杂草的草给拔了起来。

楚渊见了，无奈地道："梨梨，你拔的是薄荷。"

阮梨抿了抿唇，想着把它种回去："对不起，我是看它挺像你拔掉的杂草才拔掉它的。"

楚渊哄道："乖，到旁边等我。"

阮梨坚持道："你教我认药草我就不会拔错了。"

楚渊也很坚持："这活我自己来干就行了。"

阮梨被一而再、再而三地拒绝，便有些小情绪了："不要我帮忙就算了。"说完，她起身，摘下帽子离开。

小娇妻情绪一变，楚渊就立马察觉了。他摘下手套，缓缓地跟上去哄。

阮梨回到客厅，趴在沙发上，将脸埋进抱枕里，生着自己的闷气。她有的时候觉得自己除了画画一点用都没有，生活中，总是楚渊照顾她比较多，她想为楚渊做点什么时，总是无法下手。她越想越难过。

楚渊跟进来后，把阮梨埋在抱枕里的脑袋给抬起来，发现她哭得梨花带雨。

楚渊用指腹轻轻抹掉她的泪水："梨梨，你知道我见不得你哭。"

阮梨抽泣着道："我也想替你做点什么，可是你总是拒绝我，这让我觉得自己好没用。"

"对不起。"楚渊抱住她，"我习惯把你捧在手心里宠着、照顾着了，忽略了你的感受，以后不会了。"

阮梨是好哄的，她把头埋在他的胸口："你带我认药草我就原谅你。"

"好。"

一旁的楚宁一点都不担心爸爸哄不好妈妈，妈妈最好哄了。

清晨的空气闻着总是让人觉得格外舒服、神清气爽。楚渊把人哄好之后，带她回到院子里，教她认草药，如虎耳草、紫苏、三角梅、无花果、白根等。阮梨虽然理科不好，但是记性挺好的，但凡楚渊说的药草，她都能记下来。

"楚渊哥哥，你要不要考考我？"阮梨问。

楚渊笑了："要是记错了会受罚，你也要我考你吗？"

阮梨嗓音甜甜的："我才不怕。"

楚渊便指了几个不同种类的药草让阮梨认，阮梨不用想就直接说出了它们的名称。

楚渊又指了指一棵长着白花的药草："那个叫什么？"

"楚渊哥哥，你怎么耍赖？你根本没跟我说过那个是什么药草。"

"梨梨，你没说我不可以指我没给你科普过的。"楚渊笑道。

阮梨咬了咬唇："要怎么罚呀？"

“罚你亲我一下。”

阮梨笑着仰头在男人的脸颊上亲了一口，随后，又在他的薄唇上咬了一下。

楚宁拿着一本书，坐在不远处太阳晒不到的地方看着。他听到爸爸妈妈的对话，觉得爸爸是个很坏的男人，总是喜欢逗妈妈。

蓝天白云下，后院里，一家三口的画面美得像一幅画作，缱绻且富有诗意。